中國語言文字研究輯刊

十九編

許學仁 主編

第6冊

《詩經》形態構詞研究（上）

劉 芹 著

花木蘭文化事業有限公司

國家圖書館出版品預行編目資料

《詩經》形態構詞研究（上）／劉芹 著 -- 初版 -- 新北市：
花木蘭文化事業有限公司，2020〔民 109〕
目 2+250 面；21×29.7 公分
（中國語言文字研究輯刊 十九編；第 6 冊）
ISBN 978-986-518-156-7（精裝）
1. 詩經 2. 聲韻學 3. 古音 4. 研究考訂
802.08 109010419

ISBN-978-986-518-156-7

9 789865 181567

中國語言文字研究輯刊
十九編 第 六 冊 ISBN：978-986-518-156-7

《詩經》形態構詞研究（上）

作　　者　劉芹
主　　編　許學仁
總 編 輯　杜潔祥
副總編輯　楊嘉樂
編　　輯　許郁翎、張雅淋　美術編輯　陳逸婷
出　　版　花木蘭文化事業有限公司
發 行 人　高小娟
聯絡地址　235 新北市中和區中安街七二號十三樓
　　　　　電話：02-2923-1455 ／傳真：02-2923-1452
網　　址　http://www.huamulan.tw 信箱 hml810518@gmail.com
印　　刷　普羅文化出版廣告事業
初　　版　2020 年 9 月
全書字數　3921083 字
定　　價　十九編 14 冊（精裝）　台幣 42,000 元

《詩經》形態構詞研究（上）

劉　芹　著

作者簡介

　　劉芹，女，1979 年出生，江蘇省高郵市人。首都師範大學文學博士，師從馮蒸教授，主要從事歷史語言學、漢語音韻學研究。現為揚州大學廣陵學院副教授，碩士研究生導師，江蘇省語言學會會員，揚州市語言學會理事。2016 年入選江蘇省高校「青藍工程」優秀青年骨幹教師培養對象。先後在《中國典籍與文化》《古漢語研究》《南開語言學刊》《古籍整理研究學刊》《江海學刊》等刊物發表論文數十篇。

提　要

　　《詩經》是我國最早的一部詩歌總集，收錄西周初至春秋中葉詩歌 305 首。它是珍貴的先秦歷史文獻，具有文學、社會學、歷史學和文化學等多方面的研究價值，在綿延兩千多年的流傳歷程中，一直成為人們關注的中心。《詩經》語言學方面的研究，在《詩經》研究史上也劃下了濃墨重彩的一筆。

　　文章從兩大方面對《詩經》形態構詞展開研究。首先，通過對《詩經》異讀語詞全面系統測查分析後，考察每一類語法關係的構詞特點；在肯定《詩經》語法形態音變現象基礎上，概括形態構詞特點、揭示規律。第二，全面梳理《詩經》押韻，考察入韻字音義語法關係，根據語義語法區別考察入韻字讀音問題；通過《詩經》押韻反映的語音信息，分析各類韻尾的構詞構形變化，結合《詩經》異讀語詞構詞特點分析，揭示此類韻尾可能的形態構詞規律。

　　文章緒論，主要介紹國內外《詩經》語言學研究情況，形態音變構詞研究情況，《詩經》形態構詞研究存在問題，《詩經》形態構詞研究價值意義。第二章擇錄《詩經》中具有異讀關係的語詞，以字頭形式從語音、語法意義兩方面分別進行考察，對各類語音與語法關係表現出的構詞特點分門別類歸納梳理 同時輔之以同源語系語言語法形態比較參照。第三章概括《詩經》中存在的形態構詞手段，並分別從語法意義、形態構詞手段兩方面揭示構詞規律。第四章梳理《詩經》押韻，區別陰聲韻、陽聲韻、入聲韻三類之間的押韻關係。側重考察陰入押韻，以考定這一不同尋常押韻關係背後與構詞有關的實質。另外，透過同字異讀入韻字押韻分析，發現意義的區別與入韻字的語音形態相關。也即同一字在《詩經》中根據意義不同表現出不同的押韻關係 這種押韻關係的分別成為我們觀察《詩經》形態構詞研究的又一視角。第五章對《詩經》押韻表現出的構詞特點分別屬類梳理概括。《詩經》押韻反映的一些構詞後綴及其各自表達的語法意義各是怎樣一種情況，本章給出解答。最後文章對前述諸章內容作概括與總結，同時指出文章研究存在的一些尚懸而未決的問題及不足，期待未來繼續努力完善。

2020年江蘇省高校哲學社會科學研究
重大項目（2020SJZDA017）

第一章　緒　論

　　《詩經》是我國最早的一部詩歌總集，收錄西周初至春秋中葉詩歌 305 首，其中《風》160 篇、《雅》105 篇、《頌》40 篇。先秦稱《詩》或《詩三百》，漢代以後被列為儒家經典，方稱《詩經》。《詩經》是珍貴的先秦文獻，具有文學、語言學、社會學、歷史學和文化學等多方面的價值。在綿延兩千多年的流傳歷史進程中，一直成為人們關注的中心，歷代學者都鍥而不捨地對之展開研究。綜觀當前《詩經》研究現狀，內容囊括各個學科各個方面，其語言學方面的研究，在《詩經》研究史上也劃下了濃墨重彩的一筆。

第一節　《詩經》語言研究概況

一、古代《詩經》語言研究

　　秦王朝的「焚書坑儒」，使得先秦大量典籍深受其害，《詩經》亦難幸免。保留到後世的先秦典籍皆來自於秦後木簡殘存抄件或熱心儒生憑記憶寫出的副本。先秦古籍被轉寫傳抄，自然會有不少訛誤。於是自漢代始，研究《詩經》的學者開始各自為有分歧的《詩經》不同副本辯護，因學派之別分有四家：韓、齊、魯、毛，終以「毛詩」學派影響最大，師承得力。「毛詩」學派係公元前 2 世紀西漢儒者毛亨首創，編有《詩經》注釋。此學派在其後直至今日作為解《詩經》之典範，其他副本和注釋大都已亡逸，或僅部分以引文

形式殘存在某些著作中。

　　漢代是《詩經》研究的鼎盛期之一。西漢時期，今文三家《詩》並立於學官，古文《毛詩》晚出，受當時政治文化影響，毛公為之所作《毛詩詁訓傳》在民間傳授漸盛，東漢時期得立於學官，開始發展壯大，逐步有取代今文三家《詩》之趨勢。其時鄭眾、賈逵、馬融、鄭玄等治《毛詩》，尤以鄭玄成績最大。鄭玄為《毛詩》作《箋》，詩旨遵從《毛詩序》，訓詁依據毛《傳》和《爾雅》，同時參稽吸收三家《詩》說，間下己意。鄭玄箋《詩》後，《毛詩》遂大行於世。漢代《詩經》治學重在《詩經》版本辨偽，多從訓詁解經、歷史名物考證等方面展開。後出者多採毛說，豐富完善了對《詩經》文本的解讀。可見，漢代《詩經》語言研究主要體現在傳統小學的訓詁方面。

　　唐代迎來了《詩經》研究的第二個鼎盛期。為實行文化統一，由孔穎達作《五經正義》，其中《毛詩正義》遵從《毛詩》，保留毛《傳》、鄭《箋》的全部注文，並堅持「疏不破注」的原則，所作疏釋必須符合毛《傳》、鄭《箋》，不合者則不予採用。這部著作一個顯著的優點就是文獻資料豐贍、齊備，另外一個優點是考證相當嚴密，在辨別毛、鄭異說同時，時有新見，唯一的不足則是考證偏於繁瑣。《毛詩正義》頒行後，統治階級將它的經文、訓詁、義疏規定為唯一的標準，所實行的帖試，只能按照它作答，如有一字一義不合，便被視為異端。這樣，導致了《詩經》學研究步入僵化狀態。同時期唐代學者陸德明的《經典釋文》綜合了漢魏以來先儒文字、音韻、訓詁的研究成果，解經典字詞集音義於一體。其中《毛詩音義》對研究《詩經》的語音、意義和三家詩的異文及舊說等，頗有幫助。此期《詩經》研究的語言學價值主要集中於文字、訓詁和語音三方面。

　　北宋中葉開始，解經不再斤斤於一字一音、一名一物的辨析，而注重對經義的闡發。其中尤以朱熹《詩集傳》成就最大，他強調以《詩》來修身治平，此風氣一直綿延至明代中葉。朱熹既釋義又注音，他的「叶音說」在漢語語音研究史上雖帶來不小的負面效應，但為研究北宋時期語音倒是提供了珍貴的資料。吳棫利用《詩經》押韻作《韻補》，擬定古韻九部。吳氏所用韻文材料既有先秦的《詩經》韻文又有後代詩詞韻文，材料選擇未能考慮時代因素，不能不說是吳氏古韻分部的一個缺憾。又吳氏在利用《詩經》材料時多用「通、轉」，導致各韻界限不清，因此得出的上古韻部歸部亦很難做到客

觀精確。此期《詩經》語言研究主要體現在詞義、句義、文義闡釋方面，同時開始涉及《詩經》韻文押韻歸部問題。

元代，朱子《詩集傳》成為法定教本之一，《詩經》研究者大都本《詩集傳》，多無發明，少有創獲。如劉瑾《詩傳通釋》、梁益《詩傳旁通》、朱公遷《詩經疏義會通》皆纘朱子之緒，演朱子之義。

明代亦以《詩集傳》試士，學者亦大都祖述朱說，少有新的突破。能夠超出《詩集傳》範圍獨立說《詩》的有何楷《詩經世本古義》、季本《詩說解頤》，皆不蹈襲前人，自成其說之類。此外，陳第《毛詩古音考》是研究《詩經》古音的重要著作。此書每字先以直音或反切注音再作解說、列本證旁證證明字的古讀。對宋人「叶音說」徹底否定，為漢語古音研究開創了新局面。

清代迎來了《詩經》研究的又一個興盛時期，此期以經學研究為其根本特徵。研究《詩經》的學者，大體分為三派。一派尊信《毛詩》，如胡承珙的《毛詩後箋》，陳奐的《詩毛氏傳疏》，馬瑞辰的《毛詩傳箋通釋》、陳啟源的《毛詩稽古錄》、焦循的《毛詩補疏》、戴震的《毛鄭詩考證》等。這些專著雖然尊信《毛詩》，但時有新見。尤其在音韻、訓詁、語法方面成績卓著。尤其值得一提的是《毛詩傳箋通釋》，該書訓釋的最大特點在於運用了大量的語言文字學知識訓釋字詞，同時輔以大量的古文獻為佐證，顯得確實可依。一派尊奉三家詩，興起於嘉道年間，成為清代後期《詩經》學的主流。他們認為齊、魯、韓學派勝於《毛詩》學派，因而在胡應麟《詩考》的基礎上，進一步搜羅彙集三家詩的遺說。其中影響較大的有三部著作，即陳喬樅的《四家詩異文考》、王先謙的《詩三家義集疏》與魏源的《詩古微》。這三部著作中，王先謙《詩三家義集疏》採輯三家《詩》說最為完備，考證也頗精審，是三家《詩》學的集大成之作。還有一派獨立派，他們批駁《毛詩》、《鄭箋》，非難三家詩，指責朱熹《詩集傳》，他們主張從《詩經》本義理解《詩經》，頗注意從文學角度去評價、賞析《詩經》，這一派主要有姚際恒的《詩經通論》和方玉潤的《詩經原始》。除此三派外，清代尚有一些著名的學者，因研究音韻、訓詁、文字而涉及《詩經》的，如顧炎武的《日知錄》，惠棟的《九經古義》，王念孫、王引之的《經義述聞》，段玉裁的《詩經小學》等，雖不是專門研究《詩經》的專著，但頗有一些關乎《詩經》語言學方面精闢的見解，值得重視與吸取。此期《詩經》研究另一個特點就是《詩經》韻文材料對於

古音研究的意義。漢語古音研究如火如荼，皆本之於對《詩經》材料的充分挖掘與利用。顧炎武開時代之先河使古韻研究走上系統化的道路。鑒於吳才老以古韻遷就後代韻書的失敗及其疏漏，他在材料方面謹慎以《詩經》韻為主體，方法上完全客觀歸納韻腳，積三十年之功，成《音學五書》，得古韻十部。繼其後，有江永《古韻標準》，段玉裁《六書音均表》，戴震《聲類表》，孔廣森《詩聲分例》、《詩聲類》，王念孫《古韻譜》，江有誥《音學十書》等。各家的古音研究對《詩經》韻文材料多有挖掘，並結合諧聲分析，在古韻分部上越來越細緻入微。總體看來，清代《詩經》學研究在訓詁、闡釋經義、古韻方面成績斐然。

二、近代《詩經》語言研究

近代的《詩經》語言學研究，從釋義方面看，成績最顯著的是王國維。王國維對《詩經》研究的貢獻，主要有兩點：一、他廣泛引用甲骨文、金文材料，來解釋考察《詩經》的一些詩句，提出一些新的見解，從而在《詩經》研究方面開拓了新路子。二、他發現一些《詩經》詞語的本義，用詞語比較法深入鑽研探討，這是他研究《詩經》的又一功績。此外，吳闓生的《詩義會通》也是一部有價值的著作，他是在姚際恒、方玉潤兩位先生的基礎上，進一步做《詩經》的「返本歸原」工作，在詩旨、詩義與詩歌的寫作手法方面，均能發掘出一些新意，他是清人獨立派的延續與發展。

五四運動至建國前一段時期《詩經》語言學研究，成績最突出的是聞一多，聞一多在《詩經》研究方面開創了新的道路。他更重視多角度、多層次的綜合性研究，他採用語言學、文字學、訓詁學、比較文學、社會學、民俗學等綜合研究方法探討《詩經》，對詩旨、詩義，特別是《詩經》中的特殊用語——隱語，作了深入而細緻的探討，可惜他的《詩經》研究工作沒有全部完成，《大雅》與《三頌》基本上沒有涉及或很少涉及，《國風》的研究也較偏重於愛情婚姻的詩篇。

近代《詩經》語言學研究，從古韻研究方面看，成績最突出的有兩位學者：章太炎、黃侃師徒倆。兩位先生繼清儒古韻分部後分別對《詩經》押韻材料重新分類整理再利用、諧聲聲符的重新再分析，使古韻分部更趨合理。

近代《詩經》語言學研究，從語法方面看，馬建忠《馬氏文通》可謂漢

語語法研究的開山之作，由此漢語研究方有了語法概念。《馬氏文通》引進西洋語法理論研究古漢語語法，開拓了漢語研究的視野。《馬氏文通》對古漢語語法有大量獨到認識，對一字兩讀音義關係舉大量經典例證，其中不乏《詩經》用例。

綜上，此期《詩經》語言學研究集中於釋義、古音、語法三方面。

三、現當代《詩經》語言研究

現當代時期，對《詩經》語言學價值認識有了很大提升，挖掘力度大強度廣，遍布語言學各個分支領域。《詩經》語音、詞彙、語法研究齊頭並進，成績斐然。

王力《詩經韻讀》是研究《詩經》音韻的權威性著作。其後研究上古音系各家涉及上古擬音的學者多參王力上古三十韻部分部，在其基礎上或有增減。各家在《詩經》韻腳字的處理上也是仁者見仁、智者見智。但凡研究上古音系的學者皆需利用《詩經》韻文材料，這些研究上古音系的學者實際上也間接參與研究了《詩經》韻文。此外上古漢語音值擬測多承王力緒，將《詩經》押韻作為分部的前提或者實現手段，這類學者眾多，茲不贅列。

王顯注意到《詩經》的重言現象，並對《詩經》出現的重言詞個數作了統計。不過先生統計的重言詞因某些詞《詩經》重複出現而重複計數、名詞重言詞未計入、雙聲或疊韻的疊音形式未計，數字並不能算是精確。杜其容結合當時的上古音研究成果，對《詩經》中的重疊形式進行研究，成《毛詩連綿詞譜》。杜先生《詩經》的重疊形式不僅包括了一般的重言，即其所謂「嚴的雙聲兼疊韻 A 類」，還包括雙聲或疊韻形式，即其所謂「寬的雙聲兼疊韻 B 類、嚴的雙聲 C 類、寬的雙聲 D 類、嚴的疊韻 E 類、寬的疊韻 F 類」，亦即王顯先生未計的一部分，更有一句中間隔字的一些疊音形式亦計入研究範圍。其將《詩經》連綿詞據語音特徵分六譜，六譜下又各再細分，並錄上古音、上古韻部、中古音以及毛傳、三家詩說、鄭箋、孔疏包括宋以下各家釋義。周法高在杜先生研究基礎上，對《詩經》重疊構詞分四個部分進行了討論。一、疊音形式（即杜 A 類），從語音特徵所作的列舉統計。二、部分疊音形式（即杜 BCDEF 類）從語音特徵、詞類兩方面列舉分析。三、重疊形式（或與其他成份）的結合，包括兩組疊音形式的結合、兩組部分疊音形式

的結合、重疊形式前加同義的單音形式。同時，周先生還從語法結構組合方式構詞角度對《詩經》的附加語、複詞結構進行了深入分析研究。朱廣祁的《詩經雙音詞詮稿》承上列三家之緒，從詞彙學、語法學角度研究《詩經》雙音詞。作者通過全面考察雙音詞在《詩經》中的各種表現，展現漢語詞彙在雙音節化早期的一般面貌。對《詩經》中單純詞、複合詞性質、作用，以及產生與演變的大勢進行了研究。在對單純詞重言和聯綿字雙音節化的語音與意義聯繫提出了很有見地的看法。並指出雙音詞由單純詞向合成詞的發展，是漢語造詞法上的一個重要躍進。孫錦濤《古漢語重疊構詞法研究》，利用新近上古音研究成果，對古漢語所有重疊詞構詞的語音與語法關係作了詳細的描寫、分類與探討。他認為重疊有基式和重疊部分，根據兩者位置關係，將古漢語重疊構詞類型分逆向重疊、順向重疊、裂變重疊、完全重疊四種方式。不同的重疊類型採取不同的語音重疊變化方式，表達不同的語法、語義關係。孫先生從語音形態構詞角度對古漢語重疊詞進行研究，開闢了重疊詞構詞研究的新視角。那些有形態構詞的重疊詞皆有《詩經》在內的古代典籍的例證，甚有說服力。可以說，孫先生對重疊詞形態構詞理論的探討是相當有創見且非常成功的，讓我們對《詩經》重疊詞構詞的認識有了實質性、突破性的進展，不再拘泥於詞彙構成的語法結構形式變化，而將視野放之於上古的語法形態構詞意義關係上。劉芹利用新近鄭張尚芳、白一平兩家上古音體系研究《詩經》聯綿詞構詞位置規律，從語音的視角觀察《詩經》聯綿詞雙音成分的語音關係，認為《詩經》聯綿詞雙音形式組合遵循音節響度順序原則。這種對聯綿詞構成方式語音組合規律的探索在聯綿詞研究領域亦不失為一項有意義的嘗試。

可見，《詩經》的詞彙學研究集中在疊音詞、複合詞方面，如同《詩經》押韻研究所取得的成果一般同樣卓著。在對複合詞結構進行考察同時亦附帶研究了《詩經》的語法結構組合方式構詞問題。而在重疊詞構詞研究方面集大成者可推孫錦濤先生，他獨具慧眼，不再簡單地將詞彙根據語音、語法結構組合方式特徵羅列分類，而試圖從理論上對這些疊音形式的動因作出解釋，最終肯定古漢語語法形態構詞在重疊詞構詞中的重要意義。這啟示我們從事古漢語詞彙研究尤其重疊詞構詞研究時，不能忽視可能存在的形態構詞現象，詞彙與語法不能分開。

　　同期《詩經》在語義、語法方面成果也很豐碩。自馬建忠引進西洋語法以來，學者們開始關注《詩經》語詞語音與語義語法關係的問題。周祖謨《四聲別義釋例》、王力《漢語史稿》、Downer、周法高《中國古代語法・構詞編》均有專節討論這一問題，例證多結合《釋文》注音引經據典，其中不乏《詩經》用例。可以說，在語義、語法研究領域上述諸家創獲甚眾。後來從事語義、語法關係研究的學者們多有稱引。而此一領域系統成果還有孫玉文《漢語變調構詞研究》，該著作舉例討論上古漢語通過變調實現構詞的語詞變化關係，引經典例證，其中就有《詩經》用例。金理新《上古漢語音系》、《上古漢語形態研究》，兩部書中大量涉及《詩經》用詞是上古漢語形態反映的用例。上述諸家專著在《詩經》研究上另闢視角，但各家皆限於各自論題，對《詩經》音變構詞未能全面客觀闡發。或是借助於《釋文》有所引證，或是服從於論題需要擇例討論，未能深入全面揭示《詩經》中各類詞的形態語法關係。涉及《詩經》語詞語義、語法關係討論的論文主要有謝紀鋒《從〈說文〉讀若看古音四聲》、曾明路《上古押韻字的條件異讀》，兩文分別論述了《詩經》已有異讀別義、上古漢語存在聲調變義異讀現象。傅定淼《〈詩經〉條件異讀考略》認為假借、引申、同形字是《詩經》條件異讀的原因。

　　另外，此期《詩經》文字、詞彙、語義、語法、修辭專題文章層出不窮。程燕《考古文獻〈詩經〉異文辨析》、曹旭《〈詩經〉異文研究》側重對《詩經》異文的考察與辨析。李小軍《〈詩經〉變換句研究》、羅慶雲《〈詩經〉介詞研究》、車豔妮《〈詩經〉中的形容詞研究》、田士超《〈詩經〉重言詞語法研究》、楊皎《〈詩經〉疊音詞及其句法功能研究》、任雪梅《〈詩經〉副詞研究》、畢秀潔《〈詩經〉「到達」義動詞研究》、張穎慧《〈詩經〉重言研究》，闡發《詩經》中詞彙、語法包括語法結構組合方式問題。荊亞玲《〈詩經〉同義詞研究》、張俊賓《〈詩經〉複合詞語義結構探析》重在詞義語法理論的討論。李鳴鏑《〈詩經〉修辭功能論略》專門研究《詩經》的修辭功能。鍾如雄《〈詩經〉賓語前置條件通釋》則選取一種語法現象對《詩經》句式語法進行挖掘。

　　綜觀《詩經》語言研究的三個歷史時期，《詩經》研究的訓詁學價值巔峰在漢代，唐代是《詩經》詞義研究的進一步發展，清代則是《詩經》文字、音韻、訓詁研究全面展開時期，近現代繼續發展，當代《詩經》語言研究遍

布各個方面。時至今日，《詩經》語言研究成果豐碩。不過《詩經》語言研究在漢語音韻學、語法學方面的價值仍有深入挖掘空間。選取《詩經》語詞形態構詞這一視角進行研究，無疑在《詩經》語詞語音與語法形態關係的揭示方面意義非常。《詩經》與語法有關的形態構詞研究，除了孫先生從重疊詞構詞視角進行形態構詞討論外，尚未見有其他方面系統研究成果。儘管《詩經》形態構詞研究存有空白園地，而與形態有關的漢語構詞研究在國內外語言學領域卻一直都熱熱鬧鬧。

第二節　漢語音變構詞研究概況

由於現代漢語語法形態成份較少，用研究屈折語的那套語法思維來研究現代漢語自然難得合適。不過，現代漢語自有其不同於屈折語的諸多語法規則。從事現代漢語語法研究的學者們根據漢語「語素—音節」文字的特點，對現代漢語的構詞法作了大量充分詳細的分類與討論。這些分類主要是基於語素組合結構進行考察完成的，集中表現在對複合詞構詞三大型式（重疊式、複合式、附加式）的分類說明，單純詞則多從音節上進行分類。故此，一提漢語構詞法，學者們第一反應便是基於語素結構序列的幾種類型的構詞方法。然而，上古漢語語法存在形態，這一認識學界已基本達成共識〔註1〕。上古漢語語法研究，也就可以參考西方語法進行。因此，上古漢語構詞法，既包括語素結構序列類型構詞方法，又包括形態構詞方法，即通過語音變化表達不同的詞彙意義、語法意義的構詞方法。後一類又可以再分出構詞、構形兩類〔註2〕。本

〔註1〕施向東（1995）談到這一問題，「隨著漢語史研究的深入，越來越多的研究者認識到上古漢語並不是沒有形態變化可言的。」舉俞敏（1989，1991）、李方桂（1971）、包擬古（1973）、白保羅（1976）見解為證說明。並引白氏（1976）一段話「對上古漢語『面貌』的這種看法的變化，就從整體上使它與藏緬語言更為接近了，這將導致我們以及一般古漢語研究界對漢語語法看法的許多變化，有些可能是根本性的。」白氏的後半段話也正是我們要在這裡說的。具體引證諸家觀點細說見施向東：《有關漢語和藏語比較研究的幾個問題——俞敏先生〈漢藏同源字譜稿〉讀後》，收錄於謝紀鋒、劉廣和主編：《薪火編》，太原，山西高校聯合出版社，1996年版，第244頁。

〔註2〕岑麒祥：「就一般理論說，形態學（詞法）是研究詞的構成和詞形變化的一種學問，其中應該包括構詞法和構形法兩部分。構詞法是研究怎樣由一個詞根加上各種成分

文「構詞」所指一律為上古漢語構詞法之第二類形態構詞法。不過，本節介紹漢語構詞研究現狀，為避免「構詞」這一提法與傳統漢語構詞概念混淆，特作「音變構詞」（實即形態構詞）以別之，對傳統構詞法研究情況概不贅述。

一、國內漢語音變構詞研究

（一）古代音變構詞研究

漢語音變構詞研究較多在漢語歷史文獻中展開。唐陸德明《經典釋文·序錄》提到「好惡敗壞」等字的讀音差別時說：「此等或近代始分，或古已為別，相仍積習，有自來矣〔註3〕。」陸德明認為異讀別義古已有之。宋初賈昌朝作《群經音辨》，書分七卷，五門。是繼陸德明《經典釋文》之後，廣泛搜羅異讀之例，以明「異讀別義」在語言中是客觀存在的。

《顏氏家訓·音辭篇》：「夫物體自有精粗，精粗謂之好惡；人心有所去取，去取謂之好惡。此音見於葛洪、徐邈。而河北學士讀《尚書》云好生惡殺，是為一論物體，一就人性，殊不通矣〔註4〕」，又有言「江南學士讀《左傳》，口相傳述，自為凡例，軍自敗曰敗，打破人軍曰敗。諸記傳未見補敗反，徐仙民讀《左傳》，唯一處有此音，又不言自敗敗人之別，此為空鑿耳〔註5〕。」

清儒顧炎武《音學五書·音論》「先儒兩聲各義之說不盡然」條下謂：「《顏氏家訓》言此音始於葛洪、徐邈。乃自晉宋以下，同然一辭，莫有非之者。……乃知去入之別，不過發言輕重之間，而非有此疆界之分也〔註6〕。」

錢大昕《十駕齋養新錄》：「依顏氏所說，是一字兩讀起於葛洪，而江左學士轉相增益。其時河北諸儒猶未深信，逮陸法言《切韻》行，遂並為一談，牢

構成不同的詞的，它所表示的是詞彙意義；構形法是研究怎樣把詞加以變化的，所表示的是語法意義。」見岑麟祥：《關於漢語構詞法的幾個問題》，《中國語文》，1956年（總第 54 期）12 月號，第 12 頁。金理新先生有言「狹義的形態學只研究構形法而廣義的形態學則兼研究構詞法。」見金理新：《上古漢語形態研究》，合肥，黃山書社，2006 年版，第 2 頁。

〔註3〕陸德明：《經典釋文》，北京，中華書局，1983 年版，第 3 頁。

〔註4〕顏之推：《顏氏家訓》，王利器撰：《顏氏家訓集解》（增補本），北京，中華書局，1993 年版，第 557 頁。

〔註5〕同上書，第 562 頁。

〔註6〕顧炎武《音學五書》，北京，中華書局，1982 年版，第 46～47 頁。

不可破矣〔註7〕。」錢氏否定「四聲別義」，但對於語音之有四聲，則並未完全否定。他認為一音而有平仄異讀，「多由南北方言清濁訛變」，並不是真正為了以聲調的不同來區分意義的不同。

段玉裁《說文解字注》：「凡今人食分去入二聲，飯分上去二聲，古皆不如此分別〔註8〕」，「凡物之好惡，引申為人情之好惡，本無二音，而俗強別共音〔註9〕。」

上列諸位學者在古漢語是否確實存在音變構詞這一問題上意見不一，或以為自古有之或謂經師強生分別。囿於時代侷限，缺乏對古漢語材料的充分系統挖掘，甚至到方言、民族語言音變構詞現象研究的空白等等，所以才會有否定懷疑的聲音。

（二）近代音變構詞研究

馬建忠《馬氏文通》引進西洋語法理論研究古代漢語語法，對古代漢語中一字兩讀語詞音義（包括詞義、語法意義）關係舉大量經典例證，不乏《詩經》用例。馬建忠對漢語音變構詞現象的揭示除了繼承前人以音區別詞義的觀點外，更看到以音區別語法意義的情況。可以說從馬建忠開始，漢語音變構詞研究才真正起步，他在漢語音變構詞研究領域有著不可忽視的開山之功。

劉師培《中國文學教科書》內「周代訓詁學釋例」及「漢儒音讀釋例」兩節分別以「用本字訓本字法」及《釋名》材料證明周秦兩漢亦有兩讀區別。

傅斯年《性命古訓辨證》提出古漢語一字兩讀為「古漢語中之絕大問題，當俟語學家解決之也。此類變化，所表者必為語法作用，可以無疑，其表示何種語法則未易理解。意者所表者乃多種之語法作用〔註10〕」，故難尋頭緒。

上列諸家對古漢語音變構詞現象表示肯定，認識亦有所提升，開始有意識地將語詞的語音與語法關聯並系統認識二者關係。這在漢語音變構詞研究領域無疑邁出了重要一步。

〔註7〕錢大昕：《十駕齋養新錄》，上海，上海書店，1983 年版，第 92 頁。

〔註8〕段玉裁：《說文解字注》，上海，上海古籍出版社，1981 年版，第 406 頁。

〔註9〕同上書，第 1086 頁。

〔註10〕傅斯年：《性命古訓辨證》，歐陽哲生主編：《傅斯年全集》（第二卷），長沙，湖南教育出版社，2000 年版，第 564 頁。

（三）現當代音變構詞研究

1. 漢語書面文獻音變構詞研究

　　1946 年周祖謨發表《四聲別義釋例》，舉例說明了「以四聲別義遠自漢始」。之後引發了許多學者對這一問題的研究和討論。俞樾 1954 年《諸子平議・呂氏春秋平議》認為，古無一字兩讀之說。禮樂之樂與哀樂之樂，其讀相同。王力 1957 年《漢語史稿》：「顧炎武等人否認上古有『讀破』。但是，依《釋名》看來（傳，傳也；觀，觀也），也可能東漢已經一字兩讀〔註11〕。」周法高 1962 年在《中國古代語法・構詞編》中以字表形式分類舉例說明了異讀別義現象。洪心衡《關於「讀破」的問題》一文，通過對古注材料的分析，認為「用不同的聲調來別義，在漢末鄭玄時代大抵已開始，到了六朝更變本加厲了。」「有關平上、平去、上去、入去和同一聲調等兩音的讀破字來看，如果說讀破自漢魏，一直到唐代，還是一字可以兩讀。這可以見到其分歧與矛盾，是長期存在，難於圓滿解決的〔註12〕。」王力 1978 年《黃侃古音學述評》認為上古「存在著一字兩讀的情況」，不過未加具體論證。唐作藩 1979 年《破讀音的處理問題》以變詞語素為主，從理論上證明了上古時期就有四聲別義。指出：「從現存的文獻上看，破讀音是從漢代開始的，六朝時期大量出現。這個客觀現象，經過一些學者的考證，已經為人們所承認。但自清初顧炎武以來，許多學者都認為這種破讀現象是漢代以後的經師或韻書作者『強生分別』。他們唯一的理由是『不合於古音』『周秦蓋無是例』，因而主張『古音本如是（即無區別），不必異讀矣。』這種看法對後來的詞典編纂者不無影響，但顯然是錯誤的〔註13〕。」

　　俞敏 1984 年《古漢語派生新詞的模式》一文從音變角度考察了上古漢語語詞派生的十一種模式，討論的派生語詞對子既有同字異讀、更有異字異讀，不論哪類形式異讀，皆嚴格從文獻用例出發肯定了配對語詞之間的語源關係後再作語詞派生模式分析。可以說，這為從事古漢語音變構詞研究開闊了新的視野。較之王力先生 1982 年《同源字典》限於對同源字語源關係梳

〔註11〕王力：《漢語史稿》，北京，中華書局，1980 年版，第 215 頁。

〔註12〕洪心衡：《關於「讀破」的問題》，《中國語文》，1965 年第 1 期，第 40 頁。

〔註13〕唐作藩：《破讀音的處理問題》，《辭書研究》，1979 年第 2 期，第 150 頁。

理，另闢視角在古語詞派生新詞模式研究中囊括這類同族詞，可謂發前人所未發〔註 14〕。洪誠 1984 年《訓詁學》云：「《天官・太宰・九兩》『六曰主，以利得民』注：『玄謂：利，讀如上思利民之利，謂以政教利之。』這顯然也是改讀示義，因為利民之利與財利之利，意義不同，字音沒有區別……段氏於是照『讀如』表示擬音的規定，說『利民之利與財利別，如《公羊》之伐』。這是違反注義，杜撰字音的妄說〔註 15〕。」張舜徽 1984 年《鄭學叢著・鄭氏經注釋例》云：「然亦有即用本字為音者，則由一字包數音，一音包數義，字形雖同，而音義隨所在而有不同。故漢人讀如、讀若之法，亦多用本字〔註 16〕。」謝紀鋒 1984 年文認為《詩經》已有異讀別義。曾明路 1987 年《上古押韻字的條件異讀》證明了上古漢語存在著聲調辨義的異讀，其 1988 年碩士論文《上古「入─去聲字」研究》指出後入─去聲字存在條件異讀、新舊異讀情況並舉例作了說明。黃坤堯 1992 年指出：「顧、錢二家均將顏氏『見』字曲解為『始』為『起』，因而妄作肇自六朝經師之說。其實漢語乃表意文字，表音的功能較弱，一字而有兩讀三讀，原極平常，周祖謨、嚴學宭所舉例可證。六朝經師或有推衍之功，原非創始之人。倘謂可以創造一套人為的讀音以改變全民的語言習慣，其影響且下及今時今日，則未免高估江南經師的力量了〔註 17〕。」孫玉文 1993 年《上古漢語四聲別義例證》一文，對曾明路先生未加證明的平上聲異讀別義現象舉例進行了論證。王力 1999 年《古代漢語・古漢語通論（十八）》指出，利用四聲來區別詞義和詞性，是漢語的特點之一。漢魏學者看到了這個特點，並體現於古書注音。金理新 2006 年《上古漢語形

〔註 14〕高本漢（1934）《漢語詞類》從詞族的角度對漢語語詞存在的語音交替作了分類舉例說明，最後提出這些語音轉換構成代表同一意義的相併的語詞，或語音上多少差異而代表類似的意義的語詞有時是否作為「一種狹義上的純粹文法功用的表示？」並作出肯定回答，同時指出這是一個複雜的題目，有待繼續研究，於文章結尾附列了一些啟示性的例子，嘗試性從語法構詞角度作了相應說明。俞敏先生此文實受高本漢此著影響所作，對高本漢漢語詞族研究中一些有違文獻的詞族關係語詞配對例子頗覺可疑，故主張在古籍文獻的詳細可靠證據下概括有詞族關係、語音關係的配對語詞，再行分析這類有詞族關係語詞的派生構詞關係。

〔註 15〕洪誠：《訓詁學》，洪誠：《洪誠文集》，南京，江蘇古籍出版社，2000 年版，第 177 頁。

〔註 16〕張舜輝：《鄭學叢著》，濟南，齊魯書社，1984 年版，第 111 頁。

〔註 17〕黃坤堯：《〈經典釋文〉動詞異讀新探》，臺北，學生書局，1992 年版，第 9 頁。

態研究》對先秦經典文獻用例作了細緻分類研究，對文獻語詞構詞形態作了充分的說明與挖掘，在此基礎上論證了上古漢語存在形態音變，並揭示了上古漢語各類可能的語法音變規律。孫玉文 2007 年《漢語變調構詞研究》，通過對先秦、兩漢古籍的整理系統研究了古漢語中普遍存在的變調構詞現象。據孫玉文，研究變調構詞資料有九類，分別為音注、字書、韻文、聲訓、古今字和假借字、前人筆記、現代方言、民族語跟漢語的關繫詞、前人整理的變調構詞字表。

　　古漢語作為有文獻記錄的語言，通過《廣韻》等韻書可以找到當時音變構詞豐富的證據；學者們正是通過《廣韻》結合《經典釋文》的注音尋找文獻用例來證明古漢語音變構詞現象的。然而，活語言材料在漢語史研究中的意義非同一般。基於這一點，現代音變構詞研究的學者們將目光分散到漢語各方言口語中，對保存有音變構詞現象的方言口語作了或多或少的挖掘。

2. 漢語現代方言音變構詞研究

　　通過方言口語詞彙的調查，以及與《廣韻》相關語法關係的異讀語詞比較，方言音變構詞研究近些年來多有創獲。開啟這一研究領域的周祖謨先生，在其《四聲別義釋例》一書中，將四聲別義研究拓展到口語層次，他注意到方言口語如北京話裏也存在此類現象，並列舉 29 個四聲變讀分別詞性及詞義的例子〔註 18〕。這是較早從聲調變化的角度來觀察方言口語裏的特殊構詞現象。趙元任 1980 年《語言問題》的系列演講《詞彙跟語法》一講，列舉英語、漢語普通話和南北方言的例子來說明此類音變的表現形式，並將這些音變現象稱之為有關語法的音變。趙元任提到音變的語音表現形式，「所謂音變啊，包括聲調，包括輕重音，都算是音變〔註 19〕。」由此看出趙元任先生也已經敏銳地捕捉到了語法音變的普遍性。但趙元任先生又指出不同的音變類型在不同的地理分布上表現出不平衡性，比如聲調語法音變在歷史稍長的全國多數方言，都有相類的變化；歷史較短的在地域分布上相對較窄〔註 20〕。

〔註 18〕周祖謨：《四聲別義釋例》，周祖謨：《問學集》，北京，中華書局，1966 年版，第114～116 頁。

〔註 19〕趙元任：《語言問題》，北京，商務印書館，1980 年版，第 40～57 頁。

〔註 20〕同上書，第 54 頁。

　　20 世紀 80 年代，丁邦新《從閩語白話音論上古四聲別義的現象》、王世華《揚州口語中的破讀》、殷煥先《關於方言中的破讀現象》、鄭文瀾《古代「讀破」方法在廣州話中的殘留現象舉隅》、張發明《淺談東北方言中的四聲別義現象》等文章都是對古代「破讀／讀破」在方言中的表現的專門探索。

　　進入新世紀以來，涉及漢語方言音變構詞專題研究一片欣欣向榮。麥耘《廣州話的聲調系統與語素變調》，對廣州話作為形態音變的語素變調在新舊兩派中的變化分別作了考察，分析了語素變調在語法層次、詞彙層次和語素層次的不同表現。汪化雲《團風方言變調構詞現象初探》，陳曉錦《從詞語構成的角度看莞城話和廣州話詞彙的差異》，李智初、張志毅《含山方言屈折遺跡》分別對不同方言的音變構詞展開了研究。曹志耘《南部吳語語音研究》把漢語的變調現象分為三類：語音變調、語法變調、語義變調。「語音變調」即一般的連讀變調；「語法變調」指「述賓式、數量式」一類由特定的語法結構關係而產生的變調；「語義變調」指利用聲調的變化來達到特定的語義目的，如南部吳語裏普遍存在的「小稱變調」。曹志耘認為漢語的「破讀」現象或「聲調內部曲折」現象，實質上可以看作是一種語義變調，只不過這種變調多發生在單音節詞之中〔註21〕。莫超《白龍江流域漢語方言語法研究》一書，專門討論了白龍江流域漢語方言的內部屈折構詞。該著作專設一節結合實例分析「變調構詞」13 例〔註22〕。萬獻初《漢語構詞論》專門論述古漢語音變構詞以外，在《現代漢語方言構詞個案探究》一章中專列一節《咸寧方言的單字音變構詞》〔註23〕。董紹克《陽谷方言研究》一書，分異讀為異詞異讀、文白異讀、新老異讀。該書收錄陽谷方言異詞異讀 116 例〔註24〕。朱賽萍《永嘉方言音變構詞研究》通過對 18 例永嘉方言變聲構詞、41 例永嘉方言變調構詞的討論，同時結合普通話和吳、閩、粵諸方言的左證討論了永嘉方言的音變構詞現象〔註25〕。

〔註21〕曹志耘：《南部吳語語音研究》，北京，商務印書館，2002 年版，第 108～109 頁。

〔註22〕莫超：《白龍江流域漢語方言語法研究》，北京，中國社會科學出版社，2004 年版，第 146～153 頁。

〔註23〕萬獻初：《漢語構詞論》，武漢，湖北人民出版社，2004 年版，第 272～290 頁。

〔註24〕董紹克：《陽谷方言研究》，濟南，齊魯書社，2005 年版，第 62～67 頁。

〔註25〕朱賽萍：《永嘉方言音變構詞研究》，溫州大學碩士論文，2007 年 3 月。

　　漢語文獻以及方言口語音變構詞事實，肯定了古漢語存在音變構詞，至少古文獻保存的形態構詞現象在現代眾多方言口語中尚能找到現實的依據。然而，由於各地方言保守與創新的不均衡，漢語音變構詞在各地的表現也參差不齊。相比較而言，保守古老的方言留存的古漢語形態更完整豐富。故此，對方言口語音變構詞的研究，因受方言自身保守、創新兩方面特徵的不均衡分布影響，也呈現出不平衡性。漢語音變構詞的最早可追溯時期，方言口語不能給出答案，仍須待古文獻音變構詞梳理，這也正是本文將目標鎖定《詩經》這一先秦珍貴歷史文獻的原因所在。

二、國外漢語音變構詞研究

　　遠在十八世紀，法國馬若瑟神父（Prémare）即謂漢語有名詞和動詞之形態的分別，聲調之變化可使「名詞」變為「動詞」，「動詞」變為「名詞」〔註26〕。十九世紀末葉，德國康拉迪（Conrady）也認為漢語的「動詞」有及物與不及物（外動與內動）兩種動詞的形態分別。這分別是由於聲母的清濁。清者為「及物動詞」，是前加成分所留下的痕跡。濁者為「不及物動詞」，本來沒有前加成分〔註27〕。

　　瑞典漢學家高本漢（Bernhard Karlgren，1934）《漢語詞類》認為中國文字中常常有一字兩讀表示不同詞類的情形〔註28〕。全文並從詞族的角度對語詞間語音交替轉換分類考察，提出這些轉換具有文法上的某些功用，尚有待系統研究。文末附列了部分一字兩讀、具有詞族關係語詞配對例子，對其中可能反映的文法關係以相應例子作了解析。高本漢1946年在其《漢語的本質和歷史》中對這一問題進行了更深入的闡發，對聲母送氣與不送氣轉換、介音有無轉換、韻尾清濁輔音轉換等分類舉例作了說明。最後得出結論：「原始漢

〔註26〕 Maspero, "La Langue Chinoise"，Conférences de L'Institut de L'Université de Paris，1933，p.64. 轉引自高名凱：《漢語語法論》，北京，商務印書館，1986年版，第72頁。

〔註27〕 Conrady, *Eine Indochinesische Kausativ-Denominativ-Bildung undihr Zusammenhang mit den Tonakzenten*，(Leip zig，1896）轉引自高名凱：《漢語語法論》，北京，商務印書館，1986年版，第72頁。

〔註28〕 〔瑞典〕高本漢著，張世祿譯：《漢語詞類》，上海，商務印書館，1937年版，第2～3頁。

語與西方語言在性質上極為相似。像印歐語言一樣，原始漢語肯定具有其屈折系統和詞彙派生系統，具有其形態詞類，簡單地說，具有比較豐富的詞形變化〔註29〕。」高本漢將原始漢語定位為屈折語的觀點對後來者影響頗深，國內外從事漢語研究的學者們紛紛以原始漢語屈折語的視角看待上古漢語語音形態與語法關係變化、漢語與藏語等親屬語言關係比較變化。誠如聶鴻音先生（2010）所言：「──漢語在原始階段並不是像現在那樣的孤立語，而是像歐洲語言那樣的具有形態變化的屈折語──這方面的研究構成了他畢生學術成就的第二個閃光點〔註30〕。」

美國學者包擬古（Nicholas C. Bodman，1950）補充高本漢學說，指出高本漢討論形態變換類型中有一種變換類型沒有包括在他的討論中，即聲調變化。包擬古認為這對詞群有重要意義，因為「許多最小的對比只存在聲調方面，雖然有些學者相信這些例子是和區別詞類相聯而生的頗為後起的改革〔註31〕。」

唐納（Downer）1959 年在其《古代漢語中由於聲調變化所形成之「轉化」》一文中，引用高本漢《漢語詞族》、周祖謨文、周法高文、和《漢語史稿》。唐納采用了《漢語史稿》的說法，認為聲調對比的現象是一種詞的轉化，以平、上聲和入聲為基本形式，而相對的去聲字是轉化的。將「陸德明去聲轉化用法」分為八類，分別為：基本形式是動詞性的──轉化形式是名詞性的；基本形式是名詞性的──轉化形式是動詞性的；轉化形式是使謂式的；轉化形式是「表效果的」；轉化形式具有變狹的意義；轉化形式是被動的或中性的；轉化形式用作副詞；轉化形式用在複詞中。

綜觀國內外漢語音變構詞研究現狀，漢語音變構詞理論走到今天已相當成熟。只是由於各家語法認識不同，所用語法術語亦自相別。現代各方言土語音變構詞的認識已成體系，而文獻的音變構詞系統研究則顯得薄弱。諸家用於上古漢語音變構詞討論的例證較多集中於先秦經典，取捨相對分散，對

〔註29〕〔瑞典〕高本漢著，聶鴻飛譯：《漢語的本質和歷史》，北京，商務印書館，2010年版，第 74 頁。

〔註30〕同上書，第 10 頁。

〔註31〕Nicholas C. Bodman，「評 The Chinese Language」，Language，Vol.26，No.2，1950，p.345.轉引自周法高：《中國古代語法‧構詞編》，臺北，中央研究院歷史語言研究所，1962 年版，第 12 頁。

文獻專門、系統的構詞梳理尚未展開。儘管漢語音變構詞研究不比通假字、漢語詞彙、漢語語法等研究可以相對靈活地選擇一部專書作全面研究。但針對《詩經》這樣一部先秦佔據重要地位的文獻著作，其中保存了大量先秦語詞，系統全面地對其音變構詞現象進行專門研究看起來似乎仍是必要且可行的。漢語音變構詞理論的日趨成熟，不但在漢語方言研究領域開拓了新的空間，在漢語史研究中也必將開啟新的領域，而這將體現於這一理論在保存有大量先秦語詞的先秦重要文獻的專門研究中。通過對《詩經》這部先秦典籍作一全面、專門測查，深度挖掘其讀音背後的音變構詞現象，為上古漢語確實存在音變構詞作有力論證說明，同時充實漢語音變構詞理論。

第三節　《詩經》形態構詞研究價值

《詩經》在我國先秦史上重要的文獻價值地位，吸引了歷代各方研究者的目光。通過對《詩經》語言研究現狀的回顧，看到《詩經》語言學價值挖掘的力度尚有待進一步加深；國內外漢語音變構詞研究現狀梳理，發現漢語音變構詞價值在古文獻方面尤其專書的全面系統考察有待提升。正是看到《詩經》語言學、漢語音變構詞研究各自的研究空間，啟發形成了《詩經》形態構詞研究這一選題。《詩經》形態構詞研究價值意義，概括而言，表現在三方面：

第一、上古漢語語音方面。通過對《詩經》押韻材料的梳理，對入韻字分門別類，尤其側重對同字異讀韻腳字的考察，以期發現《詩經》語詞形式與意義之間的關係。透過這類關係借助諧聲聲符分析，辨析語詞構詞詞綴，同時可能的情況下輔以同源語言比較證明這類構詞後綴與漢語的語音對應及語法功能對應關係。一方面嘗試對上古漢語中帶有語法後綴語詞進行梳理，總結構詞規律；一方面為上古漢語語音構擬提供可能的解釋，不必將上古陰聲韻字構擬成塞音尾閉音節。這啟示我們在上古漢語語音研究中需要拓寬視野，將上古漢語與形態相關的一些語法現象考慮進上古漢語語音體系構擬中，這樣擬構出的上古音體系不論從語音還是從語法看才更有說服力、更合理可信。《詩經》中具有構詞關係的異讀字頭語音形式之間必然存在聯繫，借助這類語法形態相關的異讀字頭的語音辨析，結合新近上古漢語擬音體系研究成果，一方面考察各類異讀字頭語音形式之間的相似性，與新近上古漢語

擬音體系互證；一方面於這些語音形式相似性中提取出《詩經》時期構詞詞綴並嘗試分析各類詞綴的語法意義。

丁邦新先生曾有言「語音的研究也不只是一群音標，而能實際上指引我們尋找上古漢語構詞的內涵〔註32〕。」上古漢語語音和語法關係密切，丁先生的話反過來說亦通，「上古漢語構詞研究也不只是一堆語法、詞彙反映，而能實際上帶領我們尋找上古漢語語音的某些痕跡走上一段路程。」孫錦濤2008年對這一關係有過一段精彩的論述：「形態與語音密不可分，這樣形態就成了窺測語音情況的一個窗口，討論語音問題時援引形態構詞方面的事實以為證據是非常自然的〔註33〕。」

第二、上古漢語語法方面。《詩經》異讀語詞的構詞構形現象分析，揭示語詞形態與語法意義之間的關係。語詞通過何種方式或何種音變規律實現語詞派生或構詞轉換的？《詩經》中可能的構詞手段有哪些？各類構詞手段的構詞功能又有哪些？這些問題的順利解決將為上古漢語語法構詞構形研究提供平面直觀的例證及可進一步思考的空間，且有利於漢藏語系類型學在語法視野比較研究工作的開展。俞敏先生1991年《漢藏文獻學相互為用一例》中主張引進形態音位學（morphophonemics）的觀點來研究漢語史和進行漢藏比較。本文選題正是在前輩學者真知灼見基礎上的嘗試探索，以期通過《詩經》形態構詞構形現象分析研究，為上古漢語語法研究、漢藏比較研究工作作出可能的努力與貢獻。丁邦新先生所謂語音的研究能指引我們尋找上古漢語構詞內涵，充分說明，通過上古漢語語音研究追溯上古漢語形態構詞的歷史是非常有價值的一項工作。

第三、上古漢語詞彙方面。語音、語法、詞彙作為語言的三要素，關係密切。詞彙研究價值主要體現在對詞彙派生、詞義類轉的研究中，並在此基礎上，對原始詞、派生詞，語詞本義、引申義之間的意義關係作出正確解讀與認識。這可以幫助我們更好地解讀上古時期詞彙意義轉化的途徑與演變方

〔註32〕丁邦新：《以音求義，不限形體——論清代語文學的最大成就》，臺灣中山大學編：《第一屆國際清代學術研討會論文集》，臺北：臺灣中山大學中國文學系・中國文學研究所，1993年版，第9～13頁，丁邦新：《中國語言學論文集》，北京，中華書局，2008年版，第527～536頁。

〔註33〕孫錦濤：《古漢語重疊構詞法研究》，上海，上海教育出版社，2008年版，第197頁。

向。

此外，通過《詩經》形態構詞研究，還可以對漢語的語音、語法、詞彙分別作縱向比較，這將更利於當前學校的語言文字教學工作，尤其表現在對現代漢語形態近於消失，語詞語音的變化等認識方面，使學生更容易理清語詞之間的音義關係等。

總起而言，《詩經》形態構詞研究在理論上對上古漢語語音、語法、詞彙研究都將有所啟示，實踐方面對漢語語言文字的教學工作亦有實際指導意義。

第二章　《詩經》異讀構詞詞表及構詞特點

詞表凡例

一、本詞表收《詩經》所有異讀字中涉及構詞作用字頭計 107 個〔註1〕，其中有些字頭下附列與字頭構詞相關的字。字頭排列按照中古脣音幫組〔註2〕、舌音端知組〔註3〕、齒頭音精組、正齒音照組（先排莊組再排章組）、牙音見組、喉音影組的順序排列。各聲紐內部再按上古韻部依次分列。

二、每一字頭於行文開頭列出上古聲韻、上古擬音（前附*），構詞形態及意義關係，繼之以字書、韻書相關記載及前修時賢對每一字頭的意見綜述，再通過《詩經》例證解析每一字頭的構詞現象，最後總結《詩經》每一字頭

〔註1〕異讀字頭包括同字異讀、異字異讀兩類。異字異讀多為同族詞，即王力（1982）同源詞。這類有詞族關係的語詞存在構詞關係前有高本漢（1934、1946）、俞敏（1984）、金理新（2006）等學者作過大量討論。結合此類異字異讀構詞關係分析可幫助更好更全面地認識上古漢語形態與語法的關係。字頭計數，對異字異讀及與本字頭構詞相關的字不再重複計數，即凡有構詞關係的一組語詞以 1 字頭計數。

〔註2〕中古脣音幫組包括輕脣音非、敷、奉、微四母，後凡此提法與此處同。

〔註3〕中古舌頭音端組、舌上音知組聲母呈互補分布，上古有相同來源，歸為一類。

的所有構詞規律。與字頭有構詞關係的不同文字記錄形式，直接附於字頭自身構詞規律討論後一一梳理，在每一字頭行文開頭不闡述其與字頭的構詞關係。遇字頭自身無兩讀構詞的，直接於行文開頭闡述其與不同文字形式所記錄相關語詞的構詞關係。

三、《詩經》例證內容依次為：字頭、鄭張尚芳上古音系擬音、中古音韻地位〔註4〕、《詩經》參考書目頁碼及內容（包括毛傳、鄭箋）、《釋文》頁次、《釋文》音義或詩義。《釋文》以（卷/頁.行）格式標明頁次，卷頁是原書卷次頁碼，原書每頁 22 行。《詩經》字頭部分用例《釋文》未出注則《釋文》頁次一律不列。

四、《詩經》以阮元《十三經注疏》本為主，同時參考中華書局編輯部編《漢魏古注十三經》本以及（清）馬瑞辰《毛詩傳箋通釋》、（清）陳奐《詩毛氏傳疏》兩個本子。《釋文》使用中華書局通志堂本，同時參考黃焯《經典釋文匯校》。《釋文》音義據毛傳鄭箋列相應詩義、部分參陳奐傳疏、孔穎達疏、馬瑞辰傳箋通釋等。

五、文中《經典釋文》一律簡稱《釋文》，《說文解字》簡稱《說》。

第一節　唇音幫組異讀構詞詞表及構詞特點

一、唇音幫組異讀構詞詞表

福（富）

　　福，鄭張尚芳上古音系歸入幫母職部，擬音*puɡ，又據《集韻》收徐廣音「敷救切」，表義「藏也」，歸入滂母代部，擬音*phuɡs。富，鄭張尚芳上古音系歸入幫母代部，擬音*puɡs。上古*puɡ、*puɡs 兩詞有構詞關係，通過韻尾交替〔註5〕實現名謂化構詞：語詞「福」*puɡ，表示名詞「祐也」；語詞

〔註4〕 本應以上古聲紐韻部標注，考慮到中古平上聲及一部分陰聲來源去聲字標注時韻部不易分辨，以中古具有語音區別特徵的音韻地位如聲母、聲調、等韻等標注便於比較、且比較起來較為清晰。

〔註5〕 交替有替換、添加兩種形式，此處指添加。本文一以「交替」統稱之，後文凡「交替」者同此，不具體說明是替換還是添加，可根據具體字頭構詞情況確定是哪一形式。

*pɯgs，表示動詞「豐於財」、動詞「祐也、德也」，前一動詞文獻文字形式作「富」，後一動詞經典文字形式既寫作「富」，又寫作「福」。

《說文》示部：「福，祐也。从示畐聲。」宀部：「富，備也。一曰厚也。從宀畐聲。」《玉篇》示部：「福，方伏切，祿命也，祐也。」／宀部：「富，甫溜切，豐於財。」《廣韻》方六切：「福，德也，祐也。「／方副切：「富，豐於財，又姓……」《集韻》方六切：「福，《說文》『祐也。』」／敷救切：「福，藏也，《史記》『邦福重寶』，徐廣讀。」方副切：「富，《說文》『備也。一曰厚也。』又姓。」

「福、富」兩詞有語源關係，《釋名·釋言語》：「福，富也。」王力（1982）《同源字典》列「富、福」為同源詞。「福、富」音義關係，前人少有揭示。金理新（2006）首先注意到兩詞通過韻尾交替實現名謂化構詞轉換。

《詩經》福 52 見，富 6 見，《釋文》未出注。

福*pɯg，幫入。P278《國風·周南·樛木》：「南有樛木，葛藟纍之；樂只君子，福履綏之。」P473《小雅·甫田之什·甫田》：「報以介福，萬壽無疆。」福，名詞，祐也。《詩經》51 見，句中作主語或賓語。

福*pɯgs，幫去。P614《魯頌·駉之什·閟宮》：「周公皇祖，亦其福女。」福，動詞，祐也。《詩經》1 見，在句中作謂語，後接賓語。

富*pɯgs，幫去。P441《小雅·節南山之什·正月》：「哿矣富人，哀此惸獨！」P451《小雅·節南山之什·小宛》：「彼昏不知，壹醉日富。」富，動詞，豐於財。《詩經》4 見，在句中作謂語、定語。P577《大雅·蕩之什·瞻卬》：「天何以刺？何神不富？」傳：「富，福」。P579《大雅·蕩之什·召旻》：「維昔之富，不如時。」箋：「富，福也」。富，動詞，祐也、德也。《詩經》2 見，在句中作謂語或主語。主語「富」後暗含有賓語「賢者」。

不論語詞文字記錄形式如何，用於動詞義「豐於財」、「祐也德也」一律使用相同的語音形式*pɯgs。此語詞形式與《詩經》押韻正相一致，《詩經》「富」入韻 4 次，或與上古*-s 後綴字相押，或與上古*-gs 韻尾字相押。富，從畐得聲，「畐」為入聲字，因此「富」的上古形式一定是*-gs 韻尾形式。

「福、富」構詞關係如下：語詞*pɯg，表示名詞「祐也」，文字記錄形式為「福」；通過韻尾交替實現名謂化構詞轉換，派生語詞*pɯgs，表示動詞「豐

於財」，文字記錄形式為「富」，表示動詞「祐也、德也」，文字記錄形式為「福、富」。

背（北負）

背，鄭張尚芳上古音系歸為並母代部、幫母代部，分別擬音*buɯgs、*puɯgs，「背」兩音，存在音變構詞關係，通過聲母清濁交替實現名動構詞：語詞形式*puɯgs 為名詞，指脊背；交替語詞形式*buɯgs 為動詞，指背棄、違背、背對。

背，《說文》肉部：「脊也。从肉北聲。」《玉篇》肉部：「背，補對切，背脊，又步內切。」《廣韻》蒲昧切：「背，棄背。」／補妹切：「背，脊背。」《集韻》補妹切：「背，《說文》：『脊也。』」／蒲昧切：「背，違也。」

《群經音辨・辨字同音異》：「背，脊也，補內、甫載二切；背，違也，薄內切。」馬建忠（1898）：「『背』字，去讀補妹切，『補』聲促，名字，脊也。又『堂北』。《詩・衛風・伯兮》：『言樹之背。』又薄昧切，『薄』聲舒，外動字，違也，棄也。《書・太甲》：『既往背師保之訓。』此以聲之舒促而用異者〔註6〕。」周法高（1962）將「背」歸為「非去聲或清聲母為名詞，去聲或濁聲母為動詞或名謂式」一類，「背：脊背，補妹切（清聲母，去聲）；向偝，一作偝，蒲昧切（濁聲母，去聲）〔註7〕。」金理新（2006）指出「背」通過聲母清濁交替實現名動之間的構詞，同時其動詞另有附*ɦ-前綴形式；「北」通過後綴*-s 交替實現動轉化構詞產生名詞脊背之「背」。

「背」《詩經》出現 8 次，《釋文》注音 5 次。

背*buɯgs／*puɯgs，並去／幫去〔註8〕。P326《國風・衛風・伯兮》：「焉得諼草，言樹之背？」傳：「背，北堂也」。5／20.17《釋文》：「音佩，沈又如字，北堂也。」背，通「北」。

背*buɯgs，並去。P445《小雅・節南山之什・十月之交》：「噂沓背憎，

〔註6〕 馬建忠：《馬氏文通》，北京，商務印書館，1983 年版，第 205 頁。

〔註7〕 周法高：《中國古代語法・構詞編》，臺北，中央研究院歷史語言研究所，1962 年版，第 59 頁。周法高原文有擬音及英文翻譯，引文不錄，後類此者不再出注。

〔註8〕 「背」通「北」，本音幫母入聲，但陸德明《釋文》「背」「北」相通皆音並母去聲，本例即以「音佩」為首音。

職競由人。」箋：「噂噂沓沓，相對談語，背則相憎。」6／21.15《釋文》：「蒲妹反，注同。」背，動詞，背對。P577《大雅・蕩之什・瞻卬》：「鞫人忮忒，譖始竟背。」箋：「始於不信，終於背違人。」7／22.6《釋文》：「音佩，注同。」P558《大雅・蕩之什・桑柔》：「民之罔極，職涼善背。」箋：「信用小人，工相欺違」。背，動詞，違背。P558《大雅・蕩之什・桑柔》：「涼曰不可，覆背善詈。」箋：「反背我而大詈」。背，動詞，背棄。

背*puɯugs，幫去。P552《大雅・蕩之什・蕩》：「不明爾德，時無背無側。」傳：「背無臣，側無人也」。7／14.3《釋文》：「布內反，又蒲妹反，後也。」陸德明以首音為正音〔註9〕，又音錄他說以備一覽。P614《魯頌・駉之什・閟宮》：「黃髮台背，壽胥與試。」7／32.16《釋文》：「音貝。」P534《大雅・生民之什・行葦》：「黃耇台背，以引以翼。」背，名詞，後背。

「背」《釋文》未出注字音，一般如字讀，不過也不排除《釋文》漏注。孫玉文（1999）：「相同的詞義，《經典釋文》或注或不注的地方還有不少。有人對這種注音方式有誤解，以為一字兩聲各義時，上下文中，甲處注破讀，乙處丙處不注，則乙處丙處讀如字。如以這種推理貫穿始終，就會對《經典釋文》產生很大的誤會〔註10〕。」《詩經》表示動詞「違背、背棄」義的「背」，《釋文》漏注破讀音。孫玉文還強調以《釋文》於相同詞義或注音或不注音的現象推出兩聲各義讀音分別是人為的，這種論證方法是沒有注意到古人注音的複雜性，因而不可取。王月婷（2007）考察《釋文》「背」字注音 113 例，其中幫去 8 例，除 1 例「音貝」為動詞注音外皆為名詞〔註11〕，餘 105 例「並去」讀音皆作動詞，《釋文》兩音語法分別井然。《詩經》動詞「背」兩例，《釋文》無注，恐陸德明漏注。

《詩經》中與「背」構詞相關的有兩詞：負、北。負，鄭張尚芳上古音系歸為並母之部，擬音*bɯʔ〔註12〕。《詩經》3 見，《釋文》無注，如字讀。

負*bɯʔ，並上。P438《小雅・鴻雁之什・無羊》：「爾牧來思，何蓑何笠，

〔註9〕 《經典釋文・序錄》：「若典籍常用，會理合時，便即遵承，標之於首。」見陸德明：《經典釋文》，北京，中華書局，1983 年版，第1～2 頁。

〔註10〕 孫玉文：《漢語變調構詞研究》，北京，北京大學出版社，1999 年版，第 9 頁。

〔註11〕 1 例「音貝」注《詩經》「黃髮臺背」之背，根據詩義，「背」正表示名詞「後背」義。

〔註12〕 「負」金理新上古擬音*ɦ-beɦ< **ɦ-beg。

或負其餱。」P451《小雅・節南山之什・小宛》:「螟蛉有子,蜾蠃負之。」傳:「負,持也。」P528《大雅・生民之什・生民》:「恒之糜芑,是任是負。」負,動詞,荷也、擔也。

「負」與「背」有構詞關係,表現為:清聲母幫母去聲「背」為名詞,「脊背」;濁聲母並母上聲「負」為動詞,「擔也、荷也」。《釋名》:「負,背也,置項背也。」「背」與「負」正是因為具有音變構詞關係,故得訓釋。

北,鄭張尚芳上古音系歸為幫母職部,擬音*pɯɯɡ。《詩經》21 見,均表示名詞「北方」義,《釋文》無注,如字讀。《說文》北部:「北,菲也,從二人相背」。王力(1982)認為「背、北」同源,指出「北」初義應是動詞乖背,二人相背為北與二人相隨為從同理。金理新(2006)認為:「『北』,先秦本就只有《廣韻》所記錄的兩個意義,而且是常用義。就語詞形式而言,『博墨切』當是一個詞根形式,而『薄昧切』和『補妹切』則當是派生形式。」

我們同意金理新的觀點,表示「乖背」義的語詞「北」詞根形式為幫母入聲。因為二人相背引申出脊背之背,通過在詞根形式基礎上附加後綴*-s 完成動名之間的構詞,派生語詞的文字記錄形式隨之附加形符「肉」變作「背」。表示「脊背」義的名詞「背」又通過聲母的輔音清濁交替完成名動之間的構詞,這就是動詞「違背、背棄、背對」等義的來源。因為古人建房常坐北朝南,背向北,故「北」後來引申出「北方」義。那麼原來動詞「乖背」義由並母去聲的「背」承擔,這也是《釋文》「北」字為什麼又音並母去聲的原因所在,經師的注釋在於說明《釋文》「敗北」的「北」為「背」之通假。

綜上,「背」字條構詞可梳理為:「北」,幫母入聲,動詞,二人相背。在詞根基礎上附加後綴*-s 構成名詞「背」,幫母去聲。名詞「背」通過聲母輔音清濁交替完成動詞義「違背、背棄、背對」以及動詞義「荷也、擔也」的構詞。詞根形式「北」用以表示引申義「北方」,其本義「乖背」由並母去聲「背」承擔。

朱賽萍(2007)溫州永嘉方言音變構詞的例子中列出「背」[pai⁵](去),名詞,指稱「背部」;[pai¹](平),動詞,義為(用肩)扛;[bai⁶](去),動詞,義 1 為「背地,背叛」,義 2 為「感官遲鈍」,義 3 為「背誦」。作者指出「背」[pai¹] 不見於《廣韻》屬於方言自身創新,認為「背」[pai⁵]、[bai⁶] 是古漢語用法在方言的遺留。誠如作者所言,永嘉方言「背」[pai⁵]、[bai⁶] 一為陰

去、一為陽去，係聲母清濁分別，表示名詞「脊背」之「背」讀清聲母去聲，表示動詞「背叛、違背」義之「背」讀濁聲母去聲。方言「背」之兩讀語音分別表達的語法功能與《詩經》「背」異讀反映的構詞特點完全相合。

仌冰（凌凝）

《說文》仌部：「仌，凍也。象水凝之形。」仌部：「冰，水堅也。从仌从水。」仌部：「勝，仌出也。从仌朕聲。《詩》曰：『納於勝陰。』」徐鉉於「冰」下注：「今作筆陵切，以為冰凍之冰。」則「仌」對應於後代之「冰」；根據《說文》釋義，《說文》「冰」對應於後代「凝」，《說文》無凝字；「勝」對應於後代「凌」。這些對應關係在《廣韻》中可找到根據：《廣韻》筆陵切：「冫，水凍也，《說文》本作仌。」／「冰，上同，《說文》本魚陵切。」《廣韻》魚陵切：「凝，水結也，又成也。」《廣韻》力膺切：「凌，冰凌。」／「勝，上同。」

鄭張尚芳上古音系將「仌冰筆陵切」歸入幫母蒸部，分別擬音*pruɰŋ、*pruɰŋ < *p-ŋruɰŋ，又根據《廣韻》「冰」注《說文》本魚陵切，為「冰」擬又音*ŋruɰŋ，此音實為「凝」音。凝，鄭張尚芳上古音系歸入疑母蒸部，擬音*ŋrɯŋ。勝，鄭張尚芳上古無擬音。凌，鄭張尚芳上古音系歸入來母蒸部，擬音*rɯŋ。上古漢語這一組詞有語源關係，有共同的詞根，藏語 reŋ-ba「凝結、冰結」正和這一組詞對應。

金理新（2006）指出「冰、凌、凝」三詞有構詞關係，通過*m-前綴交替實現名動之間構詞轉換〔註13〕。

冰，《詩經》5 見，《釋文》未出注。冰*pruɰŋ < *p-ŋruɰŋ，幫平。P388《國風·豳風·七月》：「二之日，鑿冰沖沖。」P448《小雅·節南山之什·小旻》：「如臨深淵，如履薄冰。」冰，名詞，水凍。

凌，《詩經》1 見，《釋文》出注。凌*rɯŋ，來平。P388《國風·豳風·七月》：「三之日，納於凌陰。」傳：「凌陰，冰室也」。6／6.13《釋文》：「力證反，

〔註13〕金理新（2006）為「冰」上古擬音*preŋ，「凌」上古擬音*reŋ < *breŋ，「凝」上古擬音*m-kreŋ。同時引孫宏開（1989）藏緬語流音之前的雙唇音和舌根音可以交替的說法，結合「丙、更」舉例、「凝、冰、凌」例證分析，說明上古漢語也有此類情況。

又音陵,陵,陰冰室也。《說文》作勝,音凌。」凌,名詞,冰凌。

「凌」作名詞「冰凌」義,陸德明以「力證反」為首音。《釋文》為「凌」注音 3 次:2 次「凌陰」、1 次「凌人」。《釋文》皆以力證反為首音,陵為又音,黃坤堯(1997)指出《釋文》以來母去聲為首音、來母平聲為又音的注音現象,說明了陸德明有意利用去平兩讀來區別詞組結構。黃坤堯認為《釋文》力證反首音只用在「凌」之偏正結構中。「凌」之來母去聲音《玉篇》、《篆隸萬象名義》、《集韻》、《類篇》皆收,《廣韻》未存。

凝,《詩經》1 見,常用詞,《釋文》無注。凝*ŋrɯŋ,疑平。P322《國風·衛風·碩人》:「手如柔荑,膚如凝脂。」傳:「如脂之凝」。凝,動詞,水凍。

《詩經》「冰凌、凝」三詞有構詞關係:語詞「冰」*prɯŋ、「凌」*rɯŋ,表示名詞「水凍、冰凌」義;其語音交替形式「凝」*ŋrɯŋ,表示動詞「水凍」義。構詞實現手段,鄭張尚芳的上古音系統或可看作前綴交替,但鄭張尚芳上古音系統「冰、凝」的*p-、*ŋ-為聲母,*-r-為介音。此條構詞方式暫存疑,待上古擬音體系再完善或可看得更清楚[註14]。不過,此三詞存在語源關係,鄭張尚芳的上古擬音也充分證實了三者之間密切的語源聯繫。

副

副,鄭張尚芳上古音系歸為職部滂母、代部滂母,分別擬音*phrɯg、*phɯg、*phɯgs。「副」《詩經》後兩音存在韻尾交替構詞關係:語詞形式*phɯg 為詞根形式,表示動詞,判也,分也;派生語詞形式*phɯgs 為名詞,指稱動作結果一分為二後次要的那個。

副,《說文》刀部:「副,判也,從刀畐聲。《周禮》曰:『副辜祭。』」《玉篇》刀部:「副,普逼切,坼也,破也。又芳富切,貳也。」《廣韻》芳逼切:「副,析也,禮云:『為天子削瓜者副之巾以絺。』」/ 芳福切:「副,剖也。」/ 敷救切:「副,貳也,佐也……」《集韻》拍逼切:「副畐,《說文》『判也』,引《周禮》『副辜祭』。籀作畐。」/ 普木切:「副,判也。」/ 芳六切:「副畐,剖也,或作畐。」/ 敷救切:「貳也,或從二畐。」按:《廣韻》芳逼切、

[註14] 金理新(2006)的上古擬音體系對於認識此三詞的構詞關係提供了很好的參考或更多思考的空間。

芳福切兩讀,《集韻》拍逼切、普木切、芳六切三讀義同,《釋文》於此義注音普逼反、孚逼反,知《廣韻》、《集韻》所收「副」之敷母屋韻的又音或係方音所致,上古此義僅滂母職部一音,與名詞義滂母代部音互補分布。

《群經音辨·辨字音清濁》:「副,俾也,敷救切。副,判也,普逼切,《禮》『副辜』謂磔牲以祭。」金理新(2006)指出「副」通過後綴*-s 交替實現動轉化構詞。「副」構詞學者討論不多。

《詩經》副 2 見,《釋文》出注 2 次。

副*phɯgs,敷去。P313《國風·墉風·君子偕老》:「君子偕老,副笄六珈。」傳:「副者,后夫人之首飾,編髮為之」。5 / 15.17《釋文》:「芳富反,首飾也。」副,名詞,首飾。

副*phɯg,敷職。P528《大雅·生民之什·生民》:「不坼不副,無菑無害。」7 / 7.22《釋文》:「孚逼反,說文云分也,字林云判也,匹亦反。」副,動詞,判也。

副*phɯg,表示動詞「判也、分也」,為「副」之本義。在此詞根語詞基礎上附加後綴*-s 完成動轉化構詞副*phɯgs,名詞。《詩經》取其「副貳」義用來指稱副貳之物的首飾。《釋名·釋首飾》:「副,覆也,以覆首。亦言副貳也。」

《詩經》「副」通過韻尾交替實現動名構詞轉換,語詞副*phɯg 表示動詞「判也、分也」義,後綴派生完成動名構詞轉換副*phɯgs,名詞,指稱「副貳之物的首飾」。

包(勹胞苞袍匏炮飽)

包,鄭張尚芳上古音系歸為幽 1 部幫母,擬音*pruu。白一平上古音系歸為幽部幫母。「包」聲字構詞龐雜,前人少有論及。

勹,《說文》勹部:「裹也。象人曲形,有所包裹。」包,《說文》:「象人裹妊,巳在中,象子未成形也。元氣起於子……」《玉篇》勹部:「勹,布交切,裹也。」/ 包部:「包,布交切,裹也,婦人懷妊元氣起於人子所生也,今作胞。」《廣韻》布交切:「勹,包也,象曲身兒。」/「包,包裹。」《集韻》班交切:「勹,《說文》『裹也,象人曲形,有所包裹。』」/「包,『《說文》象人裹妊,巳在中,象子未成形也。元氣起於子……』」

據字書、韻書記載,勹、包、胞實為一詞,本義「婦人懷妊」,因「婦人

懷妊」腹部形貌與裹物形狀相似，引申表示「包裹」義，可用以指物。王力（1982）列「包（勹苞）、胞」為同源詞〔註15〕。

俞敏（1984）最早提出動詞「包（苞）」通過輔音清濁交替實現動詞向名詞的構詞轉換產生語詞「袍」〔註16〕。金理新（2006）認為「包」通過聲母清濁交替實現動名構詞轉換「袍、匏」。

《詩經》「包（苞）〔註17〕」16見，《釋文》注音2次。

包*pruu，幫平。P293《國風·召南·野有死麕》：「野有死麕，白茅包之。」傳：「包，裹也」。5／8.21《釋文》：「逋茆反，裹也。」包，動詞，包裹。

苞*pruu，幫平。P365《國風·唐風·鴇羽》：「肅肅鴇羽，集于苞栩。」傳：「苞，積」。5／32.3《釋文》：「補交反，積也。」包，動詞，叢生。

《詩經》包（苞）《釋文》注音幫母平聲，動詞。餘《釋文》未注14例表動詞「叢生」義，其中4例與「集于苞栩」格式相同，皆當音幫母平聲。包裹之包通過聲母清濁交替實現構詞：清聲母為動詞「叢生、包裹」義；濁聲母交替構成名詞包裹之物，即後來的「袍」。

袍*buu〔註18〕，並平。P373《國風·秦風·無衣》：「豈曰無衣？與子同袍。」傳：「袍，襺也」。5／34.21《釋文》：「包毛反，襺也。」袍，名詞，長襦。

包、袍通過聲母清濁交替實現動名構詞，所以《釋名》：「袍，丈夫著下至跗者也。袍，苞也，苞內衣也。」《釋名》用「苞」來訓「袍」。

包，通過聲母清濁交替又構成名詞「匏」，表示瓠也。匏，《說文》包部：「瓠也。從包，從誇聲。包，取其可包藏物也。」匏，《詩經》2見，《釋文》2次注音，皆音並母平聲。

匏*bruu〔註19〕，並平。P303《國風·邶風·匏有苦葉》：「匏有苦葉，濟有

〔註15〕王力先生所用同源詞概念實指同族詞，同源詞是針對不同語言而言，同族詞是就同一語言所言。

〔註16〕俞敏：《古漢語派生新詞的模式》，收錄於俞敏：《中國語文學論文選》，東京，日本光生館，1984年版，又收錄於俞敏：《俞敏語言學論文集》，北京，商務印書館，1999年版，第317頁。

〔註17〕金理新「包、苞」上古擬音*plu。

〔註18〕金理新「袍」上古擬音*bu＜**blu。

〔註19〕金理新「匏」上古擬音*blu。

深涉。」傳：「匏謂之瓠」。5／11.21《釋文》：「匏音薄交反，瓠也。」P541《大雅‧生民之什‧公劉》：「執豕于牢，酌之用匏。」7／11.4《釋文》：「步交反。」匏，名詞，瓠也。

包、匏兩詞輔音清濁交替實現構詞：清聲母為動詞，表示包裹；濁聲母為名詞，表示包藏之器物——瓠。

金理新（2006）指出「包」通過聲母清濁交替可實現動詞動作先後之間的構詞。包，《詩經》通過聲母清濁交替實現動詞未完成體與完成體形式的構詞，如炮〔註20〕。

炮，《詩經》2見，《釋文》出注1次。炮*bruu〔註21〕，並平。P498《小雅‧魚藻之什‧瓠葉》：「有兔斯首，炮之燔之。」傳：「毛曰炮」。6／37.15《釋文》：「本作炰，白交反，毛曰炮。」P498《小雅‧魚藻之什‧瓠葉》：「有兔斯首，燔之炮之。」炮，動詞，裹物燒。

炮，《說文》火部：「毛炙肉也，从火包聲。」「包」表示動詞「包裹」義；炮，在「包」動作完成基礎上派生出「裹物燒」的動詞義。包、炮通過聲母清濁交替實現了動詞內部動作一先一後的構詞。

包，通過韻尾交替完成及物、不及物動詞轉化構詞。「包」韻尾交替構成的不及物動詞文字記錄形式作「飽」。《群經音辨‧辨字同音異》：「飽，厭也，博巧切。飽，裹也，音苞，杜子春說『禮租飽茅裹肉也』。」金理新（2006）指出「包」通過附加後綴*-ɦ構成不及物動詞「飽」。

飽，《詩經》5見，《釋文》未出注。飽*pruuʔ〔註22〕，幫上。P374《國風‧秦風‧權輿》：「今也，每食不飽。」P500《小雅‧魚藻之什‧苕之華》：「人

〔註20〕此條構詞不是真正意義上的動詞未完成與完成體的構詞，只是表示動作一先一後的構詞，因為沒有合適的歸類，暫將此條納入動詞未完成與完成體構詞一類。

〔註21〕金理新「炮」上古擬音*blu。

〔註22〕中古上聲，鄭張尚芳上古音系來源於*-ʔ韻尾，*-ʔ韻尾鄭張先生考慮最初可能是一個構詞後綴，表示「小」和「親昵」，後來弱化形成聲調。詳鄭張尚芳：《上古音系》，上海，上海教育出版社，2003年版，第211頁。金理新從發音音理、漢藏同源比較材料中得出中古上聲上古來源於*-ɦ韻尾，這個*-ɦ韻尾本來就該是一個構詞詞綴，並舉出大量*-ɦ韻尾構詞的例證說明。詳金理新：《上古漢語形態研究》，合肥，黃山書社，2006年版，第380～435頁。後凡涉及本類韻尾的構詞不再出注說明，為求行文方便，正文仍以鄭張上古音系擬音為是，說明部分取金*-ɦ韻尾說。

可以食，鮮可以飽。P535《大雅・生民之什・既醉》：「既醉以酒，既飽以德。」飽，不及物動詞，猒也。

「飽」，與及物動詞包裹義的「包」韻尾交替，在「包」詞根基礎上附加後綴*-ɦ實現及物動詞向不及物動詞構詞轉換。

《詩經》包聲字構詞梳理如下：包（勹胞），動詞，表示包裹義。通過聲母清濁交替分別構成新詞「袍」，名詞，表示長襦；「匏」，名詞，表示包藏之器物——瓠；炮，動詞，表示「裹物燒」（動作先後之別構詞）。通過韻尾交替構成不及物動詞「飽」，表示「猒也」。

覆

覆，鄭張尚芳上古音系歸為：滂母覺 1 部、滂母奧 1 部、並母奧 1 部、滂母職部，分別擬音*phug、*phugs、*bugs、*phɯɯg。其中後兩音一通「伏」、一可能係方音異讀，不參與構詞。前兩音通過韻尾交替參與音變構詞：語詞詞根形式*phug 表示動作動詞「翻轉、顛覆」義；語詞派生形式*phugs 表示翻轉、顛覆後的結果，即「覆蓋」義。

覆，《說文》襾部：「覂也。一曰蓋也。从襾復聲。」《玉篇》襾部：「孚六切，反覆也，又敷救切，蓋也，又扶富切，伏兵也。」《廣韻》芳福切：「反覆，又敗也，倒也，審也。」／敷救切：「蓋也。」／扶富切：「伏兵曰覆。」／匹北切。《集韻》芳六切：「反也。」／敷救切：「說文：『覂也，一曰蓋也。』」／扶富切：「蓋也，通作伏。」／匹北切：「反也。」／方福切：「倒也，審也。」

「覆」音變構詞前人少有論及。金理新（2006）指出，上古漢語「復」通過附加後綴*-s 完成名動構詞轉換「覆」，表示「蓋也」；「伏」通過附加後綴*-s 完成不及物、及物動詞之間構詞轉換「覆」，表示「伏兵」義；「覆」通過後綴*-s 完成自主、非自主動詞之間構詞轉換「仆」，表示「頓也」。

《詩經》「覆」共出現 14 次，《釋文》注音 13〔註23〕次。

覆*phug，敷入。P303《國風・邶風・谷風》：「昔育恐育鞠，及爾顛覆。」5／12.22《釋文》：「芳服反，注同。」P554《大雅・蕩之什・抑》：「顛覆厥德，荒湛于酒。」7／14.16《釋文》：「芳服反，下覆謂、覆用，並注同。」覆，動

〔註23〕《釋文》明確注音 8 次，有 5 次係一條注音兼及《詩經》同一篇下文「覆」字注音，以「下同，並注同術語」、「注及下同」點明。

詞，顛覆。

　　覆*phug，敷入。P440《小雅・節南山之什・節南山》：「不懲其心，覆怨其正。」箋：「反怨憎其正也」。6 / 19.21《釋文》：「芳服反」。P448《小雅・節南山之什・小旻》：「謀臧不從，不臧覆用。」箋：「其不善者反用之」。6 / 22.8《釋文》：「芳服反」。P448《小雅・節南山之什・雨無正》：「庶曰式臧，覆出為惡。」傳：「覆，反也」，箋：「反出教令復為惡也」。6 / 21.22《釋文》：「芳服反」。P464《小雅・谷風之什・小明》：「豈不懷歸？畏此反覆！」6 / 27.19《釋文》：「芳福反，注同。」P554《大雅・蕩之什・抑》：「其維愚人，覆謂我僭。」箋：「覆猶反也」。7 / 14.16《釋文》：「芳服反，下覆謂、覆用，並注同。」P554《大雅・蕩之什・抑》：「匪用為教，覆用為虐。」箋：「反謂之有妨害」。7 / 14.16《釋文》：「芳服反，下覆謂、覆用，並注同。」P558《大雅・蕩之什・桑柔》：「維彼愚人，覆狂以喜。」箋：「王反迷惑信用之而喜」。7 / 16.19《釋文》：「芳服反，下及注除覆蔭，字皆同。」P558《大雅・蕩之什・桑柔》：「匪用其良，覆俾我悖。」傳：「覆，反也」。P558《大雅・蕩之什・桑柔》：「涼曰不可，覆背善詈。」箋：「反背我而大詈」。P577《大雅・蕩之什・瞻卬》：「人有民人，女覆奪之。」箋：「覆猶反也」。7 / 22.2《釋文》：「芳服反，服也，注及下同。」P577《大雅・蕩之什・瞻卬》：「彼宜有罪，女覆說之。」覆，動詞，反也。

　　《詩經》「覆」14次《釋文》13次音敷母入聲，表示動詞「顛覆」義及動詞引申「反」義；1次《釋文》未注音，表示動詞狀態「覆蓋」義。

　　覆*phugs，敷去。P528《大雅・生民之什・生民》：「誕寘之寒冰，鳥覆翼之。」箋：「大鳥來一翼覆之」。覆，動詞，覆蓋。

　　動詞狀態「覆蓋」義，先秦其他經典亦見。《莊子・天地》：「夫子曰：『夫道，覆載萬物者也，洋洋乎大哉！』」《釋文》27 / 10.13「覆載：芳富反。」「覆」通過語詞後綴*-s交替實現動詞未完成體和完成體構詞轉換。無後綴*-s的詞根形式表示動作的未完成狀態——顛覆、傾覆，在詞根基礎上附加後綴*-s用來表示動作的完成狀態——覆蓋。

　　覆，《詩經》音變構詞脈絡清晰：語詞覆*phug，表示動詞「顛覆」及動詞「反」義；韻尾派生語詞形式*phugs表示動詞「顛覆」後的完成狀態「覆蓋」。

復（复）

復，鄭張尚芳上古音系歸為並母覺 1 部、並母奧 1 部，分別擬音：*bug、*bugs。「復」之上古兩音通過韻尾交替構詞：語詞詞根形式*bug 表示動詞，返回；派生語詞形式*bugs 表示副詞，又、再、反覆。

《說文》夂部：「夏，行故道也。从夂富省聲。」段玉裁（1981）「夏」字條云：「彳部又有復，復行而复廢矣。疑彳部之復乃後增也〔註 24〕。」《說文》彳部：「復，往來也，从彳復聲。」《玉篇》彳部：「復，符六切，扶救切，重也，反復。」《廣韻》房六切：「復，返也，重也。」／扶富切：「復，又也返也，往來也，安也，白也，告也。」／房六切：「复，行故道也，《說文》作『夏』。」《集韻》房六切：「復，《說文》『往來也。』」／扶富切：「復，又也。」／方六切：「復，重也。」／方六切：「复，行故道也。」／房六切：「复，《說文》：『行故道也。』」

《群經音辨·辨字同音異》：「復，返也，房六切。復，白也，甫六切。復，再也，扶又切。」Downer（1959）將「復」歸入「派生詞是副詞」一類。周法高（1962）將其歸為「去聲為副詞或副語」一類，「返也，房六切；又也，扶富切〔註 25〕。」黃坤堯（1997）以大量例證對「復」兩音作了區分：「A 音如字入聲音服，反也，還也，動詞……B 音去聲扶又反，重也，副詞〔註 26〕。」金理新（2006）指出「復」通過後綴交替實現動詞、副詞之間構詞轉換。

《詩經》「復」14 見，《釋文》注音 2 次。

復**pug〔註 27〕，非入。P509《大雅·文王之什·綿》：「古公亶父，陶復陶穴。」傳：「陶其土而復之。」箋：「復者復於土上」。7／2.15《釋文》：「音福，注同，累土於地上也，說文作覆。」復，使動詞，把挖出的土放回原處，使其復於土上。

《釋文》「復土」之「復」或以非母入聲為首音或以非母入聲為又音，《史

〔註 24〕段玉裁：《說文解字注》，上海，上海古籍出版社，1981 年版，第 232 頁。

〔註 25〕周法高：《中國古代語法·構詞編》，臺北，中央研究院歷史語言研究所，1962 年版，第 87 頁。

〔註 26〕黃坤堯：《音義闡微》，上海，上海古籍出版社，1997 年版，第 117～118 頁。

〔註 27〕「復」鄭張尚芳上古音系統無幫母一讀，據《集韻》、《釋文》注音依鄭張尚芳上古音體系擬出此音，以**標注。

記》司馬貞索隱、《漢書》顏師古注於此「復」皆首音奉母入聲。「復」非母入
聲讀音日趨模糊。

　　復*bug，奉入。P541《大雅・生民之什・公劉》：「陟則在巘，復降在原。」
箋：「復下在原，言反復之」。7／10.22《釋文》：「音服，又扶又反，注復下同。」
陸德明首音服，據詩義，「復」表示動詞「返回」。P324《國風・衛風・氓》：「乘
彼垝垣，以望復關[註28]。」P399《國風・豳風・九罭》：「鴻飛遵陸，公歸不
復。」P434《小雅・鴻雁之什・黃鳥》：「言旋言歸，復我邦族！」箋：「復，
反也」。P435《小雅・鴻雁之什・我行其野》：「爾不我畜，言歸斯復。」箋：「復，
反也」。P460《小雅・谷風之什・蓼莪》：「顧我復我，出入腹我。」復，動詞，
返回。

　　復*bugs，奉去。P558《大雅・蕩之什・桑柔》：「維彼忍心，是顧是復。」
箋：「王反顧念而重復之」。復，副詞，反覆。

　　《詩經》「復」音變構詞清晰：上古語詞*bug 為動詞，表示「返回」義；
韻尾派生語詞*bugs 為副詞，表示「反覆、又、再」的意義。

父（甫夫）

　　父，鄭張尚芳上古音系歸為幫母魚部、並母魚部，分別擬音*paʔ、*baʔ。
甫，鄭張尚芳上古音系歸入幫母魚部，擬音*paʔ。*paʔ、*baʔ兩音上古通過聲
母清濁交替實現構詞：*paʔ用指「對男子的美稱」，字又作「甫」，名詞，泛指；
*baʔ指「父親、伯父」，名詞，特指。

　　《說文》又部：「父，矩也，家長率教者。从又舉杖。」用部：「甫，男
子美稱也。从用、父，父亦聲。」《玉篇》又部：「符府切，《說文》云：『父，
矩也，家長率教者也。』」父部：「父，扶甫切，《易》曰：『有夫婦然後有父
子。』《說文》云：『父，矩也，家長率教者也。』」用部：「甫，方禹切，始
也，大也，我也。」《廣韻》方矩切：「父，尼父，尚父皆男子之美稱。」／
扶雨切：「父，《說文》：『父，矩也，家長率教者。』」／方矩切：「甫，始也，
大也，我也，眾也，《說文》曰：『男子之美稱也』。又姓。」《集韻》奉甫切：
「父，《說文》：『矩也，家長率教者。』」／匪父切：「甫父，《說文》：『男子

[註28] 吳悅（1982）考證「以望復關」之「復」當解為動詞「返回」義，其說至確，詳
　　　吳悅：《〈詩經・氓〉「以望復關」辨》，《蘇州大學學報》，1982 年第 2 期。

美稱也，从父用。」或作父。甫一曰大也，始也。亦國名。」

《群經音辨‧辨字音清濁》：「人之美稱曰父，音甫，《禮》『魯哀公誄孔子曰尼父。」家之尊稱曰父，扶雨切。」

《詩經》「父」54見，《釋文》出注9次〔註29〕。父*paʔ，非上，P433《小雅‧鴻雁之什‧祈父》：「祈父，予王之爪牙。」傳：「祈父，司馬也」。6／17.9《釋文》：「音甫，下同，圻父，司馬也，掌封圻兵甲者。」P440《小雅‧節南山之什‧節南山》：「家父作誦，以究王訩。」傳：「家父，大夫也」。6／19.21《釋文》：「音甫」。P445《小雅‧節南山之什‧十月之交》：「皇父卿士，番維司徒。」6／21.3《釋文》：「音甫，后皇父皆同。」P509《大雅‧文王之什‧綿》：「古公亶父，陶復陶穴。」7／2.15《釋文》：「音甫，本亦作甫。」P570《大雅‧蕩之什‧韓奕》：「顯父餞之，清酒百壺。」箋：「顯父，有顯德者也」。7／20.3《釋文》：「音甫，本亦作甫，注同。」父，名詞泛指，男子美稱。

《釋文》9例注音皆音甫，注音兼說明異文，泛指「男子美稱」。《詩經》「甫」26見：形容詞「大」義6次，地名2次，人名18次，人名有「男子美稱」義，其中單字人名2次、吉甫4次、仲山甫12次。「父、甫」《詩經》「男子美稱」義使用環境不同：「甫」用於男子名，有美稱義；「父」用於男子泛稱，帶有男子美稱義。「甫」用於男子泛指「美稱」義最早《孟子》中可見，引詩「古公亶甫，來朝走馬」，「甫」方作為「父」異文出現。

父，《詩經》餘45例，《釋文》未出注。

父*baʔ，奉上。P337《國風‧鄭風‧將仲子》：「豈敢愛之？畏我父母。」P506《大雅‧文王之什‧大明》：「維師尚父，時維鷹揚。」傳：「尚父，可尚之父」。父，名詞特指，父親。P410《小雅‧鹿鳴之什‧伐木》：「既有肥羜，以速諸父。」箋：「天子謂同姓諸侯，諸侯謂同姓大夫，皆曰父」。P614《魯頌‧駉之什‧閟宮》：「王曰叔父，建爾元子。」父，名詞特指，伯父。

父*paʔ，非上。P509《大雅‧文王之什‧綿》：「古公亶父，來朝走馬。」P570《大雅‧蕩之什‧韓奕》：「韓侯取妻，汾王之甥，蹶父之子。」P570《大雅‧蕩之什‧韓奕》：「蹶父孔武，靡國不到。」P576《大雅‧蕩之什‧常武》：

〔註29〕《釋文》出注9次中其中4次出現於前文「父」注中，以「下同、后皇父皆同」形式出現。

「南仲大祖，大師皇父。」P576《大雅·蕩之什·常武》：「王謂尹氏，命程伯休父。」父，名詞泛指，男子美稱。「宣父」「休父」同章出現兩次，「皇父」前文出現，「蹶父」同章前有「顯父」，《釋文》前出注破讀音，後不再出注。《詩經》「父」《釋文》未注 45 例除 5 例用作「男子美稱」義外，餘 40 例皆用為特指名詞「父親，伯父」。

「父」《詩經》音義關係脈絡分明：語詞*paʔ，對男子美稱，泛指；通過聲母清濁交替實現構詞轉換語詞形式*baʔ，用來特指父親、伯父男性長輩。

《詩經》與「父」構詞相關的另有一詞：夫。鄭張尚芳上古音系歸入幫母魚部、並母魚部，分別擬音為*pa、*ba，與「父」構詞相關的「夫」語詞形式為*pa。金理新（2006）注意到「夫、父」兩詞的構詞關係，指出「夫、父」通過後綴*-ɦ 交替實現名詞借代構詞，使派生的新名詞具有詞根名詞的某一特徵。

夫，《說文》夫部：「丈夫也。从大，一以象簪也。周制以八寸為尺，十尺為丈。人長八尺，故曰丈夫。」夫，《詩經》42 見，用作成年男性通稱。

夫*pa，幫平。P350《國風·齊風·東方未明》：「折柳樊圃，狂夫瞿瞿。」P415《小雅·鹿鳴之什·出車》：「憂心悄悄，僕夫況瘁。」P447《小雅·節南山之什·雨無正》：「三事大夫，莫肯夙夜。」P548《大雅·生民之什·板》：「老夫灌灌，小子蹻蹻。」

「父」*paʔ 具有「夫」*pa 的某一特徵，即男性指稱。兩詞音義關係可概括為：*pa，表示名詞，男性通稱；*paʔ，表示名詞，男性美稱。

馬（禡）

馬、禡，鄭張尚芳上古音系歸入明母魚部，分別擬音*mraaʔ、*mraas。「馬、禡」《詩經》存在構詞關係，通過韻尾交替實現名動之間構詞轉換：馬*mraaʔ，表示動物，名詞；禡*mraas，表示動詞「師旅所止地祭」義。

《說文》馬部：「馬，怒也。武也。象馬頭髦尾四足之形。」示部：「禡，師行所止，恐有慢其神，下而祀之曰禡。从示馬聲。《周禮》曰：『禡於所徵之地。』」《玉篇》馬部：「馬，莫下切，武獸也，怒也。」示部：「禡，莫駕切，師祭，又馬上祭。」《廣韻》莫下切：「馬，《說文》曰：『怒也，武也，象頭髦尾四足之形』，《尚書》『中候曰稷為大司馬』，《釋名》曰：『大司馬，馬，武也，

大總事也」，亦姓……」／莫駕切：「禡，師旅所止地祭名。」《集韻》母下切：「馬影，《說文》『怒也，武也，象馬頭髦尾四足之形』，古作影，亦姓。」／莫駕切：「禡貉，《說文》『師行所止，恐有慢其神，下而祀之曰禡』，引《周禮》『禡於所徵之地』，或作貉。」

金理新（2006）認識到「馬、禡」存在構詞關係，通過韻尾交替實現名謂化構詞轉換。

馬，《詩經》47 見，除 2 例用於「趣馬」表示官名外[註30]，餘 45 例皆表示名詞，動物。馬，為常用詞，《釋文》未出注。

馬*mraaʔ，明上。P554《大雅・蕩之什・抑》：「修爾車馬，弓矢戎兵。」P608《魯頌・駉之什・駉》：「駉駉牡馬，在坰之野。」

禡，《詩經》1 見，《釋文》出注 1 次。表示「馬上祭」，與「馬」詞義關聯，語音相近。

禡*mraas，明去。P519《大雅・文王之什・皇矣》：「是類是禡，是致是附，四方以無侮。」箋：「是類、是禡，師祭也」。7／6.8《釋文》：「馬嫁反，師祭名。」禡，動詞，馬上祭、師旅所止祭也。

《詩經》「馬、禡」音義關係：「馬」*mraaʔ，表示名詞，動物義；通過韻尾交替構成語詞「禡」*mraas，表示動詞「馬上祭、師旅所止地祭也」義。

無（亡薎威滅）

無，鄭張尚芳上古音系歸入明母魚部，擬音*ma。薎，鄭張尚芳上古音系歸入明母月 2 部，擬音*meed。兩詞上古有構詞關係，通過韻尾*-d 的交替實現。無*ma，為一般動詞或者非致使動詞，表示否定；薎*meed，為致使動詞，表示「使……無」義[註31]。

《說文》亡部：「無，亡也。从亡無聲。」苜部：「薎，勞目無精也。从苜，

［註30］「趣馬」鄭箋：「中士也，掌王馬之政」，「馬」作為構詞語素，出現在固定專名中，表示官職名。

［註31］清儒所謂的上古韻部陰入通轉實質上反映的是一種形態關係，金理新（2006）考察了上古魚、月兩部的同族詞，闡述了魚月間形態構詞的本質，並指出後綴*-d 起碼是一個致使動詞後綴，至於可能的其他語法意義尚待進一步研究。金理新（2006）為上古魚部、月部構擬主元音同為*a，鄭張尚芳則將月部一分為三，每部主元音各不相同，再根據中古一二四等上古長元音、三等上古短元音每一部再各分兩小類。

人勞則薎然；从戍。」《玉篇》亡部：「無，武於切，不有也。」首部：「薎，莫結切，勞目無精也。」《廣韻》武夫切：「無，有無也，亦漢複姓……」／莫結切：「薎，無也，《說文》曰：『勞目無精也，从首、戍，人勞則薎然也』。」《集韻》微夫切：「無无亡武㒳，《說文》『亡也』，奇字作无，无通於元者，王育說天屈西北為无，或作亡武㒳。」／莫結切：「薎，《說文》『勞目無精也，从首，人勞則薎然；从戍。』」

「無」作為否定動詞，文獻中常作「亡」。《詩經》亡 14 見，頻繁表示動詞「逃亡、流亡」等義，其中 2 次用來表示否定動詞「無」義。

亡*maŋ，明平。P303《國風·邶風·谷風》：「何有何亡？黽勉求之。」傳：「亡謂貧也。」疏：「何所富有乎，何所貧無乎？」P366《國風·唐風·葛生》：「葛生蒙楚，蘞蔓于野；予美亡此，誰與獨處？」箋：「亡，無也。」古籍「無」「亡」音義相關，常通用。「無」「亡」上古聲母同屬明母，韻母主元音相同，陰陽對轉。「無、亡」同族，《說文》「無，亡也」。

「無、薎」有語源關係，《小爾雅·廣詁》：「薎，無也。」經師注家們亦常以「無」注「薎」。兩詞音義關係，前人少有論及。金理新（2006）首次提出兩詞的形態構詞關係，認為兩詞通過韻尾交替實現動詞非致使、致使構詞轉換。

無，《詩經》200 多見，作為否定動詞，表示「無有」，為常用詞，《釋文》無注。

無*ma，明平。P294《國風·邶風·柏舟》：「微我無酒，以敖以遊。」P399《國風·豳風·九罭》：「鴻飛遵渚，公歸無所。」P554《大雅·蕩之什·抑》：「無易由言，無曰苟矣。」

薎，《詩經》2 見，《釋文》出注 1 次。薎*meed，明入。P558《大雅·蕩之什·桑柔》：「國步薎資，天不我將。」箋：「薎猶輕也〔註32〕」。7／16.4《釋文》：「音滅，輕也。」P548《大雅·生民之什·板》：「喪亂薎資，曾莫惠我師。」傳：「薎，無」。薎，致使動詞，使……無。

《詩經》「薎」表示動詞「無有」義，用作致使動詞，「使……無」。「薎」與「無」義相同，僅語法意義分別，兩音交替，存在構詞關係。

〔註32〕馬瑞辰以為，薎資即無資，箋訓薎為輕非詩義，詳馬瑞辰：《毛詩傳箋通釋》，北京，中華書局，1989 年版，第 963 頁。

「無、蔑」的構詞關係為：語詞*ma「無」，表示否定動詞，用作非致使動詞；通過後綴派生語詞*meed「蔑」，表示致使動詞「使……無」義。

《詩經》與「無」有構詞關係的語詞尚有：滅、威。滅，《說文》水部：「盡也。从水烕聲。」滅，鄭張尚芳上古音系歸入明母月 2 部，擬音*med。滅，《詩經》3 見，《釋文》無注。

滅*med，明入。P441《小雅・節南山之什・正月》：「燎之方揚，寧或滅之。」P447《小雅・節南山之什・雨無正》：「周宗既滅，靡所止戾。」P558《大雅・蕩之什・桑柔》：「天降喪亂，滅我立王。」箋：「滅，盡」。滅，致使動詞，使……無。

「無、滅」兩詞語義相同，語法意義區別，存在構詞關係，通過後綴派生構詞：語詞「無」*ma，表示非致使動詞義「無有」；語詞「滅」*med，表示致使動詞義「使……無」。

威，《說文》無，鄭張尚芳上古音系歸入曉母月 2 部，擬音*hmed。

《詩經》威 1 見，《釋文》出注。威*hmed，幫入。P441《小雅・節南山之什・正月》：「赫赫宗周，褒姒威之。」傳：「威，滅也」。6／20.15《釋文》：「呼悅反，齊人語也，字林武劣反，說文云從火戌聲，火死於戌，陽氣至戌而盡，本或作滅。」

威，《詩經》用作致使動詞義「使……無」，與「滅」互為異文。「威」在「無」基礎上通過附加後綴實現非致使、致使動詞構詞轉換：語詞*ma「無」，表示非致使動詞義「無有」；語詞*hmed「威」，表示致使動詞義「使……無」。

綜上，「無、蔑滅威」之間通過附加後綴實現動詞非致使和致使意義之間構詞轉換：語詞「無」*ma，表示否定動詞，非致使義「無有」；語詞「蔑」*meed、「滅」*med、「威」*hmed，表示致使動詞義「使……無」。

傅

傅，鄭張尚芳上古音系據《廣韻》反切歸入幫母暮部，擬音*pags。金理新據《釋文》注音歸入幫母魚部、並母魚部，分別擬音*ɦ-pa-s、*ɦ-ba-s。傅，《說文》人部：「相也。从人專聲。」《玉篇》人部：「方務切，《太傅》『相夫子也』。」《廣韻》方遇切：「相也，亦姓……」《集韻》方遇切：「《說文》『相也』，亦姓。」／符遇切：「著也。」字書、韻書中僅《集韻》收有「傅」之

兩讀，保存了《釋文》「音附」一讀。此音《廣韻》失收，以致諸家對「傅」音義關係有所忽略。金理新（2006）注意到「傅」之兩讀通過韻尾交替實現及物動詞、不及物動詞之間構詞轉換。《集韻》「傅」之兩讀可作為尋找「傅」音義關係的基礎。「傅」*ɦ-pa-s 表示不及物動詞，著也；通過聲母清濁交替實現及物動詞轉換構詞*ɦ-ba-s，表示及物動詞，相也〔註33〕。

　　傅，《詩經》3 見，《釋文》出注 2 次。傅*ɦ-ba-s，奉去。P492《小雅·魚藻之什·菀柳》：「有鳥高飛，亦傅于天。」箋：「傅，臻，皆至也」。6／35.10《釋文》：「音附，至也。」P545《大雅·生民之什·卷阿》：「鳳皇于飛，翽翽其羽，亦傅于天。」箋：「附猶戾也」。7／12.5《釋文》：「音附，戾也。」傅，不及物動詞，附著。

　　傅*ɦ-pa-s，非去。P565《大雅·蕩之什·崧高》：「王命傅御，遷其私人。」傅，及物動詞，相也。

　　《詩經》「傅」《釋文》「音附」皆用作不及物動詞，「附著」義；《釋文》未注音如字，用作及物動詞「相也」。「傅」先秦文獻表示及物動詞用法尚有《左傳·桓公二年》：「靖侯之孫欒賓傅之。」《左傳·僖公二十八年》：「鄭伯傅王，用平禮也。」注：「傅，相也。」《釋文》「傅」未注當如字讀。《莊子·則陽》：「湯得其司御門尹登恒為之傅之。」《釋文》28／11.12「傅之，音付下同。」「傅」後接賓語，《釋文》或音付或不出注如字讀，音義關係清楚。

　　《詩經》「傅」之音變構詞通過聲母清濁交替實現：*ɦ-pa-s 語詞形式，表示及物動詞「相也」；*ɦ-ba-s 語詞形式，表示不及物動詞「附著」義。

秉（柄棅）

　　秉、柄棅，鄭張尚芳上古音系歸之為幫母陽部，分別擬音：秉柄*praŋʔ、柄棅*praŋs。兩音《詩經》通過韻尾交替實現動名之間構詞轉換：*praŋʔ為動詞，表示「執持」義；*praŋs 為名詞，表示「手所執持部分」義。

　　《說文》又部：「秉，禾束也。从又持禾。」《說文》木部：「柄，柯也，从木丙聲。棅，或从秉。」《說文》木部：「柯，斧柄也，从木可聲。」段玉裁（1981）：「柄之本義專謂斧柯，引申為凡柄之稱〔註34〕。」柄之異體字「棅」

〔註33〕「傅」上古擬音據金理新，此條目內涉及「傅」之兩音皆同此，不再出注。

〔註34〕段玉裁：《說文解字注》，上海，上海古籍出版社，1981 年版，第 263 頁。

由「秉」分化而來，承擔其名詞義「禾束」。「柄」、「棅」意義均表手所執持部分，兩字構成異文，引申泛指所有物品手所執持的部分。

秉，《玉篇》又部：「布永切，持也。」《廣韻》兵永切：「執持。又十六斗曰藪，十藪曰秉。」《集韻》補永切：「《說文》：『禾束也，从又持禾。』或曰粟十六斛為秉。」柄，《玉篇》木部：「必命切，柯柄也。棅，同上。」《廣韻》陂病切：「柄，本也，權也，柯也。棅，《說文》同上。」《集韻》補永切：「抦柄棅，持也，或作柄、棅，通作秉。」／陂病切：「柄棅枋秉，《說文》『柯也』，或作棅、枋、秉。」

《群經音辨‧辨字同音異》：「柄，柯也，彼病切。柄，持也，音秉，《禮》：『大臣柄權於外。』」Downer（1959）以「秉、柄」同詞，歸之為「基本詞是動詞，派生詞是名詞」類。周法高（1962）：「秉，執持，兵永切。柄，本也，陂病切〔註35〕。」金理新（2006）指出「秉、柄」通過韻尾交替實現動詞未完成體、完成體之間構詞轉換。

秉、柄《詩經》13見，《釋文》注音2次。

秉*praŋʔ，幫上。P476《小雅‧甫田之什‧大田》：「田祖有神，秉畀炎火。」箋：「持之付與炎火」。6／30.9《釋文》：「如字，執持也。」P565《大雅‧蕩之什‧崧高》：「民之秉彝，好是懿德。」箋：「秉，執也」。P315《國風‧墉風‧定之方中》：「匪直也人，秉心塞淵。」傳：「秉，操也」。P452《小雅‧節南山之什‧小弁》：「君子秉心，維其忍之。」箋：「秉，執也」。秉，動詞，執持。P476《小雅‧甫田之什‧大田》：「彼有遺秉，此有滯穗。」傳：「秉，把也」。秉，名詞，禾把〔註36〕。

柄*praŋs，幫去。P460《小雅‧谷風之什‧大東》：「維北有斗，西柄之揭。」6／26.19《釋文》：「彼病反」。柄，名詞，所執處。

秉，*praŋʔ《詩經》用作動詞，表示「執持」；通過韻尾交替實現動名之間的構詞轉換，語詞形式*praŋs「柄」表示名詞「所執處」。

〔註35〕周法高：《中國古代語法‧構詞編》，臺北，中央研究院歷史語言研究所，1962年版，第66頁。

〔註36〕此條據王月婷考辨，由動詞引申為名詞而隱含有把握在手「禾把」量義，與所執處名詞義無涉，當音幫母上聲，詳王月婷：《〈經典釋文〉異讀之音義規律探賾》，浙江大學博士學位論文，2007年，第50～51頁。

屏

　　屏，鄭張尚芳上古音系歸為幫母耕部、並母耕部，擬有三音，分別為：*peŋ、*peŋʔ、*beeŋ。其中後兩音《詩經》存在音變構詞關係，通過聲母清濁交替實現，表現為：語詞形式*peŋʔ為動詞，遮蔽，引申有去除義；*beeŋ 為名詞，表示用來遮蔽之物，如屏風。

　　屏，《說文》尸部：「屏蔽也，从尸幷聲。」《玉篇》尸部：「蒲冥切，障也。必郢切，屏蔽也。《爾雅》：『屏盈，猶彷徨，』又卑盈切。」《廣韻》薄經切：「《三禮圖》曰：『屏從廣八尺，畫斧文，今之屏風則遺象也。』」／必郢切：「蔽也，《爾雅》曰：『屏謂之樹。』又《廣雅》曰：『罘罳謂之屏。』」《集韻》旁經切：「屏，所以蔽也。」／必郢切：「屏，《說文》：『屏，蔽也。』」／卑正切：「屏，除也。」

　　《群經音辨·辨字同音異》：「屏，除也，必郢切。屏，蔽也，蒲并切又必郢切。」兩音意義區分不清晰。馬建忠（1898）：「『屏』字，名也，平讀，《詩·大雅·板》『大邦維屏』，動字，上讀，』《禮·王制》『屏之遠方』，解除去也〔註37〕。」吳安其（1996）指出上古漢語有以*-g、*-b 分別替代*-k、*-p 表示使動例中提及「屏」，以清聲母形式表自動，濁聲母形式表示使動。金理新（2006）認為「屏」上古通過聲母清濁交替實現動名間的構詞轉換。

　　《詩經》「屏」4 見，《釋文》注音 2 次。屏*peŋʔ，幫上，P480《小雅·甫田之什·桑扈》：「君子樂胥，萬邦之屏。」傳：「屏，蔽也」。6／31.6《釋文》：「卑郢反」。屏，動詞，遮蔽。P519《大雅·文王之什·皇矣》：「作之屏之，其菑其翳。」7／5.8《釋文》：「必領反，除也。」屏，動詞，除去。

　　屏*beeŋ，並平。P480《小雅·甫田之什·桑扈》：「之屏之翰，百辟為憲。」傳：「翰，幹。憲，法也」。P548《大雅·生民之什·板》：「大邦維屏，大宗維翰。」屏，名詞，屏障。

　　《詩經》「屏」構詞清楚：表示動詞「遮蔽、除去」義的語詞形式為*peŋʔ，通過聲母清濁交替完成名詞構詞轉換，*beeŋ 表示名詞，用來遮蔽之物──屏障。

〔註37〕馬建忠：《馬氏文通》，北京，商務印書館，1983 年版，第 36 頁。

藩蕃（樊）

藩蕃，鄭張尚芳上古音系歸入並母元 1 部、幫母元 1 部，擬音為*ban、*pan。其中「藩蕃」之*ban 分別表示草名、茂盛義，不參與構詞；「藩蕃」之*pan 表示「藩屏」義，參與構詞。樊，鄭張尚芳上古音系歸入並母元 1 部，擬音為*ban。「藩蕃」之*pan 與「樊」*ban 通過聲母清濁交替實現動名之間構詞：語詞*pan 表示動詞、名詞「藩屏」義；語詞*ban 表示名詞「藩屏」義。

藩，《說文》艸部：「屏也，从艸潘聲。」《玉篇》艸部：「輔園切，蕁芜蕪藩。又莆煩切，屏也籬也。」《廣韻》甫煩切：「籬也，亦藩屏也。」／附袁切：「蘆芜，葉如韭。」／孚袁切。《集韻》方煩切：「藩樊，《說文》『屏也』，亦作樊，通作蕃。」／符袁切：「藩蘠，艸名……」

《集韻》以「藩樊蕃」三字相通，受經典在名詞「藩屏」一義上三字通用影響。王力（1982）列「藩、樊」為同源詞。

《詩經》「藩」1 見、蕃 3 見，《釋文》於「藩蕃」之「藩屏」義下皆出注。

藩*pan，幫平。P548《大雅·生民之什·板》：「价人維藩，大師維垣。」7／13.12《釋文》：「方元反，屏也。」藩，名詞，藩屏。

蕃*pan，幫平。P565《大雅·蕩之什·崧高》：「四國于蕃，四方于宣。」7／18.12《釋文》：「方元反」。蕃，動詞，藩屏。

蕃*ban，並平。P362《國風·唐風·椒聊》：「椒聊之實，蕃衍盈升。」P362《國風·唐風·椒聊》：「椒聊之實，蕃衍盈匊。」蕃，動詞，滋也。

《詩經》「蕃」表示動詞「滋也」不參與構詞。「藩蕃」《詩經》中既可用作動詞「藩屏」義，又可用作名詞「藩屏」義，語音相同，是通過詞義引申實現詞性轉化的。

「樊」《詩經》2 見，《釋文》出注 1 次。樊*ban，並平。P484《小雅·甫田之什·青蠅》：「營營青蠅，止于樊。」6／32.10《釋文》：「音煩」。P350《國風·齊風·東方未明》：「折柳樊圃，狂夫瞿瞿。」傳：「樊，藩也」。樊，名詞，藩屏。

「樊」《詩經》用作名詞「藩屏」義。其他經典也見，《莊子·山木》：「莊周遊於雕陵之樊，覩一異鵲自同方來者。」「藩蕃」其他經典用法與《詩經》同，既用作動詞又作名詞，《左傳·哀公十二年》：「吳人藩衛侯之舍」，「藩」用為動詞；《易·大壯》：「九三，小人用壯，君子用罔，貞厲，羝羊觸藩，羸其角」。

疏：「藩，藩籬也」。「藩」為名詞。

《詩經》「藩蕃」、「樊」構詞關係總結如下：語詞*pan 表示「藩屏」義，既用作動詞又用作名詞；通過聲母清濁交替構成語詞*ban，表示「藩屏」義，只用作名詞。

比

比，鄭張尚芳上古音系歸入並母脂 2 部、幫母脂 2 部、並母質部，有 5 音，分別為：*bi、*bis、*pi?、*pis、*big。其中第 2、3 兩音在《詩經》中有構詞關係：*pi?表示動詞「比較、比照」義；通過聲母清濁及韻尾交替派生語詞*bis，表示動作完成後的一種結果狀態「緊挨、親比」。

比，《說文》比部：「密也，二人為从，反从為比。凡比之屬皆从比。𣬈，古文比。」《玉篇》比部：「必以切，類也，校也，並也，又毗至切，近也，親也，吉也，阿黨也，備也，代也，又步之、毗吉、必至三切。」《廣韻》房脂切：「和也並也。」／卑履切：「校也，並也，《爾雅》曰：『北方有比肩民焉，迭食而迭望，蓋半體人也。』」／毗至切：「近也，又阿黨也。」／必至切：「近也，併也。」／毗必切：「比次。」《集韻》頻脂切：「和也，一曰相次也。」／毗義切：「次也，親也。」／必至切：「《說文》『密也，二人為从，反从為比。』」／毗至切：「比俾，近也，或作俾。」／簿必切：「次也。」／補履切：「比𣬈，並也，古作𣬈。」

《群經音辨·辨字同音異》：「比，密也，毗至切。比，方也，必以切。比，和也，蒲之切。比，次也，蒲必切。比，朋也，必一切。」賈昌朝首先對「比」的音義關係作了概括。孫玉文（1999）對「比」的構詞現象作了充分討論。金理新（2006）對「比」的音變構詞現象深度挖掘，其中包括聲母清濁交替實現動名構詞、動形構詞，後綴交替實現動副轉化構詞等。

比，《詩經》8 見，《釋文》注音 4 次。

比*pi?，幫上。P519《大雅·文王之什·皇矣》：「王此大邦，克順克比。」傳：「擇善而從曰比〔註38〕」。7／5.20《釋文》：「必里反」。比，動詞，比較。

〔註38〕此例「比」可有另一種解釋，朱熹《詩集傳》：「比，上下相親也。」根據朱熹釋義，「比」表示動作完成後的結果狀態——親比，當音幫母去聲。結合對《詩經》「比」押韻考察，入韻 3 次，2 次以動詞「輔助」義入韻，與同為去聲韻的「俴」

P519《大雅・文王之什・皇矣》：「比于文王，其德靡悔。」比，動詞，比照。
P303《國風・邶風・谷風》：「既生既育，比予于毒。」箋：「其視我如毒螫」。
比，動詞，比方。

比*bis，並去。P424《小雅・南有嘉魚之什・六月》：「比物四驪，閑之維則。」6／14.12《釋文》：「毗志反，齊同也。」P602《周頌・閔予小子之什・良耜》：「其崇如墉，其比如櫛。」箋：「以言積之高大且相比迫也」7／28.19。《釋文》：「毗志反，注同。」比，動詞，緊挨。P441《小雅・節南山之什・正月》：「洽比其鄰，婚姻孔云。」6／20.21《釋文》：「毗志反」。比，動詞，親比。P364《國風・唐風・杕杜》：「嗟行之人，胡不比焉？」箋：「比，輔也」。P364《國風・唐風・杕杜》：「嗟行之人，胡不比焉？人無兄弟，胡不佽焉？」比，動詞，輔助。

《詩經》「比」主要的構詞手段為聲母清濁交替及韻尾交替，表現為：清聲母*piʔ，表示「比較、比照」義，「比方」義由「比照」引申而來，聲母韻尾交替語詞*bis，表示「比較、比照」的結果狀態——緊挨、親比，「輔助」義由「緊挨」引申而來。

微（尾）

微、尾，鄭張尚芳上古音系歸入明母微 1 部，擬音*mɯl、*mɯlʔ。上古兩詞有構詞關係，通過韻尾交替實現名詞借代構詞，表現為：語詞*mɯl「微」，表示動詞「細小」義；附加名詞借代後綴派生語詞*mɯlʔ「尾」，表示「首尾之尾」，擁有詞根動詞的某一特徵「細小」。

《說文》彳部：「微，隱行也。从彳㣎聲。《春秋傳》曰：『白公其徒微之。』」尾部：「尾，微也。从到毛在尸後。古人或飾繫尾，西南夷亦然。」《玉篇》彳部：「微，無非切，細也，不明也。」尾部：「尾，無匪切，鳥獸蟲魚皆有，又末後稍，又星名。」《廣韻》無非切：「微，妙也，細也，小也，《說文》曰：『隱行也。』」／無匪切：「尾，首尾也，《易》曰：『履虎尾』，又姓……」《集韻》無非切：「微，《說文》『隱行也』，引《春秋傳》曰『公

押韻，1 次即此條與物部去聲韻「類」押韻，那麼此例「比」朱熹的釋義不僅於文義順，且合押韻。《釋文》因承毛傳故音「必里反」。此取朱說，後文押韻構詞部分，亦同。

其徒微之』，亦姓……」／武斐切：「尾，《說文》『微也。从到毛在尸後。古人或飾繫尾，西南夷亦然。又姓……」

金理新（2006）指出動詞「微」通過附加名詞借代後綴*-ɦ 派生構詞而成名詞「尾」。

微，《詩經》14 見，《釋文》未出注。用法有：動詞「非」、「癓」之假借、動詞「細小」。

第一類用法 5 見，P294《國風・邶風・柏舟》：「微我無酒，以敖以遊。」P305《國風・邶風・式微》：「微君之故，胡為乎中露？」微，發語詞，非。第二類用法 1 見，P453《小雅・節南山之什・巧言》：「既微且尰，爾勇伊何？」傳：「骭瘍為微，腫足為尰」。微，「癓」之借字，表示足病。此二義與構詞無關。

微*mɯl，明平。P305《國風・邶風・式微》：「式微式微！胡不歸？」傳：「微乎，微者也」。P388《國風・豳風・七月》：「女執懿筐，遵彼微行，爰求柔桑。」P445《小雅・節南山之什・十月之交》：「彼月而微，此日而微。」微，動詞，細小。《詩經》8 見。

尾，《詩經》6 見，《釋文》未注。尾*mɯlʔ，明上。P282《國風・周南・汝墳》：「魴魚頳尾，王室如燬。」P305《國風・邶風・旄丘》：「瑣兮尾兮，流離之子。」P400《國風・豳風・狼跋》：「狼跋其胡，載疐其尾。」尾，名詞，首尾之尾。

「微、尾」兩詞為常用詞，《釋文》皆未出注。「尾」含有「細小、末梢」的特徵，此特徵正是動詞「微」語義所有，兩詞語義相關，語音交替，有構詞關係。《詩經》押韻，「微」入韻 5 次，一律與陰聲韻流音尾*-l 相押，「微」帶同樣韻尾。尾，《詩經》入韻 3 見，一律與陰聲韻之*-ɦ 尾押韻，「尾」亦帶同樣韻尾。《詩經》押韻表明「微、尾」兩詞韻尾不同。

「微、尾」構詞關係梳理如下：「微」*mɯl，表示動詞「細小」義；通過附加名詞借代後綴*-ʔ（金理新作*-ɦ）完成構詞，「尾」*mɯlʔ，表示名詞「首尾之尾」，具有動詞「微」細小的語義特徵。

聞（問）

聞，鄭張尚芳上古音系歸入明母文 1 部，擬音為*mɯn、*mɯns。兩音《詩

經》有構詞關係：語詞詞根形式*muun 表示施事動詞「聽見」義；通過附加後綴派生語詞形式*muuns 表示受事動詞「被聽見」義。

聞，《說文》耳部：「知聞也，从耳門聲。」《玉篇》耳部：「武云切，《說文》云：『知聲也。』《書》云：『予聞如何。』又音問。」《廣韻》無分切：「《說文》曰：『知聲也。』」／亡運切：「名達，《詩》曰：『令聞令望。』」《集韻》無分切：「《說文》：『知聞也。』」／文運切：「聲所至也。」

《群經音辨・辨字音清濁》：「聞，聆聲也，亡分切。聲著於外曰聞，亡運切，《詩》『聲聞于天』，又曰『令聞不已』。」馬建忠（1898）：「『聞』字：去讀，名也，聲所至也，《詩・大雅・卷阿》『令聞令望』。又『聲聞』。平讀，動字也，《書・堯典》『俞，予聞如何。』聞知也〔註39〕。」周祖謨（1946）將其歸入「因意義不同而變調者——意義別有引申變轉，而異其讀」一類，並指出「聲聞字為名詞，音去聲〔註40〕」。王力（1957）將其歸類「本屬動詞而轉化為名詞者，名詞變去聲〔註41〕」。Downer（1959）將「聞」歸入「派生詞是被動或中性的」一類。周法高（1962）認為「聞」的音義規律可歸入兩類情況：一、動詞和名詞的關係，「聆聲也，亡分切；聲著於外曰聞，亡運切〔註42〕。」二、主動被動關係之轉變——彼此間的關係，「聆聲也，亡分切；為人所聞曰聞，亡運切〔註43〕。」黃坤堯（1997）將「聞」的平去別義歸為「治國國治類」，認為平聲表示主動和動作的持續，去聲表示被動和動作的完成。金理新（2006）指出「聞」動詞施受關係構詞通過*-s 後綴交替實現。

「聞」《詩經》13 見，《釋文》為「聞」注音 7 次，表示三種用法。第一種用作施事動詞「聽見」義，《詩經》2 見，《釋文》未出注。

聞*muun，微平。P362《國風・唐風・揚之水》：「我聞有命，不敢以告人。」傳：「聞曲沃有善政命」。P454《小雅・節南山之什・何人斯》：「我聞其聲，

〔註39〕馬建忠：《馬氏文通》，北京，商務印書館，1983 年版，第 36 頁。

〔註40〕周祖謨：《四聲別義釋例》，收錄於周祖謨：《問學集》，北京，中華書局，1966 年版，第 106 頁。

〔註41〕王力：《漢語史稿》，北京，中華書局，1980 年版，第 213 頁。

〔註42〕周法高：《中國古代語法・構詞編》，臺北，中央研究院歷史語言研究所，1962 年版，第 64 頁。

〔註43〕同上書，第 83 頁。

不見其身。」箋：「我得聞女之音聲」。「聞」動作由主體「我」發出。

「聞」第二種用法表示受事動詞「被聞」義，《詩經》6 見，《釋文》注 3 次。

聞*muns，微去。P433《小雅・鴻雁之什・鶴鳴》：「鶴鳴于九皋，聲聞于野。」傳：「身隱而名著」，箋：「而野聞其鳴聲」。6 / 17.4《釋文》：「音問，下同。」P496《小雅・魚藻之什・白華》：「鼓鐘於宮，聲聞于外。」箋：「王失禮於內而下國聞之而化之」。6 / 37.4《釋文》：「音問」。P565《大雅・蕩之什・崧高》：「申伯之德，柔惠且直。揉此萬邦，聞于四國。」7 / 19.2《釋文》：「音問」。P332《國風・王風・葛藟》：「謂他人昆，亦莫我聞。」箋：「不與我相聞命也。」聞，受事動詞，被聞。

「聞」表示受事動詞「被聞」，強調動作由客體發出。與施事動詞「聞」有構詞關係，兩者通過後綴*-s 交替實現動詞的施受關係轉換。

「聞」第三類用法，表示名詞「名聲」義，《詩經》5 見，《釋文》出注 4 次。

聞*muns，微去。P428《小雅・南有嘉魚之什・車攻》：「之子于征，有聞無聲。」傳：「有善聞而無喧嘩之聲」。6 / 16.3《釋文》：「音問，本亦作問。」P502《大雅・文王之什・文王》：「亹亹文王，令聞不已。」箋：「其善聲聞日見稱歌無止時也」。7 / 1.9《釋文》：「音問，注同。」P545《大雅・生民之什・卷阿》：「顒顒卬卬，如圭如璋，令聞令望。」箋云：「人聞之則有善聲」。7 / 12.2《釋文》：「音問，本亦作問。」P573《大雅・蕩之什・江漢》：「明明天子，令聞不已。」7 / 21.9《釋文》：「音問」。P516《大雅・文王之什・思齊》：「不聞亦式，不諫亦入。」箋：「有仁義之行而不聞達者亦用之。」聞，名詞，名聲。

《詩經》「名聲」義的「聞」常出現在「令～」結構中，表示「好的名聲」。名詞義「聞」不參與音變構詞，此義是由受事動詞義「被聽見」引申而來，被聽見他人消息，常常會對他人有所評定，他人名聲是善是惡多由被聞而得。「被聞」引申出名詞「名聲」義。

《詩經》「聞」構詞脈絡清晰：動詞詞根形式*mun 表示施事動詞「聽見」，動作強調由主體發出；語詞派生形式*muns 表示受事動詞「被聽見」，動作強調客體發出。

　　《詩經》中與「聞」構詞相關的另有一詞：問。問，鄭張尚芳上古音系歸明母文 1 部，擬音為*mɯns，與「被聽見」之「聞」語詞形式相同。問，《詩經》6 見，《釋文》未出注。

　　問*mɯns，微去。P340《國風・鄭風・女曰雞鳴》：「知子之順之，雜佩以問之。」傳：「問，遺也〔註44〕」。P440《小雅・節南山之什・節南山》：「弗躬弗親，庶民不信；弗問弗仕，勿罔君子。」P509《大雅・文王之什・綿》：「肆不殄厥慍，亦不隕厥問。」問，動詞，訊也。

　　動詞「聞」和「問」的關係如同「受」「授」、「買」「賣」的關係，所不同的是「受授」、「買賣」甲金文中同形，「聞問」不同形。施事動詞「聞」與動詞「問」存在音變構詞關係，施事動詞「聞」強調動作的主體性，是主體聞，間接賓語不一定必須有；而動詞「問」強調的是客體聞，間接賓語則是必須的，某些情況下不出現但一定是明確了的。

　　《詩經》「聞」音變構詞關係總結如下：表示施事動詞「聽見」的詞根形式*mɯn，通過附加後綴*-s 完成施事動詞與受事動詞之間的構詞轉換*mɯns，表示「被聽見」、「訊也（文字形式分化為問）」義。

敗

　　敗，鄭張尚芳上古音系歸為幫母祭 1 部、並母祭 1 部，分別擬音為*praads、*braads。敗，上古通過聲母清濁交替實現動詞自主和非自主構詞轉換：*praads，自主動詞，表示敗他；*braads，非自主動詞，表示自敗，對主體而言，「敗」是不情願的，是不可控的。

　　敗，《說文》攴部：「毀也，从攴、貝，敗、賊皆从貝，會意。」《玉篇》攴部：「步邁切，覆也、壞也、破也。又補邁切。」《廣韻》補邁切：「敗，破他曰敗。」／薄邁切：「自破曰敗，《說文》：『毀也。』」《集韻》北邁切：「毀之也，陸德明曰：『毀佗曰敗。』」／薄邁切：「《說文》：『毀也。』」

　　《群經音辨・辨字音清濁》：「毀他曰敗，音拜，《詩》：『勿翦勿敗。』自毀曰敗，薄邁切。」周祖謨（1946）將「敗」歸入「區分自動詞變為他動詞

〔註44〕孔穎達疏：「《曲禮》云『凡以苞苴簞笥問人者』，《左傳》『衛侯使人以弓問子貢』，皆遺人物謂之問。」

或他動詞變為自動詞」一類。周法高（1962）：「毀他曰敗，音拜；自毀曰敗，薄邁切〔註45〕。」將其歸之為「非去聲或清聲母為使謂式」一類。黃坤堯（1997）將「敗」歸入「自敗敗他類」，將兩音分作 A、B 兩類作了說明，A 音即並母一讀，B 音為幫母一讀，「如果敗的是前面名詞所指的人物讀 A 音，敗的是後面名詞所指的人物則讀 B 音〔註46〕。」也就是說，「敗」讀哪一音取決於誰是敗者，因此他指出陸德明自敗、他敗之說跟現代語法的自動、他動並無對應關係，不可混為一談。金理新（2006）指出「敗」通過聲母清濁交替實現的是自主動詞和非自主動詞之間構詞轉換。

《詩經》「敗」4 見，《釋文》2 次出注。敗*praads，幫去。P558《大雅·蕩之什·桑柔》：「大風有隧，貪人敗類。」7／16.22《釋文》：「伯邁反，注同。」P287《國風·召南·甘棠》：「蔽芾甘棠，勿翦勿敗。」5／7.9《釋文》：「必邁反，又如字。」敗，自主動詞，敗他。

《釋文》如字音多為常用音，《釋文》常會受常用音影響，在合乎音義規律的音後添加常用音，關於這點王月婷（2007）有詳細考察。「敗」《詩經》音義分布相當一致：清音形式表示自主動詞，是主體可以控制的；濁音形式表示非自主動詞，對主體而言，動作是不可控制的〔註47〕，也即動作是主體主觀上不情願發生的。

敗*braads，並去。P448《小雅·節南山之什·小旻》：「如彼泉流，無淪胥以敗。」箋：「無相牽率為惡以自濁敗」。P547《大雅·生民之什·民勞》：「式遏寇虐，無俾正敗。」箋：「無使先王之正道壞」。敗，非自主動詞，自敗。

《詩經》「敗」音義區別清楚，通過聲濁清濁交替實現自主和非自主動詞構詞轉換：*praads 語詞形式為自主動詞，表示「敗他」；*braads 語詞形式為非自主動詞，表示「自敗（主體不可控）」。

〔註45〕周法高：《中國古代語法·構詞編》，臺北，中央研究院歷史語言研究所，1962 年版，第 80 頁。

〔註46〕黃坤堯：《音義闡微》，上海，上海古籍出版社，1997 年版，第 50～52 頁。

〔註47〕據鄭箋，無使自敗，是對結果而言，即可以通過主觀努力不使這種結果發生。而一旦結果發生，則是主體不可控制，是不自主的，也是不情願的。就這點而言，「敗」是一個非自主動詞。

風（諷）

風、諷，鄭張尚芳上古音系歸為幫母侵 3 部，分別擬音*plum、*plums。兩詞《詩經》存在名動構詞關係，通過韻尾交替實現：詞根形式*plum「風」為名詞，指自然之風；派生形式*plums「諷」為動詞，義為諷諫，多有敬指義。

《說文》風部：「風，八風也……」言部：「諷，誦也，从言風聲。」《玉篇》風部：「風，甫融切，風以動萬物也；風者，萌也，以養物成功也；散也，告也，聲也。」言部：「諷，方鳳切，諷誦也，譬喻也。」《廣韻》方戎切：「風，教也，佚也，告也，聲也。《河圖》曰：『風者，天地之使。』《元命包》曰：『陰陽怒為風。』」／方鳳切：「諷，諷刺。風，上同，見《詩》。」《集韻》方馮切：「風，《說文》：『八風也。風動蟲生，故蟲八日而化。』一曰諷也。」／方馮切：「諷，誦也，一曰告也。」／甫凡切：「風，風也。」／方鳳切：「諷風，《說文》：『誦也』，一曰諫刺，或作風。」

《群經音辨・辨字音清濁》：「上化下曰風，方戎切。下刺上曰風，方風切。」周祖謨（1946）將「風（諷）」歸為「因意義不同而變調者」之「意義有彼此上下之分，而有異讀」類。Downer（1959）把「風」歸為「基本詞是名詞，派生詞是動詞」一類。周法高（1962）歸之為「非去聲或清聲母為名詞，去聲或濁聲母為動詞或名謂式」一類，「風謠也，方戎切；諷諫也，方鳳切[註48]。」黃坤堯（1997）把「風」的平聲看作 A 音，去聲看作 B 音，指出：「『風』字有風化及風刺兩義，同屬動詞，有上、下之別。陸氏以 A 音為上風下，有風化、風教義；B 音為下風上，有風刺義[註49]。」

綜合各家觀點，對「風（諷）」音義關係認識可分為兩派：一派以賈昌朝、周祖謨、黃坤堯為代表，認為「風（諷）」的音義關係表現為動詞上、下之別；另一派以 Downer、周法高為代表，認為「風（諷）」的音義關係是名動之別。王月婷（2007）對《釋文》異讀音義規律研究後指出「風（諷）」既有名動構詞，又有動詞上下之別構詞。根據經師注音先後，動詞間上下構詞晚於名動之間的構詞。

〔註48〕周法高：《中國古代語法・構詞編》，臺北，中央研究院歷史語言研究所，1962 年版，第 56 頁。

〔註49〕黃坤堯：《音義闡微》，上海，上海古籍出版社，1997 年版，第 84 頁。

　　《詩經》「風（諷）」33 見，《釋文》注音 2 次。風〔註50〕*plums，非去。
P463《小雅·谷風之什·北山》：「或出入風議，或靡事不力。」箋：「風，猶
放也」。6／27.11《釋文》：「音諷，放也。」P565《大雅·蕩之什·崧高》：「吉
甫作誦，其詩孔碩。其風肆好，以贈申伯。」箋：「其詩意甚美大諷切」。7／19.2
《釋文》：「福鳳反，注同，王如字，云音也。」風，動詞，諷諫。

　　《詩經》餘 31 例「風」均表示名詞「自然之風」，為常用詞，《釋文》概不
出注。風*plum，非平。P297《國風·邶風·綠衣》：「絺兮綌兮，淒其以風。」
P299《國風·邶風·終風》：「終風且暴，顧我則笑。」P345《國風·鄭風·風
雨》：「風雨淒淒，雞鳴喈喈。」

　　《詩經》「風（諷）」通過韻尾交替實現名動之間構詞：原語詞詞根形式
*plum，表示名詞，自然之風；派生語詞形式*plums，表示動詞，諷諫、諷切。

二、唇音幫組異讀構詞特點

　　《詩經》具有音義關係的中古唇音幫組異讀構詞字頭 19 個（除去 1 字頭構
詞方式暫且存疑），構詞方式有聲母清濁交替、*-s 後綴交替、*-ɦ 後綴交替、
*-d 後綴交替四種類型。構詞的語法意義範疇既有動詞內部的及物不及物、自
主非自主、施事受事、致使非致使、未完成體完成體之間轉換，又有動詞、名
詞、副詞之間詞性轉換，另外還有名詞泛指特指、名詞借代構詞等。

1. 聲母清濁交替實現的語法意義變化

第一、語詞詞性變化

　　現代漢語保留濁聲母的方言中，聲母清濁交替仍保留著一些古老的構詞
形態，方言中有相當一部分語詞通過輔音清濁交替實現語詞詞性轉換。《詩經》
唇音幫組異讀字頭「背（北負）、包（勹胞苞袍匏）、屏、藩蕃（樊）」通過聲
母清濁交替實現語詞名、動之間詞性轉換。其中「背（北負）」構詞表現：清
聲母為名詞，濁聲母為動詞；後 3 例正好相反：清聲母為動詞，濁聲母為名
詞。看起來，這兩類構詞手段互相矛盾。金理新（2006）對上古漢語文獻聲
母清濁交替語詞構詞測查，發現前一類構詞方式派生的語詞比後一類多得
多，且後一類構詞方式中常伴隨*-s 後綴。

〔註50〕風，表示「諷諫、諷切」義，後字形作「諷」。

第二、動詞及物性變化

本尼迪克特（Paul K. Benedict，1972）說到：「除了前綴和後綴外，可以規定為原始藏緬語的唯一的一種一般形態手段就是詞根聲母的交替〔註51〕。」並指出這種基本的對立是帶濁聲母的不及物動詞和帶清聲母的及物動詞間的對立，且這種對立被認為是藏—緬語言固有的特徵。那麼，上古漢語清濁聲母的語法意義是否亦如藏緬語言有及物不及物的對立關係呢？從事上古漢語語法研究的學者們，根據經典例證，提出了上古漢語聲母清濁交替具有自動使動或致使非致使構詞關係〔註52〕。黃坤堯（1997）對致使動詞泛用的現象作了嚴厲的批評，以為此類語法概念有待清理。金理新（2006）指出前人的自動使動或致使非致使關係僅就意義層面而言，如果從句法功能看，可看作是動詞及物不及物的對立關係。

我們同意金理新的看法，致使、非致使的語法概念確如黃坤堯先生指出的有泛用跡象，許多語詞的構詞音義規律是致使、非致使語法意義不能清楚表達的，從句法功能角度作及物、不及物語法意義區分則正合適。《詩經》唇音幫組異讀字頭「傅」構詞即通過聲母清濁交替實現動詞及物不及物構詞轉換，表現為：清聲母為及物動詞，濁聲母為不及物動詞。

第三、動詞的自主性變化

藏語動詞最突出的特點是區分自主動詞和非自主動詞。馬慶株（1988）根據藏語情況，指出現代漢語的動詞亦分自主動詞和非自主動詞。既然親屬語言和現代漢語動詞皆區分自主性，上古漢語的動詞又如何？李佐豐（2003）認識到古漢語中有些詞是非自主動詞，比如「敗」，只不過作者沒能注意到非自主動詞「敗」與自主動詞「敗」語音上的差別。金理新（2006）找出文獻中動詞表達自主性的具有相同語音區別的例子，論證了上古漢語動詞亦區分自主非自主語法意義，並進一步揭示規律：清聲母的為自主動詞，濁聲母的為非自主動詞。

《詩經》唇音幫組異讀字頭「敗」，通過聲母清濁交替實現動詞自主、非自

〔註51〕Paul K. Benedict 著，樂賽月、羅美珍譯，《漢藏語言概論》，北京，中國社會科學院民族研究所語言室，1984 年版，第 132 頁。

〔註52〕王力 1965 使用自動、使動概念，周法高 1962、潘悟雲 1987、梅祖麟 1988、潘悟雲 1991 使用致使、非致使概念。

主性構詞轉換，表現為：清聲母為自主動詞，濁聲母為非自主動詞。當然，動詞的自主、非自主語法概念跟動詞的致使、非致使語法概念在某些詞上會出現交叉。比如「折」，以及本例的「敗」，亦可認為是動詞致使、非致使義之間的構詞轉換關係。這類交叉現象並不矛盾，因為自主非自主、致使非致使本就是不同的語法範疇。

第四、動詞完成體變化

上古漢語語法研究的學者們，主張上古漢語存在「時」範疇。周法高（1962）使用現時式、既事式概念。潘悟雲（1987）推測上古漢語動詞有現時式、既事式分別，只是構詞手段不明。梅祖麟（1988）雖未明確「時」概念，卻照舊使用既事式這一名稱。吳安其（1997、2002）指出上古漢語動詞有「體」範疇，沒有「時」範疇。上古漢語動詞的時、體範疇究竟是怎麼樣一種分布狀態呢？兩者關係又當如何對待？

馬學良（1991）提到藏緬語族語言大部分沒有「時」範疇而有「體」範疇，動詞表示的時間概念大多由「體」範疇兼表。張濟川（1989）指出藏語本只有「體」範疇，將來和過去時的對立是後起的。金理新（2006）結合親屬語言動詞「時」「體」分布的情況，同意吳安其的看法，主張上古漢語輔音清濁交替或屬於動詞的「體」範疇而不是動詞的「時」範疇。鄭張尚芳指出，藏文「時」實際上是「志」，不是從時間上說的，恰是表示「體」、「態」。撇開藏語不談，動詞「時」、「體」範疇概念並不矛盾。動詞的「時」概念著眼於動作發生的時間，動詞的「體」概念著眼於動作發生的狀態。所以，兩者的語法範疇分布並不對立。考慮到親屬同源語言「時」範疇後起，我們傾向於上古漢語動詞輔音清濁交替反映的是動詞的「體」範疇變化。《詩經》唇音幫組異讀構詞字頭「比」，通過聲母清濁交替，結合後綴*-ɦ、*-s 交替實現了動詞完成體構詞轉換，表現為：清聲母、*-ɦ 尾為動詞未完成狀態，濁聲母、*-s 尾為動作完成產生的結果狀態。

第五、名詞的泛指、特指

《詩經》唇音幫組異讀構詞字頭「夫（甫）」，通過聲母清濁交替實現名詞泛指、特指構詞轉換。具體為：清聲母為男性泛稱，濁聲母為男性特指。

2.*-s 後綴交替實現的語法意義變化

第一、語詞詞性變化

上古漢語語法研究者們把經典大量存在的語詞名、動之別義現象，看作是聲調不同所致，統貫以「區分名詞用為動詞」「區分動詞用為名詞」〔註53〕或「凡名詞和形容詞轉化為動詞，則動詞念去聲；凡動詞轉化為名詞，則名詞念去聲〔註54〕。」自從奧德里古爾（A. G. Haudricourt，1954）提出上古漢語去聲來源於*-s 韻尾說以來，上古漢語語音研究者們開始普遍接受聲調韻尾說。梅祖麟（1980）指出名詞變動詞、動詞變名詞皆附加*-s 後綴，但兩者分屬於不同的層次，前者較晚起。金理新（2006）對梅祖麟名動、動名構詞轉化的證據一一分析，以為梅祖麟的層次說站不住腳，結合藏緬語主張上古漢語這兩類形式皆屬晚起。同時指出兩類*-s 後綴各有不同的來源，前者來源於及物動詞後綴，後者來源於動轉化後綴。

《詩經》唇音幫組異讀構詞字頭「風（諷）」、「馬（禡）」、「福（富）」，通過後綴*-s 交替實現名詞向動詞構詞轉換；「副」「秉（柄棅）」通過後綴*-s 交替實現動詞向名詞構詞轉換。因為兩類後綴*-s 不同的來源，《詩經》中既可以見到*-s 後綴名謂化構詞、又能見到*-s 後綴動轉化名詞構詞。

第二、動詞完成體變化

藏語動詞既有「時」範疇、又有「體」範疇，「時」範疇恰在「體」範疇基礎上發展起來。藏語「體」範疇重要的形態特徵為-s 後綴。上古漢語「體」範疇除了聲母清濁交替外，是否也如藏語另有*-s 後綴的標記手段呢？上古漢語語法研究的學者們，舉出了大量聲調或形態之別的例子：去聲或後綴*-s 表示動詞既事式或完成體〔註55〕。「時」、「體」範疇視角不同，分布常相交叉。《詩經》唇音幫組異讀字頭「覆」、「比」，通過後綴*-s 交替實現動詞未完成體、完成體構詞轉換。動詞動作完成常產生一種結果，這類結果就語詞詞性而言多為副詞。Downer、周祖謨等學者認為非去聲與去聲交替，具有動詞向副詞轉化的功能。《詩經》唇音幫組異讀字頭「復（复）」就是這種情況。

〔註53〕周祖謨：《四聲別義釋例》，周祖謨：《問學集》，北京，中華書局，1966 年版，第93～104 頁。

〔註54〕王力：《漢語史稿》，北京，中華書局，1980 年版，第213 頁。

〔註55〕周法高1962、潘悟雲1987、梅祖麟1988、潘悟雲1991、金理新2002 使用現時、既事式概念，黃坤堯1997，吳安其1997、金理新2006 使用動詞未完成體、完成體概念。

第三、動詞的施受關係變化

金鵬 1986 年在做漢語和藏語詞彙結構和形態比較研究時，提到藏語有一種語法現象，作者稱之為主方動詞、賓方動詞。並於 1988 年對藏語這種主方動詞、賓方動詞進行了深入的討論〔註 56〕。金理新（2006）在金鵬對藏語動詞研究基礎上，提出施事動詞、受事動詞的概念，正與金鵬的主方動詞、賓方動詞對應，並對這一語法範疇作了詳細說明。此前從事上古漢語語法研究的學者們發現上古漢語動詞有上下、彼此方向之別〔註 57〕。這類語法範疇王力（1957）、Downer（1959）皆看作非致使動詞和致使動詞的區別。梅祖麟（1980）將周法高「上下、彼此」動詞稱為「內向動詞」、「外向動詞」。黃坤堯（1997）對王力「買賣使動說」作出批評。由此可見，上古漢語確有一類動詞語法範疇歸類各家意見不一，而這在於各家所用語法術語不能確切涵蓋這類動詞的語法意義。故此，金理新（2006）在藏語主方動詞、賓方動詞這一概念啟發下，提出了「施事動詞、受事動詞」的語法概念。用「施事動詞、受事動詞」分析《詩經》異讀語詞傳統「上下彼此」方向關係的語法意義時可謂類別清晰、分別了然。故此，我們贊同動詞「施受」這一語法概念的提法。《詩經》唇音幫組異讀構詞字頭「聞（問）」，就是通過後綴*-s 實現的動詞施受關係構詞轉換。

3.*-ɦ 後綴交替實現的語法意義變化

第一、動詞不及物性變化

既然上古漢語後綴*-s 具有動詞及物性功能，上古漢語不及物動詞與及物動詞詞形有分別，自然亦應有它自己的語音標記。金理新（2006）指出上古漢語的*-ɦ 韻尾本來就該是一個構詞詞綴，表示不及物動詞的語法意義。《詩經》唇音幫組異讀字頭「包（飽）」正是通過後綴*-ɦ 交替實現動詞及物不及物性構詞轉換的。

第二、名詞借代構詞變化

〔註 56〕金鵬：《藏語動詞屈折形態向黏著形態的特變》，《中國藏學》1988 年第 1 期，第 131～139 頁。

〔註 57〕周祖謨（1946）發現上古漢語動詞有「意義有彼此上下之分，而有異讀」現象。周法高（1962）將周祖謨的「彼此上下」進一步細分為上下、彼此兩類。

吳安其（2001）認為上古漢語的後綴*-ʔ表示動作的對象或結果。金理新（2006）肯定了吳安其的發現，但認為這一後綴*-ɦ 即吳氏*-ʔ的意義表示名詞借代更符合實際語詞的特性，並舉了先秦此類語詞構詞的大量例證。《詩經》唇音幫組異讀構詞字頭「微（尾）」即為名詞借代構詞。

4. *-d 後綴交替實現的語法意義變化

動詞的致使義變化

藏語表示致使意義的重要或主要形態手段是通過附加 s-前綴完成，但仍有一部分語詞通過附加-d 後綴完成。本尼迪克特（Paul K. Benedict，1972）年認為後綴-t（即藏語的-d）最初的作用不明，有時用於動詞詞根派生的名詞，還用於使役或命令的意思[註58]。金理新（2006）主張前綴*-s 致使意義的語法類推逐步取代了後綴*-d，因此藏緬語中才會對其語法功能捉摸不清、上古漢語後綴*-d 語法功能也為上古漢語語法研究學者們所忽視。《詩經》唇音幫組異讀字頭「無（亡蔑威滅）」之間的構詞，正是通過後綴*-d 交替實現動詞非致使、致使構詞轉換的。

第二節　舌音端知組異讀構詞詞表及構詞特點

一、舌音端知組異讀構詞詞表

登（升）

登，鄭張尚芳上古音系歸入端母蒸部，擬音*tɯɯŋ。升，中古書母蒸韻，鄭張尚芳上古音系歸入蒸部，擬音*hljɯŋ。上古兩詞有構詞關係，表現為：登*tɯɯŋ，動詞，升也，為離散動詞；升*hljɯŋ，動詞，登也，為持續動詞。

《說文》癶部：「登，上車也。从癶、豆。象登車形。」《說文》斗部：「升，十龠也。从斗，亦象形。」于省吾（1996）考釋相關甲骨文字後指出，「『升』本為升斗之升，經傳多通為升進之升，俗作昇、陞[註59]。」《玉篇》癶部：

〔註58〕Paul K. Benedict 著，樂賽月、羅美珍譯：《漢藏語言概論》，北京，中國社會科學院民族研究所語言室，1984 年版，第 102 頁。

〔註59〕于省吾主編、姚孝遂撰：《甲骨文字詁林》，北京，中華書局，1996 年版，第 1078 頁。

「登，都棱切，升也，進也。」斗部：「升，舒承切，升，斗也，十合為升。」
日部：「昇，式陵切，或作升。」／阜部：「陞，式陵切，上也，進也，與升
同。」《廣韻》都滕切：「登，成也，升也，進也，眾也，《說文》曰『上車也』，
亦州名……」／識蒸切：「升，十合也，成也，又布八十縷為升。」識蒸切：
「昇，日上，本亦作升，如日之昇，升，出也，俗加日。」／識蒸切：「陞，
登也，躋也。」《集韻》都騰切：「登，《說文》『上車也，從癶、豆。象登車
形。』」／書蒸切：「升，《說文》『十鑰也』，一曰布，以十縷為升，一曰進也，
成也。」／書蒸切：「昇阩，日之升也，又州名，或作阩。」／書蒸切：「陞
阩跰，登也，或省，亦從足，通作升。」

　　王力（1982）列「升、登」為同源詞。金理新（2006）指出「登、升」
是一對同根動詞，兩詞語法意義區別在於前者表示動詞的離散體，後者表示
動詞的持續體。動詞的持續體的語法標記為前綴*s-，上古漢語存在大量*s-前
綴表示動詞持續體的例證〔註60〕。

　　登，《詩經》6見，《釋文》無注。P509《大雅・文王之什・綿》：「築之登
登，削屢馮馮。」登登連用，象聲詞，表示「築牆之聲」。P519《大雅・文王
之什・皇矣》：「帝謂文王，無然畔援，無然歆羨。誕先登于岸。」箋：「登，
成」。P565《大雅・蕩之什・崧高》：「登是南邦，世執其功。」傳：「登，成
也」。登，動詞，成也。P528《大雅・生民之什・生民》：「卬盛于豆，于豆于
登。」傳：「木曰豆、瓦曰登」。登，甂之假借。此三義不參與構詞。

　　登*tuɯɯŋ，端平。P541《大雅・生民之什・公劉》：「既登乃依，乃造其
曹。」登，動詞，升也。

　　「登」表示動詞「升也」，《詩經》1見。「登」突出動作的獨立性，即動作
的離散特性，「登」可以看作離散動詞。經典同類例頗多，《莊子・大宗師》：「若
然者登高不栗，入水不濡，入火不熱，是知之能登假於道也。」「登」強調動作，
而非動作持續的過程。

　　升，《詩經》7見，《釋文》未出注，為常用詞，讀常用音。P362《國風・
唐風・椒聊》：「椒聊之實，蕃衍盈升。」升，名詞，升斗，為「升」之本義。

　　升*hljɯŋ，書平。P412《小雅・鹿鳴之什・天保》：「如月之恒，如日之

〔註60〕金理新（2006）為「登」上古擬音*teŋ，為「升」上古擬音*s-teŋ。

升。」傳：「升，出也」。升，動詞，日出。此義字亦作「昇」。P315《國風·墉風·定之方中》：「升彼虛矣，以望楚矣。」P429《小雅·南有嘉魚之什·吉日》：「升彼大阜，從其群醜。」P438《小雅·鴻雁之什·無羊》：「麾之以肱，畢來既升。」P490《小雅·魚藻之什·角弓》：「毋教猱升木，如塗塗附。」升，動詞，登也。P528《大雅·生民之什·生民》：「卬盛于豆，于豆于登。其香始升。」箋：「其馨香始上行」。升，動詞，上行。動詞「登也、上行」，字亦作「陞」。

動詞「日出」「登也、上行」義，字形不論作「昇」或「陞」，動作皆有連續特徵，即動作不是一下完成的動作，而是一個持續不間斷的動作。與「登」語法意義正相對立。「升」是一個持續動詞，持續特徵是由前綴*s-實現的。

「升、登」動詞概念意義相同，語法意義有細微差別，古注釋家對這種細微區別難以分辨，常常互注互訓或假借。如《左傳·隱公五年》：「鳥獸之肉，不登於俎；皮革齒牙骨角毛，不登於器。」孔疏：「登訓為升。」《呂氏春秋·孟冬紀·異寶》：「伍員亡，荊急求之，登太行而望鄭曰：『蓋是國也，地險而民多知。』」高注：「登，升也。」上古漢語動詞持續體與離散體之間的語法分別並非孤例，有相當一部分語詞可證明這一語法概念的存在〔註61〕。

同組的同族詞還有「乘」、「騰」。《釋名》：「乘，升也，登亦如之也。」「乘」、「騰」在《詩經》裏一用作動詞連續體，一用作動詞離散體，分別與這裡的「登」、「升」相對應，即動詞「登」跟「騰」為完成類動詞，表示一個離散的動作，動詞「升」、「乘」為過程類動詞，反映的動作的持續性。

綜上，《詩經》「登、升」的構詞關係梳理如下：語詞登*tɯɯŋ〔註62〕，表示動詞「升也」義，動作帶有離散特徵，為離散動詞；語詞升*hljɯŋ，表示動詞「登也、上行、日出」義，動作帶有連續特徵，為持續動詞。兩詞的構詞手段，鄭張的上古音體系看不出兩詞的語源關係。考慮上古擬音體系的系統性，暫存疑。不過，金理新「登」、「升」的上古擬音在揭示兩詞語源關係、形態關係方面頗為清楚，可備一說。

〔註61〕具體例證詳金理新（2006：142～150）。

〔註62〕鄭張尚芳先生本人指出「登」或可構擬為*ʔl'ɯɯŋ，那麼登、升兩詞的構詞關係可看成是前綴交替。

弔（悼）

弔，鄭張尚芳上古音系歸入端母奧 2 部、端母覺 2 部，分別擬音為*tiiwɢs、*tiiwɢ。悼，鄭張尚芳上古音系歸入定母豹 2 部，擬音*deewɢs。「弔」之*tiiwɢ 表示動詞義「至也」，不參與構詞，「弔」之*tiiwɢs 與「悼」*deewɢs 存在構詞關係：*tiiwɢs 表示及物動詞「傷悼」義，*deewɢs 表示不及物動詞「傷悼」義〔註 63〕。

弔，《說文》人部：「問終也。古之葬者，厚衣之以薪。从人持弓，會驅禽。」《玉篇》人部：「丁叫切，弔死，又音的，至也。」《廣韻》多嘯切：「弔生曰唁，弔死曰弔。」／都歷切：「至也。」《集韻》多嘯切：「弔，《說文》：『問終也，古之葬者，厚衣之以薪，从人持弓，會驅禽。』」／丁歷切：「迅弔，《說文》至也或省。」

悼，《說文》心部：「懼也。陳楚謂懼曰悼。从心卓聲。」《玉篇》心部：「徒到切，懼也傷也。」《廣韻》徒到切：「傷悼。」《集韻》大到切：「《說文》『懼也，陳楚謂懼曰悼』，一曰傷也。」

金理新（2006）首次提出「弔、悼」通過韻尾交替實現及物不及物動詞之間的構詞。

弔，《詩經》5 見，《釋文》出注 4 次〔註 64〕。《詩經》用作動詞，至也，2 見。P412《小雅·鹿鳴之什·天保》：「神之弔矣，詒爾多福。」傳：「弔，至」。6／11.6《釋文》：「都歷反，至也。」P577《大雅·蕩之什·瞻卬》：「不弔不祥，威儀不類。」箋：「弔，至也」。7／22.13《釋文》：「如字，又音的。」弔，動詞，至也。

弔，形容詞，善也，2 見。P440《小雅·節南山之什·節南山》：「不弔昊天，不宜空我師。」傳：「弔，至」，箋：「至猶善也」。6／19.12《釋文》：「如字，又丁歷反，至也。下同。」P440《小雅·節南山之什·節南山》：「不弔昊天，亂靡有定。」箋：「弔，至也，至，猶善也」此 2 例同條又音陸德明取鄭形容詞「善也」為首音，又備錄動詞「至也」又音。

「弔」，表示動詞「至也」，形容詞「善也」，皆不參與構詞。

〔註 63〕金理新（2006）表示「傷悼」義之「弔」上古擬音為*tɯg-s，「悼」上古擬音為*dɯg-s。
〔註 64〕其中 1 次出現於前文「弔」注中，以「下同」形式出現。

弔*tiiwGS，端去。P382《國風·檜風·匪風》：「顧瞻周道，中心弔兮。」傳：「悼，傷也。」弔，動詞，傷悼。

與「弔」構詞相關之「悼」《詩經》3見，《釋文》無注。悼*deewGS，定去。P299《國風·邶風·終風》：「謔浪笑敖，中心是悼。」箋：「悼者，傷其如是然而已不能得而止之。」P324《國風·衛風·氓》：「靜言思之，躬自悼矣。」傳：「悼，傷也。」P381《國風·檜風·羔裘》：「豈不爾思？中心是悼。」傳：「悼，動也。」箋：「悼，猶哀傷也。」悼，動詞，傷悼。

「弔、悼」均有「傷悼」義，兩詞有語源關係。先秦典籍「弔」用於傷悼義，可帶賓語，為及物動詞；《周禮·春官·大宗伯》「以弔禮，哀禍災；以禬禮，哀圍敗……」，《周禮·秋官·小行人》：「若國有禍災，則令哀弔之。」「弔」皆可帶賓語。「悼」為不及物動詞，不可帶賓語，《詩經》3例均用作不及物動詞。

《詩經》「弔、悼」構詞關係可概括為：弔，*tiiwGS表示及物動詞「傷悼」義；通過聲母清濁交替實現不及物動詞轉換「悼」*deewGS，表示不及物動詞「傷悼」義。

朝

朝，中古知母宵韻、澄母宵韻，鄭張尚芳上古音系歸入宵2部，分別擬音為*ʔr'ew、*r'ew〔註65〕。兩音上古有構詞關係，通過聲母清濁交替實現：語詞*ʔr'ew，表示名詞，旦也；語詞*r'ew，表示動詞「朝見」，引申而有名詞「朝廷」義。

朝，《說文》倝部：「鼂，旦也，从倝舟聲。」《說文解字繫傳》：「臣鍇曰此朝旦字」。《玉篇》倝部：「知驕切，早也旦也。」《廣韻》陟遙切：「早也，又旦至食時為終朝，又朝鮮，國名，亦姓……」/ 直遙切：「朝廷也，《禮記》曰：『諸侯於天子五年一朝。』又姓……」《集韻》陟遙切：「鼂朝，《說文》『旦也』，亦姓，隸作朝。」/ 馳遙切：「鼂朝，覲君之總稱，又姓，古作鼂，通作晁。」

《群經音辨·辨字音清濁》：「旦日曰朝，陟遙切。旦見曰朝，直遙切。」

〔註65〕兩音上古形式，金理新（2006）分別擬為*r-tɯ、*r-dɯ，聲母清濁分明。鄭張的*ʔr'可看作清音形式，*r'為濁母形式。

周法高（1962）：「朝：旦日曰朝，陟遙切；旦見曰朝，直遙切〔註66〕。」將其歸入「非去聲或清聲母為名詞，去聲或濁聲母為動詞或名謂式」一類。俞敏（1984）指出「朝」義為早晨，表示名詞，為清聲母。後來派生出動詞，朝見，由此派生使動詞，使朝見，均讀濁聲母。另外還派生一個動詞，長潮，讀濁聲母。金理新（2006）認為「朝」通過聲母清濁交替實現名動構詞。

朝，《詩經》28見，《釋文》出注10次。

朝*r'ew，澄平。P322《國風‧衛風‧碩人》：「四特有驕，朱幩鑣鑣，翟茀以朝。」5／19.2《釋文》：「直遙反，注皆同。」P381《國風‧檜風‧羔裘》：「羔裘逍遙，狐裘以朝。」傳：「狐裘以適朝」。6／3.9《釋文》：「直遙反，注同，下篇注亦同。」P432《小雅‧鴻雁之什‧沔水》：「沔彼流水，朝宗于海。」6／17.1《釋文》：「直遙反，注皆同。」P489《小雅‧魚藻之什‧采菽》：「君子來朝，何錫予之？」6／33.19《釋文》：「直遙反，篇內皆同。」P489《小雅‧魚藻之什‧采菽》：「君子來朝，言觀其旂。」P499《小雅‧魚藻之什‧漸漸之石》：「武人東征，不皇朝矣。」6／37.22《釋文》：「直遙反，注同。」P509《大雅‧文王之什‧綿》：「古公亶父，來朝走馬。」7／2.17《釋文》：「直遙反」。朝，動詞，朝見。P348《國風‧齊風‧雞鳴》：「雞既鳴矣，朝既盈矣。」5／27.4《釋文》：「直遙反，注下皆同。」P348《國風‧齊風‧雞鳴》：「東方明矣，朝既昌矣。」朝，名詞，朝廷。由動詞「朝見」義引申而來。

朝*ʔr'ew，知平。P448《小雅‧節南山之什‧雨無正》：「三事大夫，莫肯夙夜；邦君諸侯，莫肯朝夕。」6／21.22《釋文》：「直遙反，舊張遙反。」朝，名詞，旦也。舊音是「朝」原詞讀音，《釋文》注出舊讀，說明兩音存在語源聯繫。《詩經》餘18次《釋文》未出注一律表示名詞「旦也」。P324《國風‧衛風‧氓》：「夙興夜寐，靡有朝矣。」箋：「早起夜臥非一朝然」。P421《小雅‧南有嘉魚之什‧彤弓》：「鐘鼓既設，一朝饗之。」箋：「一朝猶早朝」。P463《小雅‧谷風之什‧北山》：「偕偕士子，朝夕從事。」P494《小雅‧魚藻之什‧采綠》：「終朝采綠，不盈一匊。」傳：「至旦及食時為終朝」。

《詩經》「朝」音變構詞可概括為：語詞詞根形式為清聲母*ʔr'ew，表示名

〔註66〕周法高：《中國古代語法‧構詞編》，臺北，中央研究院歷史語言研究所，1962年版，第59頁。

詞「旦也」；通過聲母清濁交替派生語詞形式*r'ew，表示動詞「朝見」及其引申名詞「朝廷」義。

東（蝀）

東，鄭張尚芳上古音系歸入端母東部，擬音*tooŋ。蝀，鄭張尚芳上古音系歸入端母東部，分別擬音*tooŋ、*tooŋʔ。東、蝀兩詞上古有構詞關係：東*tooŋ，表示名詞，東方；派生語詞蝀*tooŋʔ〔註67〕，表示名詞「虹也」，此名詞具有詞根名詞特徵，即見於東方。

東，《說文》東部：「動也。从木。官溥說：从日在木中。凡東之屬皆从東。」《玉篇》東部：「德紅切，四方春方也。」《廣韻》德紅切：「春方也，《說文》曰『動也，从日在木中。』亦東風菜……」《集韻》都籠切：「許慎《說文》『動也。从木。官溥說：从日在木中。』一曰春方也，又姓……」

蝀，《說文》蟲部：「螮蝀也。从蟲東聲。」《玉篇》蟲部：「丁孔切，螮蝀。」《廣韻》德紅切：「螮蝀，虹也。」／多動切：「螮蝀，虹也。」《集韻》都籠切：「《爾雅》『螮蝀，虹也。』」／都動切：「螮蝀，虹也。」／多貢切：「《說文》『螮蝀也』。」

「東、蝀」的構詞現象前人罕有論及，金理新（2006）提到上古漢語後綴*-ɦ可以附加在名詞詞根後構成名詞，使該名詞具有詞根名詞的特徵，「東、蝀」的構詞關係即是其類。「東、蝀」有語源關係，「東」指「四方之春方」，《釋名》有言：「虹，攻也，純陽攻陰氣也，又曰螮蝀，其見每於日在西而見於東，掇飲東方之水氣也；見於西方曰升，朝日始升而出見也。」

東，《詩經》51見，均表示名詞「東方」義，為常用詞，讀常用音，《釋文》未出注。蝀，《詩經》1見，《釋文》出注。

東*tooŋ，端平。P344《國風·鄭風·東門之墠》：「東門之墠，茹藘在阪。」P350《國風·齊風·東方未明》：「東方未明，顛倒衣裳。」東，名詞，東方。

蝀*tooŋʔ，端上。P318《國風·墉風·蝃蝀》：「蝃蝀在東，莫之敢指。」傳：「蝃蝀，虹也」。5／17.2《釋文》：「上丁計反，下都動反，蝃蝀，虹也。爾雅作螮蝀，音同。」蝀，名詞，虹也。

〔註67〕金理新（2006）為「東」上古擬音為*toŋ，「蝀」上古擬音為*toŋ-ɦ。

東，《詩經》表示「東方」，讀常用音；蝀，表示名詞「虹」，《釋文》音端母上聲。《釋文》為「蝀」注音計 3 次，其中 2 次端母上聲，1 次以端母上聲為首音、端母平聲為又音。

「東、蝀」構詞關係可概括為：東*tooŋ，表示名詞「東方」義；通過附加後綴實現名詞借代構詞，派生語詞「蝀」*tooŋʔ，具有詞根名詞特徵，表示「虹」義，虹在東方出現。

妥（綏）

妥，鄭張尚芳上古音系歸入透母歌 3 部，擬音*nhoolʔ。綏，鄭張尚芳上古音系歸入心母微 2 部，擬音*snul。《儀禮・士相見禮》：「凡言非對也，妥而後傳言。」鄭注：「妥，安坐也，傳言，猶出言也。若君問可對則對，不待安坐也。古文妥為綏。」可見兩詞有語源關係。《詩經》兩詞通過前綴交替實現構詞：語詞妥*nhoolʔ，表示非致使動詞「安也」；綏*snul，表示致使動詞「安也」〔註 68〕。

《說文》無妥字，糸部：「綏，車中把也。从糸从妥。」《玉篇》女部：「妥，湯果、湯回二切，女字，又坐。」糸部：「綏，先唯切，止也，安也，《說文》『車中靶。』《廣韻》他果切：「妥，安也。」／息遺切：「綏，安也，《說文》曰：『車中靶也』，又州名……」《集韻》吐火切：「妥綏𡠣，安也，或作綏𡠣。」／宣隹切：「《說文》『車中把也』，亦州名。」／通回切：「妥綏，安坐也，一曰執器下於心，或作綏。」《廣韻》、《集韻》收錄音義可看出兩詞的語源關係。

金理新（2006）注意到上古時期「妥、綏」兩詞存在構詞關係，通過前綴交替實現動詞非致使、致使構詞轉換。

妥，《詩經》1 見，《釋文》出注。妥*nhoolʔ，透上。P467《小雅・谷風之什・楚茨》：「以為酒食，以享以祀，以妥以侑，以介景福。」傳：「妥，安坐也」。6／28.7《釋文》：「湯果反，安坐也。」妥，動詞，安也。相對於致使動詞而言為非致使動詞。非致使動詞用法尚見於其他經典，《儀禮・士相見禮》：「凡言非對也，妥而後傳言」鄭注：「妥，安坐也。」

〔註 68〕妥聲符，鄭張尚芳大部分歸微部，少數幾例歸歌部。通過對妥聲符系列字考察，發現鄭張尚芳將中古戈韻的字歸入歌部，中古脂灰兩韻的字歸入微部。金理新（2006）妥聲符系列「妥、綏」皆入歌部，分別擬音*thor-ɦ、*s-tor。

綏，《詩經》22 見，《釋文》出注 6 次。

「綏」《詩經》用法一：綏綏連用，形容詞，匹行貌。P327《國風·衛風·有狐》：「有狐綏綏，在彼淇梁。」5／20.20《釋文》：「音雖，匹行貌。」用法二：緌之假借。P570《大雅·蕩之什·韓奕》：「王錫韓侯，淑旂綏章。」傳：「綏，大綏也」。箋：「綏，所引以登車，有採章也」。7／19.19《釋文》：「本亦作緌，毛如誰反，大綏也，鄭音雖，車綏也。」《釋文》取傳解，以為「綏」是「緌」假借，表示名詞「緌纓」義，音如誰反為首音，鄭箋以「綏」之本義作解，義亦可通。此條兩義皆通，兩音皆可，根據文字形式首選鄭箋，姑錄心母平聲一音。此兩類用法不參與構詞。

綏*snul，心平。P278《國風·周南·樛木》：「樂只君子，福履綏之。」傳：「綏，安也」。5／4.4《釋文》：「音雖，安也。」P480《小雅·甫田之什·鴛鴦》：「君子萬年，福祿綏之。」箋：「綏，安也」。6／31.15《釋文》：「音土果反，又如字。」P621《商頌·烈祖》：「綏我眉壽，黃耇無疆。」7／33.20《釋文》：「音妥，安也。」《釋文》同條又音在於說明古文字形。P419《小雅·南有嘉魚之什·南有嘉魚》：「君子有酒，嘉賓式燕綏之。」P547《大雅·生民之什·民勞》：「惠此中國，以綏四方。」箋：「康綏皆安也」。P595《周頌·臣工之什·雝》：「假哉皇考，綏予孝子。」P467《小雅·谷風之什·楚茨》：「樂具入奏，以綏後祿。」傳：「綏，安也」。P596《周頌·臣工之什·載見》：「烈文辟公，綏以多福，俾緝熙于純嘏。」綏，致使動詞，使安。

「綏」用作動詞「安」義，或帶賓語，或不帶賓語。帶賓語的「綏」一定是致使動詞，表示使賓語安義；倒數第二例「綏」不帶賓語，傳：「安然後受福祿也」，箋：「燕而祭之之樂，復皆入奏以安，後曰之福祿」，「以安」後一定有受事對象，只不過這個對象外置，即前文所言「諸父兄弟」，「以綏」後省賓語，因為賓語前文特指。所以「綏」是致使動詞，具有使賓語安義。最後一例「綏」後亦不帶賓語。鄭箋：「安之以多福」，顯然「綏以」後也當帶賓語，此賓語同樣外置，此條「綏」亦當同為致使動詞，具有使賓語「安」義。

綜上，「妥、綏」的音義規律可梳理為：語詞*nhool?，表示動詞「安也」，非致使動詞；語詞*snul，表示動詞「使安」，致使動詞。鄭張尚芳上古擬音體系*sn-結構為*s-冠複聲母型，此*s-可以看作前綴。上古兩詞韻部歸屬僅從諧聲

事實來看自然可以歸屬同一部，那麼在忽略兩詞上古韻部歸屬不同的前提下，似乎可以把兩詞的構詞方式界定為前綴*s-交替。妥（綏）的構詞關係還可比較藏文 rnal「靜止、安穩、心靜」與 mnal「睡」，nyal-ba「躺、睡」，snyol-ba「放下，使睡」〔註69〕。藏文 s-前綴擔當著致使義前綴的功能。

道（迪）

道，鄭張尚芳上古音系歸入定母幽 1 部，擬音*l'uuʔ。迪，鄭張尚芳上古音系歸入定母覺 2 部，擬音*l'ɯɯwɢ。《詩經》兩詞有構詞關係，通過韻尾交替實現，表現為：語詞道*l'uuʔ，表示名詞「道路」；語詞迪*l'ɯɯwɢ，表示動詞「以道而進」。

《說文》辵部：「道，所行道也。从辵从首。一達謂之道。」辵部：「迪，道也。从辵由聲。」《玉篇》辵部：「道，徒老切，理也，道也，道義也。」辵部：「迪，徒的切，教也，導也，青州之間相正謂之迪。」《廣韻》徒晧切：「道，理也，路也，直也，眾妙皆道也，《說文》曰『所行道也，一達謂之道。』」／徒歷切：「迪，進也，道也，蹈也。」《集韻》杜晧切：「道䚦衟，《說文》『所行道也，一達謂之道。』古作䚦衟。」／亭歷切：「迪，《說文》『道也』。」

金理新（2006）指出*-g 後綴有名謂化功能，「道、迪」之間名動構詞轉換即是通過這個後綴實現的〔註70〕。

道，《詩經》33 見，《釋文》未出注，為常用詞，讀常用音。《詩經》「道」有兩類用法：一、名詞「道路」義，引申而有「政教、道教」義；二、動詞「述說」義。

《詩經》「道」第一類用法 31 見，其中用作本義「道路」26 次。

道*l'uuʔ，定上。P302《國風・邶風・雄雉》：「道之云遠，曷云能來？」P303《國風・邶風・谷風》：「行道遲遲，中心有違。」「道路」引申而有「政教、道教」義，《詩經》5 見。P382《國風・檜風・匪風》：顧瞻周道，中心怛兮。箋：「周道，周之政令」P528《大雅・生民之什・生民》：「誕后稷之穡，

〔註69〕藏文例來源於包擬古：「Some Chinese Reflexes of Sino-Tibetan s-Clusters」，*Journal of Chinese Linguistics*，1973，1.3 pp.383-396，潘悟雲、馮蒸譯：《原始漢語與漢藏語》，北京，中華書局，1995 年版，第 29 頁。

〔註70〕金理新（2006）為「道」上古擬音*du-ɦ，為「迪」上古擬音*dug。

有相之道。」

《詩經》「道」第二類用法 2 見，不參與構詞。P313《國風・墉風・牆有茨》：「中冓之言，不可道也。所可道也，言之醜也。」道，動詞，述說。

迪，《詩經》1 見，《釋文》出注。迪*l'ɯɯwɢ，端入。P558《大雅・蕩之什・桑柔》：「維此良人，弗求弗迪。」傳：「迪，進也」。7／16.20《釋文》：「徐徒歷反」。迪，動詞，以道而進。

《詩經》「迪」用作動詞「以道而進」，句中作謂語。先秦典籍動詞用法多見，《尚書・虞書・皋陶謨》：「曰允迪厥德，謨明弼諧。」孔安國傳：「迪，蹈。厥，其也。其，古人也。言人君當信蹈行古人之德，謀廣聰明以輔諧其政。」

《詩經》「道」「迪」有構詞關係，通過韻尾交替實現，表現為：「道」*l'uuʔ，表示名詞「道路」；「迪」*l'ɯɯwɢ，表示動詞「以道而進」。

度

度，鄭張尚芳上古音系歸入定母鐸部、定母暮部，分別擬音*daag、*daags。「度」兩音上古存在構詞關係：語詞詞根形式*daag，表示動詞，度量；通過附加後綴派生語詞*daags，表示名詞，法度。

度，《說文》又部：「法制也。从又，庶省聲。」《玉篇》又部：「徒故切，法度。徒各切，揆也。」《廣韻》徒落切：「度量也。」／徒故切：「法度，又姓……」。《集韻》達各切：「度庀，謀也，古作庀。」／徒故切：「度庀宅，《說文》：『法制也』，亦姓，或作庀宅。」

《群經音辨・辨字同音異》：「度，揆也，大各切。度，法制也，徒故切。」Downer（1959）將其歸入「基本形式是動詞性的──轉化形式是名詞性的」一類。周法高（1962）將其歸入「非去聲或清聲母為動詞，去聲或濁聲母為名詞或名語」一類，「度：約也，徒洛切；約之有長短曰度，徒故切 [註71]。」

度，《詩經》14 見，《釋文》出注 11 次 [註72]。《詩經》「度」表示動詞「度量」義見下。

度*daag，定入。P407《小雅・鹿鳴之什・皇皇者華》：「載馳載驅，周爰

〔註71〕周法高：《中國古代語法・構詞編》，臺北，中央研究院歷史語言研究所，1962 年版，第 67 頁。

〔註72〕其中 3 次出現於前文「度」注中，以「篇內皆同、下及注同」形式出現。

咨度。」6 / 9.19《釋文》:「待洛反,注同,諮禮為度。」P453《小雅·節南山之什·巧言》:「他人有心,予忖度之。」6 / 24.9《釋文》:「待洛反,注皆同。」P519《大雅·文王之什·皇矣》:「維彼四國,爰究爰度。」傳:「度居也」,箋:「度亦謀也」。7 / 5.4《釋文》:「待洛反,篇內皆同,毛居也,鄭謀也。」P519《大雅·文王之什·皇矣》:「維此王季,帝度其心,貊其德音。」P519《大雅·文王之什·皇矣》:「度其鮮原,居岐之陽,在渭之將,萬邦之方,下民之王。」箋:「度,謀也」。P541《大雅·生民之什·公劉》:「度其隰原,徹田為糧。度其夕陽,豳居允荒。」7 / 11.6《釋文》:「待洛反,注及下同。」P554《大雅·蕩之什·抑》:「神之格思,不可度思,矧可射思!」7 / 15.6《釋文》:「待洛反,注度知同。」P614《魯頌·駉之什·閟宮》:「是斷是度,是尋是尺。」7 / 32.22《釋文》:「待洛反」。度,動詞,度量。

《詩經》「度」表示動詞「度量」義《釋文》一律音定母入聲,與《詩經》「度」押韻情況相應。「度」《詩經》入韻 9 次,6 次以動詞「度量」義入韻,收塞音*-g 尾,與各入韻字韻尾和諧正相押。《詩經》「度」表示名詞「法度」義 3 見,《釋文》未出注,讀常用音。

度*daags,定去。P357《國風·魏風·汾沮洳》:「彼其之子,美無度。美無度,殊異乎公路。」箋:「是子之德美無有度言不可尺寸。」P554《大雅·蕩之什·抑》:「質爾人民,謹爾侯度,用戒不虞。」箋:「慎汝為君之法度」。度,名詞,法度。

《詩經》「度」《釋文》1 例同條又音。度*daags / *daag,定去 / 定入。P467《小雅·谷風之什·楚茨》:「獻酬交錯,禮儀卒度,笑語卒獲。」傳:「度,法度也」。6 / 28.16《釋文》:「如字,法也,沈徒洛反。」陸德明以如字為首音,以沈重音為又音,「度」詞義難辨。毛傳「度」表示名詞,當如字讀;根據上下文語法結構,後文「卒獲」與「卒度」結構同,「獲」為動詞,「度」亦當作動詞。沈音似乎更確。又此條「度」《詩經》中與入聲韻即上古*-g 尾韻字入韻,《詩經》押韻事實與沈音一致。此條表示動詞「度量」義,音*daag。

《詩經》「度」1 例涉及通假,不參與構詞,《釋文》出注。P509《大雅·文王之什·綿》:「捄之陾陾,度之薨薨,築之登登,削屢馮馮。」傳:「度,居也」。箋:「投諸版中」。7 / 3.2《釋文》:「待洛反,注同,毛居也,鄭投也,韓詩云填也。」「度」根據詩義,以鄭箋理解為確,表示動詞「填也」,與「塿」

通〔註73〕。

「度」上古兩音《詩經》音變構詞關係可概括為：語詞詞根形式*daag，表示動詞「度量」義；附加後綴派生語詞形式*daags，表示名詞「法度」義。

長

長，鄭張尚芳上古音系歸入端母陽部、定母陽部，分別擬音*taŋʔ、*daŋ、*daŋs。《詩經》前兩音有構詞關係：語詞*taŋʔ，動詞，年長，通過聲母清濁交替實現動詞、形容詞之間的構詞轉換，語詞*daŋ，形容詞，久遠。

長，《說文》長部：「久遠也，从兀从匕。兀者，高遠意也。久則變化。亡聲……凡長之屬皆从長。」《玉篇》長部：「直良切，永也，久也，長也。又知兩切，主也。又除亮切，多也。」《廣韻》直良切：「久也，遠也，長也，永也。」／知丈切：「大也，又漢複姓……」／直亮切：「多也。」《集韻》仲良切：「長兏兂，《說文》『久遠也』，古作兏兂。」／展兩切：「長镸夫，孟也進也，古作镸夫。」／直亮切：「度長短曰長，一曰餘。」

《群經音辨·辨字音清濁》：「長，永也，持良切，對短之稱。揆長曰長，持亮切，長幾分幾寸是也。」周祖謨（1946）將其歸入「因詞性不同而變調者」之「區分形容詞用為名詞」一類。Downer（1959）將其歸為「基本形式是動詞性的——轉化形式是名詞性的」一類。周法高（1962）歸之為「形容詞」之「去聲為他動式」一類，「長：永也，對短之稱，持良切；揆長曰長，長幾分幾寸是也，持亮切〔註74〕。」俞敏（1984）通過對殷虛卜辭及篆文「長」字形分析得出「長」本來表示名詞，意思是「長老」，因為長老一般都是長壽的人，所以派生出形容詞，表示長短的長。俞敏先生認為這種名形之間的構詞轉換是通過聲母清濁交替來實現的。黃坤堯（1997）將其歸入「區別形容詞高深長廣厚類」，以 A 音澄母平聲為形容詞，引申有久義，B 音澄母去聲後帶數量值。AB 兩音黃氏釋義語焉不祥，所以他認為《釋文》B 音一讀可疑。金理新（2006）贊成

〔註73〕馬瑞辰按：「箋云投諸版中，與《韓詩》訓填義近。既取土而後填之，既填而後築之，正見詩言有序。度與塝通，《廣雅》：『塝，塞也。』塞與填義亦相近。傳訓度為居，失之。」詳馬瑞辰：《毛詩傳箋通釋》，北京，中華書局，1989 年版，第 821 頁。

〔註74〕周法高：《中國古代語法·構詞編》，臺北，中央研究院歷史語言研究所，1962 年版，第 74 頁。

俞敏「長」本義為清聲母語詞，只是「長」為動詞，同樣提出通過聲母清濁交替實現構詞，只是這種構詞形式是動詞、形容詞之間的構詞轉換。

長，《詩經》16 見，《釋文》注音 3 次。

長*taŋʔ，知上。P506《大雅・文王之什・大明》：「纘女維莘，長子維行。」7／2.5《釋文》：「張丈反，注同。」長，動詞，年長。引申而有養育義。P460《小雅・谷風之什・蓼莪》：「父兮生我，母兮鞠我。拊我畜我，長我育我。」引申而有滋長義。P453《小雅・節南山之什・巧言》：「君子如怒，亂庶遄沮；君子如祉，亂庶遄已。君子屢盟，亂是用長。」6／24.5《釋文》：「丁丈反，又直良反。」《釋文》或為動詞「滋長」義，或為形容詞「久遠」義。然據上下文「遄沮、遄已」均表示「止」義，對舉之「長」解為「滋長」更合文義，《釋文》以「丁丈反」為首音。

長*daŋ，澄平。P625《商頌・長發》：「濬哲維商，長發其祥。」箋：「長，久也」。7／34.15《釋文》：「如字，久也。」P372《國風・秦風・蒹葭》：「遡洄從之，道阻且長。」P473《小雅・甫田之什・甫田》：「禾易長畝，終善且有。」P519《大雅・文王之什・皇矣》：「其德克明，克明克類，克長克君，王此大邦，克順克比。」P610《魯頌・駧之什・泮水》：「順彼長道，屈此群醜。」箋：「順從長遠屈治醜惡」。長，形容詞，久遠。

《詩經》「長」音別義自不同：語詞*taŋʔ，表示動詞「年長」，引申而有「滋長、養育」義；通過聲母清濁交替實現動詞形容詞之間的構詞轉換*daŋ，表示形容詞「久遠」義。《釋文》於「久遠」義下注「如字」，「長」*daŋ 六朝時期成為常用音。

萬獻初（2004）湖北咸寧方言單字音變舉例中有「長」[tsõ42]，長高；[ts'õ21]，長短。咸寧方言上聲調值 42，陽平調值 21，「長」陽平送氣來源於古濁聲母字，那麼「長」之兩讀分別可看作是聲母清濁之別，其中清聲母上聲字表示動詞「生長」義，古濁聲母「長」表示形容詞長短之長。

董紹克（2005）《陽谷方言研究》列異詞異讀 116 例中有「長」tʂ'ã42，長短；tʂã55，生長。陽谷方言陽平調值 42，上聲調值 55，「長」陽平送氣來源於古濁聲母字，故陽谷方言「長」之兩讀亦可看作聲母清濁交替之分別，古濁母「長」表示形容詞「長短」義，清母上聲「長」表示動詞「生長」義，聲母清濁不同，意義亦相分別。

　　《詩經》與「長」構詞相關另有一詞：暢。《呂氏春秋‧季春紀‧圜道》：「物動而萌，萌而生，生而長，長而大。」《孟子‧滕文公下》：「草木暢茂，禽獸繁殖。」暢，《詩經》1 見，《釋文》出注。暢*lhaŋs，徹平。P369《國風‧秦風‧小戎》：「文茵暢轂，駕我騏馵。」傳：「暢轂，長轂也」。5／33.20《釋文》：「勅亮反，長轂也。」暢，形容詞，長也。

　　張希峰（1999）列「長遠」之「長」與「暢」為同族詞。金理新（2006）指出詞根動詞「長」*r-taŋ-ɦ 通過韻尾交替實現動詞形容詞之間構詞，「暢」*r-thaŋ-s 表示形容詞，長也。鄭張尚芳與金理新兩人上古擬音體系均為「暢」擬有*-s 韻尾，此韻尾上古漢語相當活躍，功能豐富，其中就有動轉化形容詞構詞功能。「長、暢」通過韻尾交替實現動轉化構詞，派生*-s 韻尾語詞形式與派生濁聲母語詞「長」記錄相同意義，兩者同族。

囊（攘）

　　囊，鄭張尚芳上古音系歸入泥母陽部，擬音*naaŋ。攘，中古日母陽韻、日母養韻、日母漾韻，鄭張尚芳上古音系歸入陽部，分別擬音*njaŋ、*njaŋʔ、*njaŋs。上古「囊」與「攘」之*njaŋ 有構詞關係：語詞「囊」*naaŋ，名詞，袋也；語詞「攘」*njaŋ，動詞，除也、取也[註75]。

　　《說文》橐部：「囊，橐也。从橐省，襄省聲。」手部：「攘，推也。从手襄聲。」《玉篇》橐部：「囊，奴郎切，大曰囊，小曰橐。」《玉篇》手部：「攘，仁尚切，揖也，汝羊切，竊也。」《廣韻》奴當切：「囊，袋也，《說文》曰『囊，橐也』，又姓……」《廣韻》「攘」三音，錄其參與構詞音義，汝陽切：「攘，以手御，又竊也，除也，遂也，止也，揎袂出臂曰攘。」《集韻》奴當切：「囊，《說文》『橐也』，一曰有底曰囊無底曰橐，亦姓。」《集韻》「攘」，如陽切：「攘戭襄，《說文》『推也』，古作戭襄。」

　　金理新（2006）指出「囊、攘」兩詞通過前綴交替實現名謂化構詞轉換。

　　囊，《詩經》1 見，《釋文》出注。囊*naaŋ，泥平。P541《大雅‧生民之什‧公劉》：「乃裹餱糧，于橐于囊。」傳：「小曰橐，大曰囊」。7／10.17《釋文》：「乃郎反，小曰橐大曰囊，說文云無底曰囊有底曰橐。」

〔註75〕金理新（2006）為「囊」上古擬音*naŋ，「攘」上古擬音*g-naŋ。

攘，《詩經》3 見，《釋文》出注。攘*njaŋs，日去。P473《小雅‧甫田之什‧甫田》：「攘其左右，嘗其旨否。」6／29.20《釋文》：「如羊反，鄭讀為饟，式尚反，饟也，王如字。」「攘」鄭以為「饟」之假借，音式尚反；王肅訓「攘」為「除田」，音如字；陸德明取王說，以如羊反為首音，鄭音以備一說。馬瑞辰（1989）：「上文既云『饁彼南畝』，不得復讀攘為饟……此詩攘即揖讓字，謂田畯將嘗其酒食，而先讓其左右從行之人，示有禮也〔註76〕。」據馬瑞辰，此條「攘」為「揖讓」義，當音日母去聲，《釋文》亦誤。此音義不參與構詞。

攘*njaŋ，日平。P519《大雅‧文王之什‧皇矣》：「攘之剔之，其檿其柘。」7／5.11《釋文》：「如羊反」。攘，動詞，除也。P552《大雅‧蕩之什‧蕩》：「流言以對，寇攘式內。」7／14.1《釋文》：「如羊反」。攘，動詞，取也。「攘」表示「取也」，《論語‧子路》：「其父攘羊，而子證之。」《孟子‧滕文公下》：「今有人日攘其鄰之雞者。」趙注：「攘，取也」。

「攘」之「除也、取也」義與「囊」意義相關，語音相近，兩詞有構詞關係，表現為：語詞「囊」*naaŋ，表示名詞「袋也」；語詞「攘」*njaŋ，表示動詞「取之放入袋內」。兩詞構詞手段，據上古鄭張擬音體系，添加中綴*-j-實現了動詞向名詞轉換，此例可作介音交替實現的名動構詞轉換。金理新前綴交替亦可備一說。

難

難，鄭張尚芳上古音系歸入泥母元 1 部，擬音*naan、*naans。兩音上古有兩層構詞關係，一、通過韻尾交替實現形容詞名詞之間構詞轉換：語詞*naan，表示形容詞「艱也」；語詞*naans，表示名詞「患也」。二、通過韻尾交替實現不及物動詞、及物動詞之間構詞轉換：語詞*naan，形容詞，作用相當於不及物動詞，表示「艱也」；語詞*naans，表示及物動詞「艱難、責難」。

《說文》鳥部：「鸛，鳥也。从鳥堇聲。」《玉篇》堇部：「鸛，奴安切，不易之稱，又乃旦切，《易》曰：『蹇難也』，又畏憚也。難，同上。」《廣韻》那干切：「難，艱也，不易稱也，又木難，珠名，其色黃，生東夷，曹植《樂府詩》曰『珊瑚閒木難』，又姓，百濟人，《說文》作鸛，鳥也，本又作難。」

〔註76〕馬瑞辰：《毛詩傳箋通釋》，北京，中華書局，1989 年版，第 717 頁。

／奴案切：「難，患也。」《集韻》那肝切：「難，《說文》『鳥也』，一曰艱也，又姓，或从隹。」／乃旦切：「難雛鶜，阻也，古作雛鶜。」借助字書、韻書記錄，難，本為動物名詞，後假借為「難易」之「難」，用作形容詞。在「難易」之「難」這一語詞詞根基礎上又派生出名詞「患也」、動詞「艱難、責難」等義。

《群經音辨‧辨字音清濁》：「難，艱也，乃干切。動而有所艱曰難，乃旦切。」馬建忠（1898）：「『難』字：去讀，名也。《禮‧曲禮上》『臨難毋苟免』，患難也。又詰辨之解，則動字矣，平讀。『難易』之解，靜字也，亦平讀〔註77〕。」周祖謨（1946）指出「難易之難為形容詞，讀平聲；問難、難卻之難為動詞，讀去聲。患難之難為名詞，亦讀去聲。此本為一義之引申，因其用法各異，遂區分為二。」Downer（1959）將其歸入「基本形式是動詞性的──轉化形式是名詞性的」一類。周法高（1962）將其歸入「形容詞」之「去聲為名詞」類，「難：艱也，乃干切；動而有所艱曰難，乃旦切〔註78〕。」黃坤堯（1997）歸之為「區別形容詞好惡遠近類」，以泥母平聲為形容詞，泥母去聲為名詞災難義、少數動詞「畏難、困苦」義。

難，《詩經》14見，《釋文》出注5次〔註79〕。

難*naal，泥歌。P495《小雅‧魚藻之什‧隰桑》：「隰桑有阿，其葉有難。」傳：「難然，盛貌」。6／36.12《釋文》：「乃多反，盛貌。」難，猊之假借，形容詞，盛貌。P480《小雅‧甫田之什‧桑扈》：「不戢不難，受福不那。」箋：「不自難以亡國之戒」。難，「儺」之假借。此二例借字不參與構詞。

難*naans，泥平。P407《小雅‧鹿鳴之什‧常棣》：「脊令在原，兄弟急難。」6／10.3《釋文》：「如字，又乃旦反，注同。」P415《小雅‧鹿鳴之什‧出車》：「王事多難，維其棘矣。」6／11.19《釋文》：「乃旦反，注及下皆同。」P415《小雅‧鹿鳴之什‧出車》：「王事多難，不遑啟居。」P598《周頌‧閔予小子之什‧訪落》：「維予小子，未堪家多難。」7／27.13《釋文》：「如字，協韻乃旦反。」P600《周頌‧閔予小子之什‧小毖》：「未堪家多難，予又集

〔註77〕馬建忠：《馬氏文通》，北京，商務印書館，1983年版，第37頁。

〔註78〕周法高：《中國古代語法‧構詞編》，臺北，中央研究院歷史語言研究所，1962年版，第75頁。

〔註79〕其中1次出現於前文「難」注中，以「注及下皆同」形式出現。

于蓼。」難，名詞，患也。

難*naan，泥平。P331《國風・王風・中谷有蓷》：「慨其嘆矣，遇人之艱難矣。」P454《小雅・節南山之什・何人斯》：「還而不入，否難知也。」P610《魯頌・駉之什・泮水》：「既飲旨酒，永錫難老。」難，形容詞，艱也。不能帶賓語，作用相當於不及物動詞。

難*naans，泥去。P548《大雅・生民之什・板》：「天之方難，無然憲憲。」箋：「王方欲艱難天下之民」。難，及物動詞，艱難。經典尚有用例《左傳・襄公十三年》：「晉侯難其人，使其什吏率其卒，乘官屬，以從於下軍。」《周禮・春官・占夢》：「遂令始難驅疫。」鄭注：「難謂執兵以有難卻也……故書難或為儺，杜子春難讀為難問之難。」

《詩經》「難」存在兩層構詞關係：一、語詞*naan，表示形容詞「艱也」，通過韻尾交替實現形容詞名詞之間的構詞轉換*naans，表示名詞「患也」；二、語詞*naan，表示形容詞「艱也」，作用相當於不及物動詞，通過韻尾交替實現動詞不及物、及物構詞轉換*naans，表示及物動詞「艱難、責難」義。

萬獻初（2004）湖北咸寧方言單字音變舉例中有「難」[nɑn²¹]，難得；[nɑn³³]，磨難。咸寧方言陽平調值 21，陽去調值 33，「難」之兩讀意義詞性區別清楚：陽平，表示形容詞「艱難、困難」義；陽去，表示名詞「災難、磨難」義。

董紹克（2005）列出山西陽谷方言異詞異讀 116 例中有：難 nã⁴²，困難；nã³¹²，災難。陽谷方言陽平調值 42，去聲調值 312。那麼，陽谷方言「難」陽平表示形容詞「困難」義，去聲表示名詞「災難」義。

朱賽萍（2007）舉例溫州永嘉方言音變構詞中列出「難」[na²]（平），形容詞／動詞，義 1 為「做起來費事的」，義 2 為「感到困難的，不容易的」；[na⁶]（去），名詞。義為「不幸的遭遇、災難。」永嘉方言一為陽平、一為陽去，兩種讀音交替，表達不同的語法意義。陽谷方言、咸寧方言、永嘉方言「難」聲調別義與《詩經》「難」異讀構詞完全一致。

入（納）

入，中古日母緝韻，鄭張尚芳上古音系歸入日母緝 3 部，擬音*njub。納，鄭張尚芳上古音系歸入泥母緝 3 部，擬音*nuub。上古兩詞有語源關係，通過音

變構詞。《詩經》兩詞構詞關係表現為：語詞「入」*njub，表示施事動詞「進入」；語詞「納」*nuub，表示受事動詞「入也」。

《說文》入部：「入，內也。象從上俱下也。」糸部：「納，絲濕納納也。從糸內聲。」《玉篇》入部：「入，如立切，出入也，納也，進也。」糸部：「納，奴荅切，內也，或作衲靹。」《廣韻》人執切：「入，得也、內也、納也。」／奴答切：「納，內也，又姓……」《集韻》日執切：「入，《說文》『內也，象從上俱下也。』」／諾荅切：「納內，《說文》『絲濕納納也』，一曰入也，古作內。」

《群經音辨·辨字同音異》：「入，人汁切。內，中也，奴對切。內，入也，音納，《禮》『內金示和』。內，所以入鎔者也，如說切，鄭康成說，《禮》『調其鎔內而合之。」王力（1965）認為「納」是「入」的致使形式。俞敏（1984）提出「入」、「內（後作納）」通過介音交替實現自動、使動構詞轉換。入是自動詞，是-i-型的，後來派生出內字，是名詞，後來又產生使動詞，聲韻和-i-型的「入」一樣，就是-ø-型。金理新（2006）為「入」擬音*g-nub、納」擬音*nub，同時考慮「納」早期可能帶一個*r-前綴，只是這個前綴後來脫落了。「入、納」通過前綴交替實現施事動詞、受事動詞構詞轉換。

入，《詩經》18 見，為常用詞，《釋文》無注。入*njub，日入。P565《大雅·蕩之什·崧高》：「申伯番番，既入于謝，徒御嘽嘽。」P570《大雅·蕩之什·韓奕》：「韓侯入覲，以其介圭，入覲于王。」P309《國風·邶風·北門》：「我入自外，室人交徧讁我。」P454《小雅·節南山之什·何人斯》：「胡逝我梁，不入我門？」入，動詞，進入。動作與施事或外置的施事聯繫，突出施事動作。「入」是一個施事動詞，既可有不及物動詞用法又可作及物動詞，其後可不帶賓語、或帶一個處所補語，亦可帶賓語，賓語一定是一個處所。

納，《詩經》3 見，《釋文》出注 1 次。納*nuub，泥入。P568《大雅·蕩之什·烝民》：「出納王命，王之喉舌。」7／19.7《釋文》：「並如字，納亦作內，音同。」P388《國風·豳風·七月》：「九月築場圃，十月納禾稼。」箋：「納，內也」。P388《國風·豳風·七月》：「二之日鑿冰沖沖，三之日納于凌陰。」納，受事動詞，入也。

周法高（1962）將「納、內」歸為「方位詞」之「非去聲為他動式」類，周法高先生的「他動式」對應於我們所說的「受事動詞」。《詩經》「納」用作

動詞「入也」義，所帶賓語為物。前 2 例受事客體「王命」、「禾嫁」為「納」之直接賓語。動詞「納」與受事對象聯繫，為受事動詞。第 3 例「納」後有處所補語「于凌陰」，與「入」不帶賓語的某一語法結構相類，如前文「入于謝」。從語法結構看，「納、入」施受關係相衝突。結合語義看這兩詞的語法關係，「納」的主體是外置的第三者，原文未出；「納」的客體為前指的賓語「冰」。「納」的動作指向受事客體，並非外置的施事主體。即「入物」非「誰入〔註80〕」。那麼，以上 3 例《詩經》「納」字無一例外地與受事對象聯繫，表示受事動詞。

《詩經》「入」如果帶賓語一定是處所賓語而「納」的賓語一定是物；「入」的處所賓語一定位於動詞後，「納」的賓語可以位於動詞後亦可以指於前文；「入」的動作指向施事，「納」的動作指向受事對象。

《詩經》「入、納」的構詞規律梳理為：入*njub，表示施事動詞「進入」義；納*nuub，表示受事動詞「入也」。兩詞的構詞方式，鄭張尚芳的上古擬音體系似乎贊成俞敏先生介音交替構詞一說，鄭張的介音 j 已見參與數例語詞構詞，金理新上古擬音體系主張前綴*g-、*r-交替構詞。鑒於各家擬音體系不一，此條構詞方式暫存疑。

納（內）

納，鄭張尚芳上古音系歸入泥母緝 3 部，擬音*nuub。內，鄭張尚芳上古音系歸入泥母內 3 部，擬音*nuubs。上古兩詞有構詞關係，通過韻尾交替實現動轉化名詞構詞轉換：語詞納*nuub，表示動詞，入也；派生語詞內*nuubs 表示名詞，里也。

「納」的字書、韻書音義收錄情況前文已論，茲不贅述。內，《說文》入部：「內，入也。從冂，自外而入也。」《玉篇》入部：「奴對切，里也，中也。」《廣韻》奴對切：「入也。」《集韻》奴對切：「《說文》『入也。從冂，自外而入也。』」

《群經音辨·辨字同音異》提到「納、內」的音義區別。Downer（1959）將「內、納」歸為「基本形式是動詞性的——轉化形式是名詞性的」一類。周

〔註80〕「誰入」之「入」有施事動詞義、受事動詞義兩解，前者「誰」為施事，後者「誰」為受事。本處指前者施事動詞義。

法高（1962）將「納、內」歸為「方位詞」之「非去聲為他動式」類，「內：一作納，奴答切；奴對切〔註81〕。」周法高先生的「他動式」對應於我們所說的「受事動詞」。俞敏（1984）指出「入」通過介音交替派生名詞「內」義，後來派生使動詞「入」義。俞敏「入、內、納」的派生順序，暫保留意見。金理新（2006）指出「內」為「納」的派生名詞，附加*-s 後綴。

納，《詩經》3 見，前文已述。內，《詩經》6 見，《釋文》未出注。內*nuubs，泥去。1 例用作官名「內史」，P445《小雅·節南山之什·十月之交》：「聚子內史，蹶維趣馬。」箋：「內史，中大夫也」。P361《國風·唐風·山有樞》：「子有廷內，弗灑弗掃。」P552《大雅·蕩之什·蕩》：「流言以對，寇攘式內。」P552《大雅·蕩之什·蕩》：「內奰于中國，覃及鬼方。」P554《大雅·蕩之什·抑》：「夙興夜寐，灑埽庭內。」P579《大雅·蕩之什·召旻》：「天降罪罟，蟊賊內訌。」內，名詞，里也。

「內」名詞「里也」由動詞「納」派生而來，兩詞構詞關係表現為：「納」*nuub，表示動詞「入也」；韻尾交替派生形式「內」*nuubs，表示名詞「里也」。

來（麥稑賚）

來，鄭張尚芳上古音系歸入來母之部，擬音*ruɯ< m·ruɯɯg〔註82〕。「來」上古構詞相對複雜。

來，《說文》來部：「來，周所受瑞麥為麰。一來二縫，象芒束之形。天所來也，故為行來之來。《詩》曰：『詒我來麰。』凡來之屬皆从來。」徐灝《說文解字注箋》：「來本為麥名……假借為行來之來。」徐說與許說不一。王力（1982）列「來、麥」為同源詞。俞敏（1984）指出「『來』本是一個 l-型的動詞，義為行來；後來派生出一個 m-型的名詞，指麥子。」他同時論述到：「麥子這種東西，頭年秋分種上，發芽兒長葉兒，好容易長個一尺來高，一場霜就給凍死了。用古漢語說，『逝』了。到第二年春上，陰魂不散，又『來』了〔註83〕。」金理新（2006）認為：「『來』，甲骨文中已見，象麥子之形狀……

〔註81〕周法高：《中國古代語法·構詞編》，臺北，中央研究院歷史語言研究所，1962 年版，第 77 頁。

〔註82〕鄭張尚芳「＜」號表示來自上古更早某音。

〔註83〕俞敏：《古漢語派生新詞的模式》，收錄於俞敏：《中國語文學論文選》，東京，日

『來』和『麥』屬於同族詞，兩者的差別在於有無*m-前綴的不同〔註84〕。」此說與俞說有相同之處，只是俞氏將「麥」和「往來」之「來」聯繫在一起有望文生訓之嫌，金氏指出「來」之本義即為「麥」義，只不過後來字形被假借為「往來」之來。

「來、麥」上古時期為同族詞，兩者之間的關係在於後者附加了表動植物名詞的*m-前綴。鄭張尚芳「麥」字擬音為*mrɯɯg，可清楚看出「麥」與「來」的語源關係。

《詩經》「來」表示名詞「麥子」義2見，釋文出注1次。來*rɯɯ< m·rɯɯg〔註85〕，來職。P590《周頌·清廟之什·思文》：「立我烝民，莫匪爾極。貽我來牟，帝命率育。」7／24.21《釋文》：「並如字，牟，麥也，字書作麳，音同，牟字或作䅘，孟子云：麰，大麥也。廣雅云：䅘，小麥；麰，大麥也。」P590《周頌·臣工之什·臣工》：「於皇來牟，將受厥明。」

《詩經》「麥子」義用「來」記錄，早期「來」即指名詞「麥子」。《詩經》「麥」7見，亦表名詞「麥子」義，《釋文》無注。麥*mrɯɯg〔註86〕，明職。P314《國風·鄘風·桑中》：「爰采麥矣，沫之北矣。」P320《國風·鄘風·載馳》：「我行其野，芃芃其麥。」P359《國風·魏風·碩鼠》：「碩鼠碩鼠，無食我麥！」P388《國風·豳風·七月》：「黍稷重穋，禾麻菽麥。」

《詩經》「麥子」義多用「麥」字形，《釋文》不注音，為常用詞。「來」《詩經》共出現106次，僅2次表示名詞「麥子」。從《詩經》用字看，「來麥」早已完成同族詞的語音形式交替，《詩經》時代表示「麥子」義的「來麥」語詞常用形式為前附*m-前綴的形式，其同族詞原詞形式漸趨消失，後代在認識「來麥」音義關係時才會歧解不一。

表示動植物的名詞「來麥」參與構詞的形式為來母*-g韻尾形式〔註87〕，

本光生館，1984年版，又收錄於俞敏：《俞敏語言學論文集》，北京，商務印書館，1999年版，第332頁。

〔註84〕金理新：《上古漢語形態研究》，合肥，黃山書社，2006年版，第114頁。

〔註85〕「來」，金理新據《詩》韻得出上古當有兩讀，擬為*le／*leg，後一形式*leg參與構詞。

〔註86〕金理新為「麥」字上古擬音*m-leg。

〔註87〕金理新表示動植物名詞的「來」上古擬有兩音：*le、*leg，金理新指出平入兩讀有

附加*m-前綴的「麥」是在原詞根基礎上派生出來的，不參與構詞。《詩經》與「麥子」義「來」有構詞關係的語詞為：穡。《詩經》10 見，《釋文》出注1 次。鄭張尚芳上古音系歸入生母職部，擬音*sruɯg﹝註88﹞。

穡*sruɯg，生入。P558《大雅・蕩之什・桑柔》：「好是稼穡，力民代食。稼穡維寶，代食維好。天降喪亂，滅我立王。降此蟊賊，稼穡卒痒。」7／16.11《釋文》：「本亦作嗇，音色，王申毛謂收穡也，鄭云名嗇也，尋鄭家嗇二字本皆無禾者，下稼穡卒痒始從禾。」P358《國風・魏風・伐檀》：「不稼不穡，胡取禾三百廛兮？」傳：「斂之曰穡」。P470《小雅・谷風之什・信南山》：「曾孫之穡，以為酒食。」箋：「斂穫曰穡」。P627《商頌・殷武》：「歲事來辟，勿予禍適，稼穡匪解。」穡，動詞，收穫。

《詩經》「來、穡」通過*s-前綴交替實現名謂化構詞：原詞來母*-g 韻尾形式表示名詞「麥子」義；派生語詞*sruɯg 形式表示動詞，收穫麥子，文字形式為「穡」。

本義為「麥子」的「來」與假借為「行來」之「來」構詞各行其是，互不干涉。前輩學者舉凡討論到「來」音義關係時常常忽略「來」本義的音變規律，只重視其假借為「行來」之「來」的音義關係。《群經音辨・辨字同音異》：「來，至也，洛哀切。來，撫安也，音賚，《詩序》『萬民離散，不安其居，而能勞來還定安集之。』來，賜也，力之切，《禮》『來女孝孫』又力代切。」王力（1957）將「來」歸入「一般動詞轉化為致動詞，致動詞變去聲」一類。Downer（1959）歸之為「派生詞是使動式」類，平聲字作「來」；去聲字作「徠、勑」。周法高（1962）：「來，至也，落哀切；勞也，洛代切，一作徠、勑﹝註89﹞。」認為「來」屬動詞構詞中的「去聲或濁聲母為使謂式」一類。黃坤堯（1997）歸之為「勞來供養類」，以來紐平聲為 A 音，來紐去聲為 B 音，認為「《釋文》『來』字 A 音為來去之來。B 音十四例，全為『勞來』一詞作音，有時亦可分作『勞』、『來』兩詞。」同時他指出「來」去聲

語法意義區別，前一音表義「行來」之「來」，後一音表示「勞來」義。詳金理新：《漢藏語中兩個性質不同的*-g 韻尾》，《民族語文》，1998 年第 6 期。

﹝註88﹞金理新「穡」上古擬音為*s-leg。

﹝註89﹞周法高：《中國古代語法・構詞編》，臺北，中央研究院歷史語言研究所，1962 年版，第 77 頁。

音：「與來去義無關，大概只受『勞』字類推的影響而有此一讀〔註90〕」。他還否定前人「來」的使動構詞觀點，以《釋文》「使來」之「來」不注音當如字讀，推論「使來」之「來」讀平聲。金理新（2006）將「來徠賚」的韻尾交替看作是不及物、及物動詞構詞的一種方式，即無韻尾「來徠」為不及物動詞，詞根基礎上附加*-s 後綴的「徠賚」為及物動詞。但「來徠」、「徠賚」構詞的詞義關係如何，金理新未多作說明。一表「還也」、一表「予也、勞也」，這兩者的詞義是如何實現構詞的？王月婷（2007）將「來」的構詞列為達及義構詞：來母平聲表示動詞「行來」之來；來母去聲表示動詞的達及義「給來者以撫慰」，清楚地對兩詞的語義關係作了說明。

　　《詩經》「來」106 見，除 2 例用於本義「麥子」外，104 見中 102 次表示「行來」之「來」義，2 次表示「勞來」義，《釋文》注音 4 次〔註91〕。

　　來*ruɯ〔註92〕< m·ruɯg，來平。P299《國風·邶風·終風》：「終風且霾，惠然肯來。」5／11.1《釋文》：「如字，古協思韻，多音梨，後皆放此〔註93〕。」來，不及物動詞，來也。P525《大雅·文王之什·下武》：「受天之祜，四方來賀。」7／7.4《釋文》：「王如字，鄭音賚，賚，勤也，下篇來孝同。」《釋文》以王如字為首音，鄭音以備一說，陸德明解「來」為不及物動詞「來也」。

　　來*ruɯs，來去。P526《大雅·文王之什·文王有聲》：「匪棘其欲，遹追來孝。」箋：「來，勤也」。7／7.4《釋文》：「鄭音賚，賚，勤也，下篇來孝同。」P460《小雅·谷風之什·大東》：「東人之子，職勞不來」傳：「來，勤也」。箋：「東人勞苦而不見謂勤」。6／26.13《釋文》：「音賚，注同，勤也。」來，及物動詞，表達及義，勤也〔註94〕。

　　《詩經》「來」語詞詞根形式*ruɯ 表示不及物動詞「來也」；韻尾派生形式*ruɯs 表示及物動詞「勞來」義，有達及義特徵。「來」之兩讀義自相別。

　　《詩經》尚有一詞與「勞來」之「來」意義相關：賚，《詩經》3 見，《釋文》出注。

〔註90〕黃坤堯：《音義闡微》，上海，上海古籍出版社，1997 年版，第 103 頁。
〔註91〕其中 1 次出現在前篇文中「來」注之中，以「下篇來～同」形式出現。
〔註92〕金理新擬參與構詞的「行來」之「來」上古音為陰聲韻零韻尾形式*le。
〔註93〕《釋文》注協韻改讀的音與義無涉，皆不關注，後類此者不再出注。
〔註94〕段玉裁（1981：700）「勤」字條：「慰其勤亦曰勤。」

賚*ruɯs／*ruɯ<　m·ruɯg，來去／來平。P467《小雅·谷風之什·楚茨》：「工祝致告，徂賚孝孫。」傳：「賚，予也」。6／28.17《釋文》：「如字，與也，徐音來。」P605《周頌·閔予小子之什·賚》7／29.11《釋文》：「來代反，與也，徐又音來。」P621《商頌·烈祖》：「既載清酤，賚我思成。」傳：「賚，賜也」。7／33.17《釋文》：「毛如字，賜也，鄭音來。」《釋文》「賚」均以來母去聲為首音，來母平聲為又音。顯然陸德明以來母去聲為正音，來母平聲作為又音出現多為備他說。「勞來」之「來」與「賜與」之「賚」兩音相同，皆有*-s後綴；意義相通，動作皆有施與指向，前者給來者以撫慰，後者賜給人以財物、恩惠等等。

　　《詩經》「來」構詞總結如下：表示本義「麥子」的「來」，通過前綴交替實現同族詞名詞的構詞——麥、通過前綴交替實現名動之間的構詞——穡；假借為「行來」之「來」，通過陰聲韻零韻尾與*-s後綴交替實現不及物動詞和及物動詞的構詞轉換，表示「勞來」義。

留（罶）

　　留、罶，鄭張尚芳上古音系歸入來母幽 1 部，擬音為*m·ru、*m·ruʔ。留、罶《詩經》中存在音變構詞關係：語詞詞根形式*m·ru 表示動詞「止也」，派生形式*m·ruʔ〔註95〕表示名詞借代，此名詞擁有動詞所產生結果中的某一種結果——「魚梁」義。

　　《說文》田部：「留，止也，从田丣聲。」网部：「罶，曲梁寡婦之笱，魚所留也，从网、留，留亦聲。」《說文》兩字的解釋很好地說明了兩詞的語源關係。《玉篇》田部：「留，略周切，止也久也。」网部：「罶，力九切，《詩》『魚麗于罶』曲梁。」《廣韻》力求切：「住也止也，《說文》作留，亦姓」。／力救切：「宿留，停待也。」《集韻》力求切：「留，《說文》：『止也。』又地名，亦姓。」／力九切：「留，昴星別名。」／力救切：「㽞留，誘徧留，行相待也，或作留。」

　　《群經音辨·辨字同音異》：「留，止也，音流。留，昴宿也，音柳。」馬建忠看「留」的音義關係時將焦點集中於「留」之平去構詞。馬建忠（1898）

〔註95〕鄭張尚芳上古擬音韻尾*-ʔ對應於金理新上古音韻尾*-ɦ。

指出：「『留』字，平讀外動字，止也，遲也。《易‧旅》：『君子以明慎用刑而不留獄。』《楚語》：『舉國留之。』又伺便也。《莊‧山木》：『執彈而留之。』……去讀內動字，停待也。《漢‧郊祀志》：『宿留海上。』〔註96〕」王月婷（2007）認為「留」平去構詞，至於是否主動被動構詞，作者以為所據例證不能妄作結論。

《詩經》「留」7 見，《釋文》未出注，6 次表示專名〔註97〕。霤 4 見，《釋文》2 次注音。

留*m‧ru，來平。P576《大雅‧蕩之什‧常武》：「不留不處，三事就緒。」留，動詞，止也。

霤*m‧ruʔ，來上。P500《小雅‧魚藻之什‧苕之華》：「牂羊墳首，三星在罶。」傳：「曲梁也，寡婦之筍也」。6／38.10《釋文》：「音柳，本又作溜，鼇婦筍也。」P417《小雅‧鹿鳴之什‧魚麗》：「魚麗于罶，鱨鯊。」傳：「曲梁也，寡婦之筍也」。6／12.11《釋文》：「音柳，寡婦之筍。」P417《小雅‧鹿鳴之什‧魚麗》：「魚麗于罶，魴鱧。」P417《小雅‧鹿鳴之什‧魚麗》：「魚麗于罶，鰋鯉。」罶，名詞，曲梁。

《詩經》留、罶有構詞關係：「留」*m‧ru，表示動詞「止」義，這一動作的結果就是「留下」，通過附加韻尾後綴*-ɦ 實現名詞的轉換，轉換後的名詞在語義上擁有「留下」的性質，即「魚梁」，*-ɦ 韻尾在此處是一個名詞借代後綴。《詩經》「留、罶」通過韻尾交替完成動名之間的名詞借代構詞轉換。

勞

勞，鄭張尚芳上古音系歸入來母宵 1 部，分別擬音*raaw、*raaws。兩音通過韻尾交替實現形動構詞：詞根形式*raaw 表示形容詞，辛勤、勞苦；派生語詞形式*raaws 表示動詞，慰勞，即給辛勞者以撫慰。

勞，《說文》力部：「劇也，从力，熒省。熒，火燒門，用力者勞。」《玉篇》力部：「力刀切，劇也，又力到切。」《廣韻》魯刀切：「勞，倦也，勤也，病也。」／郎到切：「勞，勞慰。」《集韻》郎刀切：「勞勞俓，《說文》：『劇

〔註96〕馬建忠：《馬氏文通》，北京，商務印書館，1983 年版，第 201 頁。

〔註97〕「彼留子嗟」2 次、「彼留子國」2 次、「彼留之子」2 次。毛傳：「留，大夫氏。」專名不參與構詞，文不贅列。

也』、『用力者勞』。古从悉，或作勞。」／郎到切：「勞，慰也。」

「勞」的音義關係，前人討論甚詳。《群經音辨・辨字音清濁》：「勞，勉也，力刀切。賞勉勸功曰勞，力到切。」馬建忠（1898）：「『勞』字，平讀名字，勤也。《易・兌》：『民忘其勞。』又事功曰勞。《禮・儒行》：『先勞而後祿。』去讀外動字，慰問也。《禮・曲禮》：『君勞之則拜。』〔註98〕」周祖謨（1946）將其歸為「因意義不同而變調者」之「意義別有引申變轉，而異其讀」一類。王力（1957）歸之為「本屬名詞或形容詞而轉化為動詞者，動詞變去聲」一類。Downer（1959）將其歸入「派生詞是使動式」一類。周法高（1962）將其歸入「去聲為他動式」一類，「勞，勉也，力刀切；賞勉勸功曰勞，力到切〔註99〕。」黃坤堯（1997）將其歸入「勞苦勞之類」，以來紐平聲為形容詞，來紐去聲為動詞。

《詩經》「勞」40見，《釋文》注音6次。

勞*raaws，來去。P359《國風・魏風・碩鼠》：「碩鼠碩鼠，無食我苗。三歲貫女，莫我肯勞。」箋：「不肯勞來我」。5／30.12《釋文》：「如字〔註100〕，又力報反，注同。」P385《國風・曹風・下泉》：「四國有王，郇伯勞之。」6／5.4《釋文》：「力報反」。P495《小雅・魚藻之什・黍苗》：「悠悠南行，召伯勞之。」箋：「召伯則能勞來勤說以先之」。6／36.8《釋文》：「力報反，注及下篇注同〔註101〕。」P515《大雅・文王之什・旱麓》：「豈弟君子，神所勞矣。」箋：「勞，勞來」。7／4.13《釋文》：「力報反，注同。」勞，動詞，勞慰。

勞*raaw，來平。P547《大雅・生民之什・民勞》：「民亦勞止，汔可小康。」箋：「今周民疲勞矣」。7／12.9《釋文》：「如字」。P301《國風・邶風・凱風》：「棘心夭夭，母氏劬勞。」傳：「劬勞，病苦也」。P302《國風・邶風・雄雉》：「展矣君子，實勞我心。」箋：「實使我心勞矣」。P322《國風・衛風・碩人》：「大夫夙退，無使君勞。」箋：「無使君之勞倦者」。P440《小雅・節南山之什・

〔註98〕馬建忠：《馬氏文通》，北京，商務印書館，1983年版，第200頁。

〔註99〕周法高：《中國古代語法・構詞編》，臺北，中央研究院歷史語言研究所，1962年版，第71頁。

〔註100〕陸德明如字音係考慮協韻而出於首音位置，根據詩義及鄭箋「勞」字表示勞慰義，當音力報反，取又音。

〔註101〕下篇並無「勞」用例，陸德明「下篇注同」不知所云為何。

節南山》：「不自為政，卒勞百姓。」箋：「終窮苦百姓」。P445《小雅·節南山之什·十月之交》：「黽勉從事，不敢告勞。」箋：「雖勞不敢自謂勞」。P460《小雅·谷風之什·大東》：「東人之子，職勞不來。」箋：「東人勞苦而不見謂勤」。勞，形容詞，勞苦。P499《小雅·魚藻之什·漸漸之石》：「漸漸之石，維其高矣。山川悠遠，維其勞矣。」箋：「其道里長遠，邦域又勞，勞，廣闊」。6／37.21《釋文》：「如字，孫毓云鄭音遼〔註102〕。」根據詩義，前後文都在講山石高峻山川悠遠，我們贊成鄭音，此例「勞」係「遼」之假借，可存而不論。

　　《詩經》「勞」《釋文》注音以來母去聲讀為破讀音，來母平聲為如字音，兩音分別清晰：來母去聲表示動詞「勞慰」義；來母平聲表示形容詞「勞苦」義。《詩經》「勞」押韻情況與此相同。「勞」入韻計 11 次，因意義區別而有不同的押韻韻尾形態〔註103〕。具體言之，表示動詞「勞慰」義 4 例，與上古陰聲韻之*-s 尾韻字相押；表示形容詞「勞苦」義 7 例，與上古陰聲韻無*-s 尾韻形式相押〔註104〕。

　　《詩經》「勞」構詞脈絡清晰，通過後綴交替實現動名之間構詞：語詞詞根形式*raaw，表示形容詞「辛勤、勞苦」；附加後綴派生語詞*raaws，表示動詞「勞慰」——給勞者以撫慰。形容詞一般可歸入廣義的動詞之中，那麼「勞」的形動構詞實際上可以看作是動詞內部的構詞。形容詞的句法功能跟不及物動詞相似，兩者均可充當句子謂語，且一般不帶直接賓語。「勞」通過韻尾交替實現的構詞反映的構詞規律，經過比較發現更適當的表述似乎應該是不及物動詞和及物動詞的轉換，詞根形式*raaw 為不及物動詞，表示「勞苦」義，不能帶直接賓語。例中「卒勞百姓」的動賓結構形式使動表義「使百姓勞苦」。派生語詞*raaws 為及物動詞，可以帶直接賓語，「勞慰勞者」，上述例證可助說明此點。

〔註102〕據黃焯校，如字為王肅音，義為勞苦，鄭作遼，勞假借字。詳黃焯：《經典釋文匯校》，北京，中華書局，1980 年版，第 76 頁。

〔註103〕劉芹：《也談「勞之來之」的「勞」和「來」》，《漢字文化》，2012 年第 1 期，第 64 頁。

〔註104〕其中動詞「勞慰」義 1 例與上古陰聲韻無*-s 尾韻形式押韻，或者係借形容詞「勞」語音形式入韻，或者與入韻字本身伴隨的音高相近有關，姑存待考。但 11 例除 1 例例外，其他皆分別劃然，可見「勞」之語法意義不同，語音形態正相區別。

令（命）

令、命，甲金文中本為一字，「命」是「令」的後起區別字。令，鄭張尚芳上古音系歸入來母耕部、來母元 2 部，擬有四音，分別為：*reŋ、*reŋs、*reeŋs、*ren。命，鄭張尚芳上古音系歸入明母耕部，擬音*mreŋs。「令」之後兩音為專名用義，前兩音與「命」字具有構詞關係：語詞詞根形式*reŋ，表示動詞，「使也，讓也」；通過附加後綴派生語詞*reŋs 為動詞，表示「命令」，又引申出名詞義「命令」；通過附加前綴*m-派生語詞*mreŋs 表示名詞「命令」，後又引申出動詞「命令」義。

令，《說文》卩部：「發號也，从亼、卩。」《玉篇》卩部：「令，力政切，命也，發號也。」《廣韻》〔註105〕呂貞切：「令，使也。」／力政切：「令，善也，命也，律也，法也。」《集韻》郎丁切：「令，使也。」／力正切：「令，《說文》：『發號也。』一曰善也，一曰官署之長，漢法縣萬戶以上為令，以下為長。」

《群經音辨‧辨字音清濁》：「令，使也，力丁切。所使之言謂之令，力政切。」馬建忠（1898）：「『令』字：名字，去讀。動字，平讀〔註106〕。」Downer（1959）將其歸為「派生詞是表效果的」一類，認為是動詞間的構詞。周法高（1962）歸之為「非去聲或清聲母為動詞，去聲或濁聲母為名詞或名語，「令：使也，力丁切；所使之言謂之令，力政切〔註107〕。」黃坤堯（1997）以 A 音為來母去聲，B 音為來母平聲表示，指出 A 音，義為命也、善也、告也，兼屬名詞、形容詞和動詞；B 音有使令義，動詞。

《詩經》「令」25 見，《釋文》注音 7 次〔註108〕。2 例為「鴒」字假借：P407《小雅‧鹿鳴之什‧常棣》：「脊令在原，兄弟急難。」傳：「脊令，雝渠也，飛則鳴行則搖，不能自舍耳」。6／10.3《釋文》：「音零，本亦作鴒，同雝渠也。」P451《小雅‧節南山之什‧小宛》：「題彼脊令，載飛載鳴。」6／22.21《釋文》：「音零，本亦作鴒，注同。」2 例為「鈴」字假借：P353《國風‧齊風‧盧令》：

〔註105〕《廣韻》此條僅錄有音義關係的兩條，專名用法注音釋義未錄，下《集韻》同。

〔註106〕馬建忠：《馬氏文通》，北京，商務印書館，1983 年版，第 35 頁。

〔註107〕周法高：《中國古代語法‧構詞編》，臺北，中央研究院歷史語言研究所，1962 年版，第 61 頁。

〔註108〕1 次出現在前注中，以「下同」形式出現。

「盧令令，其人美且仁。」傳：「令令，縷環聲」。5／28.11《釋文》：「音零，下同。」假借之「令」不參與構詞。

令*reŋ，來平。P368《國風・秦風・車鄰》：「有車鄰鄰，有馬白顛。未見君子，寺人之令。」箋：「欲見國君者必先令寺人使傳告之」。5／33.2《釋文》：「力呈反，注同，又力政反，沈力丁反，韓詩作伶，云使伶。」P570《大雅・蕩之什・韓奕》：「慶既令居，韓姞燕譽。」箋：「使韓姞嫁焉而居之」。7／20.14《釋文》：「力呈反，使也，又力政反，命也，王力政反，善也。」《釋文》以來母平聲為首音，表示動詞「使也」，一般「使令」。

令*reŋs，來去。P350《國風・齊風・東方未明》：「倒之顛之，自公令之。」傳：「令，告也」。5／27.18《釋文》：「力證反」。令，動詞，命令。強制「命令」。

令*reŋs，來去。P301《國風・邶風・凱風》：「凱風自南，吹彼棘薪；母氏聖善，我無令人。」箋：「令，善也」。P484《小雅・甫田之什・賓之初筵》：「飲酒孔嘉，維其令儀。」箋：「令，善也」。P445《小雅・節南山之什・十月之交》：「燁燁震電，不寧不令。」箋：「天下不安政教不善之特徵」。P490《小雅・魚藻之什・角弓》：「此令兄弟，綽綽有裕；不令兄弟，交相為愈。」箋：「令，善也」。P545《大雅・生民之什・卷阿》：「顒顒卬卬，如圭如璋，令聞令望。」箋：「令，善」。令，形容詞，善也。《詩經》18見，與構詞無關。

《詩經》中與「令」構詞相關一詞「命」。俞敏（1984）認為原來的「令」形體從一有記錄就是兼職的，動詞用法的「令」是以 l-開頭的，名詞用法的「令」是 m-型的。後來「命」形體造出來，照理應分配給名詞，卻並未見得涇渭分明。俞先生的意思即在表明後起字形「命」既承有名詞用法，又承有動詞用法。正因為「命」在名動語法功能上的兼職表現，對正確認識「令、命」派生構詞現象無疑存有一定干擾。命，《說文》口部：「使也，從口從令。」《玉篇》口部：「靡競切，教令也，使也。」《廣韻》眉病切：「使也，教也，道也，信也，計也，召也。」《集韻》眉病切：「《說文》『使也』。」

「命」《詩經》68見，《釋文》無注。命*mreŋs，明去。P318《國風・墉風・蝃蝀》：「乃如之人也，懷昏姻也。大無信也，不知命也。」箋：「不知昏姻當待父母之命」。P340《國風・鄭風・羔裘》：「彼其之子，舍命不渝。」箋：「謂死守善道見危授命之等」。P362《國風・唐風・揚之水》：「揚之水，白石鑿鑿；我聞有命，不敢以告人。」傳：「聞曲沃有善政命」。命，名詞，命令。引申而

有名詞「禮命」義。P291《國風・召南・小星》:「肅肅宵征，夙夜在公，寔命不同。」箋:「是其禮命之數不同也」。

命*mreŋs，明去。P315《國風・墉風・定之方中》:「靈雨既零，命彼倌人。」箋:「命主駕者雨止為我晨早駕」。P489《小雅・魚藻之什・采菽》:「樂只君子，天子命之；樂只君子，福祿申之。」P502《大雅・文王之什・文王》:「上帝既命，侯于周服。」箋:「命文王之後乃為君」。命，動詞，命令。

《詩經》「命」既用來記錄名詞「命令」及其引申義「禮命」，又用來記錄動詞「命令」。與俞先生說法正相一致。事實上先秦「令」「命」沒有徹底分離，用「命」的地方可能記錄的是「令」，用「令」的地方可能是「命」。金理新（2006）:「『命』和『令』本屬於名詞、動詞的關係。後由於意義的再延伸，於是『命』也出現動詞意義而『令』也出現名詞意義。」

綜上，早期「令」構詞可作如下梳理：語詞詞根*reŋ 表示一般動詞義「使也」；通過附加*-s 後綴實現動詞內部程度不等的構詞*reŋs，表示強制動詞義「命令」；通過附加*m-前綴實現動轉化構詞「命」*mreŋs，表示名詞義「命令」，引申而有「禮命」義。後由於意義再延伸，「命」*mreŋs 產生了動詞義，令*reŋs 產生了名詞義。《詩經》「命」意義延伸已完成，「令」名詞意義延伸《詩經》未得見，或者盡可以說有，因為「令」、「命」先秦文獻使用中常常混而不分。

纍（虆）

纍，鄭張尚芳上古音系歸入來母微 2 部，擬音*rul、*ruls。虆，鄭張尚芳上古音系歸入來母微 2 部，擬音*rul?。「纍」之*rul 與「虆」有構詞關係，《詩經》中這兩詞通過韻尾交替實現名詞借代構詞。語詞*rul，表示動詞，纏繞；通過附加後綴派生語詞*rul?，具有詞根動詞產生結果中的某一種結果，表示植物名詞，葛虆。

《說文》糸部:「纍，綴得理也。一曰大索也。从糸畾聲。」艸部:「虆，艸也。从艸畾聲。《詩》曰:『莫莫葛虆。』一曰秬𦱤也。」《玉篇》糸部:「纍，力佳切，纍也，綸也，得理也，黑索也，又力偽切，延及也，又力捶切，十黍也，亦作縲。」艸部:「虆，力水切，虆藤中。」《廣韻》力追切:「纍，索也，亦作縲，又姓……」/ 力遂切:「纍，係也。」/ 力軌切:「虆，葛虆，葉似艾，

或作藟。」《集韻》倫追切:「虆縲,《說文》『綴得理也』,一曰大索,一曰不以罪死曰虆,或作縲。」／力偽切:「累虆,事相緣及也,或作藟。」／魯水切:「藟藟,《說文》『艸也』,引詩『莫莫葛藟』,一曰秬鬯,或作藟。」

金理新(2006)認識到上古「虆、藟」兩詞通過韻尾交替實現名詞借代構詞,「藟」表示植物名詞「葛藟」。

「虆」《詩經》2 見,《釋文》出注。虆*rɯl,來平。P278《國風・周南・樛木》:「南有樛木,葛藟虆之。」5／4.3《釋文》:「力追反,纏繞也,本又作藟。」P420《小雅・南有嘉魚之什・南有嘉魚》:「南有樛木,甘瓠虆之。」6／13.8《釋文》:「力追反,本亦作藟同。」虆,動詞,纏繞。

「藟」《詩經》7 見,《釋文》出注 3 次。藟*rɯlʔ,來上。P278《國風・周南・樛木》:「南有樛木,葛藟虆之。」5／4.2《釋文》:「本亦作虆,力軌反,似葛之草也。草木疏云一名巨苽,似燕薁亦連蔓,葉似艾,白色,其子赤,可食。」P332《國風・王風・葛藟》:「緜緜葛藟,在河之滸。」5／22.8《釋文》:「力軌反,藟似葛,廣雅云藟藤也〔註109〕。」P515《大雅・文王之什・旱麓》:「莫莫葛藟,施于條枚。」7／4.14《釋文》:「力軌反,字又作虆同。」P278《國風・周南・樛木》:「南有樛木,葛藟荒之。」藟,名詞,葛藟。

通過比較發現,植物名詞「藟」具有動詞「虆」動作的某一結果「纏繞」語義特徵。「虆、藟」語義相關,語音交替,具有構詞關係。構詞規律:語詞詞根形式「虆」*rɯl,表示動詞「纏繞」義;後綴派生語詞形式「藟」*rɯlʔ,表示植物名詞「葛藟」義。

立(位)

立,鄭張尚芳上古音系歸入來母緝 1 部,擬音*rɯb。位,鄭張尚芳上古音系歸入雲匣母內 1 部,擬音*Gʷrɯbs。上古兩詞存在構詞關係,通過韻尾交替實現動詞完成體構詞轉換,表現為:語詞「立」*rɯb,表示動詞,住也;語詞「位」*Gʷrɯbs,表示名詞,列位。

《說文》立部:「立,住也。从大立一之上。」人部:「位,列中庭之左右謂之位。从人、立。」《玉篇》立部:「立,力急切,住不行也,建立也。」

〔註109〕此注出現於篇名「葛藟」之「藟」注中。

人部：「位，於偽切，列中庭左右。」《廣韻》力入切：「立，行立，又住也，成也，又漢複姓……」／於愧切：「位，正也，列也，蒞也，中庭之左右謂之位。」《集韻》力入切：「立，《說文》『住也，从大立一之上。』一曰成也，亦姓。」／于累切：「位，《說文》『列中庭之左右謂之位。』」

段玉裁（1981）：「古者立、位同字〔註110〕。」甲金文中有「立」無「位」，表示名詞「列位」義的文字形式與動詞「止也」義的文字形式同為「立」，因此有「古者立位同字」之說。「立位」雖同字，並不意味著它們同為一個語詞。上古漢語不同語詞共享一個文字記錄形式比比皆是，後來因為意義分化需要字形亦產生分化，語詞「立」、「位」便是如此。語詞「立」通過派生方式產生新詞「位」，只不過早期兩詞共享了一個字形「立」。金理新（2006）指出兩詞通過韻尾交替實現動詞完成體派生構詞。

「立、位」《詩經》時期已完成文字形式分化，表示動詞「止也」一律為「立」，表示名詞「列位」義一律為「位」。立，《詩經》11 見，《釋文》未注，為常用詞，讀常用音。

立，動詞，建立。《詩經》8 見，此義不參與構詞。P484《小雅·甫田之什·賓之初筵》：「既立之監，或佐之史。」P519《大雅·文王之什·皇矣》：「天立厥配，受命既固。」P548《大雅·生民之什·板》：「民之多辟，無自立辟。」P558《大雅·蕩之什·桑柔》：「天降喪亂，滅我立王。」立，動詞，建立。

立，「粒」之假借。《詩經》1 見，不參與構詞。P590《周頌·清廟之什·思文》：「立我烝民，莫匪爾極。」

立*ruub，來入。P298《國風·邶風·燕燕》：「瞻望弗及，佇立以泣。」P509《大雅·文王之什·緜》：「乃召司空，乃召司徒，俾立室家。」立，動詞，止也。此義《詩經》2 見。

位，《詩經》8 見，《釋文》未出注，讀常用音。位*Gʷruubs，云去。P464《小雅·谷風之什·小明》：「嗟爾君子，無恒安處。靖共爾位，正直是與。」P467《小雅·谷風之什·楚茨》：「禮儀既備，鐘鼓既戒。孝孫徂位，工祝致告。」P506《大雅·文王之什·大明》：「天位殷適，使不挾四方。」P540《大雅·生民之什·假樂》：「不解于位，民之攸墍。」「位」表示名詞「列位」義。

〔註110〕段玉裁：《說文解字注》，上海，上海古籍出版社，1981 年版，第 668 頁。

　　比較名詞「位」與動詞「止也」之「立」《詩經》用例，兩義有語源關係，名詞「位」由動詞「立」的動作完成而來；兩詞語音交替。「位」在「立」語詞基礎上附加動詞完成體後綴*-s 派生而來。「位」的語音形式與《詩經》入韻相符，「位」《詩經》入韻 2 次，除去 1 例存疑外，另 1 例與上古*-ds 韻尾「墍」押韻，那麼「位」亦當有相同的後綴*-s。

　　《詩經》「立、位」構詞關係梳理如下：語詞「立」*ruub，表示動詞「止也」義；通過附加後綴*-s 實現動詞完成體語詞派生「位」*Gʷruubs，表示名詞「列位」義。

二、舌音端知組異讀構詞特點

　　《詩經》具有音義關係的中古舌音端知組異讀構詞字頭 18 個（除去 2 個字頭的構詞手段暫且存疑外），構詞方式主要有聲母清濁交替、*-s 後綴交替、*-ɦ 後綴交替、*s-前綴交替、*m-前綴交替、*-g 後綴交替六種類型，構詞的語法意義範疇包括動詞內部的及物不及物、致使非致使、未完成體完成體、離散體持續體、施事受事之間轉換，又有動詞、名詞之間詞性轉換，另外還有名謂化、名詞借代構詞等。

1. 聲母清濁交替實現的語法意義變化

第一、語詞詞性變化

　　聲母清濁交替具有使語詞詞性發生變化的語法功能，現代漢語某些方言中尚保存有此類現象。《詩經》舌音端知組異讀字頭「朝」，正是通過聲母清濁交替實現名詞向動詞的詞性轉換的：清聲母為名詞，濁聲母為動詞。

第二、動詞及物性變化

　　上古漢語語法研究者們的語法範疇中皆有動詞及物不及物這一語法關係對立，只是各家在使用這一對立時有時與其他語法範疇相混。即把本屬此類的歸入「致使非致使」、「自主非自主」等，關於這一點金理新（2003）多有論述。《詩經》舌音端知組異讀字頭「弔（悼）」，通過聲母清濁交替完成動詞及物不及物構詞轉化：清聲母為及物動詞，濁聲母為不及物動詞。

第三、動詞完成體變化

　　動作行為完成，常伴隨產生一種結果或形成一種狀態。如果從語詞詞性變

化角度看，可以說前者（一種結果）實現的是動詞、副詞詞性轉換；後者（一種狀態）實現的是動詞、形容詞詞性轉換。由於這類詞性變化多由動作完成實現，故此，我們將此二類詞性變化歸為動詞完成體變化。《詩經》舌音端知組異讀字頭「長」，通過聲母清濁交替完成動詞完成體構詞轉換，表現為：清聲母為動詞，濁聲母為形容詞。

2. *-s 後綴交替實現的語法意義變化

第一、語詞詞性變化

後綴*-s 的上古語法功能，前輩學者們認識到既可以使名詞變動詞，又可以使動詞變名詞。名詞、動詞構詞轉換的這種參差，有認為是時間層次不一所致，有認為是來自更早時期不同後綴分別發展而來所致。就《詩經》異讀字頭的語法關係看來，兩類構詞手段在《詩經》中都存在。《詩經》舌音端知組異讀字頭中存在一類詞性構詞轉換：「度、難、納（內）、立（位）」，通過後綴*-s 交替完成動詞向名詞的構詞轉換。

第二、動詞完成體變化

動作行為完成常伴隨形成一種狀態，從詞性的角度看，這一類構詞現象可看成是動詞、形容詞構詞轉換。由於與動作行為完成相關，自然可看作動詞完成體變化。上古漢語*-s 後綴是個相當活躍的構詞後綴，其功能之一就有表示動詞完成體變化。《詩經》舌音端知組異讀字頭「長（暢）」，通過後綴*-s 交替實現動詞完成體變化，詞性為形容詞。

第三、動詞及物性變化

從事上古漢語語法研究的學者們，周祖謨（1946）、王力（1957）、周法高（1962）、黃坤堯（1991）等一致認為上古漢語的形容詞改變詞性成動詞時，形容詞的語音形式由原先的非去聲變成去聲。仔細推敲諸家所舉例證，發現轉換後的動詞，有個共性，皆為及物動詞。而形容詞的句法功能跟不及物動詞相似，兩者皆可充當句子謂語，一般不帶直接賓語。故此，形容詞一般可歸入廣義的動詞之列。上述諸家形容詞向動詞轉換一類實際上正是不及物動詞向及物動詞轉換類型。基於上古漢語語音研究對去聲*-s 尾說意見達成共識，不及物動詞向及物動詞變化正是由後綴*-s 交替（附加或替換）實現的。《詩經》舌音端知組異讀字頭「難、來（賚）、勞」，即是通過後綴*-s 交替實

現動詞及物性構詞轉換的，表現為無後綴*-s 的語詞形式為不及物動詞，附加後綴*-s 形式表示及物動詞。

3. *-ɦ 後綴交替實現的語法意義變化

名詞借代構詞變化

鄭張尚芳（1994）提出上古*-ʔ尾可能來自漢語本身的小稱愛稱後綴〔註111〕。吳安其（2001）進一步擴展了這一韻尾的語法功能，認為*-ʔ尾用來表示動作的對象或結果。金理新（2006）肯定吳安其發現基礎上，提出了*-ɦ 尾的名詞借代功能，舉了大量例子證明了上古漢語存在此類語法構詞現象。《詩經》舌音端知組異讀字頭「東（棟）、留（餾）、纍（虆）」，正是通過後綴*-ɦ 交替實現名詞借代構詞的。

4. *s-前綴交替實現的語法意義變化

第一、動詞的致使義變化

包擬古（1973）《漢藏語中帶*s-的複輔音聲母在漢語中的反映形式》一文中注意到藏文*s-型致使動詞在上古漢語中的一種反映形式，只是「在藏文中，非使動式跟帶 s-前綴的使動式配對的動詞是很容易找到的，但這樣的配對詞在漢語中的反映形式的確很罕見〔註112〕。」藏文 s-前綴交替實現自動使動語法意義轉化的例子前輩學者討論頗豐，茲不贅及。舒志武（1988）注意到上古漢語*s-前綴，提出致使化是上古漢語*s-前綴的重要構形功能之一。同年梅祖麟（1988）提出*s-語素是一個致使化前綴，並於（1999）討論上古漢語*s-語素意義，其中之一即為致使化功能。鄭張尚芳（1990）指出上古漢語*s-是表使動式的詞頭。潘悟雲（1991）證明了上古漢語致使動詞的構成形式之一就是附加*s-前綴。沙加爾（Laurent Sagart，1999）：「儘管保險的例子數量並不多，*s-前綴的使動功能看來可以得到很好的證明〔註113〕。」親屬語言與上

〔註111〕鄭張尚芳：《漢語聲調平仄之分與上聲去聲的來源》，《語言研究》，1994 年增刊，第 52 頁。

〔註112〕包擬古：「Some Chinese Reflexes of Sino-Tibetan s-Clusters」，*Journal of Chinese Linguistics*，1973，1.3 pp.383-396，潘悟雲、馮蒸譯：《原始漢語與漢藏語》，北京，中華書局，1995 年版，第 29 頁。

〔註113〕沙加爾著，龔群虎譯：《上古漢語詞根》，上海，上海教育出版社，2004 年版，第 80 頁。

古漢語相同，具有致使功能前綴*s-。除前述包擬古有所討論外，黃布凡（1981）指出書面藏語動詞致使意義除了附加 s-前綴之外還有其他一些表達方式。孫宏開（1998）藏緬語族許多語言用附加*s-前綴的方式表達動詞的致使意義，原始藏緬語以*s-前綴為使動語法範疇的唯一表達方式。綜上所見，對上古漢語*s-前綴致使義功能學者們早有認識，且達成共識。《詩經》舌音端知組異讀字頭「妥（綏）」，通過前綴*s-交替實現動詞致使義構詞轉換，表現為：零前綴語詞為非致使動詞，前綴*s-形式為致使動詞。

第二、動詞持續體變化

動詞持續體語法概念最初由金理新（2006）提出，在分析了梅祖麟（1989）「方向化」範疇，同時結合沃爾芬登（Stuart N. Wolfenden，1929）「外在間接賓語標記」、沙加爾（Sagart，1999）「指向性意義」說法基礎上，認為「方向、指向」等概念提法，意義模糊含混。結合典籍大量例證，更合適的概念提法應為「離散、持續」。只是*s-前綴這一功能很早就被*g-前綴替代，後人已不易察覺了。《詩經》舌音端知組異讀字頭「登（升）」之間的構詞關係，正是通過*s-前綴交替實現動詞離散體向持續體轉換的。

第三、名謂化變化

名謂化即名詞通過某種語音變化轉變詞性成為動態動詞或狀態動詞，在句中充當謂語。藏語 s-前綴有名謂化功能。梅祖麟（1988）轉引康拉第 1896 年藏文例子，同時舉上古漢語例子證明了上古漢語同樣存在*s-前綴名謂化功能。舒志武（1988）認為上古漢語*s-前綴有將名詞轉化為動詞的功能。沙加爾（1999）在談到*s-前綴名謂化功能時，提到 Conrady（1896）、Schuessler（1974）、梅祖麟（1989）認為*s-前綴有從名詞派生動詞的功能。金理新（2006）對上古漢語*s-前綴名謂化功能在前人基礎上又補充了大量例證。綜上，上古漢語*s-前綴具有名謂化功能無庸置疑。《詩經》舌音端知組異讀字頭「來（穭）」構詞關係，正是通過*s-前綴交替實現的。表現為：無*s-前綴形式為名詞，*s-前綴形式為動詞。

5. *m-前綴交替實現的語法意義變化

動轉化名詞變化

沃爾芬登（1929）認為，藏緬語 m-前綴是一個動轉化前綴。本尼迪克特

（1972）、謝飛（1974）支持沃爾芬登這一看法。上古漢語有無動轉化*m-前綴呢？俞敏（1984）發現上古漢語*m-也是一個動轉化前綴，舉 4 例作了說明，其中 1 例即為「令（命）」。梅祖麟（1992）同意俞敏先生的觀點，只是學者們用於*m-前綴動轉化功能的例證太少，未能引起國內學者廣泛注意。金理新（2006）對這一前綴動轉化功能深度挖掘，舉出大量先秦文獻用例論證上古漢語*m-前綴動轉化功能。《詩經》舌音端知組異讀字頭「令、命」，誠如學者們所言，是通過前綴*m-實現動轉化名詞構詞的。

6. *-g 後綴交替實現的語法意義變化

名謂化變化

《詩經》押韻陰入相押、諧聲陰入相諧，漢藏語音對應中陰聲韻與塞尾入聲韻交叉對應等諸多事實，一直困擾著從事上古漢語語音研究的學者們。表現在上古漢語語音構擬體系中，陰聲韻塞音尾的有無成為學者們爭論的焦點。金理新（2002）指出在上古漢語語音研究中需要考慮到形態的因素，（2006）對上古漢語可能的詞綴等形態變化作了盡可能詳細的梳理。孫錦濤（2008）提到「將形態作為語音研究的證據同時也是非常有力的……通過形態研究語音已不再是就語音談語音，而實際上是在音義兩方面的雙重規範之內展開的，因而其論證就更加嚴謹有力，結論就更加確當可靠〔註114〕。」

上古漢語的語音研究離不開語法形態研究，同樣，上古漢語的語法形態研究也需結合語音研究。就上列諸多令人困擾的事實，金理新（2006）提出了上古漢語可能存在*-g 後綴，這一後綴可能的語法功能是名謂化，或者還有其他，暫時尚未發現。通過對《詩經》押韻的全面考察，上古漢語確實存在*-g 後綴，功能之一即為名謂化構詞。《詩經》舌音端知組異讀字頭「道（迪）」，兩詞正是通過後綴*-ɦ、後綴*-g 交替實現名謂化構詞轉換的，表現為：後綴*-ɦ 形式為名詞，後綴*-g 形式為動詞。

〔註114〕孫錦濤：《古漢語重疊構詞法研究》，上海，上海教育出版社，2008 年版，第 197～198 頁。

第三節　齒頭音精組異讀構詞詞表及構詞特點

一、齒頭音精組異讀構詞詞表

載

載，中古精母海韻、精母代韻、從母代韻，鄭張尚芳上古音系歸入之部，分別擬音*ʔsluɯʔ、*ʔsluɯɯs、*zluɯɯs。後兩音《詩經》存在構詞關係，通過聲母清濁交替實現動名構詞轉換：語詞*ʔsluɯɯs，表示動詞，載乘；語詞*zluɯɯs，表示名詞，載乘之物〔註115〕。

載，《說文》車部：「乘也。从車𢦏聲。」《玉篇》車部：「子代切，年也，乘也。又才代切。」《廣韻》作代切：「年也，事也，則也，乘也，始也，盟辭也，又姓……」／昨代切：「運也。」／作亥切：「年也，出《方言》。」《集韻》作代切：「《說文》『乘也』，一曰年也，唐虞曰載，一曰則也，事也。」／昨代切：「舟車運物也。」／子亥切：「年也。」《字書》、《韻書》兩音意義分別不清。

《群經音辨・辨字音清濁》：「載，舟車以致物也，作代切。謂所致物曰載，昨代切。」周法高（1962）將其歸入「非去聲或清聲母為動詞，去聲或濁聲母為名詞或名語」一類。金理新（2006）指出「載」通過聲母清濁交替實現動名之間構詞轉換。

「載」《詩經》119 見，《釋文》一般不出注，出注 6 次其中 4 例歧解，2 例讀破。「載」《詩經》四類用法：一、表示「事也，則也，始也，盟辭也」，此類用例眾多；二、「栽」之假借，表示「築牆長板」；三、表示動詞，載乘；四、表示名詞，載乘之物。

載*ʔsluɯɯs，精去。P502《大雅・文王之什・文王》：「上天之載，無聲無臭。」傳：「載，事」。載，名詞，事也。P406《小雅・鹿鳴之什・四牡》：「翩翩者鵻，載飛載下」箋：「則飛則下」。載，副詞，則也。P596《周頌・臣工之什・載見》：「載見辟王，曰求厥章。」傳：「載，始也」。載，副詞，始也。P320《國風・墉風・載馳》：「載馳載驅，歸唁衛侯。」載，語氣詞，盟辭。此義不參與構詞。

〔註115〕金理新（2006）為「載」有構詞關係的兩音上古分別擬音*tje-s、*dje-s。

載*zlɯɯs，從去。P509《大雅・文王之什・緜》：「其繩則直，縮版以載。」載，「栽」之假借，築牆長板。《詩經》1見，借字不參與構詞。

載*ʔslɯɯs，精去。P421《小雅・南有嘉魚之什・彤弓》：「彤弓弨兮，受言載之。」傳：「載以歸也。」箋：「出載之車也。」P498《小雅・魚藻之什・緜蠻》：「命彼後車，謂之載之。」鄭箋：「車敗則命後車載之」。P416《小雅・鹿鳴之什・杕杜》：「匪載匪來，憂心孔疚。」箋：「君子至期不裝載，意不為來」。P460《小雅・谷風之什・大東》：「薪是穫薪，尚可載也。」箋：「可載而歸蓄之，以為家用。」載，動詞，載乘。此義《詩經》8見，《釋文》無注。

載*zlɯɯs，從去。P441《小雅・節南山之什・正月》：「載輸爾載，將伯助予。」箋：「墮女之載」。6/20.17《釋文》：「才再反，注及下同。」P441《小雅・節南山之什・正月》：「屢顧爾僕，不輸爾載。」6/20.17《釋文》：「才再反，注及下同。」載，名詞，載乘之物。此義《詩經》2見，《釋文》出注2次〔註116〕，破讀為才再反。

《詩經》「載」4例《釋文》出注歧解，不參與構詞，茲錄於下。

載*ʔslɯɯs / *ʔsrɯ，精去/莊平。P476《小雅・甫田之什・大田》：「以我覃耜，俶載南畝。」6/30.5《釋文》：「眾家並如字，載，事也，鄭讀為熾，菑熾，音尺志反，菑音緇。」P601《周頌・閔予小子之什・載芟》：「有依其士，有略其耜，俶載南畝。」7/28.5《釋文》：「毛並如字，鄭作熾菑，下篇同。」P602《周頌・閔予小子之什・良耜》：「畟畟良耜，俶載南畝。」7/28.5《釋文》：「毛並如字，鄭作熾菑，下篇同。」《釋文》毛及眾家並注如字，解作動詞「事也」，鄭作「菑」，表示「不耕田」義。

載*ʔslɯɯs / *ʔl'ɯɯgs，精去/端去。P603《周頌・閔予小子之什・絲衣》：「絲衣其紑，載弁俅俅。」7/29.1《釋文》：「如字，又音戴同。」陸德明以如字為首音，解作「則、始」義，「又音戴」取之於鄭箋。

《詩經》「載」構詞關係通過聲母清濁交替實動詞名詞之間構詞轉換：語詞*ʔslɯɯs，表示動詞「載乘」義；語詞*zlɯɯs，表示名詞「載乘之物」義。

據汪化雲（2001），湖北團風方言中「載」通過聲調區別語詞詞性變化，具體表現為：tsai34，裝載物；tsai35，裝載。團風方言陰去調值35，陽去調值

[註116] 1次出現於前文「載」注中，以「注及下同」形式出現。

34，可見團風方言「載」之兩讀的真正區別在聲母清濁分別上，陽去一讀，即古濁母「載」表示名詞「裝載物」義；陰去一讀，即古清聲母「載」表示動詞「裝載」義。團風方言現存「載」字異讀與《詩經》「載」表現的構詞情況完全相同。

增（贈）

增，中古精母登韻、精母嶝韻，鄭張尚芳上古音系歸入蒸部，分別擬音 *ʔsɯɯŋ、*ʔsɯɯŋs。贈，中古從母嶝韻，鄭張尚芳上古音系歸入蒸部，擬音 *zɯɯŋs。「增」之 *ʔsɯɯŋ 與「贈」之 *zɯɯŋs 兩讀有構詞關係，通過聲母清濁交替實現，表現為：語詞「增」*ʔsɯɯŋ，表示施事動詞「加也，益也」；語詞「贈」*zɯɯŋs，表示受事動詞「贈送」〔註117〕。

《說文》土部：「增，益也。從土曾聲。」貝部：「贈，玩好相送也。從貝曾聲。」《玉篇》土部：「增，作登切，加也，益也。」貝部：「贈，在鄧切，以玩好相送，又助生送死。」《廣韻》：「增，作滕切，益也，加也，重也，又埋幣曰增。」／子鄧切：「增，剩也。」昨互切：「贈，玩也，好也，相送也。」《集韻》諮騰切：「增，《說文》『益也』。」／子鄧切：「增，賵也。」昨互切：「贈，《說文》『玩好相送也』，或書作䚱。」

「增、贈」的音義關係，楊樹達20世紀中葉寫成《積微居小學金石論叢》書中有言：「蓋以物贈人，實以物增加於人也。豈惟贈字為然哉！凡與贈同義之字皆有增益之義矣〔註118〕。」金理新（2006）指出「增、贈」通過聲母清濁交替實現施事動詞、受事動詞之間構詞轉換。

增，《詩經》3見，《釋文》出注2次。增 *ʔsɯɯŋ，精平。P614《魯頌·駉之什·閟宮》：「公徒三萬，貝冑朱綬，烝徒增增。」傳：「增增，眾也」。7／32.15《釋文》：「如字」。「增增」連用，突出多貌，含有動詞「加也、益也」義。P412《小雅·鹿鳴之什·天保》：「如川之方至，以莫不增。」箋：「萬物之收皆增多也」。增，動詞，加也，益也。句中作謂語，動作一律指向施事「烝徒」或外置施事「萬物之收」。也就是說「加也、益也」動作始終與施事相聯繫，由動作施事實施，「增」為施事動詞。

〔註117〕金理新為有構詞關係的「增、贈」古擬音分別作 *tjeŋ、*djeŋ-s。
〔註118〕楊樹達：《積微居小學金石論叢》，北京，中華書局，1983年版，第3頁。

贈，《詩經》7見，《釋文》未注。贈*zɯɯɯŋs，從去。P340《國風‧鄭風‧女曰雞鳴》：「知子之來之，雜佩以贈之。」P565《大雅‧蕩之什‧崧高》：「其風肆好，以贈申伯。」P570《大雅‧蕩之什‧韓奕》：「其贈維何？乘馬路車。」箋：「贈，送也」。贈，動詞，贈送。

「贈」用作動詞「贈送」義，為常用詞，讀常用音。「贈」在句中用作謂語，後接間接賓語「之、申伯」，即受事對象。「贈」動詞義有時抽象化作主語。事實上，動作「贈」有指向的對象，即前文「韓侯」。顯父贈乘馬路車予韓侯，「贈」的動作與受事對象「韓侯」相聯繫。用於動詞「贈送」義之「贈」一個共同的特點在於動作指向的對象為受事客體，即受事客體有物被加於身。這與前文「增」，施事自身加益意義相對。從這一層面而言，「贈」是一個受事動詞，動作始終指向受事對象。

綜上分析，《詩經》「增、贈」兩詞通過聲母清濁交替實現施事動詞、受事動詞之間構詞轉換，表現如下：語詞增*ʔsɯɯɯŋ，表示動詞「加也、益也」義，動作指向施事，為施事動詞；語詞贈*zɯɯɯŋs，表示動詞「贈送」義，動作指向受事對象，為受事動詞。

作

作，中古精母箇韻、精母暮韻、精母鐸韻三音，鄭張尚芳上古音系歸入暮部、鐸部，分別擬音< *ʔsaags、*ʔsaags、*ʔsaag〔註119〕。「作」上古*ʔsaags、*ʔsaag 兩音有構詞關係，通過韻尾交替實現動詞及物、不及物性構詞轉換，具體表現為：語詞*ʔsaag，表示動詞「為也，起也」，為不及物動詞；語詞*ʔsaags，表示動詞「造也」，為及物動詞。

作，《說文》人部：「起也。从人从乍。」《玉篇》人部：「子各切，起也，造也。」《廣韻》則箇切：「造也，本臧洛切。」／臧祚切：「造也。」／則落切：「為也，起也，行也，役也，始也，生也，又姓……」《集韻》子賀切：「起也，造也。」／宗祚切：「造也，俗作做，非是。」／即各切：「作胙作乍，《說文》『起也』，亦姓，古作胙作，亦省。」

《群經音辨‧辨字同音異》：「作，起也，則洛切。作，祝也，側慮切，《詩》

『侯作侯祝』。」金理新（2006）指出「作」通過韻尾交替實現不及物動詞、及物動詞之間構詞轉換。

作，《詩經》48 見，《釋文》出注 1 次，係「詛」之借字。P552《大雅·蕩之什·蕩》：「侯作侯祝，靡屆靡究。」傳：「作、祝，詛也」。7／14.1《釋文》：「側慮反。祝，詛也，注同。本或作詛。」此條不參與構詞。

《詩經》餘 47 次《釋文》未注用例有兩類用法：一、用作不及物動詞「為也、起也」16 見，二、用作及物動詞「造也」，31 見。

作*ʔsaag，精入。P336《國風·鄭風·緇衣》：「緇衣之蓆兮，敝予又改作兮。」箋：「作，為也」。P338《國風·鄭風·清人》：「左旋右抽，中軍作好。」P445《小雅·節南山之什·十月之交》：「胡為我作，不即我謀？」作，動詞，為也。P373《國風·秦風·無衣》：「王于興師，修我矛戟。與子偕作。」傳：「作，起也」。P431《小雅·鴻雁之什·鴻雁》：「之子于垣，百堵皆作。」箋：「百堵同時而起」。作，動詞，起也。

「作」用作動詞「為也、起也」，在句中作謂語，後不帶賓語，為不及物動詞。「作」為常用詞，《釋文》無注。《詩經》押韻「作」入韻 10 次，皆以不及物動詞「起也、為也」義入韻，與上古*-g 韻尾字相押。因此《詩經》不及物動詞「起也、為也」義的「作」也一律當為*-g 韻尾字。

作*ʔsaags，精去。P406《小雅·鹿鳴之什·四牡》：「是用作歌，將母來諗。」箋：「故作此詩之歌」。P509《大雅·文王之什·綿》：「其繩則直，縮版以載，作廟翼翼。」作，動詞，造也。P514《大雅·文王之什·棫樸》：「周王壽考，遐不作人！」箋：「遐不為人也」。P547《大雅·生民之什·民勞》：「式遏寇虐，無俾作慝。」作，動詞，為也。

「作」用作動詞「造也、為也」，在句中作謂語，後帶賓語，為及物動詞。由於及物動詞「作」後常接賓語，所以一般不入韻。根據後代韻書記錄，表示「造也」義語詞當音精母去聲，這一語詞形式上古有*-s 韻尾。而這一語音形式與同一文字形式「作」記錄的不及物動詞語詞形式正相交替，語義相關，兩詞上古本有構詞關係。

通過對「作」兩詞音義關係分析發現：語詞*ʔsaag，表示不及物動詞「為也、起也」，；通過附加後綴派生語詞*ʔsaags，表示及物動詞「為也、造也」。《詩經》押韻亦證明表示不及物動詞「作」與及物動詞「作」語音有別，否

則押韻不會如此規律地押*-g 尾韻字。

績（簀）

績，中古精母錫韻，鄭張尚芳上古音系歸入錫部，擬音*ʔseeg。簀，中古莊母麥韻，鄭張尚芳上古音系歸入錫部，擬音*ʔsreeg。上古兩詞有構詞關係，通過中綴*-r-交替實現〔註120〕，表現為：語詞「績」*ʔseeg，表示動詞，緝也；語詞「簀」*ʔsreeg，表示名詞，牀簀，此名詞含有動詞「緝」動作特徵。

《說文》糸部：「績，緝也。从糸責聲。」竹部：「簀，牀棧也。从竹責聲。」《玉篇》糸部：「績，子狄切，緝也。」竹部：「簀，側革切，牀簀也，棧也。」《廣韻》則歷切：「績，緝也，功業也，繼也，事也，成也。」／側革切：「簀，牀簀。」《集韻》則歷切：「績，《說文》『緝也』，一曰業也。」／側革切：「簀牘，《說文》『牀棧也。』或从片。」

金理新（2006）注意到「績、簀」兩詞通過前綴交替實現動名構詞轉換，同時指出*r-前綴跟*g-前綴功能相同，也可充當名詞借代前綴〔註121〕。沙加爾（1999）指出上古漢語存在*-r-中綴，此中綴功能有：重複的動作、兩處或多處同時發生的動作或者集體參與的動作、成雙或多歧分布物體的名稱、加強功能、殘餘形式。學者們對*r-前綴或*-r-中綴功能的認識，由於各自上古音體系，表現不同。

「績」《詩經》4 見，《釋文》未出注，《詩經》用法有二：一、動詞「緝也」，2 見。二、名詞「功業」義，2 見。

績*ʔseeg，精入。P376《國風·陳風·東門之枌》：「不績其麻，市也婆娑。」P388《國風·豳風·七月》：「七月鳴鵙，八月載績。」績，動詞，緝也。句中作謂語，帶賓語。「緝」動作完成引申而有名詞「功業」義，此義不參與構詞。P526《大雅·文王之什·文王有聲》：「豐水東注，維禹之績。」傳：「績，業」。P627《商頌·殷武》：「天命多辟，設都於禹之績。」箋：「設都於禹所治之功」。

簀，《詩經》1 見，《釋文》出注。簀*ʔsreeg，莊入。P321《國風·衛風·

〔註120〕以鄭張尚芳上古音體系而言，不過鄭張尚芳（2003）對其上古音體系*-r-墊音、*r-冠音有無語法功能未有說明。

〔註121〕金理新（2006）為「績」上古擬音*tjig，「簀」上古擬音*r-tjig。

淇奧》:「瞻彼淇奧,綠竹如簀。」5／18.7《釋文》:「音責,積也。」簀,名詞,牀簀。根據詩義,「綠竹如簀」指綠竹如牀簀之密茂盛義。牀簀所以密,在於「緝牀」緻密。「績、簀」意義相關。

通過對《詩經》「績、簀」用例分析,我們認為兩詞有構詞關係,通過中綴*-r-交替實現,表現為:語詞*ʔseeg,動詞「緝也」;派生語詞*ʔsreeg,具有動詞「緝」的特徵,表示名詞「牀簀」義,係動作「緝」完成產生的結果。中綴*-r-似乎有名詞借代的功能。

卒(醉)

卒,中古精母沒韻、清母沒韻、精母術韻,鄭張尚芳上古音系歸入物 2 部,分別擬音為*ʔsuud、*shuud、*ʔsud。「卒」之前兩音不參與構詞。醉,中古精母至韻,鄭張尚芳上古音系歸入隊 2 部,擬音*ʔsuds。「卒」之*ʔsud 與「醉」*ʔsuds 有構詞關係,通過後綴派生語詞,實現自主動詞、非自主動詞構詞轉換,表現為:語詞卒*ʔsud,表示自主動詞「終也、盡也」;語詞醉*ʔsuds,表示非自主動詞「卒也」。

《說文》衣部:「卒,隸人給事者衣為卒,卒衣有題識者。」酉部:「醉,卒也。卒其度量,不至於亂也。一曰潰也。从酉从卒。」《玉篇》衣部:「卒,作沒切,眾也,隸人給事也,行鞭也。又千忽切,急也。又子律切,終也。今作卒。卒,同上。」酉部:「醉,子遂切,卒也,度也,不至亂。」《廣韻》臧沒切:「卒,《說文》:『隸人給事者衣為卒,卒衣有題識者。』」／倉沒切:「卒,急也,遽也。」／「子聿切:「卒,終也,盡也。」／將遂切:「醉,《說文》曰:『醉,卒也。各卒其度量,不至於亂也。』」《集韻》臧沒切:「卒,《說文》:『隸人給事者衣為卒,卒衣有題識者。』俗作捽,非是。」／蒼沒切:「卒,忽也。」／即聿切:「卒,終也。」將遂切:「醉,《說文》『醉,卒也。卒其度量,不至於亂也。一曰潰也。」

金理新(2006)注意到「卒,醉」兩詞通過韻尾交替實現自主動詞、非自主動詞之間構詞轉換。

卒,《詩經》17 見,《釋文》出注 4 次。

卒*zud,從入。P499《小雅・魚藻之什・漸漸之石》:「漸漸之石,維其卒矣。」傳:「卒,竟。」箋:「卒者,崔嵬也。」6／38.1《釋文》:「毛子邮

反，竟也，鄭在律反。」根據前文「漸漸之石，維其高矣；山川悠遠，維其
勞矣。」此例「卒」顯然應為修飾性詞語，釋為「山高峻」，與詩義合，與前
文義合，「崒」正表此義，且「崒」與「卒」音近，故得近音借用。此條「卒」
宜看作「崒」之假借，表示「山高峻」義，不參與構詞。

　　卒*ʔsud，精入。P440《小雅・節南山之什・節南山》：「國既卒斬，何用
不監？」傳：「卒，盡」。6／19.6《釋文》：「子律反」。P548《大雅・生民之什・
板》：「上帝板板，下民卒癉。」7／12.19《釋文》：「子恤反」。卒，動詞，盡
也。P460《小雅・谷風之什・蓼莪》：「民莫不穀，我獨不卒！」箋：「卒，終
也」。6／26.3《釋文》：「子恤反，終也。」

　　醉，《詩經》27見，《釋文》未注。醉*ʔsuds，精去。P484《小雅・甫田之
什・賓之初筵》：「既醉而出，並受其福；醉而不出，是謂伐德。」P373《國風・
秦風・晨風》：「未見君子，憂心如醉。」P420《小雅・南有嘉魚之什・湛露》：
「厭厭夜飲，不醉無歸。」醉，動詞，卒也。

　　「醉」用作動詞「卒也」義，為常用詞，讀常用音。與「卒」意義相關，
語音相交替。一般而言，表示動詞「盡也、終也」義的「卒」動作帶有自主
性質，是主觀者可以自控的，可以「盡」，也可以「不盡」；相對地，表示動
詞「卒也」義的「醉」動作帶有非自主性質，不是主觀者可以自己控制的，
不是想盡就盡，不想盡就不盡的。從這一語法意義角度看來，兩詞的語法區
別可歸結為動作自主、非自性的區別。

　　綜上，「卒、醉」的音義關係，可梳理如下：語詞「卒」*ʔsud，表示自主
動詞「盡也、終也」義；通過附加後綴實現構詞轉換，語詞「醉」*ʔsuds，表
示非自主動詞「卒也」義。

取（娶）

　　取，鄭張尚芳上古音系歸入清母侯部，據《廣韻》擬有兩音，分別為
*shlooʔ、*shloʔ。「娶」，鄭張尚芳上古音系歸入清母侯部，據《廣韻》、《集
韻》擬有三音，分別為*slo、*shloʔ、*shlos，並於前兩音下注「取字轉注」。
娶，「取」的後起分化字，《詩經》文字形式為「取」。上古*shloʔ、*shlos 有
構詞關係，通過韻尾交替實現施事動詞、受事動詞或自主動詞、非自主動詞構
詞轉換：語詞*shloʔ，表示施事動詞、自主動詞「收取、捕取、拿取、撈取」

等；語詞*shlos，表示受事動詞、非自主動詞「取婦」。

《說文》又部：「取，捕取也。从又从耳。《周禮》：『獲者取左耳。』《司馬法》曰：『載獻馘。』馘者，耳也。」女部：「娶，取婦也。从女从取，取亦聲。」《玉篇》又部：「取，且宇切，資也，收也。」女部：「娶，七諭切，取婦也。」《廣韻》「取、娶」各收錄兩音，茲錄與構詞相關兩音。七庾切：「取，收也，受也。」／七句切：「娶，《說文》曰：『取婦也』。」《集韻》「取、娶」字音繁瑣，茲錄與構詞有關兩音義。此主切：「取，《說文》『捕取也』，《周禮》『獲者取左耳』，引司馬法『載獻馘』馘者，耳也。」／逡遇切：「娶，《說文》『取婦也』。」

《群經音辨·辨字同音異》：「取，求也，七庾切。取，納女也，音娶，《禮》『取於異姓』。取慮，縣也，七由切，杜預曰：『下邳有取慮縣』。」Downer（1959）將「取、娶」歸入「轉化形式是表效果的」一類。金理新（2006）指出兩詞通過韻尾交替實現自主動詞、非自主動詞構詞轉換。孫玉文（2007）把「取、娶」的構詞關係看作是特指構詞，認為原始詞義為拿來佔有，奪取，動詞，七庾切。滋生詞，特指娶妻，動詞，後起字作「娶」，七句切。

取，《詩經》22見，《釋文》出注7次。取*shlos，清去。P352《國風·齊風·南山》：「取妻如之何？必告父母。」5／28.5《釋文》：「七喻反，注下皆同。」P352《國風·齊風·南山》：「取妻如之何？匪媒不得。」P377《國風·陳風·衡門》：「豈其取妻，必齊之姜？」6／1.20《釋文》：「音娶，下文同。」P398《國風·豳風·伐柯》：「取妻如何？匪媒不得。」6／8.7《釋文》：「七喻反，本亦作娶。」P570《大雅·蕩之什·韓奕》：「韓侯取妻，汾王之甥，蹶父之子。」7／20.6《釋文》：「七喻反，本亦作娶，下注同。」取，動詞，娶婦。動詞後皆接受事客體「妻」，「取」動作與受事對象聯繫，突出「取誰」，而非「誰取」，「取」為受事動詞。《釋文》此義一律清母去聲，偶注「亦作娶」，後來字形更為「娶」。

取*shloʔ，清上。P490《小雅·魚藻之什·角弓》：「如食宜饇，如酌孔取。」6／34.20《釋文》：「如字，沈又音娶。」取，動詞，撈取。此條詩義當為：「王如食老者則宜令之飽，如飲老者則當孔取。」據馬瑞辰（1989），孔取為甚取之意，此處「取酒」之「取」當解為「撈取」之義。「孔取」動作突出施事主體「取」之方式程度，與施事聯繫在一起，為施事動詞。《釋文》如字為首音，

陸德明亦以此解為先，又音沈音以備一說。P358《國風‧魏風‧伐檀》：「不稼不穡，胡取禾三百廛兮？」P470《小雅‧谷風之什‧信南山》：「執其鸞刀，以啟其毛，取其血膋。」取，動詞，收取。P388《國風‧豳風‧七月》：「蠶月條桑，取彼斧斨，以伐遠揚。」P528《大雅‧生民之什‧生民》：「載謀載惟，取蕭祭脂。取，動詞，拿取。P388《國風‧豳風‧七月》：「一之日於貉，取彼狐狸，為公子裘。」P394《國風‧豳風‧鴟鴞》：「鴟鴞鴟鴞，既取我子，無毀我室。」取，動詞，捕取。

《詩經》「取」用作動詞「收取、拿取、捕取」等義，《釋文》不出注，除 1 例歧義外。「取」表示此類義，為常用詞，讀常用音。此類動詞一個共同的特點強調施事的動作，儘管施事多數情況下外置。「取」為及物動詞，後皆帶賓語。從語法結構上看，此類「取」與前表「取妻」之「取」結構形式完全相同，都帶賓語，賓語或為人或為物。但，從語義結構來看，兩詞側重意義有區別。「收取」之「取」動作突出施事的行為，與施事聯繫在一起，即強調「誰取」；而，「取妻」之「取」動作與受事聯繫緊密，即強調「取誰」。如此，兩詞的語法意義也就呈現出來了，「收取」之「取」為施事動詞，「取妻」之「取」為受事動詞，由施事動詞「取」派生而來，《釋文》一律出注破讀音可見一斑。

事實上，「取」構詞關係也可作自主與非自主動詞區別。「收取」之「取」是說話者主觀可以控制的行為，說話者可自願或作出不願取的決定的行為；而「取妻」之「取」為說話者無法控制的行為，不是你想娶就娶不想娶就不娶，想娶誰就娶誰不想娶誰就不娶誰的。

《詩經》「取」的構詞規律梳理如下：語詞*shloʔ，表示動詞「收取、捕取、拿取、撈取」等義，為施事動詞、自主動詞；通過韻尾交替派生語詞*shlos，表示動詞「取妻」義，為受事動詞、非自主動詞。

《詩經》中與「取」構詞相關尚有一詞：奏。奏，《說文》本部：「奏，進也。從夲從廾從中。中，上進之義。」《廣韻》則候切，鄭張尚芳上古音系歸入侯部，擬音*ʔsoos。

奏，《詩經》10 見，《釋文》出注 1 次。奏*ʔsloos，精去。P509《大雅‧文王之什‧綿》：「予曰有奔奏，予曰有禦侮。」傳：「喻德宣譽曰奔奏」，箋：「奔奏，使人歸趨之」。7／3.16《釋文》：「如字，本又作走，音同，注同。」

《釋文》以傳音為首音，鄭音為又音。馬瑞辰（1989）引王尚書「傳以奏為告語之義，故曰『喻德宣譽』」說法，結合詩「疏附」、「先後」作對，「奔奏」、「禦侮」作對，主張：「『奏』從傳訓作告語為允〔註 122〕。」傳訓當由動詞本義「進也」引申而來，故「奏」為動詞「進也」。P424《小雅・南有嘉魚之什・六月》：「薄伐玁狁，以奏膚公。」P467《小雅・谷風之什・楚茨》：「樂具入奏，以綏後祿。」P484《小雅・甫田之什・賓之初筵》：「其湛曰樂，各奏爾能。」P594《周頌・臣工之什・有瞽》：「既備乃奏，簫管備舉。」P620《商頌・那》：「奏鼓簡簡，衎我烈祖。」奏，動詞，進也。

奏，與動詞「取」構詞相關，「奏」表「施與」義、「取」表「得到」義。據金理新（2006），上古漢語中此類意義分別的動詞，語音形式上有相平行的分別，即後綴*-ɦ 語詞形式表示「得到」義、後綴*-s 語詞形式表示「施與」義。表「得到」類語詞聯繫的是動作行為的施事，而「施與」類語詞聯繫的是動作行為的受事對象。也就是說，前者關注的是施事，後者關注的是受事對象。「取、奏」構詞關係是施事動詞、受事動詞之間的構詞轉換。「取、奏」的構詞規律可概括為：語詞「取」*shloʔ，動詞「捕取、收取」等義，表「得到」，為施事動詞；語詞「奏」*ʔsloos，動詞「進也」義，表「施與」，為受事動詞。

砠（阻沮）

砠，同岨，鄭張尚芳上古音系歸入清母魚部，擬音*sha。阻，《廣韻》莊母語韻、莊母御韻，鄭張尚芳上古音系歸入魚部，擬音*ʔsraʔ、*ʔsras。「阻」之*ʔsras 表示名詞「馬阻蹄」義，不參與構詞。沮，《廣韻》五音，《詩經》「沮」參與構詞兩音，鄭張尚芳上古音系歸入魚部，這兩音擬為*zaʔ、*ʔsas。「砠阻、沮」構成兩組構詞關係，分別為：語詞「砠」*sha 表示名詞「石山」、「阻」*ʔsraʔ，表示名詞，險阻，通過聲母清濁交替實現名動構詞轉換「沮」*zaʔ，表示動詞，止也；語詞「沮」*zaʔ，表示動詞，止也，通過韻尾交替實現動詞完成體構詞轉換「沮」*ʔsas，表示名詞，漸濕之地〔註 123〕。

〔註 122〕馬瑞辰：《毛詩傳箋通釋》，北京，中華書局，1989 年版，第 825 頁。

〔註 123〕金理新（2006）為上列參與構詞的語詞分別擬音岨*ɦ-thja、阻*r-tja-ɦ、沮*ɦ-dja-ɦ、*ɦ-tja-s。

《說文》山部：「岨，石戴土也。从山且聲。《詩》曰：『陟彼岨矣。』」
皀部：「阻，險也。从皀且聲。」水部：「沮，水。出漢中房陵，東入江。從
水且聲。」《玉篇》石部：「砠，且居切，土山有石，亦作岨。」山部：「岨，
七居切，石山載土也。」阜部：「阻，壯舉切，險也疑也。」水部：「沮，七
余切，水名出房陵，又才與、子預二切。」《廣韻》七余切：「岨，石上戴土。」
／七余切：「砠，同岨。」《廣韻》側呂切：「阻，隔也憂也。」《廣韻》又音
「莊助切」不參與構詞，不錄。沮，《廣韻》慈呂切：「沮，止也。」／將預
切：「沮，沮洳漸濕，亦作洳。」《廣韻》尚有 3 音，專名注音，不錄。《集韻》
千餘切：「岨砠碴，《說文》『不戴土也』，引詩『陟彼岨矣』，或作砠碴。」／
子余切：「砠，《爾雅》『土戴石為砠』。」《集韻》壯所切：「阻岨，《說文》『險
也』，或從山。」《集韻》「阻」又音同《廣韻》，不錄。《集韻》在呂切：「沮，
止也，壞也，一曰丘名，水出其後。」／將豫切：「沮，沮洳浸潤也，一曰澤
名，通作洳。」《集韻》「沮」音不參與構詞者，不錄。

「砠阻、沮」的音義關係，前人少有論及。金理新（2006）注意到這三
詞通過聲母清濁交替實現名動構詞。《詩經》砠 1 見，《釋文》出注；阻，6 見，
《釋文》出注 1 次。

砠〔註124〕*sha，清平。P277《國風・周南・卷耳》：「陟彼砠矣，我馬瘏
矣。」傳：「石山戴土曰砠」。5／3.21《釋文》：「本亦作岨，同七余反，毛云
石山之戴土也。」砠，名詞，石山。

阻*ʔsraʔ，莊上。P627《商頌・殷武》：「冞入其阻，裒荊之旅。」箋：「冒
入其險阻」。7／35.13《釋文》：「莊呂反，險也。」P302《國風・邶風・雄雉》：
「我之懷矣，自詒伊阻。」傳：「阻，難也」。阻，名詞，險阻、阻難。引申
有動詞「阻難」、形容詞「險阻」義。P303《國風・邶風・谷風》：「既阻我德，
賈用不售。」傳：「阻，難」。阻，動詞，阻難。P372《國風・秦風・蒹葭》：
「遡洄從之，道阻且長。」P372《國風・秦風・蒹葭》：「遡洄從之，道阻且
躋。」P372《國風・秦風・蒹葭》：「遡洄從之，道阻且右。」阻，形容詞，
險阻。

沮，《詩經》7 見，《釋文》出注 7 次。沮，《詩經》用作：一、動詞「止

〔註124〕《釋文》所見《詩經》本子當為：「陟彼碴矣」。

也」，3見。二、名詞「漸濕之地」，1見。三、專名，3見。

沮*zaʔ，從上。P448《小雅・節南山之什・小旻》：「謀猶回遹，何日斯沮？」傳：「沮，壞也」，箋：「沮，止也」。6／22.7《釋文》：「在呂反，毛壞也，鄭止也。」P453《小雅・節南山之什・巧言》：「君子如怒，亂庶遄沮。」傳：「沮，止」。6／24.4《釋文》：「辭呂反，止也。」P561《大雅・蕩之什・雲漢》：「旱既太甚，則不可沮。」傳：「沮，止也」。7／17.17《釋文》：「在呂反，止也。」沮，動詞，止也。

表示動詞義「止也」之「沮」與名詞義「險阻」有詞義派生關係，險阻而止。它們的構詞關係為：語詞「砠」*sha 名詞「石山」、「阻」*ʔsraʔ名詞「險阻」；通過聲母清濁交替實現名動構詞轉換「沮」*zaʔ，表示動詞義「止也」。

沮*ʔsas，精去。P357《國風・魏風・汾沮洳》：「彼汾沮洳，言采其莫。」傳：「沮洳，其漸如者」。5／29.15《釋文》：「沮音子預反」。沮，名詞，漸濕之地。

名詞「沮」與動詞「沮」有構詞關係，通過韻尾交替實現動詞完成體構詞。語詞*zaʔ，表示動詞「止也」；語詞*ʔsas 表示動作完成結果，名詞義「漸濕之地」。

沮*sha，清平。P429《小雅・南有嘉魚之什・吉日》：「漆沮之從，天子之所。」6／16.7《釋文》：「七徐反」。P509《大雅・文王之什・綿》：「民之初生，自土沮漆。」7／2.13《釋文》：「七余反」。P595《周頌・臣工之什・潛》：「猗與漆沮，潛有多魚。」傳：「漆、沮，歧周之二水也」。7／26.12《釋文》：「七余反」。沮，名詞，水名。此義不參與構詞。

綜上，「砠阻、沮」的構詞規律概括如下：一、語詞「砠」*sha 表示名詞義「石山」、「阻」*ʔsraʔ，表示名詞義「險阻」，通過聲母清濁交替實現名動構詞轉換「沮」*zaʔ，表示動詞義「止也」；二、語詞「沮」*zaʔ，表示動詞義「止也」，通過韻尾交替實現動詞完成體構詞轉換「沮」*ʔsas，表示名詞「漸濕之地」義。

斨（戕）

斨，鄭張尚芳上古音系歸入清母陽部，擬音*shaŋ。戕，鄭張尚芳上古音系歸入從母陽部，擬音*zaŋ。《釋名・釋用器》：「斨，戕也，所伐者皆戕殺也。」

上古兩詞有語源關係，王力（1982）列「斨、戕」為同源詞。兩詞通過聲母清濁交替實現名動之間構詞轉換：語詞「斨」*shaŋ，表示名詞，斧斨；語詞「戕」*zaŋ，表示動詞，殘殺〔註125〕。

　　《說文》斤部：「斨，方銎斧也。从斤爿聲。《詩》曰：『又缺我斨。』」戈部：「戕，搶也。他國臣來弒君曰戕。从戈爿聲。」《玉篇》斤部：「斨，且羊切，方銎斧也。」戈部：「戕，在良、七良二切，殘也殺也。」《廣韻》「戕」有三音，其中兩音義同「牁」，表示「所以繫舟」義，與構詞無關。在良切：「戕，殺也，又他國臣來殺君也。」／七羊切：「斨，斧斨，《說文》云：『方銎斧也。』」《集韻》「戕」情況與《廣韻》相同，與構詞無關音義茲不錄。慈良切：「戕，《說文》『槍也』，《春秋傳》『自外曰戕。』」／千羊切：「斨，《說文》『銎斧也』，引詩『又缺我斨』。」

　　金理新（2006）指出「斨、戕」兩詞通過聲母清濁交替實現名動之間構詞轉換。《詩經》斨2見，戕1見，《釋文》皆出注。

　　斨*shaŋ，清平。P388《國風·豳風·七月》：「蠶月條桑，取彼斧斨，以伐遠揚，猗彼女桑。」傳「斨，方銎也」。6／5.15《釋文》：「七羊反，方銎也。」P398《國風·豳風·破斧》：「既破我斧，又缺我斨。」6／8.3《釋文》：「七羊反，說文云方銎斧也。」斨，名詞，斧斨。

　　戕*zaŋ，從平。P445《小雅·節南山之什·十月之交》：「曰予不戕，禮則然矣。」箋：「戕，殘也」。6／21.11《釋文》：「在良反，殘也，王本作臧，臧，善也。孫毓評以鄭為改字。」戕，動詞，殘殺。其他典籍用例如《易·小過》：「九三，弗過防之，從或戕之，凶。」

　　「斨、戕」兩詞意義相關，語音相近，上古有語源關係。通過《詩經》用例分析，兩詞構詞規律為：語詞「斨」*shaŋ，表示名詞「斧斨」義；通過聲母清濁交替實現名詞、動詞之間構詞轉換「戕」*zaŋ，表示動詞「殘殺」義。

青（清菁）

　　青，鄭張尚芳上古音系歸入清母耕部，擬音*shleeŋ。清，鄭張尚芳上古音系歸入清母耕部，擬音*shleŋ。《釋名》：「清，青也，去濁遠穢，色如青也。」

〔註125〕金理新（2006）為「斨」上古擬音*ɦ-thjaŋ，「戕」上古擬音*ɦ-djaŋ。

王念孫《廣雅疏證》：「青之言清也。」青、清上古兩詞有語源關係，存在音變構詞，只是構詞方式尚不能確定。語詞「青」*shleeŋ，表示名詞，東方色也；語詞「清」*shleŋ，表示形容詞，澄水貌。

　　《說文》青部：「青，東方色也。木生火，从生、丹。丹青之信言象然。」水部：「清，朖也。澄水之皃。从水青聲。」《玉篇》青部：「青，千丁切，東方色也，四時春為青陽。」水部：「清，且盈切，澄也潔也。」《廣韻》倉經切：「青，東方色也，亦州名……」/ 七情切：「清，《山海經》曰：『大時之山清水出焉』，《釋名》曰：『清，青也，去濁遠穢，色如青也』，又靜也澄也潔也。」《集韻》倉經切：「青，《說文》『東方色也。木生火，从生、丹。丹青之信言象然。』又州名，亦姓……」親盈切：「清，《說文》『朖也，澄水之皃。』」

　　金理新（2006）指出「青、清」兩詞通過前綴*ɦ-實現名謂化構詞轉換〔註126〕。

　　「青」《詩經》12 見，《釋文》出注 3 次。

　　青 shleeŋ，清四。P345《國風・鄭風・子衿》：「青青子衿，悠悠我心。」5／26.5《釋文》：「如字，學生以青為衣領緣衿也，或作菁音，非也。」P500《小雅・魚藻之什・苕之華》：「苕之華，其葉青青。」6／38.9《釋文》：「子零反，注同。」《釋文》以為「青」係「菁」之假借，為茂盛義，遂音子零反。而據前章「苕之華，芸其黃矣」，「黃色」喻義凋敗；此條「苕之華，綠竹青青」，對比用法，當指顏色義「青色」。詩義在於表達花落而葉仍青，則「其葉青青」當讀如字，《釋文》誤解詩義注音誤也。P345《國風・鄭風・子衿》：「青青子佩，悠悠我思。」P349《國風・齊風・著》：「俟我於庭乎而，充耳以青乎而，尚之以瓊瑩乎而。」P484《小雅・甫田之什・青蠅》：「營營青蠅，止于樊。」青，名詞，青色。

　　青*ʔsleŋ，精三。P321《國風・衛風・淇奧》：「瞻彼淇奧，綠竹青青。」5／18.4《釋文》：「子丁反，茂盛也，本或作菁，音同。」「青」係「菁」之假借，表示「茂盛」義，《釋文》注音兼及說明這一假借關係。

　　《詩經》與「青」構詞相關的語詞「清」，《詩經》22 見，《釋文》未出注。

〔註126〕金理新（2006）為「青」上古擬音*thjiŋ，為「清」上古擬音*ɦ-thjiŋ。

清*shleŋ，清三。P358《國風·魏風·伐檀》:「坎坎伐檀兮，寘之河之干
兮，河水清且漣猗。」P462《小雅·谷風之什·四月》:「相彼泉水，載清載
濁。」清，形容詞，澄水貌。引申而有形容詞靜也、清明之義。P568《大雅·
蕩之什·烝民》:「吉甫作誦。穆如清風。」清，形容詞，靜也。P354《國風·
齊風·猗嗟》:「猗嗟名兮，美目清兮，儀既成兮。」P313《國風·墉風·君
子偕老》:「子之清揚，揚且之顏也。」傳:「清，視清明也」。P338《國風·
鄭風·清人》:「清人在彭，駟介旁旁。」傳:「清，邑也」。清，名詞，地名。

　　《詩經》形容詞「澄水貌」之「清」與「青色」之「青」有構詞關係。
語詞「青」*shleeŋ，表示名詞「青色」;語詞「清」*shleŋ，去濁除穢，色如
青也，表示形容詞「澄水貌」。兩詞構詞方式，金理新（2006）據其上古體系
論證為前綴*ɦ-實現的名謂化構詞。上古其他諸家擬音兩詞區別或為介音之別
或為聲母介音之別或為主元音長短之別〔註127〕。鑒於各家擬音體系各不相同，
且此類語音區別上古尚未見有構詞例證，姑且存疑，但兩詞語源關係確定。

　　《詩經》中與「青」構詞相關的另有一詞:菁。菁，鄭張尚芳上古音系
歸入精母耕部，擬音*ʔsleŋ。《說文》艸部:「韭華也。從艸青聲。」「菁」，《詩
經》8見，《釋文》出注2次。

　　菁*ʔsleŋ，精三。P364《國風·唐風·杕杜》:「有杕之杜，其葉菁菁。」
傳:「菁菁，葉盛也」。5/31.19《釋文》:「本又作青，同子零反，毛葉盛也，
鄭希少貌。」P422《小雅·南有嘉魚之什·菁菁者莪》:「菁菁者莪，在彼中阿。」
傳:「菁菁，盛貌」。6/14.7《釋文》:「上子丁反，下五何反，菁菁，盛貌，莪
蘿，蒿也。」P422《小雅·南有嘉魚之什·菁菁者莪》:「菁菁者莪，在彼中沚。」
P422《小雅·南有嘉魚之什·菁菁者莪》:「菁菁者莪，在彼中陵。」「菁」皆
以「菁菁」重疊形式出現，表示形容詞「茂盛」義。

　　「青」*shleeŋ表示名詞「青色」義;「菁」*ʔsleŋ，表示形容詞「茂盛」義，
植物青色自然茂盛。「青、菁」有構詞關係，兩詞構詞方式，金理新（2006）
認為係前綴*ɦ-實現名謂化構詞。上古諸家擬音或為聲母介音之別或為介音之

〔註127〕青，上古高本漢擬音*tsʻien，王力擬音*tshyeŋ，李方桂擬音*tshiŋ，白一平擬音
　　　　*sreŋ，潘悟雲擬音*skheeŋ;清，上古高本漢擬音*tsʻiĕŋ，王力擬音*tshieŋ，李方
　　　　桂擬音*tshjiŋ，白一平擬音*tshjeŋ，潘悟雲擬音*skheŋ。

別或為聲母韻母之別〔註128〕。鑒於上古各家擬音體系各不相同，且此類語音區別上古尚未見有構詞例證，姑且存疑。

綜上，「青」*shleeŋ，表示名詞「青色」義；語音交替形式*shleŋ「清」，表示形容詞「澄水貌」；語音交替形式*ʔsleŋ「菁」，表示形容詞「茂盛」義。

餐（餞）

餐，鄭張尚芳上古音系歸入清母元 1 部，擬音為*shaan。餞，鄭張尚芳上古音系歸入從母元 2 部，分別擬音為*zlenʔ、*zlens〔註129〕。兩詞上古通過聲母清濁交替實現施受動詞轉換構詞：餐，語詞詞根形式，表示施事動詞「吞食也」；餞，派生形式，表示受事動詞「酒食送人」。

《說文》食部：「飱，餔也。从夕、食。」「餞，送去也，从食戔聲。《詩》曰：『顯父餞之。』」《玉篇》食部：「餐，七安切，吞也食也。湌，同上。」「餞，自剪切，送行設宴也。」《廣韻》七安切：「餐，《說文》：『吞也。』」慈演切：「餞，酒食送人。」／才線切：「餞，酒食送人。」《集韻》千安切：「餐湌囋，《說文》『吞也』。或从水亦作囋，俗作湌非是。」在演切：「餞：送去食也。」／才線切：「餞，《說文》『送去也』，引《詩》『顯父餞之』。」／子賤切：「餞，《字林》『送去食也』。」

金理新（2006）指出「餐、餞」之間有構詞關係，通過聲母清濁交替實現施事動詞、受事動詞之間的轉化。

《詩經》餐 2 見，《釋文》注音。餐*shaan，清平。P342《國風・鄭風・狡童》：「維子之故，使我不得餐兮。」陳奐傳疏：「餐，猶食也。」5／25.10《釋文》：「七丹反」。P358《國風・魏風・伐檀》：「彼君子兮，不素餐兮。」5／30.7《釋文》：「七丹反，說文作餐，云或從水，字林云吞食也，沈音孫。」餐，動詞，吞食。動作主體即動作的施事，為施事動詞。

餞，《詩經》4 見，《釋文》出注 2 次。餞*zlenʔ／*zlens，從上／從去。P309《國風・邶風・泉水》：「出宿于泲，飲餞于禰。」傳：「祖而舍軷，飲酒於其側曰餞」。5／13.21《釋文》：「音踐，徐又才箭反，送行飲酒也。」P565《大

〔註128〕菁，上古高本漢擬音*tsjĕŋ，王力擬音*tsieŋ，李方桂擬音*tsjiŋ，白一平擬音*tsjeŋ，潘悟雲擬音*skeŋ。

〔註129〕金理新（2006）為「餐」上古擬音為*thjan，「餞」上古擬音為*djan-ɦ、*djan-s。

雅・蕩之什・崧高》：「申伯信邁，王餞于郿。」箋：「餞，送行飲酒也」。7／18.19《釋文》：「賤淺反，送行飲酒也。沈祖見反，音賤。字林子扇反，云送去食也。」P570《大雅・蕩之什・韓奕》：「韓侯出祖，出宿于屠。顯父餞之，清酒百壺。」箋：「餞送之故有酒」。疏：「送行飲酒曰餞」。P309《國風・邶風・泉水》：「出宿于干，飲餞于言。」餞，動詞，酒食送人。

餞，《釋文》、《廣韻》、《集韻》皆存兩讀，兩讀義同，當係方音之別。陸德明以從母上聲為首音，又音分別取徐邈、沈重及呂忱三人讀音。徐邈，祖籍浙江永嘉，吳語區，從母去聲讀可能係吳語方言區讀音。沈重，浙江吳興人；呂忱，任城人，今山東濟寧縣人，當時這一方言片「餞」音與浙江吳興音同，均音精母去聲。陸德明《釋文》「餞」共出注 10 次，單注從母上聲 6 次，以從母上聲為首音、徐邈從母去聲為又音 1 次，以從母上聲為首音、沈重及呂忱精母去聲為又音 1 次，以從母上聲為首音、呂忱精母去聲為又音 2 次。顯然，從母上聲為正音，從母去聲或精母去聲係方言讀音。不論是上聲或去聲，在《詩經》時期與「宴」有構詞關係。表中「餞」上古音*zlen?或*zlens，表示受事動詞「酒食送人」義，主體不是動作的施事，動作的施事可以是外置的第三者。

綜上，《詩經》「餐」、「宴」構詞關係概括：語詞詞根形式*shaan，表示施事動詞義「吞食也」；通過聲母清濁交替派生語詞*zlen?或*zlens，表示受事動詞義「酒食送人」。

從（从）

從，鄭張尚芳上古音系歸入從母東部、清母東部，分別擬音為*zloŋ、*zloŋs、*zloŋ〔註130〕。《詩經》前兩音具有音變構詞關係：語詞*zloŋ，表示施事動詞「隨行」義；附加後綴派生形式*zloŋs，表示受事動詞「隨行」義。

《說文》从部：「从，相聽也，从二人。凡从之屬皆从从。」从部：「從，隨行也，从辵、从，从亦聲。」《玉篇》从部：「从，疾容切，相聽也，今作從。」彳部：「從，在蹤才用二切，隨也任也。」《廣韻》疾容切：「从，古文，《說文》曰相聽也。」／疾容切：「從，就也，又姓……」／七恭切：「從，

〔註130〕此音中古七恭切，鄭張以為「从」字轉注。

從容。」/疾用切：「從，隨行也。」《集韻》牆容切：「从刅從迦，《說文》：『相聽也，从二人。』又姓，古作刅，隸作從或作迦。」/七恭切：「從，從容休燕也。」/將容切：「從縱，東西曰衡南北曰從，或从糸。」/才用切：「從趴，《說文》『隨行也，或作趴。」

「從」的音義關係，前人多有論及。《群經音辨・辨字同音異》：「从，疾容切。從，隨也，在容切。從，籚其後也，才用切。從，南北也，則庸切，《詩》『衡從其畝』。從，容緩也，七容切，《禮》『從容中道』。從，放也，音縱，《禮》『欲不可從』。」王力（1957）歸之為「本屬動詞而轉化為名詞者，名詞變去聲」一類。Downer（1959）將「從」歸為「轉化形式用在複詞中」一類。黃坤堯（1997）將其歸入「勞苦勞之類」，以從紐鍾韻為A音、從紐用韻為B音說明「從」字平去之別，認為「從」字A音有聽從義，B音有從行義，間亦表謙敬，引申即下從上義。同時指出由於兩義相關，《釋文》辨義不分明，體例不盡統一。金理新（2006）指出「從」通過聲母清濁交替實現名動之間的構詞轉換，通過韻尾交替實現動轉化形容詞構詞，還可以實現施事動詞、受事動詞之間構詞轉換，此外「從、縱」也存在構詞關係，通過韻尾交替實現不及物動詞、及物動詞之間構詞轉換。

「從」《詩經》44見，《釋文》出注5次〔註131〕。

從*ʔsloŋ，精平。P352《國風・齊風・南山》：「蓺麻如之何？衡從其畝。」5/28.4《釋文》：「足容反，注同，韓詩作由，云南北耕曰由。」從，縱之異文。此條不參與構詞。

從*zloŋs，從去。P353《國風・齊風・敝笱》：「齊子歸止，其從如雲。」箋：「其從侄娣之屬」。5/28.16《釋文》：「才用反，注下皆同。」P353《國風・齊風・敝笱》：「齊子歸止，其從如雨。」P353《國風・齊風・敝笱》：「齊子歸止，其從如水。」P570《大雅・蕩之什・韓奕》：「諸娣從之，祁祁如雲。」7/20.9《釋文》：「才用反，注同，又如字。」P489《小雅・魚藻之什・采菽》：「平平左右，亦是率從。」箋：「諸侯之有賢才之德，能辯治其連屬之國，使得其屬，則連屬之國亦循順之」。P535《大雅・生民之什・既醉》：「釐爾女士，從以孫子。」箋：「從，隨也……又使生賢知之子孫以隨之」。P552《大雅・

〔註131〕其中2次出現於前文「從」注中，以「注下皆同」形式出現。

蕩之什·蕩》：「天不湎爾以酒，不義從式。」箋：「不宜從而去行之」。P554
《大雅·蕩之什·抑》：「女雖湛樂從，弗念厥紹。」箋：「女君臣雖好樂嗜酒
而相從」。從，動詞，隨行。動作行為實施者不是主體而是客體，動詞為受事
動詞。

從*zloŋ，從平。P288《國風·召南·行露》：「雖速我訟，亦不女從。」
箋：「不從，終不棄禮而隨此強暴之男。」P352《國風·齊風·南山》：「既曰
庸止，曷又從止？」箋：「何復送而從之為淫迭之行」。P372《國風·秦風·
蒹葭》：「遡洄從之，道阻且長。遡遊從之，宛在水中央。」P445《小雅·節
南山之什·十月之交》：「黽勉從事，不敢告勞。」箋：「自勉以從王事雖勞不
敢自謂勞」。P448《小雅·節南山之什·小旻》：「謀臧不從，不臧覆用。」箋：
「謀之善者不從，其不善者反用之」。P454《小雅·節南山之什·何人斯》：「二
人從行，誰為此禍？」箋：「二人者謂暴公與其侶也，女相隨而行」。從，動
詞，隨也。P484《小雅·甫田之什·賓之初筵》：「式勿從謂，無俾大怠。」
箋：「女無就而謂之也」。從，動詞，就也。動作是主體實施的動作行為，動
詞為施事動詞

「從」施受關係不同，語詞的語音形式也發生對應變化。《詩經》押韻
「從」入韻 6 次，一律以施事動詞「隨行」義入韻，與其相押入韻字韻尾相
同正相押。

《詩經》「從」音變構詞，通過韻尾交替實現，構詞規律可概括為：語詞
*zloŋ，表示施事動詞「隨也、就也」，強調動作由主體發出；派生語詞*zloŋs，
表示受事動詞「隨行、隨也」，強調動作由客體發出。

藏（倉）

藏，鄭張尚芳上古音系歸入從母陽部，擬音*zaaŋ、*zaaŋs。「藏」之兩讀
上古具有構詞關係：詞根形式*zaaŋ 表示動詞，入也；附加後綴派生形式*zaaŋs
表示名詞，藏物之府也。

藏，《說文》艸部：「匿也。」《玉篇》艸部：「慈郎切，草名，又隱匿；又
才浪切，庫藏。」《廣韻》昨郎切：「隱也，匿也。」／徂浪切：「《通俗文》曰：
『庫藏曰帑』。」《集韻》慈郎切：「藏臧匨䙩，《說文》『匿也』，或作臧，古作
匨䙩。」／才浪切：「藏，物所畜曰藏。」

《群經音辨・辨字同音異》：「藏，入也，昨郎切。藏物之府也，才浪切。」馬建忠（1989）：「『藏』字：去讀，名也，《禮・中庸》『寶藏興焉』。平讀，動字，匿也，《易・文言》『陽氣潛藏』。又蓄也，《易・繫辭》『君子藏器於身』〔註132〕。」周祖謨（1946）將其歸入「因詞性不同而變調者」之「區分動詞用為名詞」一類。王力（1957）將其歸入「本屬動詞而轉化為名詞者，名詞變去聲」一類。Downer（1959）歸之為：「基本形式是動詞性的——轉化形式是名詞性的」一類。周法高（1962）將其歸入「非去聲或清聲母為動詞，去聲或濁聲母為名詞或名語」一類，「藏：入也，徂郎切；謂物所入曰藏，徂浪切〔註133〕。」

藏，《詩經》3見，《釋文》注音1次。P495《小雅・魚藻之什・隰桑》：「心乎愛矣，遐不謂矣？中心藏之，何日忘之？」箋：「藏，善也」。6 / 36.14《釋文》：「鄭子郎反，善也，王才郎反。」箋以為「藏」係「臧」假借，表「善」義。王肅解為動詞「入也」。

藏*zaaŋ，從平。P421《小雅・南有嘉魚之什・彤弓》：「彤弓弨兮，受言藏之。」藏，動詞，入也。

藏*zaaŋs，從去。P445《小雅・節南山之什・十月之交》：「皇父孔聖，作都于向。擇三有事，亶侯多藏。」6 / 21.13《釋文》：「才浪反，注同。」藏，名詞，庫藏。

「藏」《詩經》用例罕見，動名構詞關係相當清晰：語詞詞根*zaaŋ表示動詞「入也」義；通過後綴*-s交替實現動名之間的構詞，派生形式*zaaŋs，表示名詞「庫藏」義。

董紹克（2005）在談到山西陽谷方言異詞異讀舉例時有「藏」ts'ɑ̃⁴²，隱藏；tsɑ̃³¹²，寶藏。陽谷方言陽平調值42，去聲調值312，那麼陽谷方言「藏」通過聲調區別語詞詞性，陽平表示動詞「隱藏」義，去聲表示名詞「寶藏」義。陽谷方言「藏」異讀表現與《詩經》異讀反映的情況一致。

《詩經》中與「藏」構詞相關的另有一詞：倉。倉，《說文》倉部：「穀藏也。倉黃取而藏之，故謂之倉。从食省，口象倉形。」鄭張尚芳上古音系歸入

〔註132〕馬建忠：《馬氏文通》，北京，商務印書館，1983年版，第37頁。

〔註133〕周法高：《中國古代語法・構詞編》，臺北，中央研究院歷史語言研究所，1962年版，第62頁。

清母陽部，擬音*shaaŋ。金理新（2006）指出「倉、藏」通過聲母清濁交替實現名動之間構詞轉換。

倉，《詩經》7見，《釋文》出注1次。「倉」有三類用法：用作「愴」之假借，1見；用作「鶬」之假借，3見；用表名詞「倉庾」義，3見。其中前兩用法不參與構詞。P558《大雅·蕩之什·桑柔》：「不殄心憂，倉兄填兮。」7／15.22《釋文》：「初亮反，喪也，注同。」倉，愴之假借。P388《國風·豳風·七月》：「春日載陽，有鳴倉庚。」倉，鶬之假借。

倉*shaaŋ，清平。P467《小雅·谷風之什·楚茨》：「我倉既盈，我庾維億。」P473《小雅·甫田之什·甫田》：「乃求千斯倉，乃求萬斯箱。」P541《大雅·生民之什·公劉》：「迺場迺疆，迺積迺倉。」倉，名詞，倉庾。

《詩經》「倉」與動詞「藏」有構詞關係，通過聲母清濁交替實現，表現為：語詞「藏」*zaaŋ，表示動詞「入也」義，語詞「倉」*shaaŋ，表示名詞「倉庾」義——「入藏」之所。

齊（齋）

齊，鄭張尚芳上古音系歸入從母脂1部，擬音*zliil、*zliils。齋，中古莊母皆韻，鄭張尚芳上古音系歸入脂1部，擬音*ʔsriil。「齊」與「齋」兩詞上古經典常多通用，「齊」之*zliil與「齋」有構詞關係，通過聲母濁清交替實現形容詞與動詞的逆構詞。即語詞「齊」*zliil，表示形容詞「齊一、齊整」；語詞「齋」*ʔsriil，表示動詞「敬也、莊也」。

《說文》齊部：「齊，禾麥吐穗上平也。象形。」示部：「齋，戒，潔也。从示，齊省聲。」《玉篇》齊部：「齊，在分切，齊整也。」示部：「齋，側皆切，《易》『聖人以此齋戒』注：洗心曰齋，又敬也。」《廣韻》徂奚切：「齊，整也，中也，莊也，好也，疾也，等也，亦州名……」／在詣切：「齊，火齊，似雲母重沓而開，色黃赤，似金出日南，又齊和。」／側皆切：「齋，潔也，亦莊也，敬也，經典通用齊也。」《集韻》前西切：「𪗗齊𪗗，《說文》『禾麥吐穗上平也。象形』。一曰等也，中也，疾也，水旋而深入也，一曰國名，亦姓，或作齊𪗗。」／子計切：「齊，和也，《周禮》『八珍之齊』，徐邈讀。」／莊皆切：「齋，《說文》『戒潔也。』」字書、韻書對兩詞的記錄看不出兩詞的音義關係。

　　前人對「齊、齋」的音義關係缺少認識。金理新（2006）注意到兩詞通過聲母清濁交替實現形容詞、動詞之間的逆構詞現象。

　　齊（齋），《詩經》22見，《釋文》出注5次[註134]，用法可歸納為五類：一、名詞，用作國名，15見；二、形容詞「疾也」，1見；三、「齎」之假借，1見；四、形容詞「齊一、齊整」義，3見；五、動詞「齋戒」義，2見。前三義不參與構詞。

　　齊，名詞，國名。P352《國風・齊風・南山》：「魯道有蕩，齊子由歸。」P377《國風・陳風・衡門》：「豈其取妻，必齊之姜？」

　　齊，形容詞，疾也。P467《小雅・谷風之什・楚茨》：「既齊既稷，既匡既勑。」6/28.19《釋文》：「王申毛如字，整齊也，鄭音資，減取也。一音才細反，謂分齊也。」此例「齊」《釋文》收錄多家音義，各家解讀不一，陸德明取王毛為首音。據馬瑞辰（1989）：「齊、稷義相近，猶下句匡、勑義亦近也。傳訓稷為疾，則齊當讀如徇齊之齊。《爾雅・釋詁》：『齊，疾也。』……王肅訓為整齊之齊，非傳恉也[註135]。」馬瑞辰所說至確，此條「齊」當為形容詞「疾也」，讀常用音，鄭音、一音皆不足取。

　　齊，「齎」之假借。P473《小雅・甫田之什・甫田》：「以我齊明，與我犧羊。」傳：「器實曰齊」。6/29.17《釋文》：「本又作齍，又作齎，同音資，注同，器實曰齊。」齊，「齎」的假借字，表示「黍稷在器」義。

　　齊*zliil，從平。P625《商頌・長發》：「帝命不違，至於湯齊。」7/34.21《釋文》：「如字」。P337《國風・鄭風・大叔于田》：「兩服齊首，兩驂如手。」P451《小雅・節南山之什・小宛》：「人之齊聖，飲酒溫克。」傳：「齊，正」。齊，形容詞，齊一，齊整。

　　齊*ʔsriil，莊平。P286《國風・召南・采蘋》：「誰其尸之？有齊季女。」傳：「齋，敬」。5/7.3《釋文》：「本亦作齋，同側皆反，敬也。」P516《大雅・文王之什・思齊》：「思齊大任，文王之母。」傳：「齊，莊」。7/4.16《釋文》：「側皆反，本亦作齋，齋莊也，下同。」齊，動詞，敬也、莊也。《釋文》出注說明「齊齋」之通用關係，呈現兩詞語源關係，因為齊整，方顯得恭敬、莊重。

［註134］1次出現於篇名「齊」注中，以「下同」形式出現。

［註135］馬瑞辰：《毛詩傳箋通釋》，北京，中華書局，1989年版，第706頁。

綜上，「齊、齋」構詞規律為：語詞「齊」*zliil，表示形容詞「齊整、齊一」義；通過聲母清濁交替實現形容詞動詞之間逆向構詞「齋」*ʔsriil，表示動詞「敬也、莊也」義。

集（戢）

集，鄭張尚芳上古音系歸入從母緝 3 部，擬音*zub。戢，中古莊母緝韻，鄭張尚芳上古音系歸入緝 2 部，擬音*ʔsrib。上古兩詞有構詞關係，通過聲母清濁交替實現不及物動詞、及物動詞構詞轉換：「集」*zub，表示不及物動詞「聚也，止也」；輔音聲母交替形式「戢」*ʔsrib 表示及物動詞「聚也，斂也〔註136〕」。

《說文》雥部：「雧，羣鳥在木上也。从雥从木。」戈部：「戢，藏兵也。从戈咠聲。《詩》曰：「載戢干戈。」《爾雅》：「戢，聚也。」《玉篇》雥部：「雧，秦立切，聚也，今作集。」戈部：「戢，側立、楚立二切，聚也劍也。」《廣韻》秦入切：「聚也，會也，就也，成也，安也，同也，眾也，本作雧，《字林》云『羣鳥駐木上』，亦州名……」／阻立切：「戢，止也，斂也。」《集韻》籍入切：「雧集，《說文》『羣鳥在木上也』，一曰聚也，成也，亦姓，或省。」／側立切：「戢，《說文》『藏兵也』，引詩『載戢干戈』。」

金理新（2006）指出「集、戢」兩詞通過輔音交替實現動詞不及物、及物構詞關係轉換。

集《詩經》21 見，為常用詞，《釋文》無注。集*zub，從平。P431《小雅·鴻雁之什·鴻雁》：「鴻雁于飛，集于中澤。」P481《小雅·甫田之什·頍弁》：「如彼雨雪，先集維霰。」P495《小雅·魚藻之什·黍苗》：「我行既集，蓋云歸哉！」集，動詞，聚也止也。P448《小雅·節南山之什·小旻》：「謀夫孔多，是用不集。」傳：「集，就」。集，動詞，成也。

「集」，《詩經》21 見，除 1 例表示動詞「成也」義外，皆表示動詞「聚也止也」義。此義在《詩經》中不能帶賓語，用作不及物動詞。

戢，《詩經》3 見，《釋文》出注。戢*ʔsrib，莊平。P480《小雅·甫田之什·桑扈》：「不戢不難，受福不那。」傳：「戢，聚也」。6／31.8《釋文》：「莊

〔註136〕金理新（2006）為「集」上古擬音為*ɦ-drub< **ɦ-grub，「戢」上古擬音為*trub< **krub。

立反」。P480《小雅・甫田之什・鴛鴦》：「鴛鴦在梁，戢其左翼。」傳：「戢，斂也」。6／31.12《釋文》：「側立反，斂也，韓詩云捷也，捷其嚼於左也。」P588《周頌・清廟之什・時邁》：「載戢干戈，載櫜弓矢。」傳：「戢，聚」。7／24.14《釋文》：「側立反，聚也。」戢，動詞，聚也。

「戢」《詩經》中表示動詞「聚也、斂也」義，可帶直接賓語，用作及物動詞。及物動詞「戢」動作施於其後的賓語具有使賓語怎麼樣的特徵，帶有致使意義。相反，與其意義相似的不及物動詞「集」，由於不能帶直接賓語，不具有致使賓語怎麼樣的功能，為非致使動詞。從意義來看，兩詞關係可看作非致使動詞、致使動詞關係；從句法功能看，又為不及物動詞、及物動詞的關係。

「集、戢」《詩經》構詞關係可作如下梳理：「集」*zub，為不及物動詞，「聚也、止也」；通過聲母清濁交替實現不及物、及物動詞構詞轉換，「戢」*ʔsrib，及物動詞「聚也、斂也。」

埽

埽，鄭張尚芳上古音系歸入心母幽 1 部，擬音*suuʔ、*suus。上古兩詞存在構詞關係，通過韻尾交替實現動詞施受關係構詞轉換：*suuʔ，表示施事動詞「掃除」義；韻尾交替語詞*suus，表示受事動詞「灑掃」義。

埽，《說文》土部：「棄也。从土从帚。」《玉篇》：「蘇道、蘇悼二切，埽灑。」《廣韻》蘇老切：「埽除。」／蘇到切：「埽灑，《說文》『棄也』。」《集韻》蘇老切：「埽掃，《說文》『棄也』，或从手。」／先到切：「埽掃騷，拚除也，或作掃騷。」

金理新（2006）注意到「埽」通過韻尾交替實現動詞施受關係構詞轉換。

埽，《詩經》5 見，《釋文》出注 3 次。埽*suus，心去。P395《國風・豳風・東山》：「灑埽穹窒，我征聿至。」6／7.20《釋文》：「素報反」。P410《小雅・鹿鳴之什・伐木》：「於粲灑埽，陳饋八簋。」6／10.17《釋文》：「素報反」。P554《大雅・蕩之什・抑》：「夙興夜寐，灑埽庭內。」7／14.18《釋文》：「素報反」。埽，動詞，灑掃。

「埽」或帶處所賓語，或不帶，「灑掃」的工作始終與受事客體相聯繫，不管這個受事客體出現或外置。比如第 2 例，「埽」這一動作一定指向一個外

置的受事客體，因為據下文「陳饋八簋」，當然得有一個處所，而這個處所正是「埽」這一動作的受事對象。所以「埽」與受事客體聯繫，為受事動詞。受事動詞「埽」《釋文》一律出注心母去聲音。

埽*suuʔ，心上。P313《國風·墉風·牆有茨》：「牆有茨，不可埽也。」傳：「欲掃去之」。P361《國風·唐風·山有樞》：「子有廷內，弗灑弗埽。」埽，動詞，掃除。

「埽」不帶賓語或賓語前置，但「埽」動作有一個共性，均指向施事。即突出施事實施這一動作，儘管施事未出現、受事客體前置，動作仍在強調施事的行為「誰想埽」，而不關注「埽去什麼」。埽，為施事動詞，掃除。施事動詞「埽」《釋文》一律不注。

結合《詩經》「埽」用例及《釋文》注音，「埽」構詞規律概括為：語詞*suuʔ，表示動詞「掃除」，為施事動詞；通過韻尾交替實現構詞*suus，表示動詞「灑掃」，為受事動詞。

喪

喪，鄭張尚芳上古音系歸入心母陽部，擬音*smaaŋ、*smaaŋs。上古兩詞有構詞關係，通過韻尾交替實現動詞、名詞之間的逆向構詞：語詞*smaaŋs，表示動詞「亡也」；語詞*smaaŋ，表示名詞「喪亡」。

喪，《說文》哭部：「喪，亾也。从哭从亾。會意。亾亦聲。」《玉篇》哭部：「喪，思浪、思唐二切，亡也，歿也。」《廣韻》息郎切：「喪，同喪。」／蘇浪切：「亡也。」《集韻》蘇郎切：「喪喪，《說文》『亡也，从哭从亡』，會意，隸作喪，古作喪。」／四浪切：「喪喪，亡也，古作喪。」字書、韻書記錄的兩讀意義未見明確區分。

《群經音辨·辨字音清濁》：「死亡曰喪，息郎切；失亡曰喪，息浪切。」馬建忠（1898）：「『喪』字：平讀，名也，《論語·八佾》『臨喪不哀』，持服曰喪。去讀，動字也，又『二三子何患於喪乎？』又《子罕》『天之將喪斯文也』〔註137〕。」周祖謨（1946）歸之為「因詞性不同而變調者」之「區分名詞用為動詞」一類。周法高（1962）將其歸入「非去聲或清聲母為名詞，去

〔註137〕馬建忠：《馬氏文通》，北京，商務印書館，1983年版，第36頁。

聲或濁聲母為動詞或名謂式」一類，「喪：死亡之稱，息郎切；失亡曰喪，息浪切〔註138〕。」金理新（2006）指出「上古漢語的*-s後綴有名謂化功能，因而一些本以*-s後綴的動詞在發展過程中有時甚至出現通過逆構詞而派生出其語音採用詞根形式的名詞。」「喪」就通過韻尾交替實現動詞名詞逆向構詞轉換。

我們贊成金理新先生的觀點，因為從文字的角度看「喪」動詞義早於名詞義。據于省吾（1996），聞一多曾考證過甲骨文中「桑」有五類用法，分別為：桑木也、桑林也、地名、動詞「採桑也」、動詞「喪亡也」。于省吾認為商周時期以「桑」為喪亡之喪者乃借字，許慎解喪字殊為妄誕。指出甲骨文中喪字用法有三：一、用為人名，二、用為地名者最為習見。三、用為喪亡之喪。于先生第三類用法所舉例皆作動詞「喪亡」義。綜上，可見「喪」甲骨文中假借「桑」之字形記錄，其本初義用作動詞「喪亡」義。那麼後來表示名詞「亡也」義顯係動詞「喪」派生而來，只是這一韻尾派生的方式與名詞派生動詞方式正相一致，*-s後綴實現了逆向構詞。

喪，《詩經》15見，《釋文》出注4次。喪*smaaŋs，心去。P299《國風·邶風·擊鼓》：「爰居爰處，爰喪其馬。」5／11.8《釋文》：「息浪反，注同。」P481《小雅·甫田之什·頍弁》：「死喪無日，無幾相見。」6／31.21《釋文》：「息浪反」。「死喪」並舉，作句子主語。鄭箋：「死亡無有日」，「死喪」並列式複合詞。「死」「喪」同為動詞。P502《大雅·文王之什·文王》：「殷之未喪師，克配上帝。」7／1.14《釋文》：「息浪反，注同。」P554《大雅·蕩之什·抑》：「天方艱難，曰喪厥國。」7／15.16《釋文》：「上音越，下息浪反，韓詩作聿喪。」喪，動詞，亡也。

喪*smaaŋ，心平。P303《國風·邶風·谷風》：「凡民有喪，匍匐救之。」箋：「凡於民有凶禍之事。」P407《小雅·鹿鳴之什·常棣》：「喪亂既平，既安且寧。」P447《小雅·節南山之什·雨無正》：「降喪飢饉，斬伐四國。」P519《大雅·文王之什·皇矣》：「受祿無喪，奄有四方。」傳：「喪，亡」。P552《大雅·蕩之什·蕩》：「小大近喪，人尚乎由行。」箋：「君臣失道如此，

〔註138〕周法高：《中國古代語法·構詞編》，臺北，中央研究院歷史語言研究所，1962年版，第58頁。

且喪亡矣」。喪，名詞，喪亡。

「喪」，《詩經》用於名詞「喪亡」義，《釋文》一律不出注，讀如常用音，計11見。名詞「喪亡」義之「喪」在《詩經》中或作賓語或組成聯合結構「喪亂」作主語、「死喪」作定語。作賓語、主語之「喪」顯然為名詞，作定語之「喪」，鄭箋：「死喪可畏怖之事」，「死喪」指的是「死喪之事」，帶有名詞特徵，那麼此「喪」當表示名詞「喪亡」義。此類「死喪」與前表「死喪」除了語法結構相同外，語法功能及語義功能皆有差異，這也是陸德明一處音心母去聲一處不注音如常用音讀的原因所在。

萬獻初（2004）列出湖北咸寧方言單字音變構詞的例子中有「喪」[sɤ⁴⁴]，喪事；[sɤ²¹³]，喪氣。咸寧方言陰平44調，陰去213調，很明顯，咸寧方言「喪」通過聲調平去變化區別語詞意義及詞性，陰平表示名詞「喪事」義，去聲表示動詞「喪失」義。

董紹克（2005）山西陽谷方言116例異詞異讀中列「喪」sã¹³，喪事；sã³¹²，喪失。陽谷方言陰平調值13，去聲調值312，那麼可見陽谷方言「喪」讀陰平，表示名詞「喪事」義；「喪」讀去聲，表示動詞「喪失」義，兩詞語音不同，意義亦不同。

陽谷方言、咸寧方言「喪」之兩讀別義現象與《詩經》「喪」異讀構詞表現正相一致。

綜上，《詩經》「喪」的音義規律概括如下：語詞*smaaŋs，表示動詞「亡也」義；通過韻尾交替實現逆向派生語詞形式*smaaŋ，表示名詞「喪亡」義。

斯（薪）

斯，鄭張尚芳上古音系歸入心母支部，上古擬音*se。薪，鄭張尚芳上古音系歸入心母真2部，擬音*siŋ。上古兩詞有構詞關係，通過韻尾交替實現，表現為：斯*se，動詞「析也」；薪*siŋ，名詞「析木柴也」〔註139〕。

《說文》斤部：「斯，析也。从斤其聲。《詩》曰：『斧以斯之。』」艸部：「薪，蕘也。从艸新聲。」《玉篇》斤部：「斯，思移切，析也，此也。」艸部：「薪，息秦切，析木柴也。」《廣韻》息移切：「斯，此也，《說文》曰：『析

〔註139〕鄭張尚芳主要根據上古諧聲將傳統真部一分為二，與耕部諧聲及自諧聲符定為真2部，*-ŋ尾；與文部諧聲聲符定為真1部，*-n尾，真1、真2主元音同為*-i-。

也』,《詩》曰『斧以斯之』,姓……」/息鄰切:「薪,柴也,《周禮》『委人掌祭祀之薪』,《詩》云『翹翹錯薪』。」《集韻》相支切:「斯撕所,《說文》『析也』,引詩『斧以斯之』,或从手,古作所,一曰此也,亦姓。」/山宜切:「斯撕廝麗,析也,或从手,亦作廝麗。」/斯人切:「薪,《說文》『蕘也』,一曰大木可析曰薪。」

金理新（2006）指出「斯、析」存在音義關係,可看作是動詞附加*-n 名詞後綴實現動名構詞轉換〔註140〕。

白保羅（1972）注意到藏緬語中的名詞後綴-n,不過沒有展開進一步討論。金理新（1998）注意到藏語中後綴-n 是名詞的標記,指出漢語中同樣存在名詞構詞作用的後綴*-n,舉了大量上古漢語形容詞、動詞附加*-n 後綴變成名詞的例證。

我們認為:一、同源語言藏緬語族後綴-n 的名詞構詞功能的事實,上古漢語陰聲韻之、魚、侯等部與傳統-n 鼻音尾韻部偶而的諧聲關係或同族關係,說明上古漢語當和藏語一樣也有一個構詞詞綴*-n。而這個*-n,據金理新（1998）是附加在動詞或形容詞之後構成名詞的名詞後綴。二、鄭張尚芳上古真部2部似乎也可商榷。既然鄭張尚芳將真部主元音擬為*-i-,耕部主元音擬為*-e,同為前元音。那麼從發音音理來講,耕部*-ŋ 尾在前元音後發音部位前移,音色近於前鼻音尾*-en,與真部*-in 讀音如此相近,諧聲就很自然。我們似乎不必一定得為與耕部諧聲的「真部」別出一類,真部*-n 尾既能說明與文部的諧聲關係,同樣可以說明與耕部的諧聲關係,押韻情況與此相同。

斯,《詩經》81 見,用法眾多:「蜤」之假借,表示動物名「螽斯」;用作指示代詞;用作語氣詞;表示動詞「析也」。其中指示代詞、語氣詞用法皆係動詞「斯」之借用。

「斯」《釋文》一般無注,所出注3 次,皆因「斯」義解說分歧。P498《小雅・魚藻之什・瓠葉》:「有兔斯首,炮之燔之。」6 / 37.15《釋文》:「毛如字,此也。鄭作鮮,音仙,白首也。」P519《大雅・文王之什・皇矣》:「王赫斯怒,爰整其旅。」7 / 6.2《釋文》:「毛如字,此也,鄭音賜,盡也。」此2 例陸德明皆以如字為首音,準毛傳「此也」,鄭箋以備一說。斯,指示代詞,此

〔註140〕金理新（2006）為上古「斯」擬音*g-si,「薪」擬音*g-sin。

也。此義不參與構詞。

斯*se，心平。P378《國風・陳風・墓門》：「墓門有棘，斧以斯之。」6／2.5《釋文》：「所宜反，又如字，又音梳。鄭注《尚書》云：斯，析也。《爾雅》云：斯，侈離也。孫炎云：斯，析之離。讀者如字。」斯，動詞，析也。

《釋文》以「所宜反」為首音，《漢書卷三十二・張耳陳餘傳第二》：「使者往，燕輒殺之，以固求地。耳、餘患之。有廝養卒謝其舍曰……」韋昭曰：「析薪曰廝，炊烹為養。」蘇林曰：「廝，取薪者也。」師古曰：「廝音斯。」《釋文》「所宜反」即為「廝」注音。《廣韻》「廝」無「析」義，《集韻》收有此音此義。《說文》無廝字，蘇林、韋昭借「廝」代「斯」義，後人以兩詞通用，「廝」亦有「析」義，《集韻》編纂「務從該廣」，收有此音此義。斯，上古當音*se。「斯」《詩經》大量用作指示代詞「此」、語氣詞、「蜤」之假借，《釋文》概不出注。用作動詞「析也」只此1見，與「薪」有構詞關係。

薪，《詩經》19見，《釋文》出注1次。薪*sin，心真。P331《國風・王風・揚之水》：「揚之水，不流束薪。」5／21.17《釋文》：「音新」。P281《國風・周南・漢廣》：「翹翹錯薪，言刈其楚。」P452《小雅・節南山之什・小弁》：「伐木掎矣，析薪杝矣。」P301《國風・邶風・凱風》：「凱風自南，吹彼棘薪。」薪，名詞，析木柴也。

「斯、薪」語義相關，語音交替，有語源關係。兩詞音義關係表現為：語詞「斯」*se，表示動詞「析也」，通過附加後綴*-n完成動名構詞轉換「薪」*sin〔註141〕，表示名詞「析木柴也」。

三（參）

三，鄭張尚芳上古音系歸入心母侵3部，分別擬音為*soom＜*suum、*sooms＜*suums。兩音上古通過韻尾交替實現構詞關係：詞根形式*soom＜*suum為數量名詞，表示「數名」；派生形式*sooms＜*suums為副詞，用作狀語，表示「三次」義。

三，《說文》三部：「天地人之道也，从三數。」《玉篇》三部：「蘇甘切，《說文》『天地人道』，《老子》『道生二，二生三，三生萬物』。」《廣韻》蘇

〔註141〕根據前文辨證，鄭張尚芳真部不再分部的話，那麼這裡的韻尾即為*-n，薪當音*sin。考慮鄭張尚芳上古擬音體系系統性，文中仍依其舊。

甘切：「數名，又漢複姓……」／蘇暫切：「三思」。《集韻》蘇甘切：「三弎，《說文》：『天地人之道也，从三數。』古作弎。」／蘇暫切：「三，參之行也，《論語》『三思而後行』。」

《群經音辨・辨字音清濁》：「三，奇數也，蘇甘切。審用其數曰三，蘇暫切，《論語》『三思而後行』。」周祖謨（1946）將其歸入「因詞性不同而變調者」之「區分數詞用為量詞」一類。Downer（1959）將其歸於「轉化形式用作副詞」一類。周法高（1962）：「三：奇數也，蘇甘切；審用其數曰三，蘇暫切〔註142〕。」黃坤堯（1997）指出《釋文》如字平聲一讀，兼隸名詞、動詞，去聲息暫反，副詞。孫玉文（1999）認為原始詞義為比二大一個的數目，數詞，蘇甘切。滋生詞，義為三次，是表動態的數目，數詞，蘇暫切。

三，《詩經》45見，《釋文》注音1次。三*sooms< *sums，心去。P412《小雅・鹿鳴之什・采薇》：「豈敢定居？一月三捷。」箋：「一月之中三有勝功」。6／11.14《釋文》：「息暫反，又如字。」《釋文》以首音為標準音，正與鄭箋義合。「三」《詩經》45見《釋文》僅此一處注音，意在點明此「三」義有別。三，副詞，三次。作狀語，修飾動詞「捷」。

三*soom< *suum，心平。P291《國風・召南・摽有梅》：「摽有梅，其實三兮。」傳：「在者三也」。P324《國風・衛風・氓》：「士也罔極，二三其德。」P358《國風・魏風・伐檀》：「不稼不穡，胡取禾三百億兮？」P359《國風・魏風・碩鼠》：「碩鼠碩鼠，無食我苗！三歲貫女，莫我肯勞。」P445《小雅・節南山之什・十月之交》：「皇父孔聖，作都于向。擇三有事，亶侯多藏。」P576《大雅・蕩之什・常武》：「不留不處，三事就緒。」箋：「女三農之事皆就其業」。P614《魯頌・駉之什・閟宮》：「三壽作朋，如岡如陵。」箋：「三壽，三卿也」。三，名詞，數名。既可用作謂語，又可用作定語，獨不用作狀語，《釋文》不出注。《詩經》「三」此類用例39次。

《詩經》「三」尚有5次表示名詞星宿名。三，*srum，生平。P364《國風・唐風・綢繆》：「綢繆束薪，三星在天。」傳：「三星，參也」，箋：「三星謂心星也。」P364《國風・唐風・綢繆》：「綢繆束楚，三星在戶。」傳：「參星」，箋：

〔註142〕周法高：《中國古代語法・構詞編》，臺北，中央研究院歷史語言研究所，1962年版，第87頁。

「心星」。P291《國風・召南・小星》:「嘒彼小星,三五在東。」傳:「三心五噣」。星宿名「三」,為數字「三」語詞的派生詞,附加了中綴*-r-〔註143〕。可能因「三」跟「星」連用,此「三」自然非數字「三」,《釋文》未予出注。倒是星宿名「參」《釋文》注了音,這當然與「參」讀音意義紛繁有關。

參*srum,生平。P291《國風・召南・小星》:「嘒彼小星,維參與昴。」傳:「參,伐也」。5/8.11《釋文》:「所林反,星名也,一名伐。」參,名詞,星名。

參*shrum,初平。P273《國風・周南・關雎》:「參差荇菜,左右流之。」5/2.14《釋文》:「初金反」。P273《國風・周南・關雎》:「參差荇菜,左右采之。」P273《國風・周南・關雎》:「參差荇菜,左右芼之。」參,形容詞,參差。

「參」表示星宿名,音*srum。表示形容詞「參差」義,則音*shrum。「參」星宿義是通過「三」附加中綴構詞而來,早期記錄的文字形式多數情況下為「三」,偶而也會是「參」。事實上,表示形容詞「參差」義的「參」也與數詞「三」構詞相關。「三」的名謂化形式「參」,《廣雅》:「參,分也。」王念孫疏證:「參者,間側之名。」《廣韻》「倉含切」,鄭張尚芳上古擬音*shluum。由這一意義引申則有「不整齊」義,正與《詩經》「參差」義合。

三,《詩經》通過韻尾交替實現名副之間構詞轉換:語詞詞根形式*soom<*suum 表示名詞「數名」;派生語詞形式*sooms<*suums 為副詞,用作狀語,表示「三次」義。同時《詩經》「三」還通過名詞中綴作用實現專名構詞*srum,用來表示星宿名。

二、齒頭音精組異讀構詞特點

《詩經》中具有音義關係的中古齒頭音精組異讀構詞字頭 18 個,通過前文字表對此 18 個字頭構詞一一分析,除去 2 個字頭的構詞手段暫且存疑外,可見此類構詞方式主要有聲母清濁交替、*-s 後綴交替、*-ɦ 後綴交替、*-n 後綴交替四種類型,構詞的語法意義範疇包括動詞內部的及物不及物、自主非

〔註143〕金理新數字「三」上古擬音為*suum,星宿義之「參」上古擬音為*sluum,認為是名詞中綴*-l-在起構詞作用。金理新的中綴*-l-正與鄭張上古音體系中綴*-r-對應。

自主、施事受事之間轉換，又有動詞、名詞、形容詞之間詞性轉換，另外還有名謂化、名詞構詞等。

1. 聲母清濁交替實現的語法意義變化

第一、語詞詞性變化

聲母清濁交替作為上古漢語重要的構詞手段，其詞性轉化的功能相當活躍。《詩經》齒頭音精組異讀字頭「載、砠（阻沮）、斯（牀）、齊（齋）」，正是通過聲母清濁交替完成語詞詞性構詞轉換的。「砠（阻沮）、斯（牀）」實現的構詞變化是由名詞向動詞轉化，構詞表現為：清聲母為名詞，濁聲母為動詞。「載」實現的構詞變化是由動詞向名詞詞性轉化，構詞表現為：清聲母為動詞，濁聲母為名詞。可見聲母清濁交替與語詞詞性之間並無對應關係，總之，語詞詞性發生了變化，原詞的聲母亦隨之發生清濁交替變化。「齊（齋）」的構詞表現為：濁聲母為形容詞，清聲母為動詞。此字頭構詞可視為動詞完成體逆向構詞，形容詞係動詞完成體完成狀態。

第二、動詞的施受關係變化

動詞的施受關係這一概念係金理新（2006）受金鵬（1986）藏文的一種語法形態啟發下提出的，同時提出這一語法概念實現的構詞手段之一就是聲母清濁交替。《詩經》齒頭音精組異讀字頭「增（贈）、餐（餞）」，通過聲母清濁交替完成動詞施受關係轉換，表現為：清聲母為施事動詞，濁聲母為受事動詞。

第三、動詞的及物性變化

上古漢語輔音清濁交替具有動詞不及物、及物構詞轉換的功能，已於前述。《詩經》齒頭音精組異讀字頭「集（戢）」，通過聲母清濁交替完成動詞不及物、及物性構詞轉換的。表現為：濁聲母為不及物動詞，清聲母為及物動詞。

2. *-s 後綴交替實現的語法意義變化

第一、動詞的及物性變化

上古漢語*-s 後綴交替具有動詞不及物、及物性構詞轉換意義。《詩經》中古齒頭音精組異讀字頭「作」，通過後綴*-s 交替實現動詞不及物、及物構詞轉換，表現為：無*-s 後綴形式為不及物動詞，後綴*-s 形式為及物動詞。

第二、動詞的非自主性變化

藏語中情態範疇有自主動詞和非自主動詞的對立，上古漢語同樣存在自主動詞和非自主動詞對立。上古漢語這類情態範疇的構詞手段主要通過聲母清濁交替、後綴*-s 交替實現。《詩經》齒頭音精組異讀字頭「卒（醉）」，通過後綴*-s 交替實現動詞的非自主性變化構詞，表現為：無後綴*-s 形式為自主動詞，附加後綴*-s 派生形式為非自主動詞。

第三、語詞詞性變化

上古漢語後綴*-s 既有動詞變為名詞功能，又有名詞變為動詞功能，這一看似矛盾的構詞手段其實有不一樣的來源，前文已述。《詩經》中古齒頭音精組異讀字頭「沮、藏、喪」，正是通過後綴*-s 交替實現動詞、名詞之間構詞轉換的。前兩個字頭構詞表現為：後綴*-s 派生形式為名詞。「喪」的構詞表現為：後綴*-s 原始形式為動詞，派生形式無後綴*-s 為名詞。這一例可看成是後綴*-s 實現的逆向構詞。字頭「三（參）」，通過後綴*-s 交替實現名詞、副詞之間的詞性轉變。

第四、動詞的施受關係變化

上古漢語*-s 後綴具有受事動詞功能，通過*-s 後綴交替可實現動詞施受關係轉化。《詩經》齒頭音精組異讀字頭「從」，正是通過附加*-s 後綴完成受事動詞構詞轉化的。

3. *-ɦ 後綴、*-s 後綴交替實現的語法意義變化

動詞的施受關係變化

鄭張尚芳（1994）提出上古漢語的*-ʔ是一個表小稱的詞綴。吳安其（2001）也認為上古漢語*-ʔ尾實質是一個詞綴，注意到可能是一個動詞後綴，依附在名詞或形容詞詞根後變成動詞。金理新（2006）進一步指出*-ɦ（鄭張尚芳、吳安其所指的*-ʔ）不僅是一個動詞後綴而且是一個施事動詞詞綴，舉了大量例證。通過對《詩經》異讀語詞考察，《詩經》中存在施事動詞後綴，這一後綴與具有受事動詞功能後綴*-s 正相交替。《詩經》齒頭音精組異讀字頭「取（奏）、埽」，通過後綴*-ɦ、*-s 交替實現動詞施受關係構詞轉換，表現為：後綴*-ɦ 形式為施事動詞，後綴*-s 形式為受事動詞。

4. *-n 後綴交替實現的語法意義變化

名詞構詞變化

藏語的後綴發展由繁到簡，由多到少。就現有藏語材料看，古藏語有-n 輔音後綴。此後綴具有把動詞變為名詞的功能。金理新（2006）提出上古漢語存在同樣的名詞詞綴*-n，此後綴可附加在動詞或形容詞之後變成名詞。《詩經》齒頭音精組異讀字頭「斯（薪）」，通過後綴*-n 交替（附加）實現名詞構詞。

第四節　正齒音照組異讀構詞詞表及構詞特點

一、正齒音照組異讀構詞詞表

士（仕事使）

士、仕，《廣韻》崇母止韻，鄭張尚芳上古音系歸入之部，擬音*zruʔ。事，《廣韻》莊母志韻、崇母志韻，鄭張尚芳上古音系歸入之部，分別擬音*ʔsruus、*zruus。其中「事」之*ʔsruus 一讀又作「剚傳」。「士仕、事」上古有構詞關係，通過韻尾交替實現自主動詞、非自主動詞構詞轉換，表現為：語詞「士仕」*zruʔ，表示動詞「事也」，為自主動詞；語詞「事」*zruus，表示動詞「事也」，為非自主動詞。

《說文》士部：「士，事也。數始於一，終於十。从一从十。孔子曰：『推十合一為士。』」人部：「仕，學也。从人从士。」史部：「事，職也。从史，之省聲。」《玉篇》士部：「士，事幾切，事也。《傳》曰：『通古今辯不然謂之仕』，數始於一，終於十。孔子曰：『推一合十曰士。』」人部：「仕，助理切，《說文》『學也』，《語》『學而優則仕。』」史部：「事，仕廁切，奉也，職事也，營也。」《廣韻》鉏里切：「士，《說文》曰『事也，數始於一，終於十。从一十。孔子曰：『推十合一為士。』又姓……」／鉏里切：「仕，仕宦。」／側吏切：「事，事刃，又作剚傳。」／鉏吏切：「事，使也，立也，由也。」《集韻》上史切：「士，《說文》『事也。數始於一，終於十。从一从十。孔子曰：『推十合一為士。』又姓。」／上史切：「仕，《說文》『學也。』」／上史切：「事，從所務也。」／側吏切：「菑傳事，植物地中謂之菑，或作傳事。」

／仕吏切：「事，《說文》『職也。』」

金理新（2006）指出「士仕」、「事」通過韻尾交替實現自主動詞、非自主動詞構詞轉換。

士，《詩經》50 見，《釋文》未出注，為常用詞，讀常用音。《詩經》「士」有兩類用法：一、用作名詞，男子稱呼；二、用作動詞，「事也」。

「士」第一類用法 47 見。P291《國風·召南·摽有梅》：「求我庶士，迨其今兮。」P445《小雅·節南山之什·十月之交》：「皇父卿士，番維司徒。」P502《大雅·文王之什·文王》：「濟濟多士，文王以寧。」「士」用作男子稱呼，不參與構詞。

「士」第二類用法 3 見。士*zruʔ，崇上。P357《國風·魏風·園有桃》：「不我知者，謂我士也驕。」箋：「士，事也」。P357《國風·魏風·園有桃》：「不我知者，謂我士也罔極。」P395《國風·豳風·東山》：「制彼裳衣，勿士行枚。」傳：「士，事」。士，動詞，事也。動作具有可控性，即施事可以選擇「士」也可以選擇不「士」，「士」為自主動詞。

仕，《詩經》5 見，《釋文》未出注，為常用詞，讀常用音。仕*zruʔ，崇上。P440《小雅·節南山之什·節南山》：「弗問弗仕，勿罔君子。」P440《小雅·節南山之什·節南山》：「瑣瑣姻亞，則無膴仕。」P447《小雅·節南山之什·雨無正》：「維曰予仕，孔棘且殆。」P462《小雅·谷風之什·四月》：「盡瘁以仕，寧莫我有？」箋：「仕，事也」。P526《大雅·文王之什·文王有聲》：「豐水有芑，武王豈不仕？」傳：「仕，事」。仕，動詞，事也。「仕」動作主觀可控，施事可以選擇「仕」或「不仕」，為施事動詞。

事，《詩經》42 見，《釋文》未出注。《詩經》三類用法：一、名詞「事也」，二、用作官名，三、動詞「事也」。

「事」第一類用法 37 見。P309《國風·邶風·北門》：「王事適我，政事一埤益我。」P415《小雅·鹿鳴之什·出車》：「王事多難，維其棘矣。」P463《小雅·谷風之什·北山》：「四牡彭彭，王事傍傍。」事，名詞，事也。第二類用法 1 見。P447《小雅·節南山之什·雨無正》：「三事大夫，莫肯夙夜。」箋：「三公及諸侯」。「三事」官名，三公。此二義不參與構詞。

「事」第三類用法 4 見。事*zrus，崇去。P463《小雅·谷風之什·北山》：「或燕燕居息，或盡瘁事國。」P476《小雅·甫田之什·大田》：「大田多稼，

既種既戒，既備乃事。」P506《大雅・文王之什・大明》：「維此文王，小心翼翼。昭事上帝，聿懷多福。」P568《大雅・蕩之什・烝民》：「夙夜匪解，以事一人。」事，動詞，事也。「事」動作對象指向「國家、自然、上帝、天子」，這些動作對象皆有一定權威，施事實施動作主觀不可控，不是想不「事」就能不事的，為非自主動詞。

綜上，「士仕、事」構詞關係梳理如下：語詞「士仕」*zrɯʔ，表示動詞「事也」，動作主觀可控，為自主動詞；通過韻尾交替實現自主動詞、非自主動詞構詞轉換，語詞「事」*zrɯs，動作主觀不可控，為非自主動詞。

《詩經》中與「士仕、事」有同族關係的另有一詞「使」。王力（1982）列「事、使」為同源詞。使，《詩經》15見，釋文出注1次，均用作動詞「役也，令也」。

使*srɯʔ，生上。P412《小雅・鹿鳴之什・采薇》：「我戍未定，靡使歸聘。」6／11.12《釋文》：「如字，本又作靡所。」P460《小雅・谷風之什・大東》：「既往既來，使我心疚。」使，施事動詞，令也。

「士仕」與「使」聲母清濁有別，一用作自主動詞，一用作施事動詞。「事」與「使」除聲母清濁有別外，韻尾亦有分別，一用作非自主動詞，一用作施事動詞。此兩詞語音相關，意義相近，有語源關係。

生（姓性）

生，《廣韻》生母庚韻、生母敬韻，鄭張尚芳上古音系歸入耕部，分別擬音*shleeŋ／*shliiŋ［註144］、*sreŋs。姓，鄭張尚芳上古音系歸入心母耕部，擬音*sleŋs。上古「生、姓」有構詞關係，表現為：語詞生*shleeŋ／*shliiŋ，表示動詞「產也」；通過附加後綴實現動轉化名詞構詞，語詞姓*sleŋs，表示名詞「姓氏」。

《說文》生部：「生，進也。象艸木生出土上。」引申亦用於動物、人之生產。女部：「姓，人所生也。古之神聖母，感天而生子，故稱天子。从女从生，生亦聲。《春秋傳》曰：『天子因生以賜姓。』」《玉篇》生部：「生，所京切，產也，起也。」女部：「姓，思正切，姓氏。」《廣韻》所庚切：「生，生

［註144］古音有兩種擬音的，用／號分標，詳鄭張尚芳：《上古音系》，上海，上海教育出版社，2003年版，第260頁。

長也，《易》曰：『天地之大德曰生。』又姓……」／所敬切／息正切：「姓，姓氏，《說文》云：『姓，人所生也。古之神聖母，感天而生子，故稱天子。從女從生聲。』又姓……」《集韻》師庚切：「生，《說文》『進也。象艸木生出土上。』又姓……」／所慶切：「生，產也。」／息正切：「姓，《說文》『人所生也。古之神聖母，感天而生子，故稱天子。』引《春秋傳》『天子因生以賜姓』，亦姓。」

「生、性」的語源關係，古籍文獻多有記錄。《孟子・告子上》：「生之謂性。」《莊子・庚桑楚》：「性者，生之質也。」《論衡・本性》：「性，生而然者也。」「生、姓」的語源關係，文獻亦有相關說明。《春秋左傳・隱公八年》：「天子建德，因生以賜姓。」《白虎通・姓名》：「姓者，生也。」可見，「生、姓、性」關係密切。

王力（1982）列「生、性姓」為同源詞。金理新（2006）認為「生」通過附加後綴*-s 實現動轉化名詞構詞「姓」〔註145〕。

生，《詩經》54 見，《釋文》未出注，為常用詞，讀常用音。用法有四：一、用作本義「草木生」，二、引申用指物生，動詞「出也」，三、引申用指動詞「活也」，四、引申用指人生，動詞「產也」。

「生」第一類用法 7 見。P366《國風・唐風・有杕之杜》：「有杕之杜，生于道左。」P470《小雅・谷風之什・信南山》：「益之以霢霂，既優既渥，既沾既足，生我百穀。」「生」表示動詞「草木生」義，句中作謂語，後帶補語或賓語。第二類用法 7 見。P440《小雅・節南山之什・節南山》：「不弔昊天，亂靡有定。式月斯生，俾民不寧。」P453《小雅・節南山之什・巧言》：「亂之初生，僭始既涵；亂之又生，君子信讒。」「生」表示動詞「出也」義，用指抽象物如「亂」等。第三類用法 2 見。P299《國風・邶風・擊鼓》：「死生契闊，與子成說。」P460《小雅・谷風之什・蓼莪》：「鮮民之生，不如死之久矣！」「生」表示動詞「活也」義，常與「死」對舉或連用。一、二、三類用法不參與構詞。

「生」第四類用法 38 見。生*shleeŋ／*shliiŋ，生平。P303《國風・邶風・谷風》：「既生既育，比予于毒。」P331《國風・王風・兔爰》：「我生之初，尚

〔註145〕金理新（2006）為「生」上古擬音*s-riŋ，為「姓」上古擬音*s-jiŋ-s＜**s-riŋ-s。

無為；我生之後，逢此百罹。」P436《小雅・鴻雁之什・斯干》：「乃生男子，載寢之床。」P528《大雅・生民之什・生民》：「不康禋祀，居然生子。」生，動詞，產也。句中作謂語，可帶賓語。

姓，《詩經》4 見，《釋文》未出注，為常用詞，讀常用音。姓*sleŋs，心去。P283《國風・周南・麟之趾》：「麟之定，振振公姓。于嗟麟兮！」P364《國風・唐風・杕杜》：「豈無他人？不如我同姓。」傳：「同姓，同祖」。P412《小雅・鹿鳴之什・天保》：「群黎百姓，徧為爾德。」傳：「百姓，百官族姓也」。P440《小雅・節南山之什・節南山》：「不自為政，卒勞百姓。」姓，名詞，姓氏。此義與「生」有語源關係，人所生而得姓。

綜上，《詩經》「生、姓」構詞關係概括如下：生*shleeŋ / *shliiŋ，表示動詞「產也」義；通過附加後綴實現動轉化名詞構詞轉換，姓*sleŋs，表示名詞「姓氏」義，由生而得。

《詩經》中與「生」構詞相關另有一詞：性。性，《說文》心部：「性，人之陽氣性善者也。從心生聲。」鄭張尚芳上古音系歸入心母耕部，擬音*sleŋs。性，《詩經》3 見。

性*sleŋs，心去。P545《大雅・生民之什・卷阿》：「豈弟君子，俾爾彌爾性，似先公酋矣。」P545《大雅・生民之什・卷阿》：「豈弟君子，俾爾彌爾性，百神爾主矣。」P545《大雅・生民之什・卷阿》：「豈弟君子，俾爾彌爾性，純嘏爾常矣。」性，名詞，行也。「性」此義經典通用作「生」，與「生」語源相關。

《詩經》動詞「產也」之「生」與「性」兩詞語義相關，語音交替，有構詞關係。兩詞構詞關係概括如下：語詞「生」*shleeŋ / *shliiŋ，表示動詞「產也」義；通過附加後綴實現動轉化名詞構詞轉換，「性」*sleŋs，表示名詞「行也」義，人生之本。

終（冬）

終，《廣韻》章母東韻，鄭張尚芳上古音系歸入終部，擬音*tjuŋ。冬，鄭張尚芳上古音系歸入端母終部，擬音*tuuŋ。上古兩詞有構詞關係：語詞「終」*tjuŋ，表示動詞「極也、竟也」等義；語詞「冬」*tuuŋ，表示名詞季節「四時之末」。兩詞構詞方式，根據鄭張尚芳上古擬音體系或可看作介音交替實現

動轉化構詞。

《說文》仌部：「冬，四時盡也。从仌从夂。夂，古文終字。」甲金文中「冬、終」同字，後來字形分化，表示季節用「冬」，表示終了用「終」。《玉篇》冫部：「冬，都農切，冬，終也。」糸部：「終，之戎切，極也，窮也，死也。」《廣韻》都宗切：「冬，四時之末。《尸子》曰：『冬為信，北方為冬』，冬，終也，古又姓……」／職戎切：「終，極也，窮也，竟也，又姓……」《集韻》都宗切：「冬，《說文》『四時盡也』，又姓。」／之戎切：「終，《說文》『絲綵絲也』，一曰盡也，又姓。」

「冬、終」兩詞存在語源關係。《廣雅・釋詁四》：「冬，終也。」《漢書・律曆志上》：「冬，終也。」《白虎通・五行》：「冬之為言終也。」《釋名・釋天》：「冬，終也，物終成也。」王力（1982）列「冬、終」為同源詞。「冬、終」的音義關係，前人有所論及。俞敏（1984）從字形分析指出動詞「終」為本義，是 i 型的，派生出來的是名詞「冬」，是 ø 型的。金理新（2006）認為「冬」通過附加前綴*-g 實現名謂化構詞「終」。甲骨文中「夂」表示動詞「終極」義，未見有季節名用法〔註 146〕；金文中「冬」表示動詞「最後、結束」、形容詞「長久、永久」、音階名、季節名〔註 147〕。表示季節義之「冬」當係由動詞「終」動轉化構詞而來。

終，《詩經》27 見，《釋文》未出注，有兩類用法：用於專名「終南山」中、表示動詞「竟也、極也」等義。第一類用法《詩經》2 見。P372《國風・秦風・終南》：「終南何有？有條有梅。」「終」用作專名，不參與構詞。

第二類用法 25 見。終*tjuŋ，章平。P299《國風・邶風・終風》：「終風且暴，顧我則笑。」P354《國風・齊風・猗嗟》：「終日射侯，不出正兮，展我甥兮。」終，動詞，竟也。P321《國風・衛風・淇奧》：「有匪君子，終不可諼兮。」P332《國風・王風・葛藟》：「終遠兄弟，謂他人父。」P552《大雅・蕩之什・蕩》：「靡不有初，鮮克有終。」終，動詞，極也。「終」用作動詞「極也、竟也」等義。

冬，《詩經》6 見，《釋文》未出注。冬*tuuŋ，端平。P303《國風・邶風・谷風》：「我有旨蓄，亦以御冬。」P366《國風・唐風・葛生》：「夏之日，冬之

〔註 146〕于省吾主編、姚孝遂撰：《甲骨文字詁林》，北京，中華書局，1996 年版，第 3131 頁。

〔註 147〕王文耀主編：《簡明金文詞典》，上海，上海辭書出版社，1998 年版，第 101 頁。

夜。」P376《國風·陳風·宛丘》：「無冬無夏，值其鷺羽。」P462《小雅·谷風之什·四月》：「冬日烈烈，飄風發發。」冬，名詞，季節名。四時終了即為冬，「冬」義由「終」義派生而來，兩詞語音相關，有構詞關係。

綜上，「終、冬」的音義關係可梳理如下：語詞「終」*tjuŋ，表示動詞「極也、竟也」等義；語詞「冬」*tuuŋ，表示名詞，季節名。兩詞構詞關係或可看作介音交替。

招（召）

招，中古章母宵韻，鄭張尚芳上古音系歸入宵 2 部，擬音*tjew。召，中古澄母笑韻、禪母笑韻，鄭張尚芳上古音系歸入宵 2 部，分別擬音*dews、*djews。「召」之*djews，同「邵」，用於專名，不參與構詞。招*tjew 與召*dews上古有語源關係，表現在構詞上，就是施事動詞、受事動詞之間構詞轉換。據鄭張尚芳上古音體系，兩詞實現構詞的方式或為聲母清濁交替。

《說文》手部：「招，手呼也。从手、召。」口部：「召，評也。从口刀聲。」《玉篇》手部：「招，諸遙切，招，要也。」口部：「召，他廟切，呼也。又音邵。」《廣韻》止遙切：「招，招呼也，來也，又姓……」／直照切：「召，呼也。」／寔照切：「召，同邵。」《集韻》之遙切：「招，《說文》『手呼也』，又姓。」／直笑切：「召，《說文》『評也。』」／時照切：「邵召，《說文》『晉邑也』，或省，亦姓。」

王力（1982）列「召、招」為同源詞。《楚辭·招魂序》有言「以手曰招，以言曰召。」指出了兩詞的語義區別。金理新（2006）注意到兩詞語法意義之別，認為「招、召」通過前綴交替實現施事動詞、受事動詞之間構詞轉換〔註148〕。

招，《詩經》4 見，《釋文》出注 2 次。招*tjew，章平。P303《國風·邶風·匏有苦葉》：「招招舟子，人涉卬否。」傳：「招招，號召之皃」。5／12.7《釋文》：「照遙反，號召之貌，王逸云：以手曰招，以言曰召。韓詩云：招招，聲也。」P331《國風·王風·君子陽陽》：「君子陽陽，左執簧，右招我由房。」P331《國風·王風·君子陽陽》：「君子陶陶，左執翿，右招我由敖。」招，動詞，手呼。句中作謂語，帶賓語。「招」動作強調施事的行為，儘管受事對象也出現，「招」突出的是施事動作，與施事聯繫的行為，招，施事動詞。

〔註148〕金理新（2006）為「招」上古擬音*r-duɯs，為「召」上古擬音*g-tɯ。

召，《詩經》22 見，《釋文》出注 5 次〔註149〕。P495《小雅·魚藻之什·黍苗》：「悠悠南行，召伯勞之。」6／36.7《釋文》：「上照反，注及下同。」P495《小雅·魚藻之什·黍苗》：「肅肅謝功，召伯營之。」P495《小雅·魚藻之什·黍苗》：「烈烈征師，召伯成之。」P495《小雅·魚藻之什·黍苗》：「召伯有成，王心則寧。」P579《大雅·蕩之什·召旻》：「昔先王受命，有如召公。」7／22.15《釋文》：「上時照反，下密巾反，下同。」召，名詞，人姓。另見《釋文》未注 12 次專名用法，其中 3 例「召伯」於篇目「召」下注「時照反」，文中不再贅注。其後篇章中「召伯、召虎、召公、召祖」形式與此類似，且前文同類結構「召」注中出「下同」注語，《釋文》故不再一一出注。此義與構詞無關。

召*dews，澄去。P350《國風·齊風·東方未明》：「顛之倒之，自公召之。」P415《小雅·鹿鳴之什·出車》：「召彼僕夫，謂之載矣。」P441《小雅·節南山之什·正月》：「召彼故老，訊之占夢。」P509《大雅·文王之什·綿》：「乃召司空，乃召司徒，俾立室家。」召，動詞，呼也。

召，動詞，呼也，在句中作謂語，後帶賓語。《詩經》5 見。動作強調受事對象「之、彼僕、彼故老、司空、司徒」，即「召」動詞突出直接賓語是受事對象，不考慮施事是誰的問題。與表示施事動詞「招」比較，兩者主體均為施事主語。但前者側重於強調受事對象，後者側重於強調施事的行為。就這一層面而言，「招」的動作與施事聯繫，「召」的動作與受事對象聯繫。兩詞的語法意義可歸結為施事動詞、受事動詞區別。

《詩經》「招、召」的構詞關係概括如下：語詞「招」*tjew，表示動詞義「手呼」，動作強調施事主體，為施事動詞；語詞「召」*dews，表示動詞義「呼也」，動作強調受事對象，為受事動詞。兩詞構詞轉換方式或可認為係聲母清濁交替。

照（曜燿昭）

照，中古章母笑韻，鄭張尚芳上古音系歸入宵 2 部，擬音*tjews。曜燿，中古以母笑韻，鄭張尚芳上古音系歸入豹 2 部，擬音*lewɢs。上古三詞有語源關係，《釋名·釋天》：「曜，燿也，光明照燿也。」《廣雅·釋詁三》：「燿，照

〔註149〕3 次出現於前文「召」注中，以「下同形式」出現，1 次出現於篇名注中，以「下同」形式出現。

也。」這種語源關係在構詞上表現為：語詞「照」*tjews，表示及物動詞義「照耀」；語詞「曜爝」*lewGS，表示不及物動詞義「照耀」。

《說文》火部：「照，明也。从火昭聲。」火部：「爝，照也。从火翟聲。」《說文》無「曜」字。《玉篇》火部：「照，之曜切，明照也，燭也。炤，同上。」火部：「爝，弋照切，光也，與曜同。」日部：「曜，余照切，照也，亦作爝。」《廣韻》之少切：「照，明也。」/弋照切：「爝，熠爝，《說文》『照也』。」/弋照切：「曜，日光也，又照也。」《集韻》之笑切：「照炤昭曌，《說文》『明也』或从火，亦省，唐武后作曌。」/弋笑切：「爝，《說文》『照也』。」/弋笑切：「曜爝暚，光也，或从光，古作暚。」

王力（1982）列「照曜爝」為同源詞。金理新（2006）認為「耀曜、照」通過前綴交替實現動詞不及物與及物構詞轉換[註150]。

《詩經》「照」3見，《釋文》未出注。照*tjews，章去。P298《國風·邶風·日月》：「日居月諸，照臨下土。」P464《小雅·谷風之什·小明》：「明明上天，照臨下土。」照，及物動詞，照耀。引申而有形容詞「明亮」義。P378《國風·陳風·月出》：「月出照兮，佼人燎兮。」

《詩經》「爝」2見，《釋文》出注2次[註151]。爝*lewGS，以去。P395《國風·豳風·東山》：「町疃鹿場，熠爝宵行。」箋：「熠爝，燐也。燐，螢火也」。6／7.16《釋文》：「以照反，又以灼反，熠爝，螢火也，下章皆同。」P395《國風·豳風·東山》：「倉庚于飛，熠爝其羽。」箋：「熠爝其羽，羽鮮明也」。爝，形容詞，光明。形容詞不帶賓語，作用相當於不及物動詞。《釋文》以同條又音形式出現，「以照反」為首音、「以灼反」為又音。又音「以灼反」係「爝」通「爚」之音，《廣韻》以灼切下有「爚」。

《詩經》「曜」1見，《釋文》出注。曜*lewGS，以去。P381《國風·檜風·羔裘》：「羔裘如膏，日出有曜。」6／3.11《釋文》：「羊照反」。曜，動詞，照耀。不帶賓語，為不及物動詞。

通過對《詩經》「照、爝曜」用例考察，發現「照」用作及物動詞「照耀」義，「爝曜」用作不及物動詞「光明、照耀」義。三詞同族，有構詞關係：語

［註150］金理新（2006）為「耀、曜」上古擬音*ɦ-dɯ-s＜**ɦ-dɯg-s，為「照」上古擬音*g-tɯ-s。

［註151］1次出現於前文「爝」注中，以「下章皆同」形式出現。

詞「照」*tjews，表示動詞「照耀」義，為及物動詞；語詞「燿曜」*lewᴳꜱ，表示動詞「光明、照耀」義，為不及物動詞。此三詞的構詞方式，據鄭張尚芳上古音體系可看作聲母交替，只是上古這類聲母交替構詞的例子尚未得見。金理新上古音體系主張這三詞之間通過前綴交替實現動詞及物、不及物構詞轉換，諸如此類前綴交替實現動詞及物、不及物構詞轉換金文還有其他例證。此條構詞方式，出於上古擬音系統性考慮，暫且存疑。

　　《詩經》中與「照」構詞相關的另有一詞：昭。昭，中古章母宵韻，鄭張尚芳上古音系歸入宵 2 部，擬音*tjew。《說文》日部：「昭，日明也。從日召聲。」周法高（1962）將「昭、照」歸為「形容詞」之「去聲為他動式」一類，「昭：明也，止遙切。照：照耀，之笑切〔註 152〕。」

　　《詩經》「昭」19 見，《釋文》出注 2 次，用法有二：一、動詞「明也」，二、名詞「光也」。

　　昭*tjew，章平。P610《魯頌・駉之什・泮水》：「其馬蹻蹻，其音昭昭。」7／31.2《釋文》：「之繞反」。P405《小雅・鹿鳴之什・鹿鳴》：「我有嘉賓，德音孔昭。」P502《大雅・文王之什・文王》：「文王在上，於昭於天。」P506《大雅・文王之什・大明》：「昭事上帝，聿懷多福。」箋：「昭，明」。昭，動詞，明也。「昭」句中作謂語或作狀語，作謂語時不帶賓語，為不及物動詞。

　　昭，為常用詞，《釋文》一般不出注，《釋文》為《詩經》「昭」唯一一次出注見於「昭昭」連用的結構中，注「之繞反」，無釋義。《釋文》所以注「之繞反」是為了協句。「蹻」注居表反，與其押韻之「昭」自然得注上一個上聲讀音。事實上，「蹻」本有平聲讀，與上聲讀意義相同，大可不必為「蹻」注音居表反，協句之「昭」也不必破注「之繞反」。「昭」直接讀陰聲韻*tjew，與其押韻的「蹻」亦有陰聲韻讀音，兩詞韻尾正相押韻。

　　「昭」第二類用法《詩經》5 見。P561《大雅・蕩之什・雲漢》：「倬彼雲漢，昭回于天。」箋：「昭，光也」。P568《大雅・蕩之什・烝民》：天監有周，昭假于下。箋：「其光明乃至於下」。「昭」表示名詞義「光也」，由動詞義引申而來，用作主語，不參與構詞。

〔註152〕周法高：《中國古代語法・構詞編》，臺北，中央研究院歷史語言研究所，1962 年版，第 73 頁。

根據前文，《詩經》「照」3 見，用作及物動詞「照耀」或形容詞「明也」，與「昭」用作不及物動詞「明也」正相對。王力（1982）列「昭、照」為同源詞，兩詞語源相關，語音交替，上古存在構詞關係。

綜上用例分析，「昭、照」的構詞關係可概括為：語詞「昭」*tjew，表示不及物動詞「明也」，引申而有名詞「光也」；通過附加後綴派生語詞*tjews，表示及物動詞「照耀」，亦可用作不及物動詞「明也」。

種

種，中古章母腫韻、章母用韻，鄭張尚芳上古音系歸入東部，擬音*tjoŋʔ、*tjoŋs。上古兩音有構詞關係，通過韻尾交替實現動轉化名詞構詞，表現為：語詞*tjoŋs，表示動詞「種植」；語詞*tjoŋʔ，表示名詞「穀種」。

《說文》禾部：「穜，埶也。从禾童聲。」禾部：「種，先穜後孰也。从禾重聲。」段玉裁（1981）：「《刊部》曰：『埶，穜也。小篆埶為穜，之用切。種為先穜後孰，直容切。而隸書互易之，詳張氏《五經文字》〔註153〕。」因此，後代字書、韻書多將這兩個形體互易。《玉篇》禾部：「穜，除恭切，先種後熟，又音童。」禾部：「種，之勇切，類也。之用切，植也。」《廣韻》記錄「埶也」的文字形式易為「種」，名詞「穀」義為「穜」。《廣韻》之用切：「種植也。」/ 之隴切：「種類也。」《集韻》「種穜」總是互為異文出現，表示名詞「穀」義傳容切。《集韻》朱用切：「穜種，《說文》『埶也，或从重。」之勇切：「穜種，類也，或从重。」《玉篇》、《廣韻》、《集韻》「種」章母上聲一讀皆表示名詞「種類」義，與去聲本義為「埶也」的「種」似乎無音義關係。然上古時期，以《詩經》為例，兩讀確有音義關係，只是《詩經》「種」*tjoŋʔ表示名詞「可種之穀」義，非後代韻書「種類」義。

「種」的音義關係，前人多有論及。《群經音辨・辨字音清濁》：「種，五穀也，之隴切。謂播穀曰種，之用切。」馬建忠（1898）：「『種』字，上讀名字，所種也。《詩・大雅・生民》：『誕降嘉種。』去讀外動字，種之也，布也。《書・大禹謨》：『皋陶邁種德。』〔註154〕」周祖謨（1946）將其歸入「因詞性不同而變調者」之「區分動詞用為名詞類」。Downer（1959）歸之為「基本

〔註153〕段玉裁：《說文解字注》，上海，上海古籍出版社，1981 年版，第 581 頁。
〔註154〕馬建忠：《馬氏文通》，北京，商務印書館，1983 年版，第 202 頁。

形式是名詞性的──轉化形式是動詞性的」一類。周法高（1962）將其歸入「非去聲或清聲母為名詞，去聲或濁聲母為動詞或名謂式」一類。上述諸家除周祖謨外皆以上讀名詞為基本形式，去讀動詞為派生形式。根據《說文》，「種」之本義當為動詞「埶也」義，名詞為派生形式。

種，《詩經》4 見，《釋文》出注 3 次。種*tjoŋʔ，章上。P476《小雅·甫田之什·大田》：「大田多稼，既種既戒，既備乃事。」箋：「擇其種」。6 / 30.3《釋文》：「章勇反，此注及下注擇種並同。」P528《大雅·生民之什·生民》：「實方實苞，實種實襃。」傳：「種，雜種也」。7 / 8.8《釋文》：「支勇反，注種，雜種，種生不雜，下嘉種，並注同。」P528《大雅·生民之什·生民》：「誕降嘉種，維秬維秠，維穈維芑。」7 / 8.8《釋文》：「支勇反，注種，雜種，種生不雜，下嘉種，並注同。」種，名詞，穀種。

種*tjoŋs，章去。P528《大雅·生民之什·生民》：「茀厥豐草，種之黃茂。」種，動詞，埶也。

《詩經》「種」用作名詞「穀種」，《釋文》一律出注破讀音「支勇反」；「種」用作本義，動詞「種植」，為常用詞，《釋文》不出注，如字讀。《釋文》於此兩音兩義分別清楚。

現代方言閩語白話音尚保存「種」之名動構詞，例見下表[註155]：

地點\語詞	廈門	福州	潮州
種	ˉtsiŋ	ˉtsyŋ	ˉtseŋ
種	tsiŋˉ	tsyŋˉ（tsøyŋˉ）	tseŋˉ

閩語白話三個方言點「種」通過聲調區別意義，其中上聲表示名詞「穀種」，去聲表示動詞「種植」。

萬獻初（2004）舉湖北咸寧方言單字音變的例字中有「種」[tsʌŋ⁴²]，穀種；[tsʌŋ²¹³] 種秧。咸寧方言上聲調值 42，陰去調值 213，那麼「種」由聲調區別意義明顯，上聲表示名詞「種子」義，去聲表示動詞「栽種」義。

董紹克（2005）列出山西陽谷方言異詞異讀 116 例中有：種 tʂuŋ¹³，種

〔註155〕資料引自丁邦新：《從閩語白話音論上古四聲別義的現象》，收錄於丁邦新：《中國語言學論文集》，北京，中華書局，2008 年版，第 62 頁。

子；tʂuŋ³¹²，種植。陽谷方言上聲調值 55，去聲調值 312。

朱賽萍（2007）列舉溫州永嘉方言音變構詞例「種」[tɕyɔ³]（上），名詞，「種子」；[tɕyɔ⁵]（去），動詞，「種植」。永嘉方言「種」通過聲調區別詞性詞義界限分明。

陽谷方言、閩語白話、咸寧方言以及永嘉方言「種」聲調別義現象與《詩經》異讀表現出的構詞現象完全一致。

《詩經》「種」構詞關係脈絡清晰，梳理如下：語詞*tjoŋs，表示動詞義「種植」；通過韻尾交替派生語詞*tjoŋʔ，表示名詞「穀種」義，即可種之穀。

至（致）

至，《廣韻》章母至韻，鄭張尚芳上古音系歸入至 2 部，擬音*tjigs。致，《廣韻》知母至韻，鄭張尚芳上古音系歸入端母至 2 部，擬音*tigs。上古兩詞存在構詞關係，表現為：語詞「至」*tjigs，表示動詞「到也」，動作與施事聯繫，為施事動詞；語詞「致」*tigs，表示動詞「至也」，動作指向受事對象，為受事動詞。兩詞的構詞方式，據鄭張尚芳上古擬音體系，或為介音交替。

《說文》至部：「至，鳥飛從高下至地也。從一，一猶地也。象形。不，上去；而至，下來也。」夊部：「致，送詣也。從夊從至。」《玉篇》至部：「至，之異切，極也，通也，善也，達也，大也，到也。」夊部：「致，陟利切，至也，送詣也。」《廣韻》脂利切：「至，到也。《說文》曰：『鳥飛從高下至地也。』篆文，象形。」／陟利切：「致，至也，《說文》曰：『送詣也。』」《集韻》脂利切：「至，《說文》『鳥飛從高下至地也。從一，一猶地也。不，上去；而至，下來也。』」／陟利切：「致，《說文》『詣送也。』」

「至、致」的音義關係，王力（1965）認為是自動詞和使動詞的配對。金理新（2006）結合同類例討論指出兩詞更合適的配對關係應是施事動詞、受事動詞的區別。同時指出兩詞通過前綴交替實現施事動詞、受事動詞構詞轉換[註156]。

至，《詩經》34 見，《釋文》未出注，為常用詞。至*tjigs，章去。P320《國風·墉風·載馳》：「驅馬悠悠，言至于漕。」P331《國風·王風·君子

[註156] 金理新（2006）為「至」上古擬音*g-tid-s，為「致」上古擬音*r-tid-s。同類例詳
　　　　金理新：《上古漢語形態研究》，合肥，黃山書社，2006 年版，第 184～188 頁。

于役》：「君子于役，不知其期。曷至哉？」P372《國風・秦風・終南》：「君子至止，錦衣狐裘。」P374《國風・秦風・渭陽》：「我送舅氏，曰至渭陽。」P558《大雅・蕩之什・桑柔》：「誰生厲階？至今為梗。」至，動詞，到也。句中作謂語，表示趨向，後可接處所補語、時間補語，不能帶賓語，是不及物動詞。動作「至」永遠指向施事，儘管有些時候施事外置，「至」為施事動詞。

致，《詩經》5見，《釋文》未出注，為常用詞。致*tigs，知去。P325《國風・衛風・竹竿》：「豈不爾思，遠莫致之。」P467《小雅・谷風之什・楚茨》：「工祝致告，徂賚孝孫。」P519《大雅・文王之什・皇矣》：「是類是禡，是致是附，四方以無侮。」箋：「致，致其社稷。」P614《魯頌・駉之什・閟宮》：「致天之屆，于牧之野。」箋：「致天所以罰極紂」。致，動詞，到也。句中作謂語，後可接賓語，即受事客體「之、告、天之屆」。第3例「致」後無賓語，受事客體外置。根據鄭箋，「致」的動作指向外置的「社稷」。「致」表示動詞「到也」義，動作一律與受事對象聯繫，突出受事對象，「致」算是一個受事動詞。

《詩經》「至、致」的構詞關係可作如下梳理：語詞「至」*tjigs，表示動詞「到也」義，動作指向施事，為施事動詞；語詞「致」*tigs，表示動詞「到也」義，動作指向受事對象，為受事動詞。當然「至、致」構詞關係看作自動、使動也未嘗不可。出於同類形式系統考慮，兩詞為施事動詞、受事動詞區別。構詞方式，根據鄭張尚芳的上古擬音體系為介音交替，鄭張先生的中綴*-j有構詞作用，前文「囊（攘）」字頭與此條互見，不過本例係動詞內部的施受關係轉換。金理新上古語音體系主張兩詞是前綴交替，可備一說。

稱（承）

稱，《廣韻》昌母蒸韻、昌母證韻，鄭張尚芳上古音系歸入蒸部，擬音*thjɯŋ、*thjɯŋs。上古兩詞有構詞關係，通過韻尾交替實現，表現為：語詞*thjɯŋ，表示動詞「稱舉」，自主動詞；語詞*thjɯŋs，表示「舉事得宜」，非自主動詞。

《說文》冓部：「再，并舉也。从爪，冓省。」人部：「偁，揚也。从人再聲。」《玉篇》冓部：「再，齒陵切，舉也。又尺證切，與偁同。」再、偁

和稱實同一詞，通寫作稱。《廣韻》處陵切：「冉，并舉也。」／處陵切：「偁，宣揚美事，又言也，好也，揚也，舉也，足也。」處陵切：「稱，知輕重也。《說文》曰：『銓也。』又姓……」／昌孕切：「稱，愜意，又是也，等也，銓也，度也，俗作秤，云正斤兩也。」《集韻》蚩承切：「冉，《說文》『並舉也。』」／蚩承切：「偁，《說文》『揚也。』」／蚩承切：「稱，《說文》『銓也……」／昌孕切：「稱，權衡也，分寸起於秒，秒末芒也，故徑器字皆从禾，一曰宜也，謂也，俗作秤，非是。」

《群經音辨‧辨字音清濁》：「稱，舉也，尺烝切。舉事得宜曰稱，亡分切。」馬建忠（1898）：「『稱』字：去讀，名也，權衡也，俗作『秤』。又度也。作動字用，《易‧繫辭上》『君子以稱物平施』，適可之也。平讀，動字也，《禮‧月令》『蠶事既登，分繭稱絲，效功以共效廟之服。』知輕重也。又揚也，《禮‧表記》『稱人之美則爵之』。又言也，《禮‧檀弓》『言在不稱徵』〔註157〕。」周祖謨（1946）將其歸入「因意義不同而變調者」之「意義別有引申變轉，而異其讀」一類。Downer（1959）將其歸入「基本形式是動詞性的——轉化形式是名詞性的」一類。周法高（1962）歸之為「非去聲或清聲母為動詞，去聲或濁聲母為名詞或名語」類。除馬建忠外，諸家解「稱」之音義關係皆承賈昌朝之緒。《詩經》「稱」構詞與諸家反映相同，只是意義關係認識與諸家有別。金理新（2006）認為「稱」通過韻尾交替實現自主動詞、非自主動詞構詞轉換。

《詩經》有「稱」無「冉、偁」。「稱」《詩經》2 見，《釋文》未出注。

稱*thjɯɯŋ，昌平。P388《國風‧豳風‧七月》：「躋彼公堂，稱彼兕觥，萬壽無疆！」稱，動詞，稱舉。動作是施事主觀可以控制的，「稱」為自主動詞。

稱*thjɯɯŋs，昌去。P384《國風‧曹風‧候人》：「彼其之子，不稱其服。」稱，動詞，舉事得宜。動作是受客觀條件限制的，非施事主觀可以控制，不是想舉事得宜就得宜，不得宜就不得宜的，「稱」為非自主動詞。

《詩經》「稱」通過韻尾交替實現動詞自主、非自主構詞轉換：語詞*thjɯɯŋ，表示動詞「並舉」義，動作施事可控，為自主動詞；語詞*thjɯɯŋs，表示動詞「舉事得宜」義，動作施事非可控，由客觀條件決定，為非自主動詞。

〔註157〕馬建忠：《馬氏文通》，北京，商務印書館，1983 年版，第 36 頁。

　　《詩經》中與「稱」構詞相關的另有一詞：承。《說文》手部：「承，奉也。受也。从手从卪从収。」承，《廣韻》禪母蒸韻，鄭張尚芳上古音系歸入蒸部，擬音*gljɯŋ。金理新（2006）指出「稱、承」通過聲母清濁交替實現自主動詞、非自主動詞構詞轉換。

　　承，《詩經》8 見，為常用詞，《釋文》未出注。表示動詞「繼也」3 見，例如 P374《國風・秦風・權與》：「于嗟乎！不承權與！」傳：「承，繼也」。用作動詞「御也」1 見，例如 P614《魯頌・駉之什・閟宮》：「戎狄是膺，荊舒是懲。則莫我敢承。」傳：「承，止也」。「承」或係「懲」之借字，前文「懲」見，後文避免重複，改字協韻。此二義與構詞無關。

　　「承」第三類用法，《詩經》4 見。承*gljɯŋ，禪平。P405《小雅・鹿鳴之什・鹿鳴》：「吹笙鼓簧，承筐是將。」箋：「承猶奉也」。P412《小雅・鹿鳴之什・天保》：「如松柏之茂，無不爾或承。」P554《大雅・蕩之什・抑》：「子孫繩繩，萬民靡不承。」箋「天下之民不承順之乎？」P614《魯頌・駉之什・閟宮》：「龍旂承祀，六轡耳耳。」P622《商頌・玄鳥》：「龍旂十乘，大糦是承。」承，動詞，奉也。

　　《詩經》「稱、承」有構詞關係，通過聲母清濁交替實現，表現為：稱*thjɯŋ，表示動詞「并舉」義，動作施事可控，為自主動詞；承*gljɯŋ，表示動詞「奉也」義，動作非施事可控，不是想奉就奉不想奉就不奉的，為非自主動詞。

處

　　處，中古昌母語韻、昌母御韻，鄭張尚芳上古音系歸入魚部，分別擬音*khlja?、*khljas。兩音上古存在構詞關係，通過韻尾交替實現：語詞*khlja?，表示動詞「居也、止息也」及其引申義「相處」；派生語詞*khljas 表示名詞，「處所」。

　　《說文》几部：「処，止也，得几而止。从几从夂。」《玉篇》几部：「処，充與切，止也，與處同。」處部：「處，充與切，居也。充據切，處分。」《廣韻》昌與切：「處，居也、止也、制也、息也、留也、定也，《說文》又作処，亦姓……」／昌據切：「處，處所也。」《集韻》敞呂切：「処處，《說文》：『止也，得几而止。』或从虍。」昌據切：「處，所也」。

《群經音辨・辨字音清濁》：「處，居也，昌呂切；謂所居曰處，昌據切。」周祖謨（1946）將其歸入「因詞性不同而變調者」之「區別動詞用為名詞」類。Downer（1959）歸之為「基本形式是動詞性的——轉化形式是名詞性的」一類。周法高（1962）將其歸為「非去聲或清聲母為動詞，去聲或濁聲母為名詞或名語」一類，「處：居也，昌呂切；謂所居曰處，昌據切〔註 158〕。」金理新（2006）認為「處」通過韻尾交替實現動詞完成體構詞，即動詞、名詞構詞轉換。

「處」《詩經》25 見，《釋文》出注 3 次。

處*khljaʔ，昌上。P288《國風・召南・殷其靁》：「何斯違斯，莫或遑處。」5／8.3《釋文》：「尺煮反」。P305《國風・邶風・旄丘》：「何其處也？必有與也。」箋：「我君何以處於此乎？」P308《國風・邶風・簡兮》：「日之方中，在前上處。」箋：「在前上處者在前列上頭也」。P384《國風・曹風・蜉蝣》：「心之憂矣，於我歸處。」箋：「言有危亡之難將無所就往」。P399《國風・豳風・九罭》：「鴻飛遵渚，公歸無所，於女信處。」箋：「則可就汝誠處是東都也」。P406《小雅・鹿鳴之什・四牡》：「豈不懷歸？王事靡盬，不遑啟處。」傳：「處，居也」。P420《小雅・南有嘉魚之什・蓼蕭》：「燕笑語兮，是以有譽處兮。」箋：「是以稱揚德美使聲譽常處天子」。P445《小雅・節南山之什・十月之交》：「楀維師氏，豔妻煽方處。」箋：「並處位」。P541《大雅・生民之什・公劉》：「京師之野，于時處處，于時盧旅。」箋：「於是處其所當處者」。處，動詞，居也。P537《大雅・生民之什・鳧鷖》：「鳧鷖在渚，公尸來燕來處。」傳：「處，止也」。P292《國風・召南・江有汜》：「不我與，其後也處。」傳：「處，止也」。處，動詞，止也。引申而有「相處」義。P298《國風・邶風・日月》：「日居月諸，照臨下土。乃如之人兮，逝不古處。」箋：「其所以接及我者不以故處，甚違其初時」。5／10.20《釋文》：「昌慮反，又昌呂反。」根據鄭箋、詩義及句法結構，「處」表示動詞義，當與名詞「處所」音相別，應以「昌呂反」為首音、「昌慮反」為又音。且從《詩經》押韻看來，「處」亦當音「昌呂反」，與前文「土」韻尾和諧正相押韻。

處*khljas，昌去。P464《小雅・谷風之什・小明》：「嗟爾君子，無恒安處。

〔註158〕周法高：《中國古代語法・構詞編》，臺北，中央研究院歷史語言研究所，1962 年版，第 62 頁。

靖共爾位，正直是與。神之聽之，式穀以女。」箋：「居無常安之處」。6／27.19
《釋文》：「昌慮反」。處，名詞，處所。

　　《詩經》「處」兩詞兩義分別清楚：表示動詞「居也、止也」及引申之「相處」義，音昌母上聲；表示名詞「處所」義，音昌母去聲。《詩經》基本以動詞「居也、止也」及「相處」之「處」入韻〔註159〕，押*-ʔ尾韻，與《釋文》注音相合。

　　《詩經》「處」的構詞規律可作如下總結：語詞*khljaʔ，表示動詞「居也、止也」及引申義「相處」；通過韻尾交替派生語詞*khljas，表示名詞義「處所」。

受（授）

　　受，《廣韻》禪母有韻，鄭張尚芳上古音系歸入幽 1 部，擬音*djuʔ，並據《集韻》為其擬又音*djus，表示專名，用作人名。授，《廣韻》禪母宥韻，鄭張尚芳上古音系歸入幽 1 部，擬音*djus。上古「受、授」兩詞存在構詞關係，通過韻尾交替實現施事動詞、受事動詞構詞轉換，表現為：語詞「受」*djuʔ，表示施事動詞「承受」義；語詞「授」*djus，表示受事動詞「付與」義。

　　《說文》受部：「受，相付也。從受，舟省聲。」手部：「授，予也。從手從受，受亦聲。」《玉篇》受部：「受，時酉切，容納也，承也，盛也，相付也，得也。」手部：「授，時留切，付也。」《廣韻》殖酉切：「受，俗納也，承也，盛也，得也，繼也。」／承呪切：「授，付也。又姓，出何氏姓苑……」《集韻》是酉切：「受，《說文》『相付也』，一曰承也，從受舟省。」／刀號切：「受，姓也，出河內。」／承呪切：「授穖稑，付也，又姓，亦作穖，唐武后改作稑。」

　　王力（1982）列「授、受」為同源詞。Downer（1959）將「受、授」的音義關係歸為「轉化形式是使謂式的」一類。周法高（1962）將兩詞關係歸入「主動被動關係之轉變」之「彼此間的關係」一類，「受：承也，殖酉切。授，付也，承呪切〔註160〕。」金理新（2006）認為兩詞通過韻尾交替實現施事動詞、受事動詞之間構詞轉換。

〔註159〕僅 1 例例外，「無恒安處」之「處」表示名詞「處所」義，與*-ʔ尾韻之「與、女」押韻，此條係名詞「處所」義之「處」借用動詞「居也」之「處」音入韻。

〔註160〕周法高：《中國古代語法・構詞編》，臺北，中央研究院歷史語言研究所，1962 年版，第 81 頁。

受，《詩經》38見，為常用詞，《釋文》未出注。受*djuʔ，禪上。P412《小雅・鹿鳴之什・天保》：「罄無不宜，受天百祿。」P421《小雅・南有嘉魚之什・彤弓》：「彤弓弨兮，受言藏之。」P456《小雅・節南山之什・巷伯》：「豈不爾受？既其女遷。」P456《小雅・節南山之什・巷伯》：「有北不受，投畀有昊。」受，動詞，承受。

《詩經》「受」用作動詞「承受」義37見，句中作謂語，可帶賓語或不帶賓語，為及物動詞。動詞「受」的主語在句中或出現或外置，但動作「承受」一定指向施事，表示施事的動作行為，「受」為施事動詞。

《詩經》「受」尚有1例用於「慢受」疊韻語詞中，「慢受」為雙音節聯綿式單純詞，作用相當於形容詞，用來描述舒姿，「慢受」之「受」單列無意義。P378《國風・陳風・月出》：「舒慢受兮，勞心慅兮。」此「受」不參與構詞。

授，《詩經》8見，為常用詞，《釋文》未出注。授*djus，禪去。P336《國風・鄭風・緇衣》：「適子之館兮，還予授子之粲兮。」P388《國風・豳風・七月》：「七月流火，九月授衣。」P534《大雅・生民之什・行葦》：「或肆之筵，或授之几。」P597《周頌・臣工之什・有客》：「言授之縶，以縶其馬。」授，動詞，付與。

《詩經》「授」表示動詞「付與」義，在句中用作謂語，後帶間接賓語＋直接賓語，或直接帶直接賓語，「授」為及物動詞。表示動詞「付與」之「授」動作始終指向受事，即突出受事「承受」的動作。「授」是施事付與，受事對象「承受」，儘管某些情況下受事對象外置，但動作依然指向受事對象；「受」則不論誰付與，都是施事「承受」，動作指向施事，儘管施事某些情況下外置。

《詩經》「受、授」施與指向區別清楚，構詞關係概括如下：語詞受*djuʔ，表示動詞「承受」義，動作指向施事，為施事動詞；通過韻尾交替實現動詞施與指向構詞轉換，語詞授*djus，表示動詞「付與」義，動作指向受事對象，為受事動詞。

上

上，中古禪母養韻、禪母漾韻，鄭張尚芳上古音系歸入陽部，分別擬音*djaŋʔ、*djaŋs。上古兩詞有構詞關係，通過韻尾交替實現動轉化名詞構詞：

語詞*djaŋʔ，表示動詞「升也」；語詞*djaŋs，表示名詞「高也、上方」。

　　《說文》上部：「上，高也。此古文上，指事也。」《玉篇》上部：「上，市讓切，《說文》曰：『高也』，又居也，《易》曰：『本乎天者親上。』《虞書》曰：『正月上日』，孔安國曰：『上日，朔日也。』《老子》曰：『太上下知有之』，王弼曰：『太上，大人也。』《漢書》云：『望於太上』，如淳曰：『太上猶天子也。』又市掌切，登也，升也。丄，古文。」《廣韻》時掌切：「上，登也，升也。」／時亮切：「上，居也，猶天子也。」《集韻》是掌切：「丄上二，《說文》『高也，此古文，指事也。』一曰外也，或作上，古作二。」／時亮切：「上，君也。」

　　《群經音辨・辨字音疑混》：「居高定體曰上，時亮切。自下而升曰上，時掌切。」周祖謨（1946）將其歸入「因詞性不同而變調者」之「區分形容詞與動詞」一類。Downer（1959）將其歸入「基本形式是動詞性的——轉化形式是名詞性的」一類。周法高（1962）將其歸入「方位詞」之「非去聲為他動式」一類，「上：自下而升曰上，時掌切；居高定體曰上，時亮切〔註161〕。」金理新（2006）指出「上」通過韻尾交替實現動詞未完體與完成體之間的構詞轉換。

　　上，《詩經》44見，《釋文》出注3次。

　　上*djaŋʔ，禪上。P302《國風・邶風・雄雉》：「雄雉于飛，下上其音。」5／11.19《釋文》：「時掌反」。P298《國風・邶風・燕燕》：「燕燕于飛，下上其音。」傳：「飛而上曰上音，飛而下曰下音。」上，動詞，升也。P388《國風・豳風・七月》：「我嫁既同，上入執宮功。」傳：「入為上，出為下」。6／6.11《釋文》：「時掌反，注同。」上，動詞，登也。此義《詩經》3見。

　　上*djaŋs，禪去。P337《國風・鄭風・大叔于田》：「兩服上襄，兩驂雁行。」箋：「襄，駕也，上駕者言為眾馬之最良也」。5／23.19《釋文》：「並如字」。上，名詞，高也。P308《國風・邶風・簡兮》：「日之方中，在前上處。」箋：「在前上處者，在前列上頭也」。P376《國風・陳風・宛丘》：「子之湯兮，宛丘之上兮。」P464《小雅・谷風之什・小明》：「明明上天，照臨下土。」

〔註161〕周法高：《中國古代語法・構詞編》，臺北，中央研究院歷史語言研究所，1962年版，第77頁。

P481《小雅・甫田之什・頍弁》：「蔦與女蘿，施于松上。」P502《大雅・文王之什・文王》：「文王在上，於昭於天。」上，名詞，上方。此義《詩經》17例。

《詩經》「上」用作動詞「升也、登也」，《釋文》注音時掌反；用作名詞「高也」，《釋文》出注如字。義不同，音自有別。《詩經》「上」音義分別清楚，語詞*djaŋʔ，表示動詞「升也」；語詞*djaŋs，表示「升也」這一動作完成的結果，即名詞「高也、上方」義。

《詩經》「上」第三類用法，表示「君王、上天」義，計21見，不參與構詞。P502《大雅・文王之什・文王》：「殷之未喪師，克配上帝。」箋：「能配天而行」。P548《大雅・生民之什・板》：「上帝板板，下民卒癉。」傳：「上帝以稱王者也」。

《詩經》「上」第四類用法3見。P358《國風・魏風・陟岵》：「上慎旃哉，猶來無止。」朱熹：「庶幾慎之哉」。「上」通尚，庶幾。此義不參與構詞。

《詩經》「上」字音義關係脈絡清晰。「上」之兩讀有構詞關係，通過韻尾交替實現動轉化名詞構詞轉換：語詞*djaŋʔ，表示動詞義「升也」；韻尾交替派生語詞*djaŋs，表示名詞義「高也、上方」，進而用在固定結構中表示「上天、君王」。

視（示）

視，《廣韻》承矢切、常利切，鄭張尚芳上古音系歸入脂1部，分別擬音*ɡljilʔ、*ɡljils。另外，鄭張尚芳據余校、王韻又神至切，加擬*ɡljils。示，《廣韻》巨支切、神至切，鄭張尚芳上古音系分別歸入支部、脂1部，分別擬音*ɡle、*Ɡljils。「視」之加擬音*Ɡljils義同「視」，「視」之*ɡljils與*ɡljilʔ為同義異讀。示之*ɡle義同「祇」，見《周禮》，不參與構詞。視之*ɡljilʔ與示之*Ɡljils有構詞關係，通過韻尾交替實現：語詞「視」*ɡljilʔ，表示施事動詞「瞻也」；語詞「視、示」*Ɡljils，表示受事動詞「垂示」義。

《說文》見部：「視，瞻也。從見、示。」示部：「示，天垂象，見吉凶，所以示人也。從二。（二，古文上字。）三垂，日月星也。觀乎天文，以察時變。示，神事也。」《玉篇》見部：「視，時止切，看也。」示部：「示，時至切，《說文》『天垂象，見吉凶，所以示人』，《易》『夫乾，確然示人易矣；夫

坤，隤然示人簡矣。』示者，語也，以事告人曰示。」《廣韻》承矢切：「視，比也，瞻也，效也。」／常利切：「視，看視。」／巨支切：「示，同祇，見《周禮》。」／神至切：「示，垂示。」《集韻》善旨切：「視眡眂，瞻也，比也，或作眡眂。」／時利切：「視眡睸眙，《說文》『瞻也』，古作眡睸眙。」／翹移切：「祇示，《說文》『地祇。提出萬物者也。』古作示。」／神至切：「示，《說文》『天垂象，見吉凶，所以示人也。從二。古文上字。三垂，日月星也。觀乎天文，以察時變。示，神事也。』」

王力（1982）列「視、示」為同源詞，「視」是看，「示」是使看。俞敏（1984）提出第一階段「示」本是使動詞，第二階段「視」字造出來，使動自動兩用，「最後分配定了：『示』記使動，『視』記自動〔註162〕。」金理新（2006）指出「視、示」本為一字，後分化為二。兩詞通過韻尾交替實現施事動詞、受事動詞之間的構詞轉換。

視，《詩經》15 見，《釋文》出注 1 次。視*Gljils，船去。P405《小雅·鹿鳴之什·鹿鳴》：「德音孔昭，視民不恌。」箋：「視，古示字也」。6／9.4《釋文》：「音示」。視，動詞，垂示。鄭箋：「先王德教甚明，可以示天下之民。」孔疏：「古之字，以目視物，以物示人，同作視字。後世而作字異，目視物作示旁見，示人物作單示字，由是經傳之中，視與示字多雜亂。」「示」這一動作指向受事對象「天下之民」，即「天下之民視」，「視」這一動作非施事實施，而是由受事對象實施，「視」為受事動詞。據孔穎達，此義後又作「示」，「示」表受事動詞「垂示」義《詩經》已見。

視，《詩經》餘 14 次，《釋文》未注。視*gljil?，禪上。P320《國風·墉風·載馳》：「視爾不臧，我思不遠。」P340《國風·鄭風·女曰雞鳴》：「子興視夜，明星有爛。」P448《小雅·節南山之什·小旻》：「我視謀猶，亦孔之卭。」P460《小雅·谷風之什·大東》：「君子所履，小人所視。」視，動詞，瞻也。動作指向施事，不論施事出現或外置，動作始終由施事實施，為施事動詞。《釋文》於此類義概不出注，為常用詞，讀常用音。

〔註162〕俞敏：《古漢語派生新詞的模式》，收錄於俞敏：《中國語文學論文選》，東京，日本光生館，1984 年版，又收錄於俞敏：《俞敏語言學論文集》，北京，商務印書館，1999 年版，第 301 頁。

示，甲骨文中用作神名，無「視」義〔註163〕。《詩經》3 見，《釋文》出注 1 次。

示*ɡljils，船去。P405《小雅・鹿鳴之什・鹿鳴》：「人之好我，示我周行。」6／9.3《釋文》：「毛如字，鄭作寘，之豉反，置也。」《釋文》同條又音，以備鄭說，箋義有別，《釋文》收錄。P554《大雅・蕩之什・抑》：「匪手攜之，言示之事。」P598《周頌・閔予小子之什・敬之》：「佛時仔肩，示我顯德行。」示，動詞，垂示。「示」後接間接賓語＋直接賓語，「示」動作指向間接賓語，即受事客體。「視」動作由受事對象實施，動詞「示」與受事客體聯繫，為受事動詞。

《詩經》「視、示」構詞關係清晰，通過韻尾交替實現動詞施受關係構詞轉換：語詞*ɡljilʔ，表示動詞「瞻也」，動作指向施事，為施事動詞；語詞*ɡljils，早期文字形式為「視」，後又作「示」，表示動詞「垂示」義，動作指向受事對象，即受事客體「視」，為受事動詞。

式（試）

式，《廣韻》書母職韻，鄭張尚芳上古音系歸入職部，擬音*hljɯɡ。試，《廣韻》書母志韻，鄭張尚芳上古音系歸入代部，擬音*hljɯɡs。上古兩詞有構詞關係，通過韻尾交替實現名謂化構詞，表現為：語詞「式」*hljɯɡ，表示名詞，法式；語詞「試」*hljɯɡs，表示動詞，用也。

《說文》工部：「式，法也。從工弋聲。」言部：「試，用也。從言式聲。《虞書》曰：『明試以功。』」《玉篇》工部：「式，尸力切，法也，格也。」言部：「試，始志切，用也。」《廣韻》賞職切：「式，法也，敬也，用也，度也，又姓……」／式吏切：「試，用也。」《集韻》設職切：「式，《說文》『法也』，亦姓。」／式吏切：「試式，《說文》『用也』，引《虞書》『明試以功』，或省。」

金理新（2006）指出「式」通過附加後綴*-s 實現名謂化構詞「試」。

式，《詩經》51 見，三類用法：一、語氣詞，二、名詞「法式」義，三、動詞「用也」。

〔註163〕參看于省吾主編、姚孝遂撰：《甲骨文字詁林》，北京，中華書局，1996 年版，第 1044～1063 頁。

「式」第一類用法 8 見。P305《國風・邶風・式微》：「式微式微！胡不歸？」P440《小雅・節南山之什・節南山》：「式夷式已，無小人殆。」P552《大雅・蕩之什・蕩》：「式號式呼，俾晝作夜。」「式」作語氣詞，常以「式……式……」形式出現，不參與構詞。

「式」用作本義 6 見，《釋文》無注，讀常用音。式*hljɯg，書入。P467《小雅・谷風之什・楚茨》：「我孔熯矣，式禮莫愆。」箋：「式，法」。P467《小雅・谷風之什・楚茨》：「卜爾百福，如幾如式。既齊既稷，既匡既勑。」傳：「式，法也。」P525《大雅・文王之什・下武》：「成王之孚，下土之式。」傳：「式，法也。」P565《大雅・蕩之什・崧高》：「于邑于謝，南國是式。」箋：「式，法也。」式，名詞，法式。名詞「法式」義引申而有動詞「用也」，《詩經》37 見，《釋文》出注 1 次。P484《小雅・甫田之什・賓之初筵》：「式勿從謂，無俾大怠。」6／33.11《釋文》：「徐云毛如字，又云用也，鄭讀作慝，他得反，惡也。」《釋文》取徐、毛如字為首音，以「用也」釋義為先，鄭箋姑備一說。P405《小雅・鹿鳴之什・鹿鳴》：「我有旨酒，嘉賓式燕以敖。」箋：「式，用也」。P440《小雅・節南山之什・節南山》：「式月斯生，俾民不寧。」箋：「式，用也」。P451《小雅・節南山之什・小宛》：「教誨爾子，式穀似之。」箋：「式，用」。P577《大雅・蕩之什・瞻卬》：「無忝皇祖，式救爾後。」《詩經》名詞「法式」義入韻 5 次，動詞「用也」入韻 1 次，皆與上古*-g尾韻字相押，因此名詞「法式」之「式」、動詞「用也」之式上古亦當帶*-g尾。

試，《詩經》4 見，《釋文》未出注。試*hljɯgs，書去。P425《小雅・南有嘉魚之什・采芑》：「方叔蒞止，其車三千，師干之試。」P425《小雅・南有嘉魚之什・采芑》：「方叔蒞止，其車三千，師干之試。」P460《小雅・谷風之什・大東》：「私人之子，百僚是試。」P614《魯頌・駉之什・閟宮》：「黃髮台背，壽胥與試。」試，動詞，用也。《詩經》以此義入韻 4 次，與上古*-gs韻尾字相押，肯定「試」上古韻尾亦當為*-gs。

《詩經》「式、試」的構詞關係如下：式*hljɯg，表示名詞「法式」義，引申而有動詞「用也」；通過後綴交替實現名謂化構詞轉換，試*hljɯgs，表示動詞「用也」。後代因名詞「式」引申而來動詞「式」與名詞「式」派生語詞「試」同表動詞「用也」，故常可通用。

食（飤）

食，中古乘力切、羊吏切，鄭張尚芳上古音系分別歸入職部、代部，擬音*ɦljɯg、*lɯgs，後一音為專名用法，表示人名。飤，中古祥吏切，鄭張尚芳上古音系歸入代部，擬音*ljɯgs，並注「食分化於餵食」。飤，甲金文中無此字，當係「食」的後起分化字，上古「飤」義由「食」記錄。那麼《詩經》食之*ɦljɯg、*ljɯgs 兩音有構詞關係，通過韻尾交替實現動詞施受關係轉換：語詞*ɦljɯg，表示施事動詞「食也」；語詞*ljɯgs，表示受事動詞「食也」。

食，《說文》食部：「一米也。从皀人聲。或說人皀也。」姚孝遂對《說文》關於食之的說解頗有異議，「許慎關於食字之說解，於形於義均不可通，實則與『飤』本同字，六穀之飯，凡可食也者謂之食，引申為飲食之義〔註164〕。」《玉篇》食部：「是力切，飯食，飲食也。」《廣韻》乘力切：「飲食，《大戴禮》曰『食穀者，智惠而巧。』《古史考》曰：『古者，菇毛飲血，燧人鑽火，而為始裏肉而燔之曰炮，及神農時人方食穀加米乾燒石之上而食之，及黃帝始有釜甑，火食之道成矣。』又戲名，博屬，又用也、偽也，亦姓……」／羊吏切：「人名，漢有酈食其。」／祥吏切：「飤，食也。」《集韻》食職切：「食皂，《說文》『一米也』，古作皂，亦姓。」／祥吏切：「飤飼食飴，《說文》『糧也』，或从司，亦作食飴。」／羊吏切：「食，闕，人名，漢有酈食其、審食其。」

《群經音辨·辨字音清濁》：「餐謂之食，時力切，凡食物也。飼謂之食，音寺。」馬建忠（1898）：「『食』字，去讀名字。《論·為政》：『有酒食。』入讀外動字〔註165〕。」王力（1957）將其歸入「一般動詞轉化為致動詞，致動詞變去聲」一類。周法高（1962）將其歸入「動詞」之「去聲或濁聲母不使謂式」一類。金理新（2006）注意到「食」通過韻尾交替實現動轉化構詞，表示名詞「飯也」，後字作「飤」；「食」通過韻尾交替實現動詞施受關係構詞轉換〔註166〕。

〔註164〕于省吾主編、姚孝遂撰：《甲骨文字詁林》，北京，中華書局，1996 年版，第 2759 頁。

〔註165〕馬建忠：《馬氏文通》，北京，商務印書館，1983 年版，第 205 頁。

〔註166〕金理新為施事動詞「食」上古擬音*s-gjeg，受事動詞「食」、名詞「食飤」上古擬音*s-gjeg-s。

食，《詩經》50見，《釋文》出注13見〔註167〕。

食*ɦljɯg，船平。P333《國風·王風·丘中有麻》：「彼留子國，將其來食。」5／22.22《釋文》：「如字，一云鄭音嗣。」毛傳：「子國復來，我乃得食。」鄭箋：「其將來食，庶其親已，已將厚待之。」馬瑞辰（1989）以為傳箋皆失詩旨，當訓為「為」字，「為者，助也〔註168〕」。陸德明以如字為首音，取毛傳為先。又據箋義以箋音嗣，箋「其將來食」，「其」指子國，動作「食」指向外置的第三者「民人」。我們以為此章旨在思賢，賢者放逐在外，國人思之。此留子國，子嗟父，治丘中有麥。故其來，我民人乃得食。且此例「食」《詩經》入韻押入聲韻，與其語法形態音變正相應。《釋文》首音如字與毛傳音義相合，且與《詩經》押韻形式相應，故取《釋文》首音。P324《國風·衛風·氓》：「于嗟鳩兮，無食桑葚。」P342《國風·鄭風·狡童》：「彼狡童兮，不與我食兮。」P365《國風·唐風·鴇羽》：「王事靡盬，不能蓺黍稷，父母何食？」P377《國風·陳風·衡門》：「豈其食魚，必河之魴？」P378《國風·陳風·株林》：「乘我乘駒，朝食於株。」P456《小雅·節南山之什·巷伯》：「豺虎不食，投畀有北。」P500《小雅·魚藻之什·苕之華》：「人可以食，鮮可以飽。」P528《大雅·生民之什·生民》：「誕實匍匐，克岐克嶷，以就口食。」箋：「以此至於能就眾人口自食」。P558《大雅·蕩之什·桑柔》：「好是稼穡，力民代食。」傳：「力民代食，代無功者，食天祿也。」食，動詞，食也。動作與施事相聯繫，施事或出現於主語位置或外置，但動作一定是指向施事的行為。食，為施事動詞，此義《詩經》24見。

食*ljɯgs，邪去。P366《國風·唐風·有杕之杜》：「中心好之，曷飲食之！」5／32.10《釋文》：「音嗣，下同。」P374《國風·秦風·權輿》：「今也，每食無餘。」箋：「君今遇我，薄其食我才足耳。」5／35.5《釋文》：「音嗣，注篇內同。」P374《國風·秦風·權輿》：「於我乎，每食四簋。」P374《國風·秦風·權輿》：「今也，每食不飽。」P388《國風·豳風·七月》：「采荼薪樗，食我農夫。」6／6.7《釋文》：「音嗣」。P473《小雅·甫田之什·甫田》：「我取其陳，食我農人。」6／29.13《釋文》：「音嗣」。P490《小雅·魚藻之

〔註167〕3例出現於前文「食」注中，以「下同、篇內皆同」形式出現。3例出現於篇章「食」注中，以「篇內同」形式出現。

〔註168〕馬瑞辰：《毛詩傳箋通釋》，北京，中華書局，1989年版，第246頁。

什・角弓》：「如食宜饇，如酌孔取。」箋：「王如食老者，則宜令之飽」。6 /
34.19《釋文》：「音嗣，注同。」P498《小雅・魚藻之什・縣蠻》：「飲之食之，
教之誨之。」6 / 37.9《釋文》：「下音嗣，篇內皆同。」P541《大雅・生民之
什・公劉》：「食之飲之，君之宗之。」7 / 11.5《釋文》：「音嗣」。食，動詞，
食也。動詞後帶賓語或賓語外置，動作始終與受事對象聯繫在一起，即動作
「食」指向受事對象，非施事的動作行為。「食」為受事動詞，此義《詩經》
12 見，《釋文》一律音邪母去聲。「食」受事動詞義後世亦作「飤」。

　　《詩經》「食」的施受構詞脈絡清晰，《釋文》於兩音兩義區別與構詞關係
一致。「食」通過韻尾交替實現動詞施受關係構詞轉換，表現為：語詞*ɦljɯg，
表示動詞「食也」，突出施事動作「食」，為施事動詞；語詞*ljɯgs，《釋文》出
注破讀音，表示動詞「食也」，強調受事對象的動作「食」，為受事動詞。

　　施事動詞「食也」引申而有被動義「被食」，用於「日食、月食」此類結構
中，此義不參與構詞。《釋文》未出注，如常用音讀。《詩經》3 見。P445《小
雅・節南山之什・十月之交》：「日有食之，亦孔之醜。」P445《小雅・節南山
之什・十月之交》：「彼月而食，則維其常。」P445《小雅・節南山之什・十月
之交》：「此日而食，于何不臧？」

　　施事動詞「食也」引申而有名詞「飯食」義，《詩經》11 見，《釋文》未注。
P288《國風・召南・羔羊》：「退食自公，委蛇委蛇。」箋：「退食謂減膳也」。
P288《國風・召南・羔羊》：「羔羊之縫，素絲五總。委蛇委蛇，退食自公。」
P324《國風・衛風・氓》：「自我徂爾，三歲食貧。」箋「乏穀食已三歲貧矣」。
P436《小雅・鴻雁之什・斯干》：「無非無儀，唯酒食是議。」P467《小雅・谷
風之什・楚茨》：「神嗜飲食，使君壽考。」P288《國風・召南・羔羊》：「羔羊
之革，素絲五緎。委蛇委蛇，自公退食。」P361《國風・唐風・山有樞》：「子
有酒食，何不日鼓瑟？」P412《小雅・鹿鳴之什・天保》：「民之質矣，日用飲
食。」P467《小雅・谷風之什・楚茨》：「以為酒食，以享以祀。」P467《小雅・
谷風之什・楚茨》：「苾芬孝祀，神嗜飲食。」P470《小雅・谷風之什・信南山》：
「曾孫之稼，以為酒食。」

　　「食」名詞「飯食」義，《釋文》時代字形已更作「飤」，「食」承擔動詞
「食也」義。《釋文》於名詞義「食」漏注比比皆是，一旦於名詞「飯食」義
出注即音嗣，名詞「食」與動詞「食」音相別。兩義相關，兩音交替，兩詞

或有構詞關係。然而,《詩經》動詞、名詞之「食」讀音並無分別。《詩經》「食」入韻共計 13 次,皆與上古入聲韻相押,其中 7 次以施事動詞「食也」入韻,6 次以名詞「飯食」義入韻。《詩經》名詞義「食」與施事動詞「食」兩音無別。且《楚辭》「食」押韻情況,更證明這一點。《楚辭》「食」4 次入韻,名詞「飯食」,皆押入聲韻。

我們認為《詩經》時代表示動詞義之「食」與名詞義之「食」有詞義引申關係,無派生關係,兩義讀音相同。後來「食」之名詞義分化出去,借用語義相關的受事動詞「食」的後起文字形式「飤」來記錄,語詞的語音形式與受事動詞「食」語音形式正相應,為*ljɯgs。陸德明不察「食」字義字音分化的理據,徑取後世名詞義之「音嗣」注文獻。凡遇名詞義之「食」即注「音嗣」,卻於《詩經》名詞義之「食」未出注一例,大概陸德明亦看到所出注音與押韻的矛盾(陸德明重視協韻注音),《詩經》名詞義「食」一概不出注。

通過對《詩經》「食」用例的全面梳理,《詩經》「食」存在一類構詞,即通過韻尾交替實現動詞施受關係的構詞,具體表現為:語詞*ɦljɯg,表示施事動詞「食也」,動作突出施事的行為,強調施事「食也」;語詞*ljɯgs,表示受事動詞「食也」,動作突出受事對象,強調受事對象「食也」。至於《詩經》中用作名詞「飯食」義之「食」,不參與構詞,詞義由施事動詞「食也」引申而來,讀音同施事動詞如字讀音。

乘（賸）

乘,中古船母蒸韻、船母證韻,鄭張尚芳上古音系歸入蒸部,分別擬音*ɦljɯŋ、*ɦljɯŋs。上古兩音通過韻尾交替實現動名構詞:語詞詞根形式*ɦljɯŋ,表示動詞「駕也,登也」;派生語詞形式*ɦljɯŋs,表示名詞「車乘」。

乘,《說文》桀部:「椉,覆也,从入、桀。桀,黠也。軍法曰乘。」《玉篇》桀部:「椉,是升是證二切,勝也罵也升理也計也覆也守也一也。乘,今文。」《廣韻》食陵切:「駕也、勝也、登也、守也,《說文》作椉,覆也,又姓……」/實證切:「車乘也。」《集韻》神陵切:「乘椉桒,《說文》:『覆也,从入、桀。桀,黠也。軍法曰乘。』一曰四矢曰乘,亦姓,或作椉桒。」/石證切:「乘椉桒,車也,一曰物雙曰乘,《春秋傳》『以乘韋』,或作椉桒。」/堂練切:「旬乘,《說文》『天子五百里地』,或作乘。」

　　《群經音辨・辨字音清濁》：「乘，登車也，食陵切。謂其車曰乘，食證切。」馬建忠（1898）：「『乘』字：《詩・小雅・六月》『元戎十乘』，名也，去讀。《易・乾》『時乘六龍以御天』，解駕也，《孟子・公孫丑上》『不如乘勢』，解因也，《詩・豳風・七月》『亟其乘屋』，解治也，皆動字，平讀〔註169〕。」周祖謨（1946）將其歸入「因詞性不同而變調者」之「區別動詞用為名詞」類。王力（1957）歸之為「本屬動詞而轉化為名詞者，名詞變去聲」類。周法高（1962）將其歸入「非去聲或清聲母為動詞，去聲或濁聲母為名詞或名語」一類，「乘：登車也，食陵切；謂其車曰乘，食證切〔註170〕。」金理新（2006）指出「乘」通過韻尾交替實現動轉化名詞、動轉化形容詞構詞。

　　《詩經》「乘」28見，《釋文》出注20次〔註171〕。

　　乘*ɦljɯŋ，船平。P337《國風・鄭風・大叔于田》：「叔于田，乘乘馬。」5／23.16《釋文》：「上如字，下繩證反，後句例爾。」P311《國風・邶風・二子乘舟》：「二子乘舟，汎汎其景。」P378《國風・陳風・株林》：「乘我乘駒，朝食於株。」乘，動詞，駕也。P324《國風・衛風・氓》：「乘彼垝垣，以望復關。」P388《國風・豳風・七月》：「亟其乘屋，其始播百穀。」傳：「乘，升也」。乘，動詞，登也。

　　乘*ɦljɯŋs，船去。P337《國風・鄭風・大叔于田》：「叔于田，乘乘馬。」5／23.16《釋文》：「上如字，下繩證反，後句例爾。」P374《國風・秦風・渭陽》：「何以贈之？路車乘黃。」5／35.3《釋文》：「繩證反，注同。」P378《國風・陳風・株林》：「駕我乘馬，說于株野。乘我乘駒，朝食於株。」6／2.20《釋文》：「繩證反，下乘驕〔註172〕注君乘馬、君乘驕車乘並同。」P424《小雅・南有嘉魚之什・六月》：「元戎十乘，以先啟行。」6／14.18《釋文》：「繩證反」。P480《小雅・甫田之什・鴛鴦》：「乘馬在廄，摧之秣之。」6／31.12

〔註169〕馬建忠：《馬氏文通》，北京，商務印書館，1983年版，第35頁。

〔註170〕周法高：《中國古代語法・構詞編》，臺北，中央研究院歷史語言研究所，1962年版，第62頁。

〔註171〕其中8次出現於前文「乘」注中，以「下同、下……並同、後句例爾」等術語形式出現。

〔註172〕據黃焯校，「乘驕」，亦作「乘駒」，詳黃焯：《經典釋文匯校》，北京，中華書局，1980年版，第64頁。

《釋文》:「王徐繩證反,四馬也,鄭如字,下同。」《釋文》取王徐音為首音,鄭音以備一說。根據詩義,以名詞「車乘」義理解為勝;又本章前言「鴛鴦于飛,畢之羅之。君子萬年,福祿宜之。鴛鴦在梁,戢其左翼。君子萬年,宜其遐福。」「鴛鴦」與「乘馬」相對,可見「乘馬」之「乘」一定表義「車乘」,王徐首音正與義合。P489《小雅‧魚藻之什‧采菽》:「雖無予之,路車乘馬。」6 / 33.22《釋文》:「繩證反,下注車乘、驂乘同。」P565《大雅‧蕩之什‧崧高》:「王遣申伯,路車乘馬。」7 / 18.18《釋文》:「繩證反,注同。」P570《大雅‧蕩之什‧韓奕》:「其贈維何?乘馬路車。」7 / 20.5《釋文》:「繩證反,注同,下百乘亦同。」P608《魯頌‧駉之什‧有駜》:「有駜有駜,駜彼乘黃。」7 / 30.16《釋文》:「繩證反,下同。」P614《魯頌‧駉之什‧閟宮》:「公交車千乘,朱英綠縢,二矛重弓。」7 / 32.13《釋文》:「繩證反,注千乘同。」P622《商頌‧玄鳥》:「龍旂十乘,大糦是承。」7 / 34.11《釋文》:「繩證反,注同。」乘,名詞,車乘。

《詩經》「乘」《釋文》出注 20 次,1 次用作動詞「駕也」,《釋文》如字讀,餘 19 次均表示名詞「車乘」義,《釋文》皆音「繩證反」。《釋文》「乘」兩義分別清楚,義同音別。

綜上,《詩經》「乘」的音義關係可作如下概括:語詞詞根形式*ɦljɯŋ,表示動詞「駕也、登也」;通過附加後綴實現動名構詞,派生語詞*ɦljɯŋs,表示名詞「車乘」,在文中可充當定語,具有形容詞特徵,這一語法功能與後綴*-s有關。

《詩經》與「乘」構詞相關尚有一詞:騰。《說文》馬部:「騰,傳也。從馬朕聲。一曰騰,犗馬也。」中古定母登韻,鄭張尚芳上古音系歸入蒸部,擬音*l'ɯɯŋ。王力(1982)列「騰、乘」為同源詞。金理新(2006)指出「騰」通過附加*-s前綴完成動詞持續體構詞「乘」〔註173〕。

騰,《詩經》2 見,《釋文》未出注。騰*l'ɯɯŋ,定平。P445《小雅‧節南山之什‧十月之交》:「百川沸騰,山冢崒崩。」傳:「騰,乘也」。P614《魯頌‧駉之什‧閟宮》:「不虧不崩,不震不騰。」傳:「騰,乘也」。騰,動詞,乘也。

〔註173〕金理新(2006)為「騰」上古擬音*deŋ,動詞「乘」上古擬音*s-deŋ。

　　《詩經》「騰」表示動詞「乘也」，與「乘」用作動詞義相同。「騰、乘」《詩經》語法功能相同，同作謂語。不過前者不帶賓語，為不及物動詞；後者可帶賓語，為及物動詞。兩詞語法意義亦有分別，「騰」表達的是一個離散的單一動作，「乘」表達的往往是一個連續的復合動作，當然這一復合動作可以包含多個離散的單一動作。「騰、乘」兩詞存在動詞離散、持續構詞轉換。具體表現為：語詞騰*l'ɯɯŋ，表示動詞「騰也」，為動詞離散體；語詞乘*ɦljɯɯŋ，表示動詞「乘也」義，為動詞持續體。兩詞構詞方式，考慮上古擬音體系，暫存疑。鄭張尚芳*ɦlj 為前冠後墊式複聲母，構詞手段或可看作前綴*ɦ-交替，只是這一構詞前綴功能未見其他經典例證，姑備一說。

　　其實這一字頭與前文端組異讀字頭之「登（升）」為同族詞，此四詞皆有「上升」的動作，區別在於「登、乘」強調一個離散的動作，「升、騰」強調動作持續的一個過程。這四個語詞語音形式相近，據鄭張尚芳上古擬音，「登、騰」韻腹相同，同為長元音，「升、乘」韻腹相同，同為短元音，聲母區別表現為前綴交替，當然前提是鄭張先生指出的「登」可作*ʔl'ɯɯŋ 構擬。

蛇

　　蛇，《廣韻》詫何切、食遮切、弋支切。鄭張尚芳上古音系歸入歌 1 部，分別擬音*lhaal、*ɦljaal、*lal，並於*lhaal 音下注「說文同它」。後兩音《詩經》有名動構詞轉換關係：語詞*ɦljaal，表示名詞「蟲類」；語詞*lal，表示動詞「蜲蛇」。

　　蛇，本字作它。《說文》它部：「它，虫也。从虫而長，象冤曲垂尾形。上古艸居患它，故相問無它乎。」後來「它」被借用作人稱代詞「他」，《詩經》「它」3 見，皆借用作「他」，表示「其他」義。表示本義的語詞文字記錄形式就在原文字形式「它」基礎上添加形符而成「蛇」，語詞的語音形式也發生相應變化。所以表示「蟲類」的「蛇」古有「它」音。《玉篇》它部：「它，恥何切，蛇也，上古草居畏它，故相問無它乎。又非也、異也，今作佗。」／蛇，同上，今市遮切，又弋支切，《詩》云：『蛇蛇碩言』。」《廣韻》詫何切：「它，《說文》曰『虫也。从虫而長，象冤曲垂尾形。上古艸居患它，故相問無它乎。』」／詫何切：「蛇，《說文》同它。今市遮切」／食遮切：「蛇，毒蟲，又姓……」／弋支切：「蛇，蜲蛇，莊子所謂紫衣而朱冠，又蛇丘，縣名。」《集韻》湯何

切：「它蛇，《說文》『虫也，从虫而長，象冤曲垂尾形。上古艸居患它，故相問無它乎。』或从虫。」／唐何切：「蛇，虫名，蠵也。」／時遮切：「它蛇虵，虵，或作蛇虵。」／余支切：「蛇虵迤，委蛇，委曲自得皃，或作虵迤。」

事實上，《廣韻》、《集韻》「蛇」之「詑何切」與其他兩音並不屬於同一語音層次，此音比其他二音更早，韻書編纂過程中將這些來源於不同歷史平面的讀音一起收錄，考察此類字音時需小心甄別他們的語音歷史層次，這有利於更清晰地認識語詞之間的語源關係。

《詩經》「它」用作「他」的借字，已不再作為語詞「虫也」的文字記錄形式，「虫也」語詞字形為「蛇」，《詩經》時代「它、蛇」的文字、語音、意義形式皆已完成對應改變。

金理新（2006）指出表示動物前綴*s-通過與*ɦ-前綴交替實現名謂化構詞轉換〔註174〕。

蛇，《詩經》10見，《釋文》出注3次。其中兩兩連用作為「詑」之同音假借，表示「淺意貌」。P453《小雅·節南山之什·巧言》：「蛇蛇碩言，出自口矣。」傳：「蛇蛇，淺意也」。6／24.12《釋文》：「以支反，淺意也。」此義與構詞無關。

蛇*ɦljaal，禪平。P436《小雅·鴻雁之什·斯干》：「維熊維羆，維虺維蛇。」6／18.12《釋文》：「市奢反」。P436《小雅·鴻雁之什·斯干》：「維虺維蛇，女子之祥。」《釋文》此條雖未注，但同篇前文同類結構注「市奢反」。蛇，名詞，蟲也。

蛇*lal，以平。P288《國風·召南·羔羊》：「退食自公，委蛇委蛇。」同篇同章此句出現3次。蛇，動詞，蛜虵。此義《釋文》無注，如常用音讀。

《詩經》「蛇」音義關係清楚，「蛇」之兩讀有名謂化構詞轉換關係：語詞*ɦljaal，表示名詞「蟲也」；蟲行「蛜虵」，而有動詞*lal。鄭張尚芳的*ɦlj-看作是前冠後墊複聲母的話，「蛇」構詞方式可作前綴交替。金理新的上古音體系，很好地說明了「蛇」的構詞方式。

〔註174〕金理新（2006）為「它」上古擬音*thar，並根據《詩經·羔羊》「素絲五紽。」《釋文》：「五它：本又作他，同徒何反。它，數也，或作紽。」懷疑其或可能音*dar，「蛇」上古擬音*s-dar，表示名詞「蟲也」義，「蛇」上古擬音*ɦ-dar，表示形容詞，「蛜虵」義，其中*ɦ-前綴上古有名謂化功能。

二、正齒音照組異讀構詞特點

《詩經》具有音義關係的中古正齒音照組異讀構詞字頭 16 個（除 3 字頭構詞手段暫存疑），構詞方式主要有聲母清濁交替、*-s 後綴交替、*-ɦ 後綴交替、*ɦ-前綴交替四種類型，構詞的語法意義範疇包括動詞內部的及物不及物、自主非自主、施事受事之間轉換，又有動詞、名詞之間詞性轉換，另外還有名謂化、名詞借代構詞等。

1. 聲母清濁交替實現的語法意義變化

動詞的施受關係變化

動詞施受關係變化在上古漢語中的構詞手段有聲母清濁交替、後綴*-s 交替兩種。《詩經》正齒音照組異讀字頭「招（召）」，是通過聲母清濁交替完成動詞施受關係構詞轉換的，表現為：清聲母為施事動詞，濁聲母為受事動詞。

2.*-s 後綴交替實現的語法意義變化

第一、語詞詞性變化

-s 後綴交替既可使動詞變成名詞，亦可使名詞變成動詞。《詩經》正齒音照組異讀字頭「生（姓性）、處、乘、上、式（試）」的構詞方式即是通過後綴-s 交替完成的。前四字頭實現的語法意義變化是動詞向名詞轉化，表現為：無*-s 後綴形式為動詞，*-s 後綴形式為名詞。後一字頭實現的語法意義變化是名詞向動詞轉化，表現為：無*-s 後綴形式為名詞，*-s 後綴形式為動詞。因*-s 後綴來源不同，故有兩類相反構詞方向的*-s 後綴形式存在。

第二、動詞的非自主性變化

上古漢語的*-s 後綴是一個非自主動詞後綴。《詩經》正齒音照組異讀字頭「稱（承）」，正是通過附加這一非自主動詞後綴*-s 完成構詞的，表現為：無*-s 後綴形式為自主動詞，*-s 後綴形式為非自主動詞。

第三、動詞的及物性變化

上古漢語*-s 後綴的及物性變化，在《詩經》正齒音照組異讀字頭「昭（照）」中有所表現。此字頭通過附加後綴*-s 實現動詞不及物向及物性轉變。

第四、動詞的施受關係變化

-s 後綴具有受事動詞意義，通過附加-s 後綴可以完成動詞施受關係轉換。

《詩經》正齒音照組異讀字頭「食飤」，通過*-s 後綴的附加完成施受關係變化。

3. *-ɦ 後綴、*-s 後綴交替實現的語法意義變化

第一、動詞的施受關係變化

上古漢語中與受事動詞相對的施事動詞亦有相應的標記，通常*-ɦ 後綴帶有施事動詞性質。*-ɦ、*-s 後綴常相交替完成動詞施受關係變化。《詩經》正齒音照組異讀字頭「受（授）、視（示），即是通過*-ɦ、*-s 後綴交替實現動詞施受關係轉變的，表現為：*-ɦ 後綴形式為施事動詞，*-s 後綴形式為受事動詞。

第二、動詞的自主非自主性變化

上古漢語中與非自主動詞相對的自主動詞亦有相應的標記：*-ɦ 後綴。上古漢語*-ɦ 後綴表達自主動詞功能，金理新（2006）舉了大量先秦文獻用例作了說明。《詩經》正齒音照組異讀字頭「士（仕事）」，正是通過*-ɦ、*-s 後綴交替實現自主動詞、非自主動詞構詞轉變的，表現為：*-ɦ 後綴形式為自主動詞，*-s 後綴形式為非自主動詞。

4. *-ɦ 後綴交替實現的語法意義變化

名詞借代構詞變化

中古漢語的上聲，在上古漢語中有相應的韻尾，而這個韻尾據前輩學者們的研究討論，具有一定程度的語法意義。可以說，這個韻尾實際上是一個具有構詞功能的後綴。其中之一可完成名詞借代構詞，即附加在名詞詞根或動詞詞根後派生出新的名詞。《詩經》正齒音照組異讀字頭「種」的構詞變化正是其例，表現為：原詞根形式為*-s 後綴形式，動詞，通過與*-ɦ 後綴交替派生出名詞。

5. *-ɦ-前綴交替實現的語法意義變化

名謂化構詞變化

藏語有名謂化前綴*s-、*ɦ-，上古漢語名謂化前綴除了*s-外，是否亦如藏語一般存在*ɦ-前綴呢？金理新（2006）對上古漢語經典用例考察分析後肯定上古漢語存在名謂化前綴*ɦ-。《詩經》正齒音照組異讀字頭「蛇」，即通過前綴*ɦ-交替完成名謂化構詞轉換。

第五節　牙音見組異讀構詞詞表及構詞特點

一、牙音見組異讀構詞詞表

糾（ㄐㄧㄡˇ）

糾，《廣韻》見母黝韻，鄭張尚芳上古音系歸入見母幽 2 部，擬音*kruwʔ、*kuw，並於*kruwʔ音下注「ㄐ字轉注」，*kuw 音下注「ㄐ今分化字」。ㄐ，《廣韻》見母尤韻，鄭張尚芳上古音系歸入見母幽 2 部，擬音*kuw；另據《集韻》「居虯切」擬上古音*kruw。《說文》ㄐ部：「ㄐ，相糾繚也。一曰瓜瓠結ㄐ起。象形。」ㄐ部：「糾，繩三合也。从糸、ㄐ。」「ㄐ、糾」有語源關係，甲骨文中有「ㄐ」無「糾」，「糾」係「ㄐ」後起分化字。逑，《說文》辵部：「斂聚也。从辵求聲。《虞書》曰：『旁逑孱功。』又曰：『怨匹曰逑。』」鄭張尚芳上古音系歸入群母幽 1 部，擬音*gu。上古「糾」之*kruwʔ與「逑」有構詞關係，通過聲母清濁交替實現：語詞「糾」*kruwʔ，表示及物動詞「糾繚」；語詞「逑」*gu，表示不及物動詞「合也」〔註175〕。

金理新（2006）注意到兩詞通過聲母清濁交替實現動詞及物、不及物構詞轉換。

糾，《詩經》6 見，《釋文》出注 6 例。糾*kruwʔ，見上。P356《國風·魏風·葛屨》：「糾糾葛屨，可以履霜。」傳：「糾糾，猶繚繚也。」5 / 29.11《釋文》：「吉黝反，沈居酉反，猶繚繚也。」P460《小雅·谷風之什·大東》：「糾糾葛屨，可以履霜。」6 / 26.8《釋文》：「居黝反」。P602《周頌·閔予小子之什·良耜》：「其饟伊黍。其笠伊糾。」7 / 28.16《釋文》：「居黝反，又其皎反。」「糾」以兩兩組合形式出現，用作定語，表示形容詞「糾繚」義，最後一例說明「笠」的形狀，亦為形容詞用法。糾，形容詞，糾繚，作用相當於不及物動詞。

糾，《詩經》尚有 1 例意義與構詞無關。P378《國風·陳風·月出》：「月出皎兮，佼人僚兮。舒窈糾兮，勞心悄兮。」傳：「窈糾，舒之姿也」。6 / 2.15《釋文》：「其趙反，又其小反，一音其了反，窈糾，舒之姿，說文音巳小反，又居酉反。」窈糾，疊韻詞。

〔註175〕金理新（2006）為「糾」上古擬音*d-ku，「逑」上古擬音*d-gu。

述，《詩經》2 見，《釋文》出注。述*ɡu，匣平。P273《國風・周南・關雎》：「窈窕淑女，君子好述。」5／2.12《釋文》：「音求，毛云匹也本亦作仇，音同，鄭云怨耦曰仇。」述，名詞，匹也。此義不參與構詞。P547《大雅・生民之什・民勞》：「惠此中國，以為民述。」傳：「述，合也」。7／12.13《釋文》：「音求，合也。」述，動詞，合也。不能帶賓語，為不及物動詞。

「糾、述」皆有「糾合聚攏」之義，《詩經》一用作形容詞「糾繚」義、一用作動詞「合也」，皆相當於不及物動詞。但通過「糾、述」在其他典籍文獻用法，「糾」可帶賓語，如：《左傳・僖公二十四年》「召穆公思周德之不類，故糾合宗族於成周而作詩。」《後漢書・荀彧傳》：「若紹收離糾散，乘虛以出，則公之事去矣。」李賢注：「糾，合也。」而「述」只能用作不及物動詞，不可帶賓語。「糾、述」的音義關係表現：糾*kruuwʔ，表示及物動詞「糾繚」；通過聲母清濁交替實現構詞轉換述*ɡu，表示不及物動詞「合也」。

降

降，鄭張尚芳上古音系歸入見母終部、匣母終部，分別擬音*kruuŋs、*ɡruuŋ。上古「降」兩音有構詞關係，通過聲母清濁交替實現：語詞*kruuŋs，表示施事動詞「下也、落也」；語詞*ɡruuŋ，表示受事動詞「下也、降伏」。

降，《說文》𨸏部：「下也。从𨸏夅聲。」《玉篇》阜部：「古巷切，落也，下也，歸也。又下江切，降伏也，亦作夅。」《廣韻》古巷切：「下也、歸也、落也。」／下江切：「降伏。」《集韻》古巷切：「降夅，《說文》『下也，古作夅。』」／乎攻切：「降，下也。」

《群經音辨・辨字音清濁》：「下謂之降，古巷切。伏謂之降，戶江切。」馬建忠（1898）：「『降』字，平讀內動字，降伏也。《左・莊八》：『師及齊師圍郕，郕降於齊師。』去讀外動字，升降也。語云：『降心相從。』〔註176〕」周祖謨（1946）將其歸入「因意義不同而變調者」之「義類相若，略有分判，音讀亦變」一類。俞敏（1984）指出「降」表示「下」義，為 k-型動詞，後來派生出新詞——被放下來了，為 g-型的。潘悟雲（1991）認為「降」的聲母清濁交替反映了自動詞、使動詞之間的構詞轉換：濁聲母表示自動詞，清

〔註176〕馬建忠：《馬氏文通》，北京，商務印書館，1983 年版，第 197 頁。

聲母表示使動詞。金理新（2006）指出「降」通過聲母清濁交替實現及物動詞、不及物動詞構詞轉換。

降，《詩經》40 見，《釋文》出注 4 次。降*gruuŋ，匣平。P286《國風·召南·草蟲》：「亦既見止，亦既覯止，我心則降。」5／6.13《釋文》：「戶江反，下也。」P415《小雅·鹿鳴之什·出車》：「既見君子，我心則降。」箋：「降，下也」。6／12.4《釋文》：「戶江反，又如字，注下皆同。」P515《大雅·文王之什·旱麓》：「豈弟君子，福祿攸降。」箋：「降，下也」。7／4.10《釋文》：「如字，下也，又戶江反，注同。」P537《大雅·生民之什·鳧鷖》：「既燕于宗，福祿攸降。」7／10.7《釋文》：「戶江反」。降，動詞，下也。

《詩經》降，表示動詞「下也」，《釋文》音戶江反，或以戶江反為首音、如字為又音，或以如字為首音、戶江反為又音。第 2 例與第 1 例結構、語義相同，第 3 例與第 4 例結構、語義相同，《釋文》分別一處注戶江反，一處同條又音。《釋文》時代「降」之兩讀音義區別不明顯，所以陸德明「降」注音才會如此混亂。誠如潘悟雲（1991）談到「降」讀音形態分別時提到「不過畢竟敵不過口語的影響，連陸德明有時也搞不清楚了〔註177〕」。以上 4 例語義、語法相同，音自相同，均當音匣母平聲，上古*gruuŋ。

「降」的結構形式為受事對象＋動詞，從結構形式看「降」是一個不及物動詞，但事實是及物動詞，只是以不及物動詞的形式出現，「降」可以帶受事賓語。例中動詞「降」，突出或強調動作與受事對象聯繫在一起，「心、福祿」為受事客體，作主語；施事主體為外置的第三者，未見。降，為受事動詞。又「降」《詩經》入韻情況與此相合，「降」入韻 4 次，表示受事動詞「下也」，與其入韻字韻尾相同正相押韻。

降*kruuŋs，見去。P315《國風·墉風·定之方中》：「望楚與堂，景山與京，降觀于桑。」P412《小雅·鹿鳴之什·天保》：「降爾遐福，維日不足。」P438《小雅·鴻雁之什·無羊》：「或降于阿，或飲于池，或寢或訛。」P440《小雅·節南山之什·節南山》：「昊天不傭，降此鞠訩。」P445《小雅·節南山之什·十月之交》：「下民之孽，匪降自天。」P447《小雅·節南山之什·

〔註177〕潘悟云：《上古漢語使動詞的屈折形式》，《溫州師範學院學報》，1991 年第 2 期，第 50 頁，又收錄於《著名中年語言學家自選集·潘悟雲卷》，合肥，安徽教育出版社，2002 年版，第 55 頁。

雨無正》:「降喪飢饉,斬伐四國。」P502《大雅·文王之什·文王》:「文王陟降,在帝左右。」P577《大雅·蕩之什·瞻卬》:「亂匪降自天,生自婦人。」P579《大雅·蕩之什·召旻》:「天降罪罟,蟊賊內訌。」降,動詞,下也。

「降」表示動詞「下也」,《詩經》未注 36 次。此類「降」的結構形式有:動詞、動詞＋受事對象、受事對象＋動詞,施事＋動詞、施事＋動詞＋受事對象。不論哪種結構形式,施事或出現或外置,受事對象或有或無,「降」的動作始終跟施事主體相聯繫。施事動詞可以是及物動詞也可以是不及物動詞,但與施事聯繫,強調動作主體的動作過程,不過多關注受事客體,即使在有受事對象的情況下。此類「降」為施事動詞,下也。

《詩經》「降」構詞可概括為:語詞*kruuŋs,表示施事動詞「下也」,強調「降什麼」;通過聲母清濁交替實現動詞施受關係構詞轉換,語詞*gruuŋ,表示受事動詞「下也」,強調「誰降」。

萬獻初(2004)湖北咸寧方言單字音變舉例中有「降」[tçõ²¹³],降下來;[çiõ²¹],降服。咸寧方言陰去調值 213,陽平調值 21,陽平來源於古濁聲母,故「降」之兩讀可看成聲母清濁分別,去聲清聲母一讀,動作與施事聯繫,表示施事動詞,古濁聲母一源,動作與受事對象聯繫,表示受事動詞。

董紹克(2005)《陽谷方言研究》列異詞異讀 116 例中有「降」tçiã312,下降;çiã42,投降。陽谷方言去聲調值 312,陽平調值 42,其中陽平來源於古濁聲母,那麼「降」之兩讀分別可看作聲母清濁之別,「降」讀去聲,清聲母字,動作與施事聯繫,表示施事動詞;「降」讀陽平,古濁聲母,動作指向受事,表示受事動詞,這與咸寧方言、《詩經》異讀反映的情況皆相一致。

教（傚效）

教,鄭張尚芳上古音系歸入見母宵 1 部,擬音*kraaw、*kraaws。傚,鄭張尚芳上古音系歸入匣母宵 2 部,擬音*greews。上古「教」之*kraaws 與「傚」有構詞關係,通過聲母清濁交替實現動詞及物性強弱的構詞轉換:教*kraaws,動詞「施教」,施事主體對客體有較大的支配權,及物性程度高;傚*greews,動詞「效法」,施事主體對客體支配權較小,及物性程度弱。

《說文》教部:「教,上所施下所效也。从攴从孝。」大徐古孝切。攴部:「效,象也。从攴交聲。」《玉篇》攴部:「教,居孝切,教令也,誨也。」攴

部:「效,胡教切,效法也,功也。」人部:「傚,胡教切,斈效也。」《廣韻》古肴切:「教,效也。」／古孝切:「教訓也,又法也,語也。《元命包》云:『天垂文,象人行其事謂之教』,教之為言傚也。」／胡教切:「效,具也,學也,象也。又效力,效驗也。」／胡教切:「傚,教也,《詩》曰:『是則是傚』,毛萇云:『言可法傚也。』」《集韻》居肴切:「教,令也。」／居效切:「教斆效學,《說文》『上所施下所效也。』古作斆效或作學。」／後孝切:「效傚効交殽,《說文》『象也』,一曰功也,或从人从力,亦作交殽,通作詨。」

「效、傚」音同義通,互為異文。「教」《廣韻》《集韻》皆收見母平聲、見母去聲兩讀,兩義可通。「教」本只見母去聲一讀,見母平聲讀音或受後來訓讀影響所致。《釋名·釋言語》:「教,傚也。下所法傚也。」「教」本無「效」義,《說文》子部:「斈,放也。从子爻聲。」大徐古肴切。「教」因此亦有古肴切一讀,只是此讀不參與構詞。

王力(1982)列「教、效傚」為同源詞。俞敏(1984)指出「教」是個k-型的動詞,有老師教,學生就學了,於是派生出仿傚的動詞,派生的動詞是g-型的。金理新(2006)指出「教、效」通過聲母清濁交替實現動詞及物性強弱構詞轉換,且「效」是由動詞「教」派生而來。甲骨文卜辭有「教」無「效」,可能的派生途徑只能是「教」派生「效」。

教,《詩經》10見,《釋文》未注,為常用詞,讀常用音。教*kraaws,見去。P451《小雅·節南山之什·小宛》:「教誨爾子,式穀似之。」P482《小雅·甫田之什·車舝》:「辰彼碩女,令德來教。」P490《小雅·魚藻之什·角弓》:「爾之教矣,民胥傚矣。」P554《大雅·蕩之什·抑》:「匪用為教,覆用為虐。」P577《大雅·蕩之什·瞻卬》:「匪教匪誨,時維婦寺。」教,動詞,施教。句中作謂語,帶或不帶賓語,部分賓語前置,為及物動詞。用作主語,動詞義抽象化,部分謂語前置。

傚,《詩經》3見,《釋文》出注。傚*greews,匣去。P405《小雅·鹿鳴之什·鹿鳴》:「視民不恌,君子是則是傚。」傳:「是則是傚,言可法傚也」。6／9.5《釋文》:「胡教反」。P445《小雅·節南山之什·十月之交》:「天命不徹,我不敢傚,我友自逸。」6／21.17《釋文》:「戶教反」。P490《小雅·魚藻之什·角弓》:「爾之教矣,民胥傚矣。」箋:「天下之人皆學之」。6／34.17《釋文》:「戶教反」。傚,動詞,效法。作謂語,不帶賓語,似乎是不及物動

詞。但事實上「俲」始終有聯繫的受事對象，儘管這個受事對象不出現。結合先秦典籍，「俲」本是及物動詞。據金理新（2006：57）的統計說明，《左傳》動詞「效」13 見，皆是帶受事對象的及物動詞。

既然「教、俲」都有及物動詞功能，那麼兩者語法意義有何區別？《詩經》「教」、「俲」對舉出現，「教」方處於支配地位，是主動的一方；「俲」方處於被支配地位，是被動的一方。就主體的支配權大小而言，動詞「教」的施事對受事客體有較大的支配權，而動詞「俲」的施事對受事客體的支配權相對較小。換言之，「教」、「俲」的及物性程度存在差別：前者及物性程度高，動作完成對受事客體產生影響；後者及物性程度低，動作完成對受事客體未必產生影響。

《詩經》「教、俲」構詞關係如下：語詞教*kraaws，表示動詞「施教」義，動詞及物性程度高；通過輔音清濁交替派生語詞效*greews，表示動詞「效法」義，動詞及物性程度低。

膏

膏，鄭張尚芳上古音系歸入見母宵 1 部，擬音*kaaw、*kaaws。上古兩音有構詞關係，通過韻尾交替實現名謂化構詞轉換：語詞*kaaw，表示名詞「脂也」；語詞*kaaws，表示動詞「潤物」。

膏，《說文》肉部：「肥也。从肉高聲。」《玉篇》肉部：「公勞切，肥也。」《廣韻》古勞切：「脂也，《元命包》曰：『膏者，神之液也。』又澤也，肥也。」／古到切：「高車。」《集韻》居勞切：「《說文》『肥也。』」／居號切：「潤也，《詩》『陰雨膏之。』」

《群經音辨・辨字音清濁》：「膏，脂凝也，古刀切。所以潤物曰膏，古到切，《詩》『羔裘如膏。』」馬建忠（1898）：「『膏』字：平讀，名也，『脂膏』，又肥也，《孟子・告子上》『所以不願人之膏粱之味也』。去讀，動字也，《詩・曹風・下泉》『陰雨膏之』〔註 178〕。」周祖謨（1946）將其歸入「因詞性不同而變調者」之「區分名詞用為動詞」類。Downer（1959）將其歸入「基本形式是名詞性的——轉化形式是動詞性的」一類。周法高（1962）歸之為「非去聲或清聲母為名詞，去聲或濁聲母為動詞或名謂式」一類。

〔註 178〕馬建忠：《馬氏文通》，北京，商務印書館，1983 年版，第 36 頁。

膏，《詩經》4 見，《釋文》出注 3 次〔註 179〕。

膏*kaaws，見去。P381《國風・檜風・羔裘》：「羔裘如膏，日出有曜。」6／3.10《釋文》：「古報反」。P385《國風・曹風・下泉》：「芃芃黍苗，陰雨膏之。」6／5.4《釋文》：「古報反」。P495《小雅・魚藻之什・黍苗》：「芃芃黍苗，陰雨膏之。」6／36.7《釋文》：「古報反，下同。」膏，動詞，潤物。

膏*kaaw，見平。P326《國風・衛風・伯兮》：「豈無膏沐？誰適為容？」膏，名詞，脂也。

「膏」《詩經》表示動詞「潤物」義，《釋文》一律出注破讀音「古報反」；表示名詞「脂也」，為常用詞，如字讀，《釋文》不出注。《詩經》兩詞意義分別清楚，與《詩經》押韻情況正相一致。《詩經》「膏」入韻 3 次，以動詞「潤物」義入韻，皆押上古*-s 尾字。據此，動詞「潤物」義亦當有*-s 尾，與如字讀名詞「膏」語音交替。

殷煥先 1987 在《關於方言中的破讀現象》一文中，主張把傳統的破讀現象的觀察研究之所得引入到方言調查研究中來，要注意方言中的破讀現象，及時記錄下來，這對漢語史研究有用處。其文例舉了一些方言破讀例證，如「膏」表示動詞「膏油」在現代山東濟南方言中還存在。筆者家鄉江淮方言與濟南相同，也保留這一破讀音。

《詩經》「膏」構詞脈絡清晰，可概括為：語詞*kaaw，表示名詞「脂也」；通過韻尾交替實現名謂化構詞轉換*kaaws，表示動詞「以脂潤物」義。

覯（逅）

覯，鄭張尚芳上古音系歸入見母侯部，擬音*koos。逅，鄭張尚芳上古音系歸入匣母侯部，擬音*goos。「覯、逅」上古存在構詞關係，通過聲母清濁交替實現及物動詞、不及物動詞構詞轉換：語詞*koos，表示及物動詞「遇見」義；語詞*goos，表示不及物動詞「遇見」義。

《說文》見部：「覯，遇見也。從見冓聲。」辵部：「逅，邂逅也。從辵后聲。」《玉篇》見部：「覯，公侯切，見也，《詩》『我覯之子』。」辵部：「逅，胡遘切，邂逅也。」《廣韻》古候切：「覯，見也。」／胡遘切：「逅，邂逅。」

〔註 179〕1 次出現於前文序「膏」注中，以「下同」形式出現。

《集韻》居候切：「覯，《說文》『遇見也』。」／下遘切：「覯，遇見也。」／胡溝切：「逅覯，邂逅，解說兒，或作覯。」

賈昌朝以《集韻》「覯」之兩讀辨其音義關係，《群經音辨·辨字同音異》：「覯，見也，古豆切。邂覯，解說也，戶溝切。」金理新（2006）注意到上古「覯、逅」通過聲母清濁交替實現及物動詞、不及物動詞之間的構詞轉換。

覯，《詩經》14 見，《釋文》出注 7 次。

覯*koos，見去。P294《國風·邶風·柏舟》：「覯閔既多，受侮不少。」5／10.4《釋文》：「古豆反，本或作覯〔註180〕。」P286《國風·召南·草蟲》：「亦既見止，亦既覯止，我心則降。」5／6.13《釋文》：「古豆反，遇也。」P398《國風·豳風·伐柯》：「我覯之子，籩豆有踐。」6／8.8《釋文》：「古豆反，見也。」P479《小雅·甫田之什·裳裳者華》：「我覯之子，我心寫兮。」6／31.3《釋文》：「古豆反，見也。」P482《小雅·甫田之什·車舝》：「鮮我覯爾，我心寫兮。」6／32.6《釋文》：「古候反」。P541《大雅·生民之什·公劉》：「迺陟南岡，迺覯於京。」7／11.2《釋文》：「古豆反，見也。」P554《大雅·蕩之什·抑》：「無曰不顯，莫予云覯。」7／15.5《釋文》：「古豆反」。P479《小雅·甫田之什·裳裳者華》：「我覯之子，維其有章矣。」P482《小雅·甫田之什·車舝》：「覯爾新昏，以慰我心。」P286《國風·召南·草蟲》：「亦既見止，亦既覯止，我心則夷。」《詩經》14 例「覯」用作動詞「遇見」義，可帶直接賓語，為及物動詞，《釋文》未注多為前文已注同類結構同義重出用例。

與「覯」有構詞關係的「逅」《詩經》4 見，《釋文》出注 2 次。

逅*goos，匣去。P346《國風·鄭風·野有蔓草》：「邂逅相遇，適我願兮。」5／26.16《釋文》：「本亦作逅，胡豆反，邂逅，不期而會〔註181〕。」P364《國風·唐風·綢繆》：「今夕何夕？見此邂逅！」5／31.15《釋文》：「本又作逅，同胡豆反，一音戶菁反，邂覯，解說也。韓詩云：邂覯，不固之貌〔註182〕。」

〔註180〕《釋文》注「遘，古豆反本或作覯」，可知《釋文》所據《詩經》本子為「遘閔既多」。

〔註181〕《釋文》「遘，本亦作逅胡豆反邂逅不期而會」，可知《釋文》所據《詩經》本子為「邂遘相遇」。

〔註182〕《釋文》「覯，本又作逅同胡豆反一音戶菁反邂覯解說也韓詩云邂覯不固之貌」，可知《釋文》所據《詩經》本子為「見此邂覯！」

P346《國風‧鄭風‧野有蔓草》:「邂逅相遇,與子皆臧。」P364《國風‧唐風‧綢繆》:「子兮子兮,如此邂逅何!」「逅」《釋文》未注 2 例,與前文結構相同意義相同,前文已注。逅,動詞,遇見。不能帶直接賓語,為不及物動詞。

《詩經》「覯、逅」構詞關係可總結為:語詞*koos 表示「遇見」義,及物動詞;其聲母清濁交替語詞*goos 表示「遇見」義,為不及物動詞。

共(拱恭)

共,鄭張尚芳上古音系歸入見母東部、群母東部,分別擬音*kloŋ、*gloŋs,拱,鄭張尚芳上古音系歸入見母東部,擬音*kloŋʔ。「共」之*kloŋ 為專名讀音,不參與構詞。拱*kloŋʔ、共*gloŋs 兩詞上古通過韻尾交替完成動詞未完體與完成體之間構詞:*kloŋʔ,表示動詞「合抱」義,動作未完成;韻尾交替形式*gloŋs 表示副詞「共同」義,動作完成。

《說文》手部:「拱,斂手也。从手共聲。」共部:「同也。从廿、廾。」《玉篇》手部:「拱,居冢切,執也。」共部:「共,巨用切,同也皆也眾也。」《廣韻》居悚切:「拱,手抱也,又斂手也。」／渠用切:「共,同也,皆也。」《集韻》拱、共音義繁瑣,茲錄與其他字書韻書音義相近兩音,古勇切:「拱共,《說文》『斂手也』,或省。」／渠用切:「共龔,《說文》『同也』,古作龔。」

《群經音辨‧辨字同音異》:「共,恭也,俱容切。共,持也法也,九勇切。共,具也,居用切。共,同也,渠用切。」俞敏(1984)指出「拱、共」通過聲母清濁交替構詞,認為兩詞皆為動詞,意義區分不明。金理新(2006)指出「拱恭」通過聲母清濁交替實現動詞完成體構詞「共」,表示副詞「皆也、同也」義;「拱共」的完成體構詞同時伴隨後綴*-s 交替。

共,《詩經》14 見,《釋文》出注 14 次〔註183〕。

共*kloŋʔ,見上。P554《大雅‧蕩之什‧抑》:「罔敷求先王,克共明刑。」傳:「共,執」。7／14.17《釋文》:「九勇反,執也,注同。」P570《大雅‧蕩之什‧韓奕》:「無廢朕命,夙夜匪解,虔共爾位,朕命不易。」傳:「共,執也」。7／19.16《釋文》:「毛九勇反,執也。鄭音恭,云古恭字。」共,當為

〔註183〕5 次出現於前文「共」注中,以「注下同、注下皆同」形式出現。

「拱」的本字，《詩經》無「拱」，表示動詞「執持」義字形作「共」。《釋文》為動詞「執持」義注音見母上聲，1 例同條又音以備鄭說。根據詩義，此條以傳解為確，陸德明以毛九勇反為首音。「共」*kloŋʔ表示動詞「執持」義，兩手合抱，此義極易派生新詞*gloŋs，表示動作完成狀態，「同也皆也。」

共*gloŋs，群去。P424《小雅・南有嘉魚之什・六月》：「有嚴有翼，共武之服。共武之服，以定王國。」箋：「而共典是兵事」。6／14.13《釋文》：「鄭如字，注下同，王徐音恭。」

此條「共」字兩出，均表示副詞「皆也」。《釋文》同條又音以備王徐二說，以鄭如字讀為首音。「共」*kloŋʔ、*gloŋs 之動詞完成體構詞是通過聲母清濁交替、韻尾交替同時實現的。

「共」在《詩經》中常作為「恭」的異文出現，而這恰與「共」構詞相關。恭，鄭張尚芳上古音系歸入見母東部，擬音為*kloŋ。《說文》心部：「恭，肅也。從心共聲。」共，《詩經》中作為「恭」異文計 10 次。

共*kloŋ，見平。P453《小雅・節南山之什・巧言》：「匪其止共，維王之卭。」箋：「既不共其職事」。6／24.7《釋文》：「音恭，本又作恭。」P464《小雅・谷風之什・小明》：「念彼共人，睠睠懷顧。」6／27.15《釋文》：「音恭，注下皆同。」P464《小雅・谷風之什・小明》：「靖共爾位，正直是與。」P554《大雅・蕩之什・抑》：「溫溫恭人，維德之基。」7／15.9《釋文》：「音恭，本亦作恭〔註184〕。」P579《大雅・蕩之什・召旻》：「昏椓靡共，潰潰回遹，實靖夷我邦。」箋：「王遠賢者而近任刑奄之人無肯共其職事者」。7／22.18《釋文》：「音恭，注皆同。」P625《商頌・長發》：「受小共大共，為下國駿厖。」傳：「共，法」，箋：「共，執也」。7／35.5《釋文》：「毛音恭，法也。鄭音拱，執也。一云毛亦音拱。」《釋文》以毛音為首音，根據詩義亦當以毛傳理解更確，作「恭」之異文。

共，「恭」之異文，說明兩詞有語源關係。共*kloŋʔ，兩手合抱，為古人禮節，引申之則有「恭敬」義，語詞通過韻尾交替構詞*kloŋ，表示動詞「恭敬」義。

恭，《詩經》7 見〔註185〕，表示動詞「恭敬」義，《釋文》未出注，讀常用

〔註184〕《釋文》「共音恭本亦作恭」，可知《釋文》所據《詩經》本子為「溫溫共人」。
〔註185〕其中 1 例見「共」「恭」異文條。

音。恭*kloŋ，見平。P452《小雅・節南山之什・小弁》：「維桑與梓，必恭敬止。」P451《小雅・節南山之什・小宛》：「溫溫恭人，如集于木。」P561《大雅・蕩之什・雲漢》：「敬恭明神，宜無悔怒。」P620《商頌・那》：「溫恭朝夕，執事有恪。」恭，動詞，恭敬。

《詩經》「共」尚有 1 例用作專名，表示國家名，不參與構詞。P519《大雅・文王之什・皇矣》：「密人不恭，敢距大邦，侵阮徂共。」7／6.1《釋文》：「音恭，注同，毛云徂往也，共國名，鄭云徂共皆國名。」

《詩經》「共（恭）」構詞規律概括如下：語詞*kloŋʔ，表示動詞「執持、兩手合抱」義；聲母清濁交替及韻尾交替構詞轉換形式*gloŋs，表示動詞完成體，副詞「皆也、同也」；韻尾交替構詞轉換形式*kloŋ，表示動詞「恭敬」義。

家（嫁）

家、嫁，鄭張尚芳上古音系歸入見母魚部，分別擬音*kraa、*kraas。上古兩音存在構詞關係，通過韻尾交替實現名謂化構詞轉換：家*kraa，表示「人所居處」；附加後綴派生語詞嫁*kraas，表示動詞「女適人也。」

《說文》宀部：「家，居也。从宀，豭省聲。」女部：「嫁，女適人也。从女家聲。」《玉篇》宀部：「家，古牙切，居也，家室也。」女部：「古訝切，女適人曰嫁。」《廣韻》古牙切：「居也，《爾雅》云『㞼內謂之家』，又姓……」／古訝切：「家也，故婦人謂嫁曰歸。」《集韻》居牙切：「家穽家，《說文》『居也』，《爾雅》『牖戶之間謂一㞼，其內謂之家』，古作穽家。」／居迓切：「嫁，《說文》『女適人也』。」

Downer（1959）將其歸入「基本形式是名詞性的──轉化形式是動詞性的」一類。周法高（1962）將其歸入「非去聲或清聲母為名詞，去聲或濁聲母為動詞或名謂式」一類。金理新（2006）指出「家、嫁」通過韻尾交替實現名謂化構詞轉換。

家，《詩經》31 見，為常用詞，《釋文》未出注。家*kraa，見平。P407《小雅・鹿鳴之什・常棣》：「宜爾室家，樂爾妻帑。」P419《小雅・南有嘉魚之什・南山有臺》：「樂只君子，邦家之基。」P440《小雅・節南山之什・節南山》：「家父作誦，以究王訩。」P478《小雅・甫田之什・瞻彼洛矣》：「君子

萬年，保其家室。」P598《周頌・閔予小子之什・訪落》：「維予小子，未堪家多難。」家，名詞，人所居處。

嫁，《詩經》1見，為常用詞，《釋文》未出注。嫁*kraas，見去。P506《大雅・文王之什・大明》：「摯仲氏任，自彼殷商。來嫁于周，曰嬪于京。」嫁，動詞，女適人也。

現代方言閩語白話音仍然保存「家」、「嫁」的構詞變讀，非去聲之「家」為名詞，去聲之「嫁」為動詞〔註186〕。：

地點 語詞	廈門	福州	潮州
家	ˌke	ˌka	ˌke
嫁	keˀ	kaˀ	keˀ

「家」本義為「人所居處」，自己居處曰家，去夫家居處則曰嫁。兩詞意義相關，語音相近，交替構詞：家*kraa，表示名詞「人所居處」；附加後綴派生語詞*kraas，表示動詞「女適人也」，也即去夫家居。

假（遐）

假，鄭張尚芳上古音系歸入見母魚部，擬音*kraaˀ、*kraas。「假」之兩音構詞規律，前人多有論述。「假」兩音《詩經》未見構詞用例，不贅。遐，鄭張尚芳上古音系歸入匣母魚部，擬音*graa。「假」之*kraaˀ與「遐」之*graa《詩經》有構詞關係，通過聲母清濁交替實現動詞形容詞構詞轉換：假*kraaˀ，表示動詞「至也」，遐*graa，表示動轉化形容詞，「遠也」。

《說文》人部：「非真也。从人叚聲。一曰至也。《虞書》曰：『假於上下。』」辵部：「遐，遠也。从辵叚聲。」《玉篇》人部：「假，居馬切，借也，又非真也，又音格，至也。」辵部：「遐，乎家切，遠也。」《廣韻》古疋切：「假，且也，借也，非真也，《說文》又作叚，至也，又姓……」／古訝切：「假，借也，至也，易也，休假也。」／胡加切：「遐，遠也。」《集韻》舉下切：「假，《說文》『非真也』，一曰大也。」／亥駕切：「嘉假，美也，或作假。」／居迓切：「假叚下，以物貸人也，或省，亦作下叚，一曰休告也。」

〔註186〕資料轉引自丁邦新：《從閩語白話音論上古四聲別義的現象》，收錄於丁邦新：《中國語言學論文集》，北京，中華書局，2008年版，第61頁。

／何加切：「假，已也。」／何加切：「遐假，《爾雅》『遐，遐遠也』，或從彳通作假。」

金理新（2006）提出「假、遐」兩詞通過輔音清濁交替實現動轉化形容詞構詞。

《詩經》「假」18 見，《釋文》出注 16 次〔註 187〕。《詩經》「假」用作：1.動詞「至也」義；2.形容詞「大也、固也、非真也、嘉也」義。

假*kraaʔ，見上。P568《大雅·蕩之什·烝民》：「天監有周，昭假于下。」箋：「假，至也」。7／19.6《釋文》：「音格，至也，注同。」P610《魯頌·駉之什·泮水》：「允文允武，昭假烈祖。」傳：「假，至也。」7／31.6《釋文》：「古百反，至也。」P621《商頌·烈祖》：「來假來饗，降福無疆。」7／34.2《釋文》：「音格，鄭云升也，王云至也。」P622《商頌·玄鳥》：「四海來假，來假祁祁。」箋：「假，至也」。7／34.12《釋文》：「音格，至也，下同。」

《詩經》「假」用作動詞「至也」義，《釋文》音格。《釋文》音格包括「古百反」並不是說「假」有「格」音，而在指明「假」為「格」的通假字，注音在於說明通假而已。據金理新（2006）表示「至也」義動詞「格」上古本有兩個形式：*klag 和*klag-ɦ。其中*klag 很早時就已經失落，口語中保留了*klag-ɦ一個讀音。又由於*-ɦ後綴具有弱化其前塞音尾功能，*klag-ɦ後音變為*kla-ɦ，於是借用文字「假」來記錄〔註 188〕。那麼表示動詞「至也」義的「假」《詩經》皆當音*kraaʔ。

《詩經》「假」用作動詞「至也」義不限於上表 4 例，尚有如下 6 例，只不過以下 6 例《釋文》以同條又音形式出現。P561《大雅·蕩之什·雲漢》：「大夫君子，昭假無贏。」傳：「假，至也」，箋：「假，升也」。7／18.6《釋文》：「音格，毛至也，鄭升也，沈云鄭古雅反。」P591《周頌·臣工之什·噫嘻》：「噫嘻成王！既昭假爾。」箋：「假，至也」。7／25.15《釋文》：「鄭王並音格，至也。沈云毛如字。」P620《商頌·那》：「湯孫奏假，綏我思成。」傳：「假，大也」。7／33.11《釋文》：「毛古雅反，大也。鄭作格，升也。」P621《商頌·烈祖》：「鬷假無言，時靡有爭。」傳：「假，大也」。7／33.19《釋文》：「毛古

〔註187〕2 次出現於前文「假」注中，以「下同、下以假以享同」形式出現。

〔註188〕金理新（2006）「假」上古擬音為*kla-ɦ，與「格」後來音正相同，故可通假。具
　　　　體詳金理新：《上古漢語形態研究》，合肥，黃山書社，2006 年版，第 388 頁。

· 176 ·

雅反，大也。鄭音格，至也。下以假、以享同。」P621《商頌・烈祖》：「八鸞
鶬鶬，以假以享。」P625《商頌・長發》：「昭假遲遲，上帝是祇。」7／34.22
《釋文》：「古雅反，鄭云暇也。徐云毛音格。鄭音暇。案王肅訓假為至，格是
王音也。沈云鄭箋云寬暇，此以義訓，非韓字也。」

　　《釋文》為「假」注音或音格為首音、古雅反（如字）為又音，或古雅反
為首音、音格為又音，或古雅反為首音、備多家他音為又音。陸德明未察「格」
字上古兩個形式的語音變化，表示「至也」一律取「音格」。《釋文》以音別義，
義不同音自有別，故此《詩經》「假」字諸家理解不一時，陸德明難以取捨，注
音釋義兼備他說。《釋文》4 條以古雅反為首音之例，根據詩義解讀，前 3 條鄭
箋更合詩義，當據鄭箋「音格」，指明通假，表示動詞「至也」；第 4 條取毛音
於詩義更合，同樣為「格」之通假，表示動詞「至也」義。

　　《詩經》「假」表示「大也、固也、非真也」，不參與構詞。假*kraaʔ，見
上。P502《大雅・文王之什・文王》：「假哉天命，有商孫子。」傳：「固也」。
7／1.12《釋文》：「古雅反，固也。」假，形容詞，固也。P516《大雅・文王
之什・思齊》：「肆戎疾不殄，烈假不瑕。」傳：「假，大也」。7／4.20《釋文》：
「古雅反，大也。」假，形容詞，大也。P452《小雅・節南山之什・小弁》：
「假寐永歎，維憂用老。」P452《小雅・節南山之什・小弁》：「心之憂矣，
不遑假寐。」假，形容詞，非真也。

　　《詩經》「假」尚可表示「嘉也」。假**graas〔註189〕，匣去。P540《大雅・
生民之什・假樂》：「假樂君子，顯顯令德。」傳：「假，嘉也」。7／10.10《釋
文》：「音暇，嘉也。」P583《周頌・清廟之什・維天之命》：「假以溢我，我其
收之。」傳：「假，嘉」。7／23.16《釋文》：「音暇，嘉也。」P595《周頌・臣
工之什・雝》：「假哉皇考，綏予孝子。」傳：「假，嘉也」。7／26.18《釋文》：
「音暇，嘉也。徐古雅反。」徐解「假」為形容詞「大也」，陸德明以首音為標
準音。假，形容詞，嘉也。此義《釋文》音暇，音義僅《集韻》收存。

　　與動詞「假」構詞相關語詞「遐」《詩經》11 見，《釋文》無注，為常用詞，
讀常用音。

　　遐*graa，匣平。P282《國風・周南・汝墳》：「既見君子，不我遐棄。」

〔註189〕**表示此音鄭張尚芳上古音系無，筆者據鄭張上古音體系加擬，後同。

傳：「遐，遠也。」P412《小雅・鹿鳴之什・天保》：「降爾遐福，維日不足。」箋：「遐，遠也」。P419《小雅・南有嘉魚之什・南山有臺》：「樂只君子，遐不眉壽？」箋：「遐，遠也」。P434《小雅・鴻雁之什・白駒》：「毋金玉爾音，而有遐心。」箋：「而有遠我之心」。P495《小雅・魚藻之什・隰桑》：「心乎愛矣，遐不謂矣？」箋：「遐，遠」。P514《大雅・文王之什・棫樸》：「周王壽考，遐不作人？」傳：「遐，遠也」。遐，形容詞，遠也。

《詩經》「假、遐」通過聲母清濁交替實現動轉化構詞：語詞「假」*kraaʔ 表示動詞「至也」；其聲母交替語詞「遐」*graa 表示動轉化形容詞「遠也」。

格（路）

格，鄭張尚芳上古音系歸入見母鐸部，擬音*kraag、*klaag。路，鄭張尚芳上古音系歸入來母暮部，擬音*g·raags。「格」之*klaag，本義「木枝」，不參與構詞。語詞「至也」之格*kraag，與名詞「路」*g·raags 有構詞關係，通過韻尾交替實現，表現為：語詞「格」*kraag，表示動詞「至也」；語詞「路」*g·raags，表示動轉化名詞「道也」。

姚孝遂主張甲骨文「徦」乃由「各」所孳乳，「即《說文》訓為『至』之『徦』，典籍或假『格』或『假』為之。卜辭皆用為動詞〔註190〕。」《說文》彳部：「徦，至也。從彳叚聲。」足部：「路，道也。從足從各。」《玉篇》彳部：「徦，柯額、公雅二切，至也，來也。」木部：「格，柯額切，式也，量也，至也。」人部：「假，居馬切，借也，又非眞也，又音格，至也。」足部：「路，呂故切，道路，途也。」《廣韻》古伯切：「徦，至也，亦作假。」／古伯切：「格，式也，度也，量也，《書傳》云『來也』，《爾雅》云『至也』，亦格……」／洛故切：「路，道路，亦大也，《周禮》曰『合方氏掌達天下之道路』，《爾雅》曰『一達謂之道路』……」《集韻》各額切：「徦徦假假徦，至也，或作徦假假徦，通作格。」／魯故切：「路，《說文》『道也』，一曰道容三軌。」

金理新（2006）指出「格、路」兩詞有構詞關係，通過韻尾交替實現動轉化名詞派生構詞。

〔註190〕于省吾主編、姚孝遂撰：《甲骨文字詁林》，北京，中華書局，1996 年版，第 2238 頁。

　　格，《詩經》2 見，《釋文》未出注。格*kraag，見入。P467《小雅‧谷風之什‧楚茨》:「獻酬交錯，禮儀卒度，笑語卒獲，神保是格。」P554《大雅‧蕩之什‧抑》:「神之格思，不可度思，矧可射思！」格，動詞，至也。《詩經》「格」入韻 2 次，與上古*-g 尾韻字相押，「格」亦當為*-g 尾韻。

　　路，《詩經》12 見，《釋文》未出注，有四類用法:「輅」之假借、形容詞「大也」、形容詞「正」義、名詞「道也」，「路」第一類用法《詩經》7 見。P357《國風‧魏風‧汾沮洳》:「美無度，殊異乎公路。」P374《國風‧秦風‧渭陽》:「何以贈之？路車乘黃。」P412《小雅‧鹿鳴之什‧采薇》:「彼路斯何？君子之車。」路，「輅」之假借，表示名詞「車輅」義，此類不參與構詞。

　　「路」第二類用法《詩經》2 見。P519《大雅‧文王之什‧皇矣》:帝遷明德，串夷載路。傳:「路，大也」。P528《大雅‧生民之什‧生民》:「實覃實吁，厥聲載路。」傳:「路，大也」。路」表示形容詞「大也」，不參與構詞。

　　「路」第三類用法《詩經》1 見。P614《魯頌‧駉之什‧閟宮》:「松桷有舄，路寢孔碩，新廟奕奕，奚斯所作。」傳:「路寢，正寢也」。「路」訓為「正」，不參與構詞。

　　「路」第四類用法 2 見。路*g‧raags，來去。P340《國風‧鄭風‧遵大路》:「遵大路兮，摻執子之袪兮。」P340《國風‧鄭風‧遵大路》:「遵大路兮，摻執子之手兮。」路，名詞，道也。此義由「格」動詞「至也」義動轉化而來，兩詞語音交替，有構詞關係。

　　「格、路」構詞關係梳理如下:格*kraag，表示動詞「至也」；通過附加動轉化後綴*-s 實現動轉化派生語詞「路」*g‧raags，表示名詞「道也」。

光（黃煌）

　　光，鄭張尚芳上古音系歸入見母陽部，擬音*kʷaaŋ、*kʷaaŋs，黃、煌，鄭張尚芳上古音系歸入匣母陽部，擬音*gʷaaŋ。《詩經》*kʷaaŋ、*gʷaaŋ 兩音存在構詞關係，通過聲母清濁交替實現:語詞*kʷaaŋ，用作名詞「日光、月光」，引申而有「光明、光輝」義；語詞*gʷaaŋ，用如動詞，表示形容詞「黃色、明亮」義。

　　《說文》火部:「光，明也。从火在人上，光明意也。」黃部:「黃，地之色也。从田从炗，炗亦聲。炗，古文光。」《玉篇》火部:「炗，古黃切，

今作光。」黃部:「黃,胡光切,中央色也,馬病色也。」《廣韻》古黃切:「光,明也,亦州名……」／古曠切:「光,上色。」／胡光切:「黃,中央色也,亦官名……」《集韻》姑黃切:「光焚燹熿,《說文》『明也』,又州名,亦姓,古作焚燹熿,或書作炗。」／古曠切:「光纊,飾色也,或作纊。」／胡光切:「黃奐,《說文》『地之色』,又姓,亦州名,古作奐。」

《釋名》有言「黃,晃也,猶晃晃象日光色也。」光、黃,聲母清濁差別,語義相關,兩詞上古有構詞關係。金理新(2006)認識到「光、黃、煌」通過聲母清濁交替實現名動構詞轉換。

光,《詩經》12 見,為常用詞,《釋文》未出注。光*kʷaaŋ,見平。P348《國風‧齊風‧雞鳴》:「匪東方則明,月出之光。」光,名詞,月光。P598《周頌‧閔予小子之什‧敬之》:「日就月將,學有輯熙於光明。」光,名詞,日光。日光、月光,引申而有「光明、光輝」義,引申義與構詞無關。P419《小雅‧南有嘉魚之什‧南山有臺》:「樂只君子,邦家之光。」箋:「光明也」。P506《大雅‧文王之什‧大明》:「造舟為梁,不顯其光。」箋:「不明乎其漢之有光輝」。

《詩經》「黃」40 見,為常用詞,《釋文》未出注,《詩經》中用於「乘黃」中指「驒」5 次,用於形容詞「黃色」義 35 次。

黃*gʷaaŋ,匣平。P297《國風‧邶風‧綠衣》:「綠兮衣兮,綠衣黃裏。」P388《國風‧豳風‧七月》:「載玄載黃,我朱孔陽,為公子裳。」P479《小雅‧甫田之什‧裳裳者華》:「裳裳者華,或黃或白。」P501《小雅‧魚藻之什‧何草不黃》:「何草不黃?何日不行?」

《詩經》「黃」表示「黃色」義與「光」之「日光」義有構詞關係,表示「日光」之「光」明亮而色黃,兩音通過輔音清濁交替實現名動構詞轉換。

《詩經》中與「光」有構詞關係另有一詞:煌。煌,《說文》火部:「輝也。從火皇聲。」《玉篇》火部:「煌,乎光切,光明也。熿,同上。」《廣韻》胡光切:「火狀。」《集韻》胡光切:「煌熿韹,《說文》煌,輝也,或從黃,亦作韹。」「光、煌」音近義通,兩詞有語源關係。

《詩經》「煌」2 見,《釋文》出注。煌*gʷaaŋ,匣平。P377《國風‧陳風‧東門之楊》:「昏以為期,明星煌煌。」6／2.2《釋文》:「音皇」。P506《大雅‧文王之什‧大明》:「牧野洋洋,檀車煌煌,駟騵彭彭。」傳:「煌煌,明也」。

7／2.8《釋文》：「音皇，明也。」煌，形容詞，明亮。

「光、黃、煌」三語詞之間的構詞規律總結如下：語詞*kʷaaŋ，表示名詞「日光」義；聲母清濁交替派生形式*gʷaaŋ「黃」表示形容詞「黃色」義、「煌」表示形容詞「明亮」義。

驚（敬）

驚、敬，鄭張尚芳上古音系歸入見母耕部，分別擬音*kreŋ、*kreŋs。上古兩詞存在構詞關係，通過韻尾交替實現動轉化形容詞構詞，表現為：語詞驚*kreŋ，表示動詞「懼也」；語詞敬*kreŋs，表示名詞「恭也、慎也、肅也」。

《說文》馬部：「驚，馬駭也。从馬敬聲。」苟部：「敬，肅也。从攴、苟。」《廣韻》舉卿切：「驚，懼也，《說文》曰：『馬駭也』。」／居慶切：「敬，恭也，肅也，慎也，又姓……」《集韻》居卿切：「驚，《說文》『馬駭也。』」／居慶切：「敬憼，《說文》『肅也』，或从心。」

金理新（2006）提出動詞「驚」通過附加*-s後綴實現動轉化形容詞構詞「敬」。

《詩經》驚3見，敬20見，《釋文》皆未出注，為常用詞，讀常用音。

驚*kreŋ，見平。P428《小雅·南有嘉魚之什·車攻》：「徒御不驚，大庖不盈。」P576《大雅·蕩之什·常武》：「震驚徐方，如雷如霆，徐方震驚。」驚，動詞，懼也。

敬*kreŋs，見去。P432《小雅·鴻雁之什·沔水》：「我友敬矣，讒言其興。」P447《小雅·節南山之什·雨無正》：「凡百君子，各敬爾身。」P452《小雅·節南山之什·小弁》：「維桑與梓，必恭敬止。」P547《大雅·生民之什·民勞》：「敬慎威儀，以近有德。」P576《大雅·蕩之什·常武》：「既敬既戒，惠此南國。」敬，形容詞，恭也、慎也、肅也。

《詩經》「驚、敬」兩詞語義相關，懼後而恭敬；語音交替，有構詞關係。表現如下：語詞驚*kreŋ，表示動詞「懼也」；通過附加後綴派生語詞敬*kreŋs，表示形容詞「恭也、慎也、肅也」。

加（駕賀）

加，鄭張尚芳上古音系歸入見母歌1部，擬音*kraal。駕，鄭張尚芳上古

音系歸入見母歌 1 部，擬音*kraals。兩詞《詩經》有構詞關係，通過韻尾交替實現，表現為：加*kraal，表示動詞「益也」；語詞駕*kraals，表示動詞「乘也」。

《說文》力部：「加，語相增加也。从力从口。」馬部：「駕，馬在軛中。从馬加聲。」《玉篇》力部：「加，古瑕切，益也。」／馬部：「駕，格訝切，乘也，行也，上也，陵也。」《廣韻》古牙切：「加，增也，上也，陵也。」／古訝切：「駕，行也，乘也，《說文》曰：『馬在軛中也』。」《集韻》居牙切：「加，《說文》『語相增加也。』」／居迓切：「駕牾，《說文》『馬在軛中』，籀作牾。」

金理新（2006）注意到「加、駕」兩詞通過韻尾交替實現施事動詞、受事動詞構詞轉換。

《詩經》加 1 見，駕 15 見，皆為常用詞，《釋文》未出注，讀常用音。

加*kraal，見平。P340《國風‧鄭風‧女曰雞鳴》：「弋言加之，與子宜之。」加，動詞，益也。增加動作由施事主動完成，為施事動詞。

駕*kraals，見去。P309《國風‧邶風‧泉水》：「駕言出遊，以寫我憂。」P344《國風‧鄭風‧丰》：「叔兮伯兮，駕予與行。」P378《國風‧陳風‧株林》：「駕我乘馬，說于株野。」P412《小雅‧鹿鳴之什‧采薇》：「戎車既駕，四牡業業。」駕，動詞，乘也。

段玉裁（1981）：「駕之言以車加於馬也〔註 191〕。」「加、駕」兩詞語義相關，「駕」有「物加於車馬義」。「駕」動作指向受事對象，突出受事對象「加益」的狀態，為受事動詞。

《詩經》「加、駕」的構詞關係梳理如下：加*kraal，表示動詞「益也」，動作突出施事的行為，為施事動詞；通過附加後綴實現構詞轉換，駕*kraals，表示動詞「乘也」，動作突出受事對象，為受事動詞。

《詩經》中與「加」構詞相關另有一詞：賀。賀，《說文》貝部：「賀，以禮相奉慶也。从貝加聲。」鄭張尚芳上古音系歸入匣母歌 1 部，擬音*gaals。楊樹達 20 世紀 50 年代就論說過這兩個詞的關係，「加訓曾加，賀從加聲，亦有增加義矣〔註 192〕。」金理新（2006）以為「賀」與「加」有語源關係，兩

〔註191〕段玉裁：《說文解字注》，上海，上海古籍出版社，1981 年版，第 829 頁。

〔註192〕楊樹達：《積微居小學金石論叢》，北京，中華書局，1983 年版，第 3 頁。

詞通過聲母清濁交替實現施事動詞、受事動詞構詞轉換，至於「賀」的*-s 後綴則是由客體動詞延伸出的表示「施與」義的動詞後綴〔註193〕。

賀，《詩經》1 見，為常用詞，《釋文》未出注，讀常用音。賀*gaals，匣去。P525《大雅・文王之什・下武》:「受天之祜，四方來賀。」賀，動詞，慶賀。古「賀」多以「禮」相加於被賀者。此例武王受天之祜，所以四方之國以禮來相慶賀，即以禮加於武王也。武王外置，為受事對象，「天、四方」分別為施事。那麼，「賀」與受事對象聯繫，突出受事對象「禮加」的動作，為受事動詞。

《詩經》「加、賀」的音義關係梳理如下：語詞加*kraal，表示動詞「益也」，動作指向施事，為施事動詞；通過聲母清濁交替實現構詞轉換，賀*gaals，表示動詞「慶賀」義，動作指向受事對象，為受事動詞。

見

見，鄭張尚芳上古音系歸入見母元 2 部、匣母元 2 部，分別擬音*keens、*geens。兩音上古通過聲母清濁交替實現動詞施受關係構詞轉換：語詞*keens，表示施事動詞「視也」，動作行為總是跟動作的施事聯繫在一起；語詞*geens，表示受事動詞「視也」，動作行為總是跟動作的受事對象聯繫在一起。

見，《說文》見部:「視也。从儿从目。」《玉篇》見部:「吉薦切，視也。」《廣韻》古電切:「視也，又姓⋯⋯」/ 胡甸切:「露也。」《集韻》經電切:「《說文》『視也』，亦姓。」/ 形甸切:「顯也，日朝也。」

《群經音辨・辨字同音異》:「見，視也，古甸切。見，顯也，胡甸切。」周法高（1962）將其歸入「動詞」之「去聲或濁聲母為使謂式」一類，「見：視也，古甸切；使見曰見，胡甸切〔註194〕。」還歸入「去聲或濁聲母為既事式」一類，「見：視也，古甸切；既見曰見，一作現，胡甸切〔註195〕。」王力（1965）認為「見」的清濁兩讀是動詞非致使和致使關係。俞敏（1984）指出「見」的清濁兩讀是動詞自動和使動的關係。梅祖麟（1988）同樣認為「見」

〔註193〕金理新（2006）為「加」上古擬音*klar，「賀」上古擬音*gar-s< **glar-s。

〔註194〕周法高：《中國古代語法・構詞編》，臺北，中央研究院歷史語言研究所，1962 年版，第 79 頁。

〔註195〕同上書，第 86 頁。

清濁兩讀是動詞非致使和致使的配對。黃坤堯（1997）指出：「『見』字的情況相當複雜，大抵前面的名詞是見者時，則讀 A 音；前面的名詞是被見者時，則讀 B 音，不過其中更牽涉到尊卑關係〔註196〕。」金理新（2006）評論了各家觀點後，提出「見」的聲母清濁兩讀實際反映了「見」動詞施受關係的構詞轉換。

見，《詩經》60 見，《釋文》出注 4 次〔註197〕。

見*keens，見去。P490《小雅・魚藻之什・角弓》：「雨雪瀌瀌，見晛曰消。」箋：「日將出其氣始見，人則皆稱曰雪今消釋矣」。6／35.3《釋文》：「如字，下文同。韓詩作曣，音於見反，云曣見日出也〔註198〕。」P490《小雅・魚藻之什・角弓》：「雨雪浮浮，見晛曰流。」P282《國風・周南・汝墳》：「未見君子，惄如調飢。」P310《國風・邶風・靜女》：「愛而不見，搔首踟躕。」P333《國風・王風・采葛》：「一日不見，如三月兮。」P382《國風・檜風・素冠》：「庶見素冠兮，棘人欒欒兮，勞心慱慱兮。」P454《小雅・節南山之什・何人斯》：「我聞其聲，不見其身。」P481《小雅・甫田之什・頍弁》：「死喪無日，無幾相見。」見，動詞，視也。

《釋文》除前 2 例因版本異文出注如字外，餘 56 例皆未出注。「見」有動詞、動詞＋受事對象、施事＋動詞、施事＋動詞＋受事對象四類結構形式。不論哪種結構，「見」無一例外地與施事（或外置的施事）聯繫在一起，強調施事的動作行為，即使某些情況下沒有施事卻有受事對象。前 2 例施事主體未出現，客體即受事對象「晛」出現，根據鄭箋，「見晛、曰消（曰流）」語法結構相同，語義相關，表示動作的先後，兩動賓結構有共同的主體，即「人」。詩義強調動作主體「人」先「見」後「曰」的動作行為，「見」跟外置的施事關係密切，為施事動詞。

《釋文》表示施事動詞「視也」，注如字；表示受事動詞「視也」，音賢遍反。

見*geens，匣去。P596《周頌・臣工之什・載見》：「載見辟王，曰求厥章。」7／26.20《釋文》：「賢遍反，下並同。」P596《周頌・臣工之什・載見》：「率見

〔註196〕黃坤堯：《音義闡微》，上海，上海古籍出版社，1997 年版，第 153 頁。

〔註197〕2 次出現於前文「見」注中，以「下文同、下並同」形式出現。

〔註198〕韓詩作「曣」係版本異文，《釋文》並為兩異文注音，為「見」注音如字。

昭考,以孝以享。」傳:「昭考,武王也」。

黃坤堯(1997)認為「見」音賢遍反同時牽涉尊卑關係。事實上,尊者「見」卑者容易,卑者「見」尊者難。主體容易實施動作行為,音見母去聲,主體不容易實施動作行為而由受事對象決定動作能否實施,則音匣母去聲。上「見辟王、見昭考」,均為卑者「見」尊者的動作,主體卑者不容易實施此動作行為,需由客體受事對象尊者決定「見」這一動作能否實施。動作「見」跟客體受事對象關係緊密,為受事動詞。

《詩經》「見」的構詞規律概括為:語詞*keens,表示施事動詞「視也」,動作總是與施事聯繫在一起;通過聲母清濁交替實現動詞施受構詞轉換*geens,表示受事動詞「視也」,動作總是與受事對象聯繫在一起。

間(閒閑澗簡)

間,鄭張尚芳上古音系歸入見母元2部,擬音*kreen〔註199〕、*kreens〔註200〕。《詩經》兩音有構詞關係,:語詞*kreen,表示名詞「間隙」;通過附加後綴實現名動構詞轉換「閒」*kreens,表示動詞「側也,代也」。

間,《說文》作閒,門部:「隙也。从門从月。」《玉篇》門部:「閒,居閑切隙也。又音諫,廁也。」《廣韻》古閑切:「閒,隙也、近也,又中閒,亦姓……」/古莧切:「閒,廁也,瘳也,代也,送也,迭也,隔也。」/古晏切。《集韻》居閒切:「閒閞,《說文》『隙也』,一曰近也中也,亦姓,古作開。」/何間切:「閒,安也隙也,通作閑。」/居莧切:「閒,廁也,瘳也,代也。」

《群經音辨・辨字同音異》:「閒,中也,古閑切。閒,廁也,古莧切。閒,隙也,胡奸切。」馬建忠(1989):「『閒』字,平讀居顏切,名字。《說文》:『隙也。』《莊子・山木》:『周將處乎材與不材之閒。』又何艱切,靜字,安也。《漢・司馬相如傳》:『雍容閒雅甚都。』去讀外動字,代也。《詩・周頌・桓》:『皇以閒之。』又廁也。《左・隱三》:『遠閒親,新閒舊。』又迭也。《書・益稷》:『笙鏞以閒。』『閒』者,迭奏也〔註201〕。」周祖謨(1946)

〔註199〕擬音後並注:「原作閒,同說文。」

〔註200〕擬音後注:「閒後起字。」

〔註201〕馬建忠:《馬氏文通》,北京,商務印書館,1983年版,第199頁。

將其歸入「因區別詞性而變調者」之「區分名詞用為動詞」類。王力（1957）將其歸入「本屬名詞而轉化為動詞者，動詞變去聲」一類。Downer（1959）將其歸入「基本形式是名詞性的——轉化形式是動詞性的」一類。周法高（1962）將其歸入「非去聲或清聲母為名詞，去聲或濁聲母為動詞或名謂式」一類，「閒：中也，古閑切。廁其中曰閒，古莧切〔註202〕。」

間（閒），《詩經》4 見，《釋文》1 次出注。

閒*kreens，見去。P604《周頌・閔予小子之什・桓》：「於昭於天，皇以間之。」傳：「間，代也」。7／29.10《釋文》：「閒廁之閒，代也，注同。」閒，動詞，廁也。

閒*kreen，見平。P349《國風・齊風・還》：「子之還兮，遭我乎狃之閒兮。」閒，名詞，隙也。

間*kreen，見平。P358《國風・魏風・十畝之間》：「十畝之間兮，桑者閑閑兮。」間，名詞，隙也。P482《小雅・甫田之什・車舝》：「間關車之舝兮，思孌季女逝兮。」傳：「間關，設舝貌。」間關，疊韻聯綿詞，設舝。此義不參與構詞。

間、閒，《詩經》用作名詞「隙也」《釋文》不出注，讀常用音；用作動詞「廁也、代也」，《釋文》出注「閒廁之閒」，注音兼釋義。「間（閒）」兩音兩義分別清晰：語詞*kreen，表示名詞「隙也」；通過附加後綴實現名謂化構詞轉換*kreens，表示動詞「廁也」。

萬獻初（2004）列出湖北咸寧方言單字音變構詞例有「間」[kɑn⁴⁴]，中間；[kɑn²¹³] 間隔。咸寧方言陰平調值 44，陰去調值 213，咸寧方言「間」通過聲調區別語詞詞尾及意義，陰平讀表示名詞「中間」義，去聲讀表示動詞「間隔」義，與《詩經》「間」異讀表現正相一致。

朱賽萍（2007）觀察溫州永嘉方言音變構詞舉例有「間」[ka¹]（平），名詞／量詞；[ka⁵]（去），動詞，義為「隔開，插在裏面。」永嘉方言「間」通過聲調區別詞性詞義，陰平為名詞或量詞，去聲為動詞，這與湖北咸寧方言、《詩經》「間」異讀表現皆一致。

〔註202〕周法高：《中國古代語法・構詞編》，臺北，中央研究院歷史語言研究所，1962 年版，第 56 頁。

　　《詩經》中與「間」有構詞關係的語詞尚有：閑、澗、簡。閑，鄭張尚芳上古音系歸入匣母元 2 部，擬音*green。俞敏（1984）認識到「閒、閑」的音義關係，閒，表示名詞「間隙」義為 k-型詞，表示形容詞「閒暇」義為 g-型詞，後字作「閑」。金理新（2006）進一步提出「間」通過聲母清濁交替實現名動構詞轉換。

　　閑，《詩經》9 見，《釋文》出注 2 次。閒*green，匣平。P358《國風·魏風·十畝之間》：「十畝之間兮，桑者閑閑兮，行與子還兮。」5／30.3《釋文》：「音閑，本亦作閑，往來無別貌〔註203〕。」「閑閑」組合，形容詞，閑暇。

　　「閑、閒」版本異文可見兩詞有語源關係。段玉裁（1981）：「語之小止曰『言之閒』。『閒』者稍暇，故曰『閒暇』。今人分別其音為戶閑切〔註204〕。」間（閒）*kreen，名詞，隙也；通過聲母清濁交替實現名動之間構詞轉換「閑」*green，形容詞，閑暇。

　　閑，《詩經》還作動詞「習也」。P369《國風·秦風·駟驖》：「遊于北園，四馬既閑。」傳：「閑，習也」。P424《小雅·南有嘉魚之什·六月》：「比物四驪，閑之維則。」P424《小雅·南有嘉魚之什·六月》：「四牡既佶，既佶且閑。」孔正義：「四牡旣壯健矣且復閑習」。P545《大雅·生民之什·卷阿》：「君子之馬，既閑且馳。」箋：「其馬又閑習於威儀能馳矣」。表示形容詞「動搖貌」。P519《大雅·文王之什·皇矣》：「臨衝閑閑，崇墉言言。」傳：「閑閑，動搖也」。用作形容詞「大也」。P627《商頌·殷武》：「松桷有梴，旅楹有閑。」孔正義：「閑為楹之大貌」。這些意義《釋文》皆未出注，讀常用音。此類用例不參與構詞。

　　澗，《廣韻》古晏切，《集韻》居莧切，鄭張尚芳據兩部韻書將「澗」分別歸入上古見母元 1 部、見母元 2 部，分別擬音*kraans、*kreens。澗，徐鉉音「古莧切」，朱翱「溝鴈反」，《切一》「古晏切」，《唐韻》「古晏切」，《玉篇》「古雁切」，《釋文》澗（澗〔註205〕）8 次注音，2 次音諫，6 次古晏切。《廣韻》古晏切前有所承。各字書韻書反映「澗」之同義異讀，需慎重對待。事

〔註203〕《釋文》以「閒閒」出注，所見《詩經》本子當為「桑者閒閒兮」。
〔註204〕段玉裁：《說文解字注》，上海，上海古籍出版社，1981 年版，第 1037 頁。
〔註205〕「澗」係「澗」之異體。

實上，《廣韻》「澗」為襉韻字，不過借用了諫韻的「晏」作切下字，因為《廣韻》「諫襉」兩韻可同用。且《廣韻》古晏切從間得聲兩字「澗、鐗」，《集韻》均改入襉韻下，居莧切。《集韻》糾正了《廣韻》「諫襉」同用，把本為襉韻的「澗」歸入到襉韻，同時改動反切。所以，澗，上古本就一音，不必據韻書記錄構擬多音。各類韻書反切本身情況就很複雜，想要求全周備，或者也如《集韻》編纂來個「務從該廣」的擬音，恐難免違背事實。辨析出可能的反切剔除不可能或有問題的反切，構擬出的上古音當更可信。此條「澗」取音中古居莧切，據鄭張尚芳上古體系，當歸見母元 2 部，擬音*kreens。

金理新（2006）注意到「間、澗」通過韻尾交替實現名詞借代構詞轉換。

澗，《詩經》5 見，《釋文》出注 3 次。澗*kreens，見去。P284《國風·召南·采蘩》：「于以采蘩，于澗之中。」5／6.5《釋文》：「古晏反，山夾水曰澗。」P321《國風·衛風·考槃》：「考槃在澗，碩人之寬。」傳：「山夾水曰澗」。5／18.10《釋文》：「古晏反，山夾水也。韓詩作干，云墝埆之處也。」P541《大雅·生民之什·公劉》：「夾其皇澗，遡其過澗。」7／11.8《釋文》：「古晏反」。P286《國風·召南·采蘋》：「于以采蘋，南澗之濱。」澗，名詞，溝澗。

《釋名》：「山夾水曰澗。澗，間也，言在兩山之間也。」「溝澗」具有「間」名詞義特徵「間隙」，通過附加後綴實現名詞借代構詞，澗*kreens，表示名詞「溝澗」義。

簡，鄭張尚芳上古音系歸入見母元 2 部，擬音*kreenʔ。簡，《說文》竹部：「牒也。從竹間聲。」簡，《詩經》7 見，《釋文》出注 1 次。表示形容詞「大也」6 見，不參與構詞。P308《國風·邶風·簡兮》：「簡兮簡兮，方將萬舞。」傳：「簡，大也」。5／13.12《釋文》：「居限反，字從竹，或作蕳，是草名，非也。」P589《周頌·清廟之什·執競》：「降福簡簡，威儀反反。」傳：「簡簡，大也」。P620《商頌·那》：「奏鼓簡簡，衎我烈祖。」

簡*kreenʔ，見上。P415《小雅·鹿鳴之什·出車》：「豈不懷歸？畏此簡書。」簡，名詞，牒也。

《釋名》：「簡，間也，編之扁，扁有間也」，「簡」與名詞「間」有共同的特徵「間隙」。兩詞存在構詞關係：間，通過韻尾交替實現名詞借代構詞轉換，簡*kreenʔ，名詞，牒也。

通過《詩經》「間」構詞相關語詞梳理，「間」音義規律概括如下：間*kreen，表示名詞「隙也」，通過附加後綴實現名動構詞轉換*kreens，表示動詞「廁也、代也」；通過聲母清濁交替實現名動構詞轉換「閑」*green，表示形容詞「閑暇」；通過附加後綴實現名詞借代構詞轉換澗*kreens，表示名詞「溝澗」，簡*kreen?，表示名詞「牒也」。

卷

卷，《廣韻》四音，鄭張尚芳上古音系分別歸入見母元 3 部、群母元 3 部，擬音*kron?、*krons、*gron、*glon?。*krons 表示名詞「書卷」義，*glon?表示專名，人姓。《詩經》卷*kron?、*gron 有構詞關係，通過聲母清濁交替實現形容詞動詞之間的構詞轉換：語詞*kron?，表示形容詞「卷舒」義；清濁交替語詞形式*gron 表示動詞「捲曲」義。

卷，《說文》卩部：「卻曲也。从卩𢍏聲。」《玉篇》卩部：「九免、九媛二切，收也，或作𢎢，又作捲，又渠貟切，曲也，膝曲也。」《廣韻》巨員切：「曲也。」／求晚切：「《風俗傳》云：『陳留太守琅邪徐焉，改圈姓卷氏，字異音同。』」／居轉切：「卷舒，《說文》曰：『膝曲也』。」／居倦切：「同𢎢。」《集韻》「卷」讀音較多，茲錄有構詞作用兩音，餘不贅列。《集韻》逵員切：「卷藋，曲也，一曰縣名，或从萈。」／古轉切：「卷，《說文》『卻曲也』。」

《群經音辨·辨字同音異》：「卷，斂也，居苑切。卷，束名也，居戀切。卷，冠武也，起權切。卷，祭服也，音袞，《禮》『三公一命卷』。卷然，手容也，音拳，《禮》『執女手之卷然』。卷，髮起也，其言切，《詩》『匪伊卷之，髮則有餘』，沈重讀。卷，逶行謹也，去阮切，鄭康成說，《禮》『再三舉足謂志趨卷逶而行也』。」周祖謨（1946）指出「卷」有「因詞性不同而變調者」的音義關係，「卷」的見母上聲、見母去聲兩讀具有「區分動詞用為名詞[註206]」的意義。Downer（1959）指出「捲、卷」兩詞的音義關係為「基本形式是動詞性的——轉化形式是名詞性的」。周法高（1962）將「卷」歸入「非去聲或清聲母為動詞，去聲或濁聲母不名詞或名語」一類，「卷：曲也，一作捲，居

〔註206〕周祖謨：《四聲別義釋例》，周祖謨：《問學集》，北京，中華書局，1966 年版，第98 頁。

袞切；謂曲者曰卷，居戀切〔註207〕。」自賈昌朝後，各家對「卷」音義關係的認識集中於見母上聲、見母去聲交替的兩音上。金理新（2006）全面客觀地認識了「卷」的多種音義關係，指出「卷」通過聲母清濁交替實現動名之間構詞轉換「拳」「圈」「豢」；「卷」的群母平聲、見母上聲兩讀通過聲母清濁交替實現形容詞動詞之間構詞轉換；「卷居轉切、巨員切」通過前綴交替實現動詞啟動構詞「冤」；「卷居轉切」包括「捲居轉切」通過後綴交替實現動詞完成體構詞「卷、倦」，分別表示「曲也」、「疲也、懶也」。

卷，《詩經》6 見，《釋文》出注 6 次〔註208〕。

卷*kron?，見上。P277《國風・周南・卷耳》：「采采卷耳，不盈頃筐。」5／3.11《釋文》：「眷勉反，苓耳也。廣雅云：枲耳也。郭云：亦曰胡枲，江南呼常枲。草木疏云：幽州人謂之爵耳。」卷，名詞，植物名。此義不參與構詞。

卷*gron，群平。P379《國風・陳風・澤陂》：「有美一人，碩大且卷。」6／3.3《釋文》：「本又作婘，同其員反，好貌。」卷，「婘」假借，表示形容詞「好貌」。此義不參與構詞。

卷*kron?，見上。P294《國風・邶風・柏舟》：「我心匪席，不可卷也。」5／10.2《釋文》：「眷勉反，注同。」卷，動詞，卷舒。

卷*gron，群平。P493《小雅・魚藻之什・都人士》：「彼君子女，卷髮如蠆。」6／35.19《釋文》：「音權，注及下同。」P493《小雅・魚藻之什・都人士》：「匪伊卷之，髮則有旟。」P545《大雅・生民之什・卷阿》：「有卷者阿，飄風自南。」傳：「卷，曲也」。7／11.16《釋文》：「音權，曲也，篇內同，大陵曰阿。」卷，形容詞，曲也。

「卷」形容詞「曲也」來自《說文》本義，通過逆構詞方式實現形容詞、動詞之間構詞，表示動詞「卷舒」義。也即語詞*gron，表示形容詞「曲也」，通過聲母清濁交替實現形容詞、動詞逆構詞*kron?，表示動詞「卷舒」義。

〔註207〕周法高：《中國古代語法・構詞編》，臺北，中央研究院歷史語言研究所，1962 年版，第 62 頁。

〔註208〕2 次出現於篇目名「卷」注中，其中 1 次以「篇內同」形式出現。

甲（介）

甲，鄭張尚芳上古音系歸入見母盍 1 部，擬音*kraab。介，鄭張尚芳上古音系歸入見母祭 2 部，擬音*kreeds。上古兩詞存在構詞關係，通過韻尾交替實現：甲*kraab，名詞，鎧甲；介*kreeds，動詞，被甲〔註209〕。

《說文》甲部：「甲，東方之孟，陽氣萌動，从木戴孚甲之象。一曰人頭空為甲，甲象人頭。」八部：「介，畫也。从八从人。人各有介。」《玉篇》甲部：「甲，古狎切，六甲也，太歲在甲曰閼逢。」八部：「介，居薤切，甲也，大也，紹也，助也，《說文》『畫也』。」《廣韻》古狎切：「甲，甲兵，又狎也鎧也，亦甲子，《爾雅》曰：『太歲在甲曰於逢』，又姓……」/ 古拜切：「介，大也，助也，祐也，甲也，閱也，耿介也，《說文》『畫也』……」《集韻》古狎切：「甲仐，古狎切，《說文》『東方之孟陽氣萌動，从木戴孚甲之象。一曰人頭空為甲，甲象人頭。』古作仐，始於十見於千成於木之象，一曰介，鎧也，一曰狎也，亦姓。」/ 居拜切：「介，《說文》『畫也』，一曰助也，間也，獨也。」上列字書韻書中，《玉篇》、《廣韻》可見「甲、介」音義關係。

金理新（2006）指出「甲、介」兩詞通過韻尾交替實現名動構詞轉換。

甲，《詩經》2 見。《釋文》出注 1 次，係「狎」之假借，表示「狎習」義，不參與構詞。P326《國風・衛風・芄蘭》：「雖則佩韘，能不我甲？」傳：「甲，狎也」。5 / 20.9《釋文》：「如字，狎也。爾雅同。徐胡甲反。韓詩作狎。」

甲*kraab，見平。P373《國風・秦風・無衣》：「王于興師，修我甲兵。」甲，名詞，鎧甲。此義《釋文》未出注，讀常用音。

介，《詩經》23 見，《釋文》出注 9 次。

介*kreeds，見去。P388《國風・豳風・七月》：「為此春酒，以介眉壽。」箋：「介，助也」。6 / 6.5《釋文》：「音界」。P464《小雅・谷風之什・小明》：「神之聽之，介爾景福。」箋：「介，助也」。6 / 27.21《釋文》：「音界」。P515《大雅・文王之什・旱麓》：「以享以祀，以介景福。」箋：「介，助也」。7 / 4.12《釋文》：「音界，後同。」P534《大雅・生民之什・行葦》：「壽考維祺，以介景福。」箋：「介，助」。7 / 9.18《釋文》：「音戒，毛大也，鄭助也，後皆放此。」介，

〔註209〕上古*-ds 韻尾更早期來源於*-bs 韻尾。金理新（2006）為「甲」擬音*klab，「介」擬音*klad-s<　**klab-s。

動詞，助也。

介*kreeds，見去。P473《小雅‧甫田之什‧甫田》：「攸介攸止，烝我髦士」箋：「介，舍也〔註210〕」。6／29.15《釋文》：「音界，鄭舍也，王大也。」界，動詞，舍也。

介*kreeds，見去。P565《大雅‧蕩之什‧崧高》：「錫爾介圭，以作爾寶。」7／18.18《釋文》：「音界」。介，形容詞，大也。

介*kreeds，見去。P528《大雅‧生民之什‧生民》：「履帝武敏歆，攸介攸止。」傳：「介，大也」，箋：「介，左右也」。7／7.18《釋文》：「音戒，毛大也，鄭左右也。」介，通个，左右〔註211〕。

「介」動詞「助也」「舍也」、形容詞「大也」、通「个」，不參與構詞。《詩經》餘14次《釋文》未注例表示動詞「助也」、形容詞「大也」，「介」結構與前述各例分別對應，《釋文》未再出注。

介*kreeds，見去。P338《國風‧鄭風‧清人》：「清人在彭，駟介旁旁。」傳：「介，甲也」。5／24.2《釋文》：「音界，甲也。」P577《大雅‧蕩之什‧瞻卬》：「舍爾介狄，維予胥忌。」箋：「介，甲也」。7／22.12《釋文》：「音界」。介，動詞，被甲。

表示動詞「被甲」義之「介」與名詞「鎧甲」之「甲」有構詞關係，通過附加後綴實現名動構詞：語詞「甲」*kraab，表示名詞「鎧甲」義，派生語詞「介」*kreeds，更早期音*kreebs，表示動詞「被甲」義。

夾（挾）

夾，鄭張尚芳上古音系歸入見母盍2部，擬音*kreeb。挾，鄭張尚芳上古音系歸入匣母盍2部，擬音*geeb。兩詞上古有構詞關係，通過聲母清濁交替實現動詞施受關係構詞轉換：夾*kreeb，動詞，在旁，動作與施事相聯繫，為施事動詞；挾*geeb，動詞，旁持，動作與受事對象聯繫，為受事動詞。

《說文》大部：「夾，持也。從大俠二人。」手部：「挾，俾持也。從手夾

〔註210〕馬瑞辰贊成並申述鄭說，詳見馬瑞辰：《毛詩傳箋通釋》，北京，中華書局，1989年版，第714頁。

〔註211〕馬瑞辰按：介通「个」，為東西廂，鄭箋釋義為確。詳馬瑞辰：《毛詩傳箋通釋》，北京，中華書局，1989年版，第873頁。

聲。」《玉篇》大部：「夾，古洽切，近西廂也。又古恊切。」手部：「挾，戶頰切，懷也，持也。」《廣韻》古洽切：「夾，持也。」／胡頰切：「挾，懷也，持也，藏也，護也。」《集韻》訖洽切：「夾挾，《說文》『持也，从大俠二人。』或从手。」／檄頰切：「挾接，《說文》『俾持也』，一曰輔也，或作接。」／吉恊切：「挾，持也。」／即恊切：「挾，持也，《詩》『既挾我矢』。」／屍牒切：「挾，持也。」《集韻》所收「挾」音異讀最多，為同義異讀，本於《釋文》。其中「屍牒切」一音當係「戶牒切」字形訛誤所致，與「檄頰切」同音。

　　《釋名・釋姿容》：「挾，夾也，在傍也。」王力（1982）列「夾、挾」為同源詞。金理新（2006）注意到兩詞通過聲母清濁交替實現動詞施受關係構詞轉換。

　　夾，《詩經》1見，《釋文》出注。夾*kreeb，見入。P541《大雅・生民之什・公劉》：「夾其皇澗，遡其過澗。」箋：「皆布居澗水之旁」。7／11.8《釋文》：「古洽反，又古恊反。」《釋文》同條又音為同義異讀，係方音之別。「夾」聲符字常有洽、怗兩韻異讀。此條又音，《玉篇》、《集韻》皆錄。夾，動詞，在旁。動作順接前文動作，突出施事行為，即前文「公劉」，「夾」是一個施事動詞。

　　挾，《詩經》3見，《釋文》出注3次。其中1次作為「浹」之假借[註212]，不參與構詞。P506《大雅・文王之什・大明》：「天位殷適，使不挾四方。」傳：「挾，達也」。7／1.20《釋文》：「子孌反，達也，一作子恊反。」《釋文》同條又音讀音相同，反切下字用字不同而已，陸德明「一作」以備他說。

　　挾*geeb，匣入。P429《小雅・南有嘉魚之什・吉日》：「既張我弓，既挾我矢。」6／16.10《釋文》：「子洽反，又子恊反，又戶頰反。」P534《大雅・生民之什・行葦》：「敦弓既句，既挾四鍭。」7／9.15《釋文》：「子恊反，又子合反。」挾，動詞，旁持。《釋文》或以子洽反為首音或以子恊反為首音。《釋文》「挾」異讀眾多，皆為同義異讀，當係方音之別。《切韻》系韻書以來「挾」皆錄「戶頰反」一音。《釋文》音系龐雜，字音既囊括不同時間層次又囊括不同空間層次。考察上古時期語詞語音意義關係，需要剔除《釋文》

〔註212〕錢大昕《潛研堂文集》以毛傳「挾，達也」，指出「挾」為「浹」之假借。浹，《廣韻》：「洽也通也徹也」。錢大昕此說至確，「挾」為借字，本字作「浹」。

非同一時間同一空間的異類音群,甄別語詞可能的上古音。《切韻》系韻書作為官方韻書,在記錄語詞讀音方面,除去「務從該廣」的《集韻》,相對於《釋文》算是謹慎且保守的了。「挾」音「戶頰反」,上古*geeb。上古本就一音,後來由於地域差異語音分別。

《詩經》「挾」用作動詞「旁持」義 2 見,動作皆指向受事對象「我矢、四鍭」,賓語成為動作的接受者或目標。動詞「挾」與受事對象聯繫在一起,為典型的受事動詞。

綜上,《詩經》「夾、挾」音義關係梳理如下:語詞夾*kreeb,表示動詞「在旁」義,動作指向施事,為施事動詞;通過聲母清濁交替實現施事動詞、受事動詞構詞轉換,語詞*geeb,表示動詞「旁側」義,動作指向受事對象,為受事動詞。

監(鑒)

監,鄭張尚芳上古音系歸入見母談 1 部,擬音*kraam、*kraams。上古*kraam、*kraams 兩音有構詞關係,通過韻尾交替實現動詞施與指向構詞:*kraam 表示一般動詞義「視也」;附加後綴派生語詞*kraams 表示動詞施與義「視也、照也」;附加後綴派生語詞監*kraams 名詞,監察之人,常用以表示官名。

監,《說文》臥部:「臨下也。从臥,衉省聲。」《玉篇》臥部:「公衫公陷二切,視也。」《廣韻》古銜切:「領也察也,《說文》云『臨下也』。」/格懺切:「領也,亦姓……」《集韻》居銜切:「監譼譼,《說文》『臨下也』,古从言或作譼。」/居懺切:「監譼,臨也,古作譼。」/苦濫切:「地名,在東平郡。」

《群經音辨·辨字音清濁》:「監,蒞也,古銜切。蒞事者曰監,古陷切。」馬建忠(1898):「『監』字:平讀,名也,《禮·王制》『天子使其大夫為三監』。《詩·小雅·賓之初筵》:『既立之監』。去讀,動字,視也,《詩·大雅·皇矣》『監觀四方』。又『監』『鑒』通,《書·酒誥》『人無於水監,當於民監。』而官寺為監,名也,去讀〔註213〕。」周祖謨(1946)將其歸入「因詞性不同而變

───────────────

〔註213〕馬建忠:《馬氏文通》,北京,商務印書館,1983 年版,第 77 頁。

調者」之「區分動詞用為名詞」類，與賈昌朝語法分類相同，與馬建忠語法詞性分別正好相反。周法高（1962）歸之為「非去聲或清聲母為動詞，去聲或濁聲母為名詞或名語」一類，「監：蒞也，古銜切；蒞事者曰監，古陷切〔註214〕。」金理新（2006）指出「監」通過韻尾交替實現施與指向動詞構詞，表示「視、照」的動作施諸與人義。

監，《詩經》出現 8 次，《釋文》出注 2 次。

監*kraam，見平。P440《小雅・節南山之什・節南山》：「國既卒斬，何用不監？」傳：「監，視也」。6／19.7《釋文》：「古銜反，注同，視也，韓詩云領也。」監，動詞，視也。作謂語，為一般動詞。

監*kraams，見去。P460《小雅・谷風之什・大東》：「維天有漢，監亦有光。」箋：「監，視也」。6／26.15《釋文》：「古暫反，視也。」「監」語義抽象化，作主語。動詞後隱含有一個受事賓語，動作具有施與性。P506《大雅・文王之什・大明》：「天監在下，有命既集。」箋：「天監視善惡於下」。P519《大雅・文王之什・皇矣》：「監觀四方，求民之莫。」箋：「監察天下之眾國」。P568《大雅・蕩之什・烝民》：「天監有周，昭假于下。」箋：「監，視」。P598《周頌・閔予小子之什・敬之》：「陟降厥士，日監在茲。」箋：「監，視也」。P627《商頌・殷武》：「天命降監，下民有嚴。」箋：「天命乃下視」。「監」後均有或隱含有一個受事賓語，這個受事賓語正是「監」這一動作施與的對象。監，施與動詞，視也。

《釋文》為「監」注音 41 次，除去 2 例為其通假字「鑒、鑑」注音外，32 次音見母平聲，6 次音見母去聲，1 次見母去聲為首音、見母平聲為又音。可見「監」見母平聲在《釋文》中非常用音，陸德明不煩出注；見母去聲為常用音，出注相比少很多。因此《詩經》施與指向動詞「視也」6 次《釋文》出注僅 1 次。

「監」通過韻尾交替實現動詞施與指向構詞轉換。

監*kraams，見去。P484《小雅・甫田之什・賓之初筵》：「既立之監，或佐之史。」傳：「立酒之監」。監，名詞，官名，表示「蒞事者。《釋文》未出注，

〔註214〕周法高：《中國古代語法・構詞編》，臺北，中央研究院歷史語言研究所，1962 年版，第 60 頁。

讀常用音。

此義與「監」一般動詞「視也」有構詞關係：*kraam 表示動詞「視也」；附加後綴派生語詞*kraams 表示名詞，監察之人，用作官名。

《詩經》與「監」構詞相關的另有一詞：鑒。鑒，《說文》無此字，上古通「監」。鄭張尚芳上古音系歸入見母談 1 部，擬音*kraams。

「鑒」《詩經》3 見，《釋文》出注 1 次。鑒*kraams，見去。P294《國風·邶風·柏舟》：「我心匪鑒，不可以茹。」5／9.22《釋文》：「本又作鑒，甲暫反，鏡也〔註215〕。」P502《大雅·文王之什·文王》：「宜鑒于殷，駿命不易。」箋：「宜以殷王賢愚為鏡」。P552《大雅·蕩之什·蕩》：「殷鑒不遠，在夏后之世。」箋：「殷之明鏡不遠也」。鑒，名詞，鏡子。

「鏡子」即「監察之物具」，跟「監察之人」一樣，與動詞「視也」有構詞關係：語詞「監」*kraam，表示動詞「視也」；通過附加後綴實現動轉化名詞構詞「鑒」*kraams，表示名詞「監察之物具」，即「鏡子」。

綜上，《詩經》「監」的構詞規律梳理如下：語詞*kraam，表示一般動詞「視也」；通過附加後綴實現施與指向動詞構詞轉換*kraams，表示施與指向動詞「視也」；通過附加後綴實現動轉化名詞構詞「監」*kraams，表示名詞「監察之人」，官名；鑒*kraams，表示名詞「監察之物具」，即「鏡子」。

考（孝）

考，鄭張尚芳上古音系歸入溪母幽 1 部，擬音*khluuʔ。孝，鄭張尚芳上古音系歸入曉母幽 1 部，擬音*qhruus。上古兩詞有構詞關係：語詞「考」*khluuʔ，名詞，老也；語詞「孝」*qhruus，動詞，孝順。兩詞的構詞方式既有韻尾交替又或有聲母交替。

《說文》老部：「考，老也。從老省，丂聲。」老部：「孝，善事父母者。從老省，從子。子承老也。」《玉篇》老部：「考，口老切，壽考，延年也。《釋名》：『父死曰考。』」老部：「孝，呼教切，善事父母曰孝。」《廣韻》苦浩切：「考，校也，成也，引也，亦瑕釁，《淮南子》云『夏后氏之璜不能無考』是也，又姓……」呼教切：「孝，孝順。《爾雅》曰：『善父母為孝』，《孝經·左

〔註215〕《釋文》被注字作「監」，可知《釋文》所見《詩經》本子原文作「我心匪監，不可以茹。」

·196·

契》曰：『元氣混沌，孝在其中。天子孝龍，負圖庶人，孝林澤茂。』又姓……」
《集韻》苦浩切：「考，《說文》『老也』，一曰成也，亦姓，古通作考万。」
／許教切：「孝，《說文》『善事父母者。从老省，從子。子承老也。」

　　俞敏（1984）指出「考」是個 kh-型的名詞，派生動詞是 x-型的，後造出
「孝」字記錄這一形式。金理新（2006）認為「考、孝」通過前綴交替、後綴
交替實現名謂化構詞轉換〔註216〕。

　　考，《詩經》28 見，《釋文》未出注，用法有三：一、「考」之今字，表示
動詞「擊也」；二、動詞「成也、校也」；三、名詞「老也」。《詩經》「考」第一
類用例 1 見。P361《國風·唐風·山有樞》：「子有鐘鼓，弗鼓弗考。」傳：「考，
擊也」。「考」第二類用法 10 見，其中表示動詞「成也」8 見，「校也」2 見。
P321《國風·衛風·考盤》：「考盤在澗，碩人之寬。」傳：「考，成」。P420《小
雅·南有嘉魚之什·湛露》：「厭厭夜飲，在宗載考。」箋：「考，成也」。P526
《大雅·文王之什·文王有聲》：「考卜維王，宅是鎬京。」箋：「考猶稽也」。
P558《大雅·蕩之什·桑柔》：「秉心宣猶，考慎其相。」此二義不參與構詞。

　　「考」第三類用法《詩經》17 見。考*khluuʔ，溪上。P372《國風·秦風·
終南》：「佩玉將將，壽考不忘。」P470《小雅·谷風之什·信南山》：「祭以清
酒，從以騂牡，享于祖考。」P595《周頌·臣工之什·雝》：「假哉皇考，綏予
孝子。」P595《周頌·臣工之什·雝》：「既右烈考，亦右文母。」P596《周頌·
臣工之什·載見》：「率見昭考，以孝以享。」考，名詞，老也。

　　「考」表示名詞「老也」，常出現於「壽考」、「祖考」、「皇考」、「烈考」、
「昭考」結構中。《詩經》「壽考」8 見、「祖考」3 見、「皇考」3 見、「烈考」
1 見、「昭考」2 見，「祖考、皇考、烈考、昭考」皆是對故先祖敬稱，用以表
達「長壽」義。《釋文》不出注，此義為常用詞，讀常用音。「考」《詩經》入
韻 11 次，或以「成也」義入韻，或以「老也」義入韻，皆與上古*-ʔ尾韻字相
押，說明「考」不論是動詞還是名詞上古皆當帶*-ʔ尾。

　　孝，《詩經》17 見，《釋文》未出注，如字讀。孝*qhruus，P424《小雅·
南有嘉魚之什·六月》：「侯誰在矣？張仲孝友。」傳：「善父母為孝」。P525
《大雅·文王之什·下武》：「永言孝思，孝思維則。」P535《大雅·生民之

〔註216〕金理新（2006）為「考」上古擬音*khu-ɦ< **khlu-ɦ，為「孝」上古擬音*ɦ-khlu-s。

什・既醉》：「孝子不匱，永錫爾類。」P597《周頌・閔予小子之什・閔予小子》：「於乎皇考，永世克孝。」孝，動詞，孝順。

《詩經》名詞「考」與動詞「孝」語義相關：人老為考，善老為孝；兩詞語音交替：韻尾*-ʔ與韻尾*-s 交替，或伴輔音聲母交替*kh-與*qh-。

《詩經》「考、孝」構詞關係歸納如下：語詞「考」*khluuʔ，表示名詞「老也」；通過韻尾交替或伴聲母交替實現名謂化構詞，派生語詞「孝」*qhruus，表示動詞「孝順」義，善老為孝。

空

空，鄭張尚芳上古音系歸入溪母東部，擬音*khooŋ、*khooŋs。上古兩詞有構詞關係，《詩經》「空」兩讀通過韻尾交替實現不及物動詞、及物動詞構詞轉換：語詞*khooŋ，不及物動詞，空虛、窮盡；語詞*khooŋs，及物動詞，窮盡。

空，《說文》穴部：「竅也。从穴工聲。」《玉篇》穴部：「口公切，盡也，亦竅也。」《廣韻》苦紅切：「空虛，《書》曰：『伯禹作司空』，又漢複姓……」／苦貢切：「空缺。」《集韻》枯公切：「《說文》『竅也』，一曰虛也。」／苦貢切：「窮也，缺也。」

《群經音辨・辨字同音異》：「空，虛也，苦工切。空，窮也，苦貢切，《詩》『不宜空我師』。空，竅也，音孔。」馬建忠（1898）：「『空』字，靜字也，《詩・小雅・白駒》『在彼空谷』，平讀。《考工記・函人》『視其鑽空』，名字也，上讀。《論語・先進》『回也其庶乎屢空』，窮也，亦靜字，去讀[註217]。」周法高（1962）將「空」歸入「形容詞」之「去聲為他動式」一類，「空：虛也，苦紅切；虛之曰空，苦貢切[註218]。」金理新（2006）指出「空」通過韻尾交替實現動詞不及物、及物性構詞轉換；「空」通過前綴交替實現動詞啟動構詞轉換「凶」，突出主體狀態改變。「空」還通過韻尾交替實現名詞借代構詞「孔」，表示名詞「孔穴」義。

空，《詩經》5 見，《釋文》出注 1 次。有四類用法，分別為及物動詞「窮盡」義、形容詞「空虛」義、不及物動詞「窮盡」義、專名表示官名。

〔註217〕馬建忠：《馬氏文通》，北京，商務印書館，1983 年版，第 35 頁。

〔註218〕周法高：《中國古代語法・構詞編》，臺北，中央研究院歷史語言研究所，1962 年版，第 72 頁。

空*khooŋs，溪去。P440《小雅·節南山之什·節南山》：「不弔昊天，不宜空我師。」傳：「空，窮也」。6／19.13《釋文》：「苦貢反，注同，窮也。」空，及物動詞，窮盡。

空*khooŋ，溪平。P434《小雅·鴻雁之什·白駒》：「皎皎白駒，在彼空谷。」傳：「空，大也」。P558《大雅·蕩之什·桑柔》：「大風有隧，有空大谷。」空，形容詞，空虛。P460《小雅·谷風之什·大東》：「小東大東，杼柚其空。」傳：「空，盡也」。空，不及物動詞，窮盡。

及物動詞「空」可帶賓語，例中「我師」即為「空」之賓語。形容詞用法，從廣義的動詞分類亦屬於動詞。表示「空虛」之「空」，不可帶賓語，功能相當於不及物動詞，與不及物動詞「窮盡」義實為一類。《詩經》「空」音變意義清楚：表示及物動詞「窮盡」義，《釋文》出注破讀音；表示不及物動詞「窮盡、空虛」義，《釋文》不出注，讀常用音。

「空」專名表示官名 1 見。P509《大雅·文王之什·綿》：「乃召司空，乃召司徒，俾立室家。」傳：「司空、司徒，卿官也」。此義不參與構詞。

《詩經》「空」構詞關係清晰：語詞*khooŋ，表示不及物動詞「窮盡、空虛」義；通過韻尾交替實現動詞不及物、及物性構詞轉換*khooŋs，表示及物動詞「窮盡」義。

朱賽萍（2007）列舉永嘉方言音變例中有「空」[k'oŋ¹]（平），形容詞；[k'oŋ⁵]（去），動詞，義為「（將時間、空間、物品等）騰出來。」永嘉方言的這種變調構詞與《詩經》「空」異讀構詞特點完全一致。

虛

虛，鄭張尚芳上古音系歸入溪母魚部、曉母魚部，分別擬音*kha、*qha。《詩經》兩音有名謂化構詞關係：語詞*kha，名詞，大丘；語詞*qha，動詞，空虛。

虛，《說文》丘部：「大丘也。昆崙丘謂之昆崙虛。古者九夫為井，四井為邑，四邑為丘。丘謂之虛。从丘虍聲。」《玉篇》丘部：「丘居切，大丘也，今作墟。又許魚切，空也。」《廣韻》去魚切：「《說文》曰：『大丘也』。」／朽居切：「空虛也，亦姓，出何氏姓苑。」《集韻》丘於切：「虛墟，《說文》『大丘也。昆崙丘謂之昆崙虛。古者九夫為井，四井為邑，四邑為丘。丘謂之虛。」

或从土。」／休居切：「虛壺，空也，亦姓，古作壺，俗作虛，非是。」

《群經音辨‧辨字同音異》：「虛，大丘也，起居切。虛，空也，朽居切。」俞敏（1984）：「當大丘講的虛，後來單分出一個形體：『墟』，音是丘於切。這個是 kh-型的名詞。空虛的意思，就用休居切。這就是 x-型的形容詞了〔註219〕。」金理新（2006）指出「虛」通過前綴交替實現名謂化構詞轉換。

虛《詩經》4 見，《釋文》出注 1 次。虛*kha，溪平。P315〔註220〕《國風‧墉風‧定之方中》：「升彼虛矣，以望楚矣。」傳：「虛，漕虛也」。5／16.17《釋文》：「起居反，本或作墟。」虛，名詞，大丘。此義後分化出字形「墟」，《釋文》所以注「或作墟」。「墟」典籍最早見於西漢伏勝《尚書大傳》，其時「墟」並不流行，仍以「虛」為主，東漢《說文》尚未收有「墟」。

虛*qha，曉平。P310《國風‧邶風‧北風》：「其虛其邪，既亟只且！」傳：「虛，虛也」。《釋文》於傳下注：「一本作嘘，徐也。」虛，動詞，空虛。《詩經》同篇同章同文反覆吟誦 3 次。

俞敏（1984）針對毛傳指出「此『虛』字乃謂空虛，非丘虛也。」（1999：323）俞說是，「其虛」當指容顏寬貌，由動詞「空曠、空虛」引申而來。經典「虛」直接用表「空虛」的例子略舉二例：《易》：「九三：升虛邑。」孔疏：「若升空虛之邑也」，《釋文》2／18.3：「升虛：如字，空也。徐去餘反，馬云丘也。」《荀子‧儒效》：「爭之則失，讓之則至，遵道則積，誇誕則虛。」楊倞注：「遵道則自委積，誇誕則尤益空虛。」

虛，本義「大丘」。大則空曠，空虛，引申指人則有「寬貌」，形容人容顏。「虛」音義關係清楚：語詞*kha，名詞，大丘；語詞*qha，動詞，空虛。構詞方式因上古擬音系統性，暫存疑。俞敏說法、鄭張尚芳系統似乎都支持溪、曉聲母交替構詞，只是此類聲母交替構詞上古尚未得見。金理新認為「虛」係前綴*-ɦ 名謂化作用派生的結果，姑備一說。

〔註219〕俞敏：《古漢語派生新詞的模式》，收錄於俞敏：《中國語文學論文選》，東京，日本光生館，1984 年版，又收錄於俞敏：《俞敏語言學論文集》，北京，商務印書館，1999 年版，第 323 頁。

〔註220〕金理新（2006）為「虛」上古分別擬音*khra、*ɦ-khra，前者表示名詞「大丘」義，後者表示動詞「空虛」義。

樂

　　樂，鄭張尚芳上古音系歸入疑母藥1部、來母藥1部、疑母豹1部，分別擬音*ŋraawɢ、*raawɢ、*ŋraawɢs。此三音上古有構詞關係：*ŋraawɢ 為名詞，表示「樂器」引申而有「音樂」義；*raawɢ 為不及物動詞，表示「快樂」義；*ŋraawɢs 為及物動詞，表示「喜好」義。

　　樂，《說文》木部：「樂，五聲八音總名，象鼓鞞，木，虞也。」《廣韻》五角切：「樂，音樂，《周禮》有六樂……」／盧各切：「喜樂。」／五教切：「好也。」《集韻》逆角切：「樂，《說文》：『五聲八音總名，象鼓鞞，木虞也。」／歷各切：「樂懍，娛也，或从心。」／魚教切：「樂，欲也。」

　　《群經音辨·辨字音清濁》：「聲和為樂，五角切。志和為樂，力各切。」馬建忠（1898）：「『樂』字，去讀外動字，喜好也。《論·雍也》：『仁者樂山。』又《季氏》：『益者三樂。』入讀名字，聲音總名。又內動字，喜也。《孟·梁下》：『與民同樂也。』〔註221〕」周法高（1962）將其歸入「非去聲或清聲母不名詞，去聲或濁聲母為動詞或名謂式」一類，「樂，音樂，五角切；好也，五教切〔註222〕。」金理新（2006）把上古漢語中音樂之「樂」看成喜樂之「樂」通過*m-前綴交替實現動轉化構詞而來，喜好之「樂」則為喜樂之「樂」的派生動詞。金理新所論後一類構詞可以肯定，前一構詞頗為可疑。因為殷墟卜辭樂字不从白，且《樂鼎》樂也省白。羅振玉（1927）釋「樂」為：「從絲附木上琴瑟之象也，或增白以象調弦之器。」同時指出許慎解樂「象鼓鞞木虞者誤也〔註223〕。」金文「樂」三個意義：音樂，享樂、喜悅，人名〔註224〕。根據甲金文「樂」字形考釋，「樂」本義「樂器」，後引申出音樂義，「享樂、喜悅」義顯係後起，表示這一意義的語詞當從「音樂」之樂派生轉化而來。金文所論正好相反，與「樂」語源事實不符，值得推敲。

　　樂，《詩經》85見。

〔註221〕馬建忠：《馬氏文通》，北京，商務印書館，1983年版，第205頁。

〔註222〕周法高：《中國古代語法·構詞編》，臺北，中央研究院歷史語言研究所，1962年版，第58頁。

〔註223〕羅振玉：《增訂殷虛書契考釋》，收錄於羅振玉：《增訂殷虛書契考釋三種》，北京，中華書局，2006年版，第463頁。

〔註224〕王文耀：《簡明金文詞典》，上海，上海辭書出版社，1998年版，第428頁。

樂*ŋraawG，疑入。P467《小雅‧谷風之什‧楚茨》：「樂具入奏，以綏後祿。」箋：「燕而祭之之樂復皆入奏」。P484《小雅‧甫田之什‧賓之初筵》：「樂既和奏，烝衎烈祖。」箋：「奏樂和」。P540《大雅‧生民之什‧假樂》：「假樂君子，顯顯令德。」樂，名詞，音樂。

表示名詞「音樂」之「樂」《詩經》3見，《釋文》不注音，讀常用音。《詩經》表示動詞「快樂」之「樂」《釋文》卻不煩注音 66〔註225〕次，另外還有 11 次與前文用字結構表義完全相同未注，如 P278《國風‧周南‧樛木》「樂只」3次、P419《小雅‧南有嘉魚之什‧南山有臺》「樂只」10次《釋文》各出注 1次。算上此類未注 11 例，《釋文》為動詞「快樂」之「樂」注音計 77 次。也就是說，《詩經》「樂」主要用來表示動詞「快樂」義，《釋文》不煩為其注音，以與常用音區別開。

樂*raawG，來入。P362《國風‧唐風‧揚之水》：「既見君子，云何不樂？」5／31.9《釋文》：「音洛」。P368《國風‧秦風‧車鄰》：「今者不樂，逝者其耋。」5／33.4《釋文》：「音洛，下文並同。」P459《小雅‧谷風之什‧谷風》：「將安將樂，女轉棄予。」箋：「今女以自達而安樂」。6／25.17《釋文》：「音洛，注下皆同。」P463《小雅‧谷風之什‧北山》：「或湛樂飲酒，或慘慘畏咎。」6／27.10《釋文》：「音洛」。P495《小雅‧魚藻之什‧隰桑》：「既見君子，其樂如何？」6／36.13《釋文》：「音洛，注下皆同。」樂，不及物動詞，快樂。《釋文》尚有 5 處同條又音，但皆以「音洛」為首音，又音在於協韻、備錄他說。據毛傳或鄭箋，皆當音洛，不及物動詞，表「快樂」義。P273《國風‧周南‧關雎》：「參差荇菜，左右芼之；窈窕淑女，鐘鼓樂之。」傳：「鐘鼓之樂」，箋：「共荇菜之時上下之樂」。5／2.19《釋文》：「音洛，又音岳，或云協韻，宜五教反。」P377《國風‧陳風‧衡門》：「泌之洋洋，可以樂饑。」傳：「樂饑可樂道忘饑」，箋：「饑者見之可飲以療饑」。6／1.18《釋文》：「毛音洛，鄭力召反〔註226〕。」P419《小雅‧南有嘉魚之什‧南有嘉魚》：「南有嘉魚，烝然罩罩；君子有酒，嘉賓式燕以樂。」箋：「用酒與賢者燕飲而樂也」。6／

〔註225〕《釋文》直接注音 22 次，另有 44 次出現於前章、前文、前文傳箋或序「樂」字注音中，以「下章同、注下同、下文並同、注下皆同、下皆同、下並注同、下及注同、下文及注同」等術語形式出現。

〔註226〕鄭以「樂」為「療」字假借，比較毛傳、鄭箋，毛音更適。

13.6《釋文》：「音洛，協句五教反。」P433《小雅‧鴻雁之什‧鶴鳴》：「樂彼之園，爰有樹檀，其下維蘀。」傳：「何樂於彼園之觀乎？」6／17.5《釋文》：「音洛，沈又五孝反，注及下同。」P433《小雅‧鴻雁之什‧鶴鳴》：「樂彼之園，爰有樹檀，其下維穀。」

　　金理新（2006）提出「音樂」之「樂」和「喜樂」之「樂」本同根。鄭張尚芳上古兩詞擬音詞根相同，只是名詞「樂」多出一個*ŋ-〔註227〕。王月婷（2007）對這一構詞機制也存疑：「（1）二等是名詞中綴；（2）疑母是名詞前綴。目前我們還不確定是何者在發揮作用，亦不知其機制如何〔註228〕。」金理新的動轉化*m-前綴構詞與語詞語源關係矛盾，鄭張尚芳「樂」擬音更多關注音變，未能注意構詞形態。「樂」的名動構詞機制，暫存疑。

　　《詩經》「樂」尚有及物動詞「愛好，喜好」用法，此義 5 見。樂*ŋraawɢs，疑去。P480《小雅‧甫田之什‧桑扈》：「君子樂胥，受天之祜。」箋：「王者樂臣下有才知文章」。P480《小雅‧甫田之什‧桑扈》：「君子樂胥，萬邦之屏。」P610《魯頌‧駉之什‧泮水》：「思樂泮水，薄采其芹。」箋：「僖公賢君，人樂見之」。P610《魯頌‧駉之什‧泮水》：「思樂泮水，薄采其藻。」P610《魯頌‧駉之什‧泮水》：「思樂泮水，薄采其茆。」

　　及物動詞「樂」與名詞「樂」有構詞關係：語詞詞根形式*ŋraawɢ，表示名詞「樂器、音樂」義；通過韻尾交替派生語詞*ŋraawɢs，表示及物動詞「喜好」義。

　　綜上，《詩經》「樂」字存在兩種構詞方式：語詞*ŋraawɢ 表示名詞「音樂」義，語詞*raawɢ 表示不及物動詞「快樂」義；語詞*ŋraawɢ 表示名詞「音樂」義，通過後綴交替派生出語詞*ŋraawɢs 表示及物動詞「喜好」義。

迎

迎，鄭張尚芳上古音系歸入疑母陽部，分別擬音*ŋaŋ、*ŋraŋs。上古兩讀

〔註227〕鄭張尚芳的體系裏是上古基本聲母，不是前綴，後面的*-r-是墊音，中古二等韻母就是由於它的影響而產生的。金理新（2006）為名詞「樂」擬音*m-gluug，動詞「喜樂」義的「樂」擬音*luug＜ **gluug，把*m-看作是動轉代名詞前綴。

〔註228〕王月婷：《〈經典釋文〉異讀之音義規律探賾》，浙江大學博士學位論文，2007 年，第 131 頁。

有構詞關係，通過韻尾交替實現動詞自主、非自主性構詞轉換，表現為：語詞 *ŋaŋ，自主動詞，迎接；語詞 *ŋraŋs，非自主動詞，迎接。

迎，《說文》辵部：「迎，逢也。从辵卬聲。」《玉篇》辵部：「宜京切，逢迎，又奉迎。」《廣韻》語京切：「逢也。」／魚敬切：「迓也。」《集韻》魚京切：「《說文》『逢也。』」／魚慶切：「迓也。」韻書兩音意義區別不清。

《群經音辨·辨字音清濁》：「迎，逆也，魚京切。謂逆曰迎，魚映切，《婚禮》有『壻親迎』。」馬建忠（1898）：「『迎』字，平讀外動字，人來而接之也。《禮·中庸》：『送往迎來。』去讀則人未來而迓之也。《詩·大雅·大明》：『親迎于渭。』〔註229〕」周祖謨（1946）將其歸入「因意義不同而變調者」之「意義有特殊限定而音少變」一類，釋之「蓋物來而接之為平聲，物未來而往迓之使來，則去聲〔註230〕。」金理新（2006）則將其看作是自主動詞、非自主動詞意義區別，通過韻尾交替實現構詞轉換。

迎，《詩經》2 見，《釋文》出注 1 次。

迎 *ŋraŋs，疑去。P506《大雅·文王之什·大明》：「文定厥祥，親迎于渭。」7／2.3《釋文》：「魚敬反」。迎，動詞，迎接。文王迎接大姒，大姒賢且美，若天之女弟，尊貴非常。迎接尊者，動作非自主性，不是想迎就迎，不想迎就不迎的。迎，非自主動詞

迎 *ŋaŋ，疑平。P570《大雅·蕩之什·韓奕》：「韓侯迎止，于蹶之里。」迎，動詞，迎接。韓侯取妻，正常迎接，無貴賤之別，動作可自控。迎，自主動詞。《釋文》於非自主動詞義出注破讀音，自主動詞義不出注，如字讀。

《詩經》「迎」意義區別清楚，尊重對方，一般選擇非自主動詞形式 *ŋraŋs；一般迎接，選擇自主動詞形式 *ŋaŋ。「迎」構詞關係概括如下：語詞 *ŋaŋ，表示自主動詞「迎接」，動作主體主觀可以控制；通過附加後綴派生語詞 *ŋraŋs，表示非自主動詞「迎接」，動作主體主觀不可以控制。

〔註229〕馬建忠：《馬氏文通》，北京，商務印書館，1983 年版，第 201 頁。

〔註230〕周祖謨：《四聲別義釋例》，周祖謨：《問學集》，北京，中華書局，1966 年版，第 110 頁。

二、牙音見組異讀構詞特點

　　《詩經》具有音義關係的中古牙音見組異讀構詞字頭 23 個（除去 1 字頭構詞方式暫存疑），構詞方式包括聲母清濁交替、*-s 後綴交替、*-ɦ 後綴交替三種類型，構詞的語法意義範疇既有動詞內部的及物性不及物性、自主性非自主性、施事受事、未完成體完成體、動詞施與指向轉換，又有動詞、名詞、形容詞之間詞性轉換，另外還有名詞借代構詞等。

1. 聲母清濁交替實現的語法意義變化

第一、語詞詞性變化

　　上古漢語輔音清濁交替實現語詞詞性變化，《詩經》牙音見組異讀字頭「光（黃煌）、間（閑）」，通過聲母清濁交替完成名詞向動詞詞性轉化，表現為：清聲母為名詞，濁聲母為動詞。

第二、動詞及物性變化

　　《詩經》牙音見組異讀字頭「糾（丩述）、教（效傚）、遘（逅）」，通過聲母清濁交替實現動詞及物性變化構詞。表現為：清聲母為及物動詞或及物性程度強的動詞，濁聲母為不及物動詞或及物性程度弱的動詞。

第三、動詞完成體變化

　　上古漢語通過輔音清濁交替，可以實現動詞未完成體與完成體構詞轉換。動作完成常形成一種狀態或產生一種結果，對應的語詞詞性以形容詞、副詞形式出現。《詩經》牙音見組異讀字頭「假（遐）、卷」構詞，正表現的動詞完成體變化。前者的構詞表現為：清聲母為動詞，濁聲母為形容詞；後者的構詞表現為：清聲母為形容詞，濁聲母為動詞。後者反映的是形容詞向動詞的逆向構詞。

第四、動詞施受關係變化

　　《詩經》牙音見組通過聲母清濁交替完成動詞施受關係變化的字頭有「降、見、夾（挾）」，構詞一致表現為：清聲母為施事動詞，濁聲母為受事動詞。

2. *-s 後綴交替實現的語法意義變化

第一、語詞詞性變化

　　通過後綴*-s 交替實現語詞詞性變化，《詩經》牙音見組異讀字頭分為兩類

情況。一類字頭如「膏、家（嫁）、間（閒）、考（孝）、甲（介）、樂」，實現的是名詞向動詞轉化，構詞表現為：無後綴*-s 形式為名詞，後綴*-s 形式為動詞。一類字頭「格（路）、監（鑒）」，實現的是動詞向名詞轉化，構詞表現與前一類正好相反：無後綴*-s 形式為動詞，後綴*-s 形式為名詞。兩類不同的構詞意義源於後綴*-s 有不同的來源。其中之一動轉化來源，使這一詞綴偶而起*-ɦ 後綴名詞借代的功能，金理新（2006）以先秦經典例證作了說明。《詩經》牙音見組異讀字頭「間（澗）」，正是在名詞詞根基礎上附加了後綴*-s，派生了新的名詞。而這類由名詞附加後綴*-s 派生名詞的現象，金理新（2006）認為是動轉化*-s 後綴語法類推的結果，中古漢語讀去聲的一些名詞，有一部分就通過這種語法類推而來，這也正是中古去聲字大量存在可能的來源。

第二、動詞完成體變化

動作完成後常形成一種狀態或產生一種結果，形容詞、副詞可看作是動詞完成體變化。《詩經》牙音見組異讀字頭「驚（敬）、拱（共）」，通過後綴*-s 交替實現動詞完成體變化。前者通過附加後綴*-s 實現，後者通過與動詞未完成體後綴*-ɦ 交替完成動詞完成體構詞變化。總之，動詞完成體以後綴*-s 形式表現。

第三、動詞施受關係變化

《詩經》見組異讀字頭「加（駕賀）」，通過後綴*-s 交替（附加）完成動詞施受關係轉變，表現為：無後綴*-s 形式為施事動詞，後綴*-s 形式為受事動詞。

第四、動詞及物性變化

《詩經》見組異讀字頭「空」，通過附加後綴*-s 完成動詞及物性變化，表現為：無後綴*-s 形式為不及物動詞，後綴*-s 形式為及物動詞。

第五、動詞的非自主性變化

上古漢語後綴*-s 有表非自主動詞功能。《詩經》見組異讀字頭「迎」，表現的即為動詞非自主性變化，通過附加非自主動詞後綴*-s 實現。

第六、動詞施與指向變化

上古漢語後綴*-s 相當活躍，可表達多種語法功能。周法高（1962）提到一種語法關係：彼此之間的關係，如「買賣」。梅祖麟（1980）將這類關係看作是內向動詞和外向動詞的對立。金理新（2006）認為對這類詞僅從方向解釋不夠，提出「施與指向」的語法概念。並舉例論證了這一語法意義的獲得

是後綴*-s 作用的結果。《詩經》牙音見組異讀字頭「監」就有這種構詞，無後綴*-s 形式為一般動詞，附加後綴*-s 形式為施與指向動詞，帶有明顯的施與指向性。

3. *-ɦ 後綴交替實現的語法意義變化

名詞借代構詞變化

上古漢語*-ɦ 後綴名詞借代構詞功能，在《詩經》見組異讀字頭中有「間（澗簡）」。通過在名詞詞根基礎上附加後綴*-ɦ 派生出新的名詞。

第六節　喉音影組異讀構詞詞表及構詞特點

一、喉音影組異讀構詞詞表

惡

惡，鄭張尚芳上古音系歸入影母魚部、影母暮部、影母鐸部，分別擬音*qaa、*qaags、*qaag。*qaa 表示形容詞「安也」，不參與構詞。後兩音具有構詞關係：*qaag 為名詞，過也、壞事；通過附加後綴實現名動之間的構詞轉換*qaags，動詞，厭惡。

惡，《說文》心部：「過也，從心亞聲。」《玉篇》心部：「於各切，不善也。又烏路切，憎惡也。」《廣韻》烏各切：「不善也，《說文》曰『過也』。」／烏路切：「憎惡也。」《集韻》遏鄂切：「惡惡偲，《說文》『過也，隸作惡，或從人。」／烏故切：「惡諁諁，恥也憎也，或作諁諁。」

《群經音辨·辨字音清濁》：「惡，否也，烏各切。心所否謂之惡，烏路切。」馬建忠（1898）：「『惡』字，平讀詢問代字，又狀字，何也。去讀外動字，憎也。《左·隱三》：『周鄭交惡。』入讀靜字，不善也，又陋也〔註231〕。」Downer（1959）將其歸入「轉化形式是使謂式的」一類。周法高（1962）歸之為「形容詞」之「去聲為他動式」一類，「惡，否也，烏各切；心所否謂之惡，烏路切〔註232〕。」金理新（2006）指出「惡」通過後綴交替實現名動之

〔註231〕馬建忠：《馬氏文通》，北京，商務印書館，1983 年版，第 198 頁。

〔註232〕周法高：《中國古代語法·構詞編》，臺北，中央研究院歷史語言研究所，1962 年版，第 74 頁。

間構詞轉換，通過後綴交替實現不及物、及物動詞之間構詞轉換。兩種構詞方式派生語詞皆表示「厭惡」義。

《詩經》「惡」6見，《釋文》出注2次。

惡*qaag，影入。P440《小雅・節南山之什・節南山》：「方茂爾惡，相爾矛矣。」惡，名詞，過也。P447《小雅・節南山之什・雨無正》：「庶曰式臧，覆出為惡。」箋：「反出教令復為惡也」。惡，名詞，壞事。此義《詩經》2見，《釋文》無注，讀常用音。

惡*qaags，影去。P340《國風・鄭風・遵大路》：「無我惡兮，不寁故也。」箋：「無惡我」。5／24.15《釋文》：「烏路反，注同。」P540《大雅・生民之什・假樂》：「無怨無惡，率由群匹。」7／10.11《釋文》：「烏路反，又如字，注同。」「無惡、無怨」結構相同，「怨」為動詞，「惡」亦當動詞 P440《小雅・節南山之什・節南山》：「君子如夷，惡怒是違。」P594《周頌・臣工之什・振鷺》：「在彼無惡，在此無斁。」箋：「在彼謂居其國無厭惡之者」。惡，動詞，厭惡。此義《詩經》4見。

《詩經》「惡」押韻與異讀構詞情況相同。「惡」《詩經》入韻4次，2次表示名詞「過也、不善」義，與上古入聲韻*-g尾韻相押；2次表示動詞「憎惡」義，與上古*-gs尾韻相押。曾明路（1988）舉《詩經・節南山》「惡、懌」、《逸周書・酆保解》「柏、宅、惡」、賈誼《惜誓》「惡、石」押韻證明表示名詞義之「惡」與入聲押，舉《莊子・至樂》「據、去、去、惡」、《書・洪範》「惡、路」、《老子》七十三章「惡、故」押韻證明表示動詞義之「惡」與去聲押〔註233〕。「惡」之兩讀因意義分化在先秦韻文中的押韻分別於此可見一斑。

《詩經》「惡」音義關係分別清晰：語詞詞根形式*qaag，表示名詞「過也、壞事」義；附加後綴派生語詞*qaags，表示動詞「厭惡」義。

衣

衣，鄭張尚芳上古音系歸入影母微1部，擬音*qɯl、*qɯls。上古兩音有構詞關係，通過附加後綴實現名謂化構詞轉換：語詞*qɯl，名詞，上衣；語詞*qɯls，

〔註233〕曾明路：《上古「入～去聲字」研究》，北京大學碩士學位論文，1988年，北大圖書館藏，第63～64頁注⑩。

動詞，穿衣。

衣，《說文》衣部：「依也。上曰衣，下曰裳。象覆二人之形。」《玉篇》衣部：「於祈切，上曰衣，下曰裳。衣者，隱也，又依也。又於氣切，以衣被人也。」《廣韻》於希切：「上曰衣，下曰裳，《世本》曰：『胡曹作衣』，《白虎通》云：『衣者，隱也，裳者，障也，所以隱形自障蔽也』，又姓，出姓苑。」／於既切：「衣著。」《集韻》於希切：「《說文》『依也。上曰衣，下曰裳。』《世本》『胡曹作衣』，隱也，亦姓。」／於既切：「服之也」。

《群經音辨・辨字音清濁》：「衣，身章也，於希切。施諸身曰衣，於既切。」馬建忠（1898）：「『衣』字：名則平讀，動字去讀〔註 234〕。」周祖謨（1946）將其歸入「因詞性不同而變調者」之「區分名詞用為動詞」類。王力（1957）將其歸為「本屬名詞或形容詞而轉化為動詞者，動詞變去聲」一類。Downer（1959）歸之為「基本形式是名詞性的──轉化形式是動詞性的」一類。周法高（1962）將其歸入「非去聲或清聲母為名詞，去聲或濁聲母為動詞或名謂式」一類。孫玉文（1999）認為表示名詞「上衣」之「衣」為原始詞，於希切。動詞「穿衣」之「衣」為滋生詞，由此動詞義構詞，即使動構詞，使穿衣，動詞，於既切。

衣，《詩經》47 見，《釋文》出注 6 次。

衣*qɯl，影平。P344《國風・鄭風・丰》：「衣錦褧燁，裳錦褧裳。」傳：「衣錦、褧裳，嫁者之服也」。5／25.16《釋文》：「如字，或一音於記反，下章放此。」P344《國風・鄭風・丰》：「裳錦褧裳，衣錦褧衣。」P344《國風・鄭風・丰》：「裳錦褧裳，衣錦褧衣。」5／25.17《釋文》：「苦迴反，禪也，下如字。」P276《國風・周南・葛覃》：「薄汙我私，薄澣我衣。」P350《國風・齊風・東方未明》：「東方未明，顛倒衣裳。」P384《國風・曹風・蜉蝣》：「蜉蝣之翼，采采衣服。」P603《周頌・閔予小子之什・絲衣》：「絲衣其紑，載弁俅俅。」傳：「絲衣，祭服也」。衣，名詞，上衣。《詩經》44 見。

衣*qɯls，影去。P322《國風・衛風・碩人》：「碩人其頎，衣錦褧衣。」傳：「錦，文衣也」。箋：「褧，禪也……尚之以禪衣，為其文之大著」。5／18.14《釋文》：「於既反，注夫人衣翟，今衣錦同。」P436《小雅・鴻雁之什・斯干》：「載

〔註 234〕馬建忠：《馬氏文通》，北京，商務印書館，1983 年版，第 35 頁。

衣之裳，載弄之璋。」6／18.13《釋文》：「於既反，注衣以裳。下衣之褐同。」
P436《小雅・鴻雁之什・斯干》：「載衣之褐，載弄之瓦。」衣，動詞，穿衣。

《詩經》「衣」兩詞兩義分別清楚，通過韻尾交替實現名謂化構詞轉換，
具體表現為：語詞*qɯl，表示名詞「上衣」義；語詞*qɯls，表示動詞「穿衣」
義。

飲

飲，鄭張尚芳上古音系歸入影母侵 1 部，擬音*qrɯm?、*qrɯms。《詩經》
兩音有構詞關係，通過韻尾交替實現施事動詞、受事動詞構詞轉換，表現為：
語詞*qrɯm?，施事動詞，啜也；語詞*qrɯms，受事動詞，啜也。

《說文》歙部：「歙，歠也。从欠酓聲。」《玉篇》欠部：「歙，一錦切，
古飲字。」食部：「飲，於錦切，咽水，亦歠也。」《廣韻》於錦切：「飲，同
歙。」「歙，《說文》曰：『歠也。』」／於禁切。《集韻》於錦切：「歙飲……《說
文》『歠也。』或从食，古作……」／於禁切：「飲，歠也。一曰度聲曰飲。」

《群經音辨・辨字音清濁》：「飲酒漿也，於錦切。所以歠曰飲，於禁切。」
周祖謨（1946）將其歸入「因詞性不同而變調者」之「區分自動詞變為他動
詞或他動詞變為自動詞」一類。王力（1957）將其歸之為「一般動詞轉化為
致動詞，致動詞變去聲」一類。Downer（1959）歸之為「轉化形式是使謂式
的」一類。周法高（1962）將其歸入「動詞」之「去聲或濁聲母為使謂式」
一類，「飲：歠也，於錦切；使之飲曰飲，於禁切〔註235〕。」金理新（2006）
認為「飲」通過韻尾交替實現施事動詞、受事動詞構詞轉換。

飲，《詩經》35 見，《釋文》出注 7 次〔註236〕。

飲*qrɯms，影去。P366《國風・唐風・有杕之杜》：「中心好之，曷飲食
之！」5／32.10《釋文》：「於鴆反，下文同。」P424《小雅・南有嘉魚之什・
六月》：「飲御諸友，炰鱉膾鯉。」6／14.20《釋文》：「於鴆反，注同。」P498
《小雅・魚藻之什・緜蠻》：「飲之食之，教之誨之。」6／37.9《釋文》：「上
於鴆反，下音嗣，篇內皆同，注如字。」P541《大雅・生民之什・公劉》：「食

〔註235〕周法高：《中國古代語法・構詞編》，臺北，中央研究院歷史語言研究所，1962 年
　　　　版，第 78 頁。

〔註236〕3 次出現於篇章序注中，以「篇內皆同、下文同」形式出現。

之飲之，君之宗之。」7 / 11.5《釋文》：「於鴆反」。飲，動詞，啜也。動詞後接間接賓語，即受事對象。「飲（食）之、飲御諸友」，「飲」動作指向受事客體，即「啜」動作由受事對象實施。不是施事「啜」，而是受事「啜」。動作與受事對象聯繫，「飲」為受事動詞。表示受事動詞義之「飲」，《釋文》一律出注破讀音。

飲*qrum?，影上。P309《國風・邶風・泉水》：「出宿于泲，飲餞于禰。」P337《國風・鄭風・叔于田》：「叔于狩，巷無飲酒。」P410《小雅・鹿鳴之什・伐木》：「迨我暇矣，飲此湑矣。」P412《小雅・鹿鳴之什・天保》：「民之質矣，日用飲食。」P438《小雅・鴻雁之什・無羊》：「或降于阿，或飲于池，或寢或訛。」P482《小雅・甫田之什・車舝》：「雖無旨酒，式飲庶幾。」P519《大雅・文王之什・皇矣》：「無飲我泉，我泉我池。」P537《大雅・生民之什・鳧鷖》：「公尸燕飲，福祿來成。」飲，動詞，啜也。動詞後或帶直接賓語「餞、酒、湑、泉」，部分賓語前置，或不帶直接賓語。「飲」後始終不帶間接賓語，即「飲」後沒有受事對象。「飲」動作指向施事，儘管施事某些情況下前置或外置，動作始終與施事聯繫，表示施事「飲」。飲，施事動詞。此義《詩經》26見，《釋文》不出注，讀常用音。

《詩經》「飲」還可表示名詞「飲物、食物」義，2見。P467《小雅・谷風之什・楚茨》：「苾芬孝祀，神嗜飲食。」P467《小雅・谷風之什・楚茨》：「神嗜飲食，使君壽考。」此義由動詞「飲」引申而來，不參與構詞。

殷煥先（1987）舉例江蘇六合還保存「飲」去聲一讀，用於「飲牛」、「飲牛水」結構中，山東有些方言亦有「飲牛」、「飲羊」的說法。殷先生所舉方言「飲」與《詩經》受事動詞「飲」用法相同。

董紹克（2005）山西陽谷方言116例異詞異讀中列「飲」ĩ⁵⁵，飲水；ĩ³¹²，飲牛。陽谷方言上聲調值13，去聲調值312，那麼陽谷方言「飲」讀上聲，表示施事動作「飲水」；「飲」讀去聲，為受事動作「飲水」義，兩詞語音不同，意義亦不同。陽谷方言「飲」之兩讀與《詩經》「飲」異讀構詞亦相一致。

《詩經》「飲」構詞脈絡清晰：語詞*qrum?，動詞「啜也」，動作指向施事，為施事動詞；通過附加後綴派生語詞*qrums，動詞「啜也」，動作指向受事對象，為受事動詞。

好

好，鄭張尚芳上古音系歸入曉母幽 1 部，擬音 *qhuuʔ、*qhuus。兩音上古有構詞關係，通過韻尾交替實現動詞不及物、及物性的構詞轉換：*qhuuʔ 表示不及物動詞，即形容詞「美好、善也」；韻尾交替構詞形式 *qhuus 表示及物動詞，即動詞「喜好」義。

好，《說文》女部：「美也。从女、子。」《玉篇》女部：「呼道切，美也。呼導切，愛也。」《廣韻》呼晧切：「善也美也」／呼到切：「愛好，亦壁孔也，見《周禮》，又姓，出纂文。」《集韻》許晧切：「好肝妭，《說文》『美也』，古作肝妭。」／虛到切：「愛也，通作妭。」

《群經音辨·辨字音清濁》：「好，善也，呼晧切。向所善謂之好，呼到切。」馬建忠（1898）：「『好』字，上讀靜字。《詩·鄭風·女曰雞鳴》：『琴瑟在御，莫不靜好。』去讀外動字，愛而不釋也，好之也[註 237]。」周祖謨（1946）將其歸為「因詞性不同而變調者」之「區分形容詞與動詞」類。王力（1957）歸之為「本屬形容詞而轉化為動詞者，動詞變去聲」類。Downer（1959）歸之為「轉化形式是使謂式的」一類。周法高（1962）將其歸入「形容詞」之「去聲為他動式」一類，指出：「好：善也，呼晧切；向所善謂之好，呼到切[註238]。」黃坤堯（1997）歸之為「區別形容詞好惡遠近類」，以 A 音為曉紐上聲，B 音為曉紐去聲，A 音訓美，為形容詞，B 音為喜好義，動詞，兩讀區別《釋文》相當清楚。金理新（2006）指出「好」通過韻尾交替實現不及物動詞、及物動詞構詞轉換。

好，《詩經》46 見，《釋文》出注 26 次[註239]。《釋文》出注「如字」3 次。

好 *qhuuʔ，曉上。P273《國風·周南·關雎》：「窈窕淑女，君子好逑。」傳：「宜為君子之好匹」。5／2.12《釋文》：「毛如字，鄭呼報反，兔罝詩放此。」P281《國風·周南·兔罝》：「赳赳武夫，公侯好仇。」P340《國風·鄭風·遵大路》：「無我魗兮，不寁好也。」箋：「好猶善也」。5／24.16《釋文》：「如

〔註237〕馬建忠：《馬氏文通》，北京，商務印書館，1983 年版，第 203 頁。

〔註238〕周法高：《中國古代語法·構詞編》，臺北，中央研究院歷史語言研究所，1962 年版，第 71 頁。

〔註239〕8 次出現於前文「好」注中，以「下及注同、篇內同、下同、兔罝詩放此」形式出現。

字，鄭云善也，或呼報反。」《釋文》出注以如字為首音，又音以備諸說，「好」皆當表示形容詞「美好」。《釋文》此義無歧說外概不出注，計 20 次。P336《國風·鄭風·緇衣》：「緇衣之好兮，敝予又改造兮。」P340《國風·鄭風·女曰雞鳴》：「琴瑟在御，莫不靜好。」P382《國風·檜風·匪風》：「誰將西歸？懷之好音。」P428《小雅·南有嘉魚之什·車攻》：「田車既好，四牡孔阜。」P558《大雅·蕩之什·桑柔》：「稼穡維寶，代食維好。」好，形容詞，美好。句中可作定語，修飾名詞，不能帶賓語，語法功能與不及物動詞相當。如果將形容詞歸入廣義動詞類，此類可看作不及物動詞。

《詩經》「好」用作及物動詞，《釋文》皆出注破讀音，計 23 次，茲錄數例。

好*qhuus，曉去。P298《國風·邶風·日月》：「乃如之人兮，逝不相好。」5／10.21《釋文》：「呼報反，注同，王崔申毛，如字。」P310《國風·邶風·北風》：「惠而好我，攜手同行。」5／14.10《釋文》：「呼報反，下及注同。」P327《國風·衛風·木瓜》：「匪報也，永以為好也。」5／20.22《釋文》：「呼報反，篇內同。」P338《國風·鄭風·清人》：「左旋右抽，中軍作好。」5／24.10《釋文》：「呼報反，注同。」P340《國風·鄭風·女曰雞鳴》：「知子之好之，雜佩以報之。」5／24.21《釋文》：「呼報反，注同。」P361《國風·唐風·蟋蟀》：「好樂無荒，良士瞿瞿。」5／30.20《釋文》：「呼報反，下同。」P365《國風·唐風·羔裘》：「豈無他人？維子之好。」5／32.1《釋文》：「呼報反，注同。」P407《小雅·鹿鳴之什·常棣》：「妻子好合，如鼓瑟琴。」箋：「好合，志意合也」。6／10.9《釋文》：「呼報反。」P436《小雅·鴻雁之什·斯干》：「兄及弟矣，式相好矣，無相猶矣。」6／17.22《釋文》：「呼報反」。P482《小雅·甫田之什·車舝》：「式燕且譽，好爾無射。」6／32.3《釋文》：「呼報反，注下並同。」P558《大雅·蕩之什·桑柔》：「好是稼穡，力民代食。」7／16.10《釋文》：「呼報反，注但好同。」好，動詞，愛好。動詞可帶賓語，為及物動詞。一例同條又音毛傳「不及我以相好」之「好」，王崔二人以毛傳為宗，音如字。陸德明取呼報反為首音，解詩義「好」為「愛好」之「好」，又音以備他說。此例「好」入韻，與「冒、報」*-s 尾韻字相押，「好」當讀去聲呼報反。

《詩經》「好」兩音意義區別清楚，這與其《詩經》入韻表現一致。「好」《詩經》入韻 20 次，11 次以*qhuuʔ音入韻，表示形容詞「美好、善也」，押*-ʔ尾韻；9 次以*qhuus 音入韻，表示動詞「愛好」義，押*-s 尾韻。「好」意義不

同，押韻分別劃然。

現代方言閩語白話「好」兩讀區別詞義，上聲為形容詞，也即不及物動詞，去聲為及物動詞。具體方言點語音見下〔註240〕：

地點／語詞	廈門	福州	潮州
好	ᶜho（ᶜhɔ̃）	ᶜhɔ	ᶜho
好	hoᵓ（hɔ̃ᵓ）	hɔᵓ	haũᵓ

「好」在閩語白話三個方言點讀音皆有上去之別，聲調不同，語詞語法意義亦相分別。

董紹克（2005）列出山西陽谷方言異詞異讀116例中有：好 xɔ^{55}，好壞；xɔ^{312}，喜好。陽谷方言上聲調值55，去聲調值312。可見，陽谷方言「好」聲調區別，意義亦相分別。

朱賽萍（2007）溫州永嘉方言音變構詞例中有「好」[hə^{3}]（上），形容詞，美好；[hə^{5}]（去），動詞，愛好。永嘉方言「好」聲調別義與閩語白話、陽谷方言及《詩經》「好」異讀表現完全相應。

《詩經》「好」兩讀音義構詞關係為：語詞*qhuuʔ，形容詞「美好、善也」，可作定語，不能帶賓語，為不及物動詞；韻尾交替派生語詞*qhuus，動詞「愛好」，可帶賓語，為及物動詞。

華

華，鄭張尚芳上古音系歸入曉母魚部、匣母魚部，分別擬音*qhʷraa、*gʷraa、*gʷraas。其中*gʷraas用作專名山名，不參與構詞。後代韻書「華」字多收錄此音，並注與「崋」同。「華」上古前兩音通過聲母清濁交替實現名動構詞轉換：語詞*qhʷraa，表示名詞「草木花」義；其輔音清濁交替語詞*gʷraa，表示動詞「榮也、草盛」義，引申而有「顏色盛」義。

華，《說文》華部：「榮也。从艸从雩。」《玉篇》華部：「蕐，胡瓜切，華夏也，今作華。／蕚，同上又榮皃，又呼瓜切。」《廣韻》戶花切：「草盛也，

〔註240〕資料轉引自丁邦新：《從閩語白話音論上古四聲別義的現象》，收錄於丁邦新：《中國語言學論文集》，北京，中華書局，2008年版，第62頁。

色也，《說文》作蕚，榮也……」／呼瓜切：「《爾雅》云：『華荂也』。」／胡化切：「同崋。」《集韻》胡瓜切：「華蕚，《說文》『榮也』，古作蕚。」／呼瓜切：「華花蘳，《爾雅》：『華，荂也』，或从化亦作蘳。」／胡化切：「崋華崋，《說文》：『山在弘農華陰，从山華省』，亦姓，或作華，古作崋。」

《群經音辨・辨字同音異》：「華，榮也，戶瓜切。華，艸木之華也，呼瓜切。華，西嶽也，胡化切。」金理新（2006）指出「華」通過輔音清濁交替實現名動構詞轉換[註241]。

華，《詩經》17 見，《釋文》出注 4 次[註242]。

華*qhʷraa，曉平。P293《國風・召南・何彼襛矣》：「何彼襛矣！唐棣之華。」5／9.8《釋文》：「如字」。P341《國風・鄭風・有女同車》：「有女同車，顏如舜華。」5／25.1《釋文》：「讀亦與召南同，下篇放此。」P341《國風・鄭風・山有扶蘇》：「山有扶蘇，隰有荷華。」P496《小雅・魚藻之什・白華》：「白華菅兮，白茅束兮。」6／36.15《釋文》：「音花，野菅也。」P279《國風・周南・桃夭》：「桃之夭夭，爍爍其華」P349《國風・齊風・著》：「俟我於著乎而，充耳以素乎而，尚之以瓊華乎而。」P382《國風・檜風・隰有萇楚》：「隰有萇楚，猗儺其華。」P407《小雅・鹿鳴之什・常棣》：「常棣之華，鄂不韡韡。」P479《小雅・甫田之什・裳裳者華》：「裳裳者華，其葉湑兮。」華，名詞，草木花。

華*gʷraa，匣平。P415《小雅・鹿鳴之什・出車》：「昔我往矣，黍稷方華。」華，動詞，榮也。P293《國風・召南・何彼襛矣》：「何彼襛矣！華如桃李。」箋：「興王姬與齊侯之子顏色俱盛」。華，動詞，顏色盛。

「華」*qhʷraa、*gʷraa 兩語詞《釋文》時代為常用詞，《釋文》無需出注，4 例出注如字讀音「唐棣之華、舜華、荷華、白華」，概因對此類植物關注。

《詩經》「華」音義關係明晰，構詞規律為：語詞*qhʷraa，表示名詞「草木花」義；通過聲母清濁交替完成名動構詞*gʷraa，表示動詞「榮也、草盛」，引申而有「顏色盛」義。

[註241] 金理新（2006）為「華」上古擬音*ɦ-qhla、*ɦ-Gla。
[註242] 1 次出現於前篇「華」注中，以「下篇放此」形式出現。

下（落）

下，鄭張尚芳上古音系歸入匣母魚部，擬音*graaʔ、*graas。上古兩音有語源關係，表現為：語詞*graaʔ，表示名詞「底也、後也、卑下」；引申而有動詞「行下」義，語詞形式同為*graaʔ。語詞落*g‧raag，動詞「下落」義。上古*-g 後綴有名謂化構詞功能，*-s 後綴同樣有名謂化功能。「落」據歷史音變演變成中古的入聲，受語法類推影響「落」又產生了*-s 後綴的變體形式，這一變體形式後來被借用作由名詞「下」引申而來之動詞「下」的語詞形式 *graas〔註243〕。

《說文》丄部：「丅，底也。指事。」《玉篇》丄部：「下，何雅切，《易》曰：『化成天下』，下者，對上之稱也。《說文》曰：『底也』。《詩》云：『下武維周』，箋云：『下猶後也。』《禮記》曰：『揖讓而升，下而飲』，鄭玄曰：『下，降也。』杜預注《左傳》云：『下猶賤也。』《爾雅》曰：『下，落也。』又何稼切，行下也，《易》曰：『以貴下賤』是也。」《廣韻》胡雅切：「下，賤也，去也，後也，底也，降也。」／胡駕切：「下，行下。」《集韻》亥雅切：「丅下，《說文》『底也。指事。』或作下。」／亥駕切：「下，降也。」／後五切：「下，下也。」／居迓切：「假叚下，以物貸人也，或省，亦作下假，一曰休告也。」

《群經音辨‧辨字音清濁》：「居卑定體曰下，胡買切。自上而降曰下，胡嫁切。」馬建忠（1989）：「『下』字，上讀靜字。去讀內動字，降也〔註244〕。」周祖謨（1946）將其歸入「因詞性不同而變調者」之「區分形容詞與動詞」一類。Downer（1959）將其歸入「基本形式是名詞性的——轉化形式是動詞性的」一類。周法高（1962）將其歸入「方位詞」之「去聲為他動式」一類。孫玉文（1999）指出「下」原始詞義為自然地從高處往低處，動詞，胡雅切。滋聲詞，義為強制地使從高處往低處，使處在下位，下達，下行，常接表示對象的詞語，動詞，胡駕切。金理新（2006）認為「下」通過韻尾交替實現名謂化構詞。

下，《詩經》55 見，《釋文》出注 2 次。

下*graaʔ，匣上。P286《國風‧召南‧采蘋》：「于以奠之，宗室牖下。誰其尸之？有齊季女。」5／7.2《釋文》：「如字，協韻則音戶，後皆放此。」下，

〔註243〕金理新（2006）為「落」上古擬音*lag< **glag，「下」上古擬音*gla-ɦ、*gla-s。
〔註244〕馬建忠：《馬氏文通》，北京，商務印書館，1983 年版，第 204 頁。

名詞，底也。《釋文》以如字為首音、協韻音戶為又音。以中古韻類考察《詩經》押韻，自然不合押韻例眾多，《釋文》不煩出注協韻音。殊不知語音不是一層不變的，中古韻類與上古韻部並不完全對應。此條「下」上古本屬魚部，與「女」正相押韻，不必改協韻音戶。據羅常培、周祖謨（1958），兩漢時期「下」仍與魚部字相押，儘管有部分魚部字與歌部字相押，直到魏晉以後「下」讀音近於歌部，才完全與歌部字相押。名詞「下」《釋文》未注，讀如常用音47 次。P376《國風・陳風・東門之枌》：「東門之枌，宛丘之栩。子仲之子，婆娑其下。」P436《小雅・鴻雁之什・斯干》：「下莞上簟，乃安斯寢。」P489《小雅・魚藻之什・采菽》：「赤芾在股，邪幅在下。」P519《大雅・文王之什・皇矣》：「皇矣上帝，臨下有赫。」P519《大雅・文王之什・皇矣》：「以篤于周祜，以對于天下。」P519《大雅・文王之什・皇矣》：「萬邦之方，下民之王。」P525《大雅・文王之什・下武》：「下武維周，世有哲王。」箋：「下猶後也」。下，名詞，底也、後也、卑下也。

下*graas，匣去。P490《小雅・魚藻之什・角弓》：「莫肯下遺，式居婁驕。」6／35.4《釋文》：「遐嫁反，注卑下同，又如字。」鄭箋：「無肯謙虛，以禮相卑下」。歐陽修《詩本義》：「式居婁驕者，謂王不以恩意下及九族，而自為驕傲也。」鄭箋「下」義為名詞，如字讀；歐陽修，「下」義動詞「行下」。《釋文》以遐嫁反為首音，取動詞義。動詞「下」《釋文》未注 6 見。P298《國風・邶風・燕燕》：「燕燕于飛，下上其音。」傳：「飛而上曰上音，飛而下曰下音。」P302《國風・邶風・雄雉》：「雄雉于飛，下上其音。」P331《國風・王風・君子于役》：「日之夕矣，牛羊下來。」P331《國風・王風・君子于役》：「日之夕矣，羊牛下括。」P406《小雅・鹿鳴之什・四牡》：「翩翩者鵻，載飛載下，集于苞栩。」P537《大雅・生民之什・鳧鷖》：「爾酒既湑，爾殽伊脯。公尸燕飲，福祿來下。」下，動詞，行下。

《詩經》「下」押韻與「下」之音義分別不相一致。《詩經》「下」入韻 18 次，不論動詞「下」還是名詞「下」同押上古*-ʔ尾韻，說明兩詞韻尾並未因意義而有分別。另《楚辭》「下」押韻與《詩經》相同，入韻 15 次，不論名詞義還是動詞義入韻，一律押*-ʔ尾韻。兩漢時代「下」名詞義或動詞義入韻，也皆押*-ʔ尾韻。孫玉文（1999）提到蔡琰《悲憤詩》葉「馬、下」，指出『「下」以

滋生詞強制性動詞義入韻，押去聲〔註245〕。」《悲憤詩》韻文：「斬截無孑遺，屍骸相撐拒。馬邊懸男頭，馬後載婦女。長驅西入關，迴路險且阻。還顧邈冥冥，肝脾為爛腐。所略有萬計，不得令屯聚。或有骨肉俱，欲言不敢語。失意幾微間，輒弊降虜。要當以亭刃，我曹不活汝。豈敢惜性命，不堪其詈罵。或便加棰杖，毒痛參並下。」入韻字「拒、女、阻、腐、聚、語、虜、汝、罵、下」，「下」用作動詞「行下」義，或者就如孫玉文作滋生詞強制性動詞「下」義講，那麼與其相押的字皆為*-ʔ尾韻字，就算單押「罵」，那「罵」也有*-ʔ尾音，何以孫玉文只取其去聲音入韻呢？蔡琰《悲憤詩》「下」儘管以動詞義入韻，仍音*-ʔ尾，與名詞義之「下」讀音相同。

根據韻文押韻，動詞、名詞「下」讀音並非自來有別。與「下」意義相關有一詞：落。落，《說文》艸部：「凡艸曰零，木曰落。从艸洛聲。」鄭張尚芳上古音系歸入來母鐸部，擬音*g·raag。

落，《詩經》3見，《釋文》未注。落*g·raag，來鐸。P324《國風·衛風·氓》：「桑之未落，其葉沃若。」P324《國風·衛風·氓》：「桑之落矣，其黃而隕。」P598《周頌·閔予小子之什·訪落》：「訪予落止，率時昭考。」傳「落，始」。落，動詞，下落。下落而終方有始也，故毛傳訓始，具體詳馬瑞辰（1989：1093）。

上古本有構詞後綴*-g，此後綴構詞功能之一為名謂化作用。上古大量這類有構詞後綴*-g的語詞，到中古演變成了去聲。金理新（2006：461）提到這一現象的根本原因在於上古同樣存在著名謂化後綴*-s，由於*-g後綴、*-s後綴意義相似，結果塞音尾後綴被*-s輔音韻尾替換了。當然在這過程中上古漢語語音層面的*-g韻尾按照歷史音變已完成中古入聲的演變；語法層面的*-g韻尾按照語法音變變成中古的去聲。

「落」从各得聲，「各」上古有塞音尾，「落」*-g韻尾是語音層面的，按照歷史音變「落」變讀中古入聲。而「落」又實在是一個動詞，受語法類推影響，其或又產生了*-s韻尾語詞形式，這一語詞形式後來正好被由名詞「下」引申而來的動詞「下」借用。於是動詞「下」就有了新的語詞形式，不再與名詞「下」共享語音形式。《釋文》時代兩音兩義即已分別清楚，陸德明方有「遐嫁

〔註245〕孫玉文：《漢語變調構詞研究》，北京，北京大學出版社，1999年版，第109頁。

反」注音。兩讀區別《釋文》時代清楚，出注不多。

綜上，《詩經》「下」的音義關係梳理如下：語詞「下」*graaʔ，表示名詞「底也、後也、卑下」；引申而有動詞「行下」義，語詞形式同為「下」*graaʔ。語詞落*g·raag，表示動詞「下落」義。上古存在名謂化構詞後綴*-g，同時存在名謂化後綴*-s，「落」按照歷史音變完成中古入聲演變；受語法類推影響，「落」又產生了*-s後綴語詞形式，這一語詞形式後來被借用作由名詞「下」引申而來之動詞「下」的語詞形式*graas。《詩經》「下」一律音*graaʔ，《釋文》時代兩詞兩義分別清楚，《釋文》「遐嫁反」可見動詞「下」語詞形式已變為*graas。「下」並非通過韻尾交替實現名謂化構詞，「下」名動之間的關係其實是通過詞義引申實現的。

行

行，鄭張尚芳上古音系歸入匣母陽部，分別擬音*graaŋ、*graaŋs、*gaaŋ、*gaaŋs。前兩音《詩經》中有構詞關係，通過韻尾交替實現動轉化名詞構詞：*graaŋ表示動詞「行步」義，引申有「施行」義；韻尾交替語詞*graaŋs，表示名詞「德行」義。

行，《說文》行部：「人之步趨也。从彳从亍。」《玉篇》行部：「下庚切，《說文》『人之步趨也』。又胡岡切，行伍也。又乎孟切，行跡也。又乎浪切，次第也。《語》『子路行行如也』，剛強之皃。」《廣韻》胡郎切：「伍也，列也。」／戶庚切：「行步也，適也，往也，去也，又姓……」／下浪切：「次第。」／下更切：「景跡，又事也，言也。」《集韻》寒剛切：「列也，《左傳》『二十五人為行』。」／何庚切：「《說文》『人之步趨也』。」／下浪切：「次也，一曰行行，剛強皃。」／下孟切：「言跡也。」

《群經音辨·辨字同音異》：「行，步趨也，戶庚切。行，列也，胡剛切。行，人所施也，下孟切。行，行剛強也，戶浪切，《論語》『子路行行』。」周祖謨（1946）首先注意到「行」之「戶庚切、下孟切」兩音之間有語法意義區別，將其歸之為「因詞性不同而變調者」之「區分動詞用為名詞」類。繼之王力（1957）歸之為「本屬動詞而轉化為名詞者，名詞變去聲」類。Downer（1959）將其歸入「基本形式是動詞性的——轉化形式是名詞性的」一類。周法高（1962）將其歸入「非去聲或清聲母為動詞，去聲或濁聲母為名詞或

名語」一類，「行：踐履也，戶庚切；履跡曰行，下孟切〔註246〕。」金理新（2006）指出「行」通過韻尾交替實現動轉化名詞構詞，派生語詞表示名詞「景跡」義。

《詩經》「行」86見，分別用作：1.動詞「行步、施行」、名詞「道路、道也」，2.名詞「德行」，3.名詞「列也」，4.專名。《釋文》出注19次〔註247〕。

行*graaŋ，匣平。P310《國風·邶風·北風》：「惠而好我，攜手同行。」傳：「行，道也」，箋：「同道而去」。5／14.11《釋文》：「音衡，道也。」P395《國風·豳風·東山》：「制彼裳衣，勿士行枚。」箋：「亦初無行陳銜枚之事」。6／7.9《釋文》：「毛音衡，鄭音銜，王戶剛反〔註248〕。」P299《國風·邶風·擊鼓》：「土國城漕，我獨南行。」P320《國風·墉風·載馳》：「我行其野，芃芃其麥。」P341《國風·鄭風·有女同車》：「有女同行，顏如舜英。」傳：「行，行道也」。行，動詞，行步。引申而有動詞「施行」義。P506《大雅·文王之什·大明》：「乃及王季，維德之行。」箋：「而與之共行仁義之德」。「行步」引申而有名詞「道路」義。P585《周頌·清廟之什·天作》：「彼徂矣，岐有夷之行。」箋：「行，道也」。7／24.3《釋文》：「如字，道也。王徐並下孟反。」P405《小雅·鹿鳴之什·鹿鳴》：「人之好我，示我周行。」傳：「行，道也」，箋：「周行，周之列位也」。6／9.3《釋文》：「毛如字，道也。鄭胡郎反，列位也。」P288《國風·召南·行露》：「厭浥行露，豈不夙夜？謂行多露。」傳：「行，道也」。P309《國風·邶風·泉水》：「女子有行，遠父母兄弟。」箋：「行，道也」。P388《國風·豳風·七月》：「女執懿筐，遵彼微行，爰求柔桑。」箋：「微行，牆下徑也」。P452《小雅·節南山之什·小弁》：「行有死人，尚或墐之。」箋：「行，道也」。P534《大雅·生民之什·行葦》：「敦彼行葦，牛羊勿踐履。」傳：「行，道也」。

行*graaŋs，匣去。P302《國風·邶風·雄雉》：「百爾君子，不知德行。」箋：「我不知人之德行何如」。5／11.19《釋文》：「下孟反，下注皆同。」P324

〔註246〕周法高：《中國古代語法·構詞編》，臺北，中央研究院歷史語言研究所，1962年版，第60頁。

〔註247〕2次出現於前文「行」注中，以「下皆同、下載施之行並注同」形式出現。

〔註248〕陸德明誤以箋「銜枚」為釋經之「行枚」，而以箋「行陳」為言銜枚所用，不為釋經也。詳馬瑞辰：《毛詩傳箋通釋》，北京，中華書局，1989年版，第478頁。

《國風・衛風・氓》：「女也不爽，士貳其行。」5／19.19《釋文》：「下孟反，注同。」P482《小雅・甫田之什・車舝》：「高山仰止，景行行止。」箋：「有明行者而行之」。6／32.7《釋文》：「下孟反，汪有明行同。」P554《大雅・蕩之什・抑》：「有覺德行，四國順之。」箋：「有大德行則天下順從其政」。7／14.14《釋文》：「下孟反，注同。」P598《周頌・閔予小子之什・敬之》：「佛時仔肩，示我顯德行。」箋：「示道我以顯明之德行」。7／27.17《釋文》：「下孟反，注同。」行，名詞，德行。

行*gaaŋ，匣平。P277《國風・周南・卷耳》：「嗟我懷人，寘彼周行。」傳：「行，列也」，箋：「周之列位」。5／3.14《釋文》：「戶康反，行，列位也，下注同。」P337《國風・鄭風・大叔于田》：「兩服上襄，兩驂雁行。」5／23.19《釋文》：「戶郎反，注同。」P357《國風・魏風・汾沮洳》：「美如英，殊異乎公行。」5／29.17《釋文》：「戶郎反，注同。」P365《國風・唐風・鴇羽》：「肅肅鴇行，集于苞桑。」5／32.6《釋文》：「戶郎反，注同。」P424《小雅・南有嘉魚之什・六月》：「元戎十乘，以先啟行。」箋：「啟突敵陳之前行」。6／14.18《釋文》：「戶郎反，注前行同。」P460《小雅・谷風之什・大東》：「佻佻公子，行彼周行。」箋：「周行，周之列位也」。6／26.9《釋文》：「戶郎反，注周行、下載施之行、并注同。」P576《大雅・蕩之什・常武》：「左右陳行，布我師旅。」箋：「左右陳列」。7／21.12《釋文》：「戶剛反，列也。」行，名詞，列也。

行*gaaŋ，匣平。P373《國風・秦風・黃鳥》：「誰從穆公？子車仲行。維此仲行，百夫之防。」5／34.15《釋文》：「戶郎反，下皆同。」行，名詞，人名。

《詩經》動詞「行」與名詞「行」音別義異：動詞一律音*graaŋ，名詞一律音*graaŋs。構詞規律為：語詞*graaŋ 表示動詞「行步」義及其引申義「施行」；通過附加後綴派生語詞*graaŋs 表示動轉化名詞「德行」義。

和

和，鄭張尚芳上古音系歸入匣母歌 3 部，擬音*gool、*gools。上古兩詞有構詞關係，通過韻尾交替實現，表現為：語詞*gool，一般動詞，和諧、調也；語詞*gools，施與指向動詞，聲相應。

《說文》口部：「和，相應也。从口禾聲。」龠部：「龢，調也。从龠禾聲。讀與和同。」《玉篇》口部：「和，胡戈切，可也。胡過切，應也。」龠部：「龢，胡戈切，今作和。」《廣韻》戶戈切：「和，《爾雅》云：『笙之小者謂之和』，和，順也，諧也，不堅不柔也，亦州名……」／胡臥切：「和，聲相應。」／戶戈切：「龢，諧也，合也，或曰古和字。」《集韻》胡戈切：「《說文》『相應也』。又州名，亦姓，古書作咊。」／胡臥切：「應也，調也。」／胡戈切：「龢，《說文》『調也』，一曰小笙，十三管也，一曰徒吹。」綜上，「龢」為「和」之古字，又甲文有「龢」無「和」。經傳兩詞混而不分，後「龢」廢「和」行。《廣韻》「和」兩讀之別實際上正是「龢、和」《說文》釋義細微之別。反映了「和」這一語詞的構詞脈絡：語詞*gool，動詞，調也、順也，早期字形為「龢」，後作「和」；語詞附加後綴*-s 派生語詞*gools，動詞，聲相應，動詞具有施與指向，與一般動詞相別，字形為「和」。

「和」音義關關係，前人多有討論。《群經音辨・辨字音清濁》：「和，調也，戶戈切。調絮曰和，胡臥切。」馬建忠（1898）：「『和』字，平讀名字，又靜字也。《易・乾》：『保合太和。』《禮・中庸》：『發而皆中節謂之和。』又《詩・小雅・蓼蕭》：『和鸞雝雝。』和，鈴之在軾也。去讀外動字，聲相應也。《易・中孚》：『鳴鶴在陰，其子和之。』又調也，《禮・檀弓》：『竽笙備而不和。』至《禮・禮運》：『五味六和十二食，還相為質也。』與《禮器》云：『甘受和。』兩『和』字雖去讀而用如名字矣〔註249〕。」Downer（1959）將其歸入「轉化形式是使謂式的」一類。周法高（1962）將其歸為「形容詞」之「去聲為他動式」類。金理新（2006）認為「和」通過後綴交替實現動詞施與指向派生構詞。

和，《詩經》12 見，《釋文》未注。《詩經》三類用法：一、表示名詞「小笙」，二、表示動詞「和諧、調也」，三、表示動詞「聲相應」。第一類用法《詩經》2 見。P420《小雅・南有嘉魚之什・蓼蕭》：「和鸞雝雝，萬福攸同。」傳：「在軾曰和」。P596《周頌・臣工之什・載見》：「龍旂陽陽，和鈴央央。」傳：「和在軾前」。此義古作「龢、咊」，不參加構詞。

「和」第二類用法 9 見。和*gool，匣平。P405《小雅・鹿鳴之什・鹿鳴》：

〔註249〕馬建忠：《馬氏文通》，北京，商務印書館，1983 年版，第 200 頁。

「鼓瑟鼓琴，和樂且湛。」P410《小雅・鹿鳴之什・伐木》:「神之聽之，終和且平。」P484《小雅・甫田之什・賓之初筵》:「樂既和奏，烝衎烈祖。」P594《周頌・臣工之什・有瞽》:「喤喤厥聲，肅雝和鳴，先祖是聽。」和，動詞，和諧。P484《小雅・甫田之什・賓之初筵》:「酒既和旨，飲酒孔偕。」P621《商頌・烈祖》:「亦有和羹，既戒既平。」和，動詞，調也。句中作謂語、定語或狀語，不帶賓語，作用相當於不及物動詞。

「和」第三類用法 1 見。和*gools，匣去。P342《國風・鄭風・蘀兮》:「蘀兮蘀兮，風其吹女。叔兮伯兮，倡予和女。」和，動詞，聲相應。句中作謂語，可帶賓語，作用相當於及物動詞。動作始終突出有「施與」特徵，也即「和」動作總有一定的施與指向，不管受事客體出現或外置。可以說動詞「和」*gools 是一個施與指向動詞，施與指向特徵是通過*-s 後綴實現的。施與指向之「和」帶有後綴*-s 尚有《詩經》押韻可證。「和」《詩經》入韻 1 次，「吹、和」押韻。吹，鄭張尚芳上古擬音*khjols，與其押韻的「和」自然帶有相同韻尾，所以這一表示施與指向義的「和」當然音*gools。

「和」構詞關係梳理為：語詞*gool，表示動詞「和諧、調也」，一般動詞；通過附加具有施與指向功能後綴*-s 實現構詞轉換，*gools，表示動詞「聲相應」義，施與指向動詞。

還（旋）

還，中古匣母刪韻、邪母仙韻，鄭張尚芳上古音系歸入元 1 部，分別擬音*g^{w}raan、*s$ɢ^{w}$an。「還」之兩讀上古通過前綴交替實現動詞內部構詞轉換：語詞*g^{w}raan 表示動詞「反也退也顧也復也」；前綴交替形式*s$ɢ^{w}$an 表示動詞「反也退也顧也復也」義。兩讀詞義相同，語法意義有別，前者多反映動作的離散特徵，動作可被分解為一個個離散動作；後者反映動作的連續特徵，動作不可分解，是一個持續不間斷的運動過程。

還，《說文》辵部:「還也。从辵睘聲。」《玉篇》辵部:「胡關、徐宣二切，退也復也。」《廣韻》戶關切:「反也退也顧也復也」／似宣切:「返還。」《集韻》胡關切:「還，《說文》『復也』。」／旬宣切:「還儇睘，復返也，或从彳亦作睘通作旋。」字書、韻書「還」之兩讀音義區別不清楚。

《群經音辨・辨字同音異》:「還，復也，戶關切。還，回也，音旋。還，

繞也，戶串切，《禮》『還市朝而為道』。」音義關係辨析不明。梅祖麟（1989）認為「還」的似宣切、戶關切兩讀是致使動詞和非致使動詞的關係。金理新（2006）對梅說作了辯證，指出「還」兩音交替反映的為動詞離散體與持續體構詞轉換。

還，《詩經》17 見，《釋文》出注 3 次。

還*sɢʷan，邪平。P309《國風・邶風・泉水》：「載脂載舝，還車言邁。」5／14.1《釋文》：「音旋，此字例同音，更不重出。」P358《國風・魏風・十畝之間》：「十畝之間兮，桑者閑閑兮，行與子還兮。」5／30.3《釋文》：「本亦作旋」。還，動詞，反也。「還車」突出「還」運轉特徵，運動動作連續不間斷，是動詞持續體的表現。「行與子還」，義在表明動作持續。

《詩經》「旋」6 見。2 次表示「疾」義，與「還」無構詞關係。4 次表示動詞「反也」。

旋*gʷraan，匣平。P338《國風・鄭風・清人》：「左旋右抽，中軍作好。」P434《小雅・鴻雁之什・黃鳥》：「言旋言歸，復我邦族！」P434《小雅・鴻雁之什・黃鳥》：「言旋言歸，復我諸兄！」P434《小雅・鴻雁之什・黃鳥》：「言旋言歸，復我諸父！」旋，動詞，反也。動作連續，與動作持續之「還」經典中常互為異文。

還*gʷraan，匣平。P331《國風・王風・揚之水》：「懷哉懷哉！曷月予還歸哉？」P336《國風・鄭風・緇衣》：「適子之館兮，還予授子之粲兮。」P454《小雅・節南山之什・何人斯》：「爾還而入，我心易也；還而不入，否難知也。」P565《大雅・蕩之什・崧高》：「申伯還南，謝于誠歸。」還，動詞，反也。動作強調完整性，為離散動詞。此義《詩經》14 見，《釋文》無注，讀常用音。

《詩經》尚有 1 例「還」《釋文》出注，係「嫙」之同音假借，不參與構詞。P349《國風・齊風・還》：「子之還兮，遭我乎峱之閒兮。」5／27.7《釋文》：「音旋，便捷貌。韓詩作嫙，嫙，好貌。」據後文「子之茂兮、子之昌兮」，「還」表示美貌。

綜上梳理，《詩經》「還」字構詞情況為：語詞*gʷraan 表示動詞「反也」，強調動作的完整性、離散性；前綴交替派生語詞*sɢʷan，表示動詞「反也」，強調動作過程的連續性。

雨

雨，鄭張尚芳上古音系歸入云母魚部，擬音*ɢʷaʔ、*ɢʷas。《詩經》兩音存在構詞關係，通過韻尾交替實現動詞不及物、及物之間構詞轉換，表現為：語詞*ɢʷaʔ，不及物動詞，下雨；語詞*ɢʷas，及物動詞，下雨、下雪等義。

雨，《說文》雨部：「水从雲下也。一象天，冂象雲，水霝其閒也。」《玉篇》雨部：「于矩切，雲雨也。」《廣韻》王矩切：「《元命包》曰：『陰陽和為雨』，《大戴禮》云：『天地之氣和則雨』，《說文》云：『水从雲下也。一象天，冂象雲，水霝其間也。』」／王遇切：「《詩》曰：『雨雪其雱』。」《集韻》歐許切：「水从雲下也。」／王遇切：「自上而下曰雨。」

《群經音辨・辨字音清濁》：「雨，天澤也，王矩切。謂雨自上下曰雨，下王遇切。」馬建忠（1898）：「『雨』字，上讀名字，所雨也。去讀無主動字。《詩・小雅・大田》：『雨我公田。』[註250]」無主動字，即無屬動字，馬建忠以為天變，莫識變之所由起，視為無起詞，即動之行無所屬矣。周祖謨（1946）將其歸入「因意義不同而變調者」之「意義別有引申變轉，而異其讀」一類。王力（1957）歸之為「由內動轉化為外動，外動變去聲」類。Downer（1959）歸之為「基本形式是名詞性的——轉化形式是動詞性的」一類。周法高（1962）將其歸入「動詞」之「非去聲為自動式，去聲為他動式」類，「雨：水從雲下也，王矩切；他動式。」並加注：「『雨』作名詞或用作自動式時，如字讀上聲；後跟賓語時，則讀去聲。上聲的『雨』除了隸名詞外，大概還可兼隸動詞吧！[註251]」黃坤堯（1997）將其歸入「動詞後帶名詞類」，以 A 音為紐麌韻、B 音為紐遇韻，「雨」和後面的名詞無語法關係，宜讀 A 音，相反則讀 B 音。孫玉文（1999）認為原始詞義為下雨，動詞，王矩切。滋生詞，義為天上把液體或固體降到某一固定地域，動詞，王遇切。金理新（2006）指出「雨」通過韻尾交替實現動詞不及物、及物性之間構詞轉化。

雨，《詩經》32 見，《釋文》出注 9 次[註252]。

雨*ɢʷas，云去。P476《小雅・甫田之什・大田》：「雨我公田，遂及我私。」

6／30.12《釋文》:「于付反,注內主雨同。」雨,動詞,下雨。P310《國風・邶風・北風》:「北風其涼,雨雪其雱。」5／14.10《釋文》:「于付反,又如字,下同。」P310《國風・邶風・北風》:「北風其喈,雨雪其霏。」5／14.10《釋文》:「于付反,又如字,下同。」P412《小雅・鹿鳴之什・采薇》:「今我來思,雨雪霏霏。」6／11.17《釋文》:「于付反」。P415《小雅・鹿鳴之什・出車》:「今我來思,雨雪載塗。」6／12.2《釋文》:「于付反,又如字。」P470《小雅・谷風之什・信南山》:「上天同雲,雨雪雰雰。」6／29.3《釋文》:「于付反,崔如字。」P490《小雅・魚藻之什・角弓》:「雨雪瀌瀌,見晛曰消。」6／35.2《釋文》:「于付反,注及下同。」P490《小雅・魚藻之什・角弓》:「雨雪浮浮,見晛曰流。」P481《小雅・甫田之什・頍弁》:「如彼雨雪,先集維霰。」雨,動詞,下雪。「雨」後接賓語「雪、我公田」,作及物動詞用,表示「下雨、下雪」義。

雨*Gʷaʔ,云上。P298《國風・邶風・燕燕》:「瞻望弗及,泣涕如雨。」P303《國風・邶風・谷風》:「習習谷風,以陰以雨。」P318《國風・墉風・蝃蝀》:「朝隮于西,崇朝其雨。」P394《國風・豳風・鴟鴞》:「迨天之未陰雨,徹彼桑土,綢繆牖戶。」P464《小雅・谷風之什・小明》:「念彼共人,涕零如雨。」雨,動詞,下雨。作謂語,不帶賓語,為不及物動詞;第 5 例「雨」用來比喻「涕零」,「涕零」為主謂結構,用來比擬的對象亦同為主謂結構「下雨」。此義《釋文》不出注,當如字讀。《詩經》押韻可證此義當音*Gʷaʔ。《詩經》及物動詞「下雨、下雪」義,因帶賓語,很難用作韻腳字。不及物動詞及名詞「雨」入韻 9 次,與上古*-ʔ尾韻字相押。此外《楚辭》「雨」入韻 2 次,一以不及物動詞「下雨」義入韻,一以名詞「雨」義入韻,皆押*-ʔ尾韻,與《詩經》押韻一致。

雨*Gʷaʔ,云上。P476《小雅・甫田之什・大田》:「有渰萋萋,興雨祈祈。」6／30.11《釋文》:「如字,本或作興雲,非。」P315《國風・墉風・定之方中》:「靈雨既零,命彼倌人。」P345《國風・鄭風・風雨》:「風雨淒淒,雞鳴喈喈。」P353《國風・齊風・敝笱》:「齊子歸止,其從如雨。」P385《國風・曹風・下泉》:「芃芃黍苗,陰雨膏之。」雨,名詞,雨。此義由本義「雨下」義的不及物動詞引申而來,讀音同不及物動詞「雨」,不參與構詞。

　　《詩經》「雨」兩讀意義清楚：語詞*Gʷaʔ，表示不及物動詞「下雨」義，引申而有名詞「雨」義；語詞*Gʷas，表示及物動詞「下雨、下雪」義。詩文用韻也證實兩音區別，據孫玉文（1999），漢代「雨」入韻 10 多次，絕大多數是不及物動詞及名詞用法入韻，叶上聲，只有 1 例是名詞用法叶去聲例外，及物動詞入韻 1 次，叶去聲。魏晉韻文「雨」作名詞和不及物動詞入韻 25 次，均叶上聲，作及物動詞 1 次叶去聲。

　　《詩經》「雨」構詞情況歸納為：語詞*Gʷaʔ，動詞「下雨」，不能帶賓語，為不及物動詞；通過後綴交替實現構詞轉換*Gʷas，動詞「下雨、下雪」，帶賓語，為及物動詞。

遠

　　遠，鄭張尚芳上古音系歸入云母元 1 部，擬音*Gʷanʔ、*Gʷans。《詩經》兩音有構詞關係，通過韻尾交替實現動詞不及物、及物性之間構詞轉換：語詞*Gʷanʔ，表示不及物動詞「遙遠」義；語詞*Gʷans，表示及物動詞「疏遠、遠離」義。

　　遠，《說文》辵部：「遼也。从辵袁聲。」《玉篇》辵部：「于阮切，遐也。于勸切，離也。」《廣韻》雲阮切：「遙遠也。」／于願切：「離也。」《集韻》雨阮切：「《說文》『遼也』。」／于願切：「離也。」

　　《群經音辨・辨字音清濁》：「遠，疏也，於阮切，對近之稱。疏之曰遠，于眷切，《論語》『恭貴神而遠之』。」馬建忠（1898）：「『遠』字，上讀靜字。去讀外動字，遠之也。《論・雍也》：『敬鬼神而遠之。』『飯』字，上讀外動字，餐飯也。《禮・曲禮》：『飯黍毋以箸。』去讀名字，所食也〔註253〕。」王力（1957）歸之為「本屬形容詞而轉化為動詞者，動詞變去聲」類。周法高（1962）將其歸入「形容詞」之「去聲為他動式」一類，「遠：疏也，對近之稱，於阮切；疏之曰遠，于眷切〔註254〕。」黃坤堯（1997）歸之為「區別形容詞好惡遠近類」，以云母上聲為形容詞，云母去聲表動態義或區別某些動賓詞組。金理新（2006）指出「遠」通過韻尾交替實現不及物動詞、及物動詞

〔註253〕馬建忠：《馬氏文通》，北京，商務印書館，1983 年版，第 203 頁。

〔註254〕周法高：《中國古代語法・構詞編》，臺北，中央研究院歷史語言研究所，1962 年版，第 71 頁。

構詞轉換。

遠，《詩經》38見，《釋文》出注11次〔註255〕。

遠*Gʷans，云去。P496《小雅・魚藻之什・白華》：「之子之遠，俾我獨兮。」箋：「王之遠外我，不復答耦我，意欲使我獨也」。6／36.17《釋文》：「于願反，下注遠善同，又如字，注及下皆同。」P496《小雅・魚藻之什・白華》：「之子之遠，俾我痞兮。」箋：「王之遠外我，欲使我困病。」遠，動詞，疏遠。P309《國風・邶風・泉水》：「女子有行，遠父母兄弟。」5／13.22《釋文》：「于萬反，注同。」P318《國風・鄘風・蝃蝀》：「女子有行，遠父母兄弟。」5／17.3《釋文》：「于万反，下同。」P318《國風・鄘風・蝃蝀》：「女子有行，遠兄弟父母。」P325《國風・衛風・竹竿》：「女子有行，遠兄弟父母。」5／20.2《釋文》：「于万反」。P332《國風・王風・葛藟》：「終遠兄弟，謂他人父。」5／22.10《釋文》：「于万反，又如字，注下皆同。」P332《國風・王風・葛藟》：「終遠兄弟，謂他人母。」P332《國風・王風・葛藟》：「終遠兄弟，謂他人昆。」遠，動詞，遠離。用作謂語，1、2兩例賓語外置，「遠」動作指向外置的賓語，餘7例「遠」後皆帶賓語。「遠」為及物動詞。

遠*Gʷanʔ，云上。P320《國風・鄘風・載馳》：「既不我嘉，不能旋反。視爾不臧，我思不遠。」5／17.14《釋文》：「于万反，注同，協句如字。」毛傳：「不能遠衛也。」朱熹集傳：「我之所思終不能自己也。」馬瑞辰（1989：192）：「遠猶去也。『我思不去』猶不止，與下文『我思不閟』同義。閟，閉也，閉亦止也。」朱、馬說為是，「遠」訓「止」。「遠」後不帶賓語，用如不及物動詞「遙遠」義，即我之思不遙遠，近於身，引申而有不止義也。且《詩經》押韻此例「反、遠」入韻，「反」上古*-ʔ尾韻，與其相押的「遠」亦當同尾韻，「遠」當讀*Gʷanʔ。《釋文》憑毛傳注「于万反」，後又「協句如字」。細細推敲詩義，此條「遠」本當如字讀。P325《國風・衛風・竹竿》：「豈不爾思，遠莫致之。」朱熹：「我豈不思衛乎？遠而不可至爾」。5／20.2《釋文》：「如字，又于万反，注同。」遠，動詞，遙遠。鄭箋：「我豈不思與君子為室家乎？君子疏遠己，己無由致此道。」朱熹集傳：「衛女嫁於諸侯，思歸寧而不可得，故作此詩。言思以竹竿釣於淇水，而遠不可至也。」《釋文》以如字

〔註255〕4次出現於前文「遠」注中，以「注及下皆同、下同、注下皆同」形式出現。

為首音、於于万為又音。據詩義，此「遠」當依朱熹集傳「遙遠」義解。鄭箋「疏遠」義，陸德明備其音于万反。朱說合於文義，鄭說迂曲不通。《釋文》以如字為首音，也證成朱解。P298《國風・邶風・燕燕》:「之子于歸，遠送于野。」P326《國風・衛風・河廣》:「誰謂宋遠？跂予望之。」P344《國風・鄭風・東門之墠》:「其室則邇，其人甚遠。」P353《國風・齊風・甫田》:「無思遠人，勞心忉忉。」P362《國風・唐風・椒聊》:「椒聊且，遠條且。」P410《小雅・鹿鳴之什・伐木》:「籩豆有踐，兄弟無遠。」P534《大雅・生民之什・行葦》:「戚戚兄弟，莫遠具爾。」遠，不及物動詞，遙遠。

不及物動詞「遙遠」義為語詞「遠」本義，遙遠了自然會疏遠、遠離，由此派生出及物動詞「疏遠、遠離」之「遠」。兩語詞形式有別，通過交替實現構詞轉化。

《詩經》「遠」音義關係清晰，「遠」通過韻尾交替實現了不及物動詞、及物動詞之間的構詞轉換，表現為：語詞*Gʷanʔ，表示不及物動詞「遙遠」義；韻尾交替派生形式*Gʷans，表示及物動詞「疏遠、遠離」義。

易

易，鄭張尚芳上古音系歸入以母錫部、以母賜部，分別擬音*leg、*leegs〔註256〕。上古兩讀存在構詞關係，通過韻尾交替實現動詞未完成體與完成體之間構詞轉換，表現為：語詞*leg，表示動詞「變易」；語詞*leegs，表示形容詞「容易、輕易」，動作完成狀態。

易，《說文》易部:「蜥易，蝘蜓，守宮也。象形。《秘書》說:『日月為易，象陰陽也。』一曰从勿。」于省吾、姚永遂（1996）考訂卜辭「易」字主要有三種用法:一、用作「錫」，也就是現在「賞賜」的「賜」，二、用作「平安」之意，三、「易」即「晹」，一種天氣現象。王文耀（1998）「易」金文用作:一、通「賜」、「錫」，賞賜，二、交換。三、簡單、方便。甲金文中「易」皆未見指動物名「蜥易」，許慎解「易」或誤釋字形。表示「蜥易」之「易」當係後來假借。金文中「易」已見動詞「交換」、形容詞「簡單、方便」

〔註256〕鄭張尚芳*leegs，懷疑係*legs 訛誤。因為鄭張尚芳認為中古三等來源於上古短元音，中古一二四等來源於長元音，此條「易」中古三等實韻、三等昔韻，皆當為短元音。

用法。表示動詞「改變」之「易」係借用，後派生出形容詞「難易」之「易」。

易，《玉篇》易部：「余赤切，家也，異也，轉也，變也。又以豉切，不難也。」《廣韻》以豉切：「難易也，簡易也。又《禮》云：『易墓非古也』，易謂芟除草木。」／羊益切：「變易，又始也，改也，奪也，轉也。亦水名……」《集韻》以豉切：「傷易，《說文》『輕也』，一曰交易，或省。」夷益切：「易蝎，蟲名，《說文》『蜥易，蝘蜓，守宮也。象形。或作蜴。《秘書》說：『日月為易，象陰陽也。』一曰水名，亦姓。」「易」之兩音兩義，《玉篇》《廣韻》分別清楚。

《群經音辨·辨字同音異》：「易，平也。羊至切。易，變也，羊益切。」周法高（1962）將其歸入「形容詞」之「非去聲為他動式」一類，「易：變易，羊益切；簡易也，以豉切〔註257〕。」金理新（2006）指出兩詞通過韻尾交替實現動詞未完成體、完成體之間構詞轉換。

易，《詩經》10見，《釋文》出注9次〔註258〕。《詩經》用作：一、動詞「變易」，二、形容詞「容易、輕易」，三、形容詞「說也」、動詞「治也」。

第一類用法《詩經》3見。易*leg，以入。P570《大雅·蕩之什·韓奕》：「虔共爾位，朕命不易。」箋：「我之所命者勿改易」。易，動詞，變易。P548《大雅·生民之什·板》：「攜無曰益，牖民孔易。」7／13.9《釋文》：「鄭音亦，注易，易也，上字同，又以豉反。」P598《周頌·閔予小子之什·敬之》：「天維顯思。命不易哉！」7／27.15《釋文》：「鄭音亦，王以豉反。」《釋文》2例同條又音取鄭音亦為首音。第1條，取民之道以治民，非於民有所增益，承下否則會使牖民之道變易矣。易，動詞「變易」，鄭音至確。第2條，鄭箋：「天乃光明，去惡與善，其命吉凶不變易也。」「易」為動詞，當音亦。

第二類用法《詩經》3見。易*leegs，以去。P452《小雅·節南山之什·小弁》：「君子無易由言，耳屬于垣。」6／23.20《釋文》：「夷豉反」。易，形容詞，容易。P554《大雅·蕩之什·抑》：「無易由言，無曰苟矣。」7／14.22《釋文》：「以豉反，注同。」易，形容詞，輕易。P502《大雅·文王之什·文王》：「宜鑒于殷，駿命不易。」7／1.15《釋文》：「毛以豉反，不易言甚難

〔註257〕周法高：《中國古代語法·構詞編》，臺北，中央研究院歷史語言研究所，1962年版，第75頁。

〔註258〕2次出現於前文或前篇「易」注中，以「下文及後不易維王同」形式出現。

也。鄭音亦，言不可改易也。下文及後不易維王同。」P502《大雅·文王之什·文王》：「命之不易，無遏爾躬。」P506《大雅·文王之什·大明》：「天難忱斯，不易維王。」《釋文》3 例同條又音以毛以豉反作首音，至確。據文義，第 1 條前文「殷之未喪師，克配上帝。」後文即要以殷為鏡，因為天之大命得之容易。第 2 條順第 1 例說下來，當解為形容詞「容易」。第 3 條，天意難信，為君為王不容易，此「易」亦作形容詞「容易」。

《詩經》「易」的構詞關係在《釋文》中表現有些混亂，這與構詞形態消失有關。但《釋文》忠於詩義，首音與義正相對應。同條又音說明「易」兩讀意義關係，有時難分。

「易」第三類用法各 1 見，不參與構詞。P454《小雅·節南山之什·何人斯》：「爾還而入，我心易也。」傳：「易，說」。6／24.20《釋文》：「夷豉反，注同，韓詩作施，施，善也。」P473《小雅·甫田之什·甫田》：「禾易長畝，終善且有。」6／29.21《釋文》：「以豉反，治也，徐以赤反。」

《詩經》「易」構詞關係歸納如下：語詞*leg，表示動詞「變易」，動作未完成狀態；通過韻尾交替派生語詞*leegs，表示形容詞「容易、輕易」，動作完成狀態。

施

施，《廣韻》式支切、施智切，以豉切，其中以豉切出現於「式支切」注下「又式豉、以寘二切」，周祖謨（1960）：「廣韻字下注有又音，該字未曾互見者，除疑似之類不論外，均於缺載處補出，列於一紐之末。為免與原書相混，記於書上，補處以△號識之〔註259〕。」鄭張尚芳「施」字上古歸歌 1 部，擬音疏漏，僅擬二音，分別為*hljal、*hljals。事實上，「以豉切」一音先秦文獻多見，當予擬音。現據鄭張尚芳上古擬音體系，為其補擬**lals。「施」的**lals、*hljal 兩音《詩經》有構詞關係，鄭張尚芳上古擬音體系*hlj-為前冠後墊式複聲母結構，則兩詞通過前綴交替實現動詞的非致使、致使之間構詞轉換：語詞**lals，表示動詞「延伸」義，為一般動詞，非致使動詞；語詞*hljal，表示動詞「使設」，為致使動詞〔註260〕。

〔註259〕見周祖謨：《廣韻校本·校例》，北京，中華書局，1960 年版，第 4 頁。

〔註260〕金理新（2006）為「施」以豉切上古擬音*ɦi-dar，為「施」式支切上古擬音*s-thar。

　　施，《說文》㫃部：「旗皃。从㫃也聲。𠮷亝欒施字子旗，知施者旗也。」《玉篇》㫃部：「舒移切，施張也，又弋鼓切，施予也，以枝切，施二自得也。」《廣韻》式支切：「施設，亦姓……又式豉、以寘二切。」／施智切：「《易》曰『雲行雨施』。」《集韻》商支切：「施，《說文》『旗皃。齊欒施字子旗，知施者旗也。』一曰設也，亦姓。」／余支切：「弛施，改易也，或作施。」／以豉切：「施，及也，進也。」／施智切：「施𢃇，惠也，興也，古作𢃇。」

　　《群經音辨·辨字音清濁》：「施，行也，式支切。行惠曰施，式豉切。」馬建忠（1898）：「『施』字，平讀外動字，設也，用也。《書·益稷》：『以五采彰施於五色。』去讀亦動字，惠也，與也。《易·文言》：『雲行雨施。』《禮·曲禮》：『其次務施報。』又及也。《詩·周南·葛覃》：『施于中谷。』又邪行也。《孟·離下》：『施從良人之所之。』惟施與之施，平仄兼讀〔註261〕。」周祖謨（1946）將其歸入「因意義不同而變調者」之「意義有特殊限定而音少變」類。包擬古（1973）提到漢語中的*s-前綴有使動和及物化功能時，舉「施」例，只是他認為漢語中的*s-前綴是有使動意義的痕跡。金理新（2006）指出「施以豉切、式支切」通過前綴交替實現非致使、致使動詞構詞轉換；「施式支切、施智切」通過韻尾交替實現動詞施與指向構詞轉換。沈建民（2007）認為《釋文》讀「始豉反」的，是使動詞；讀「以豉反」的，是自動詞。至於《釋文》如字與始豉反的音義區別還不清楚。

　　施，《詩經》13見，《釋文》出注10次。「施」有四類用法：用作動詞「延伸」、用作動詞「使設」、用作「𩜋」之假借、用作「為也、助也」。

　　第一類用例《詩經》7見。施**lals，以去。P276《國風·周南·葛覃》：「葛之覃兮，施于中谷，維葉萋萋。」傳：「施，移也」。5／2.22《釋文》：「毛以豉反，移也。鄭如字，下同。」P276《國風·周南·葛覃》：「葛之覃兮，施于中谷，維葉莫莫。」P395《國風·豳風·東山》：「果臝之實，亦施于宇。」6／7.14《釋文》：「羊豉反」。P481《小雅·甫田之什·頍弁》：「蔦與女蘿，施于松柏。」6／31.19《釋文》：「以豉反，下同。」P481《小雅·甫田之什·頍弁》：「蔦與女蘿，施于松上。」P515《大雅·文王之什·旱麓》：「莫莫葛藟，施于條枚。」7／4.14《釋文》：「以豉反，注同。」P519《大雅·文王之什·皇矣》：

〔註261〕馬建忠：《馬氏文通》，北京，商務印書館，1983年版，第197頁。

「既受帝祉，施于孫子。」7 / 5.21《釋文》：「以豉反，注同，易也，延也。」
《釋文》除第1、2兩例外，一律音以豉反。第1、2兩例《釋文》同條又音以
以豉反為首音，鄭如字為又音。《釋文》準毛傳，再備鄭說。施，動詞，延伸。
動詞後無賓語，或帶處所補語。施，為非致使動詞。

「施」第二類用法《詩經》4 例。施*hljal，書平。P281《國風・周南・
兔罝》：「肅肅兔罝，施于中逵。」5 / 4.17《釋文》：「如字」。P281《國風・
周南・兔罝》：「肅肅兔罝，施于中林。」5 / 4.18《釋文》：「如字，沈以豉反。」
P322《國風・衛風・碩人》：「施罛濊濊，鱣鮪發發。」傳：「罛魚罟，濊濊，
施之水中」。P460《小雅・谷風之什・大東》：「有捄天畢，載施之行。」箋：
「今天畢則施於行列而已。」施，動詞，使設。動作具有使前置賓語或賓語
達到怎麼樣狀態的作用。動詞義帶有明顯的致使義，施，為致使動詞。

「施」《詩經》第三類、第四類用法各 1 見。P311《國風・邶風・新臺》：
「燕婉之求，得此戚施。」傳：「戚施，不能仰者。」箋：「戚施，面柔，下
人以色，故不能仰也。」施，「覷」之假借。P333《國風・王風・丘中有麻》：
「彼留子嗟，將其來施施〔註262〕。」毛傳：「施施，難進之意。」鄭箋：「施
施，舒行，伺間獨來見己之貌」。5 / 22.21《釋文》：「如字」。馬瑞辰（1989：
246）按：「『來施』猶言『來食』，施亦為也，助也。傳、箋訓為施施，失之。」
馬氏以為「來施」之「施「訓為動詞「為也、助也」，與下文相同結構「來食」
之「食」意義方能近似平行。馬說較毛傳、鄭箋更勝一籌。此兩義不參與構
詞。

《詩經》「施」構詞脈絡清晰，表現為：語詞**lals，表示動詞「延伸」
義，為非致使動詞；語詞*hljal，表示動詞「使設」，為致使動詞。兩詞的構
詞方式或可看作前綴交替，但鄭張*h-前綴在《詩經》甚至先秦其他典籍未見
有相關例證。也就是說上古漢語*h-前綴究竟有無語法意義，至今尚未有發
現。金理新*s-前綴交替可備一說。

〔註262〕馬瑞辰按：《顏氏家訓》云：「江南舊本悉單為施，惟《韓詩》作『將其來施施』。」
是知毛詩古本止作「將其來施」。傳以「施施」釋之……後人據傳及韓詩以改經，
遂誤作施施耳。詳見馬瑞辰：《毛詩傳箋通釋》，北京，中華書局，1989 年版，第
246 頁。

二、喉音影組異讀構詞特點

《詩經》具有音義關係的中古喉音影組異讀構詞字頭 13 個（除去 1 字頭構詞手段存疑，1 字頭「下（落）」構詞通過詞義引申實現外），構詞方式包括聲母清濁交替，*-s 後綴交替，*-s 後綴、*-ɦ 後綴交替，前綴*s-交替四種類型，構詞的語法意義範疇既有動詞內部的及物不及物、施事受事、未完成體完成體、離散體持續體、動詞施與指向、致使非致使之間轉換，又有動詞、名詞之間詞性轉換。

1. 聲母清濁交替實現的語法意義變化

語詞詞性變化

《詩經》喉音影組異讀涉及一類語詞詞性變化，即由名詞向動詞變化。異讀字頭「華」是其例，具體構詞表現為：清聲母為名詞，濁聲母為動詞。

2. *-s 後綴交替實現的語法意義變化

第一、語詞詞性變化

《詩經》喉音影組異讀字頭通過*-s 後綴交替實現語詞詞性變化，既有名詞向動詞詞性轉化，又有動詞向名詞詞性轉化。異讀字頭「惡、衣」實現的是名詞向動詞詞性轉化，「行」實現的是動詞向名詞詞性轉化。兩類構詞表現為在原名詞詞根或動詞詞根基礎上通過附加後綴*-s 完成向動詞或名詞構詞轉換。

第二、動詞及物性變化

《詩經》喉音影組異讀字頭「雨、遠」，通過後綴*-s 交替（附加）完成動詞及物性變化的。具體構詞表現為：無後綴*-s 形式為不及物動詞，附加後綴*-s 形式為及物動詞。

第三、動詞完成體變化

《詩經》喉音影組異讀字頭「易」，通過後綴*-s 交替（附加）實現動詞向形容詞構詞轉換。形容詞是動作完成後形成的一種狀態，實在是動詞的完成體形式。其構詞表現即為：零*-s 後綴形式為動詞未完成體，附加*-s 後綴形式為動詞完成體。

第四、動詞的施與指向變化

《詩經》喉音影組異讀字頭「和」，通過後綴*-s 交替（附加）完成動詞施

與指向構詞變化。

3. *-s 後綴、*-ɦ 後綴交替實現的語法意義變化

第一、動詞施受關係變化

上古漢語後綴*-s 有受事動詞的語法功能，與其對應的施事動詞亦可有相應的標記形式，而這一標記形式據金理新（2006）認為是*-ɦ 後綴。故此，*-s 後綴與*-ɦ 後綴常相交替實現動詞施受關係構詞轉化。《詩經》喉音影組異讀字頭「飲」的構詞，正是通過兩後綴交替完成施事動詞向受事動詞轉變的，具體表現為：*-ɦ 後綴形式為施事動詞，*-s 後綴形式為受事動詞。

第二、動詞及物性變化

上古漢語*-ɦ 後綴有不及物動詞語法意義，*-s 後綴有及物動詞語法功能。因此，兩後綴交替可實現動詞及物性變化。《詩經》喉音影組異讀字頭「好」，通過*-ɦ 後綴與*-s 後綴交替完成了不及物動詞向及物動詞的構詞變化。

4. *s-前綴交替實現的語法意義變化

動詞持續體變化

動詞持續體相對於動詞離散體而言，在上古漢語中有這麼一類語詞的構詞關係表現為一個個離散動作特徵與持續動作特徵的對立，而這種對立沒有合適的語法概念指稱。金理新（2006）根據對立的特徵指出為動詞的離散體與持續體這一語法概念，同時根據文獻用例證實前綴*-s 具有動詞持續的語法功能。《詩經》喉音影組異讀字頭「還（旋）」，構詞表現可從這一對立考察，表現為：無前綴*-s 的形式為動詞的離散體，帶前綴*-s 的形式為動詞持續體。

第三章　《詩經》異讀語詞反映的構詞規律

通過第二章字表構詞特點的梳理與概括，《詩經》異讀語詞構詞手段的音變方式總言之有三個方面：輔音聲母清濁交替、前綴交替、後綴交替。實現的語法功能變化有四方面：動詞內部的形態變化、動名之間的形態變化、名詞內部的形態變化、名詞借代形態變化。

第一節　《詩經》異讀語詞語法意義的實現手段

一、動詞內部的形態變化構詞

世界上但凡講形態的語言，動詞的形態可以說是語詞形態變化的核心。也就是說，形態變化在動詞中表現最為活躍、豐富。我們所說的動詞內部的形態變化構詞指的是一個動詞通過改變讀音產生另一個動詞（即動詞的另一個形態變體詞）。對上古漢語中客觀存在的這兩類動詞之間的構詞關係，前輩學者們的意見頗有分歧。比如周祖謨（1946）認為是自動詞與他動詞的關係「飲、語、離、禁」，Downer（1959）則將「飲」歸為「派生詞是使動式」一類，「語、禁」歸為「派生詞是表效果的」一類，「離」歸為「派生詞是被動的或中性的」一類。又如周祖謨（1946）意義別有引申例「雨」，在周法高（1962）

那裡則歸入「去聲或濁聲母為使謂式」一類。另有周法高（1962）「彼此間的關係」一類在梅祖麟（1980）那裡稱作「內向動詞與外向動詞」等等。

可以看到，無論是在動詞語法意義的分類上還是在具體用例語法意義歸類上，學者們均存在不同程度的分歧。我們以為，造成這些分歧的原因大致有二：一、諸家用於上古漢語構詞法研究的術語多出於印歐語法，同時又借鑒了近代漢語語法研究的一些成果。兩相結合考察上古漢語構詞法以致語法意義關係常相齟齬，意見歧出。可以說是造成諸家語法觀念認識不一的根本原因所在。二、隨著上古漢語形態的逐漸消失，尋找上古時期存在的形態音變現象亦隨之面臨著挑戰。全面、系統梳理先秦經典具有構詞關係的語詞用例，成為唯一的線索。而就目前上古漢語語法形態研究工作來看，談全面、談系統，還有一段漫長的路要走。在這樣的上古漢語語法形態研究現狀基礎上，對於用例不多的異讀現象的構詞語法意義歸類自然就成了棘手問題，難免會出現仁者見仁，智者見智的局面。漢語語法意義類別劃分，仍有待於上古漢語語法形態研究的再深入來完善。

《詩經》異讀語詞動詞內部的構詞變化包括：動詞的非及物性、及物性變化，動詞的自主性、非自主性變化，動詞的施事性、受事性變化，動詞的未完成體、完成體變化，動詞的非致使義、致使義變化，動詞的離散體、持續體變化，動詞的施與指向變化七類。

1. 動詞的非及物性、及物性變化

動詞的非及物性、及物性變化指的就是不及物動詞、及物動詞之間的構詞轉換。此對立的語法意義著眼於句法功能而言：不及物動詞的意義內涵指向為不可以帶賓語的動詞，及物動詞指可以帶賓語的動詞。《詩經》異讀字頭實現不及物動詞、及物動詞之間構詞計 15 個〔註1〕。構詞手段有兩類：聲母清濁交替，*-s 後綴交替或*-s、*-ɦ 後綴交替。

2. 動詞的自主性、非自主性變化

動詞的自主性、非自主性變化即自主動詞、非自主動詞之間的構詞轉換。此一對立的語法意義範疇屬動詞的情態範疇，具體意義所指為：自主動詞表

〔註1〕 具體例證第二章字表相關部分有說明，第二章異讀構詞特點部分亦分類介紹，不再贅列。後文此類情況同，不再出注。

示的動作行為是主體能夠主觀控制的，具有這類特徵的動詞稱為自主動詞；非自主動詞表示的動作行為是主體主觀上無法控制或不情願實施的，具有這類特徵的動詞稱為非自主動詞。《詩經》異讀字頭實現自主動詞、非自主動詞之間構詞計 5 個。此語法意義構詞實現的方式有以下兩類：聲母清濁交替、*-s 後綴交替或*-s、*-ɦ 後綴交替。

3. 動詞的施事性、受事性變化

動詞的施事性、受事性變化指的是施事動詞、受事動詞之間的構詞轉換。這一對立的語法意義表現為：施事動詞指動作行為與施事聯繫且突出施事的一類動詞，受事動詞指動作行為與受事聯繫且突出受事的一類動詞。《詩經》異讀字頭實現施事動詞、受事動詞構詞轉換計 11 個。此語法意義構詞手段有如下兩類：輔音聲母清濁交替，*-s 後綴交替或*-s、*-ɦ 後綴交替。

4. 動詞的未完成體、完成體變化

動詞的未完成體、完成體這一對立的語法意義範疇屬動詞的體範疇。具體語法意義表現為：動詞的未完成體指動作行為未完成的狀態，動詞的完成體指動作行為完成後形成的一種狀態或產生的一種結果。從語詞詞性角度看，常表現為動詞、形容詞或副詞之間的詞性構詞轉換。故此，《詩經》異讀字頭實現動詞未完成體、完成體構詞轉換包括了動詞與形容詞或副詞詞性轉換的構詞。《詩經》異讀字頭中計有 9 個實現動詞未完成體、完成體構詞變化轉換的，另有 2 字頭實現動詞完成體、未完成體逆向構詞變化轉換的。這一語法意義實現的手段有如下兩類：輔音聲母清濁交替、*-s 後綴交替或*-s、*-ɦ 後綴交替。

5. 動詞的非致使義、致使義變化

動詞的非致使義、致使義變化即非致使動詞、致使動詞的構詞轉換，非致使動詞或一般動詞相對於致使動詞而言。王力（1957）就「致動」而有言「就意義上說，它是使賓語所代表的事物具有某一性質、行為、或成為另一事物〔註2〕。」後王力於 1965 年《古漢語的自動詞和使動詞的配對》文重又創立「使動詞」一說，指出使動詞的特點：主語所代表的人物並不施行這個動作，而是使賓語所代表的人物施行這個動作。黃坤堯（1997）認為，上古

〔註2〕 王力：《漢語史稿》，北京，中華書局，1980 年版，第 373 頁。

漢語嚴格意義上似乎並沒有「使動詞」，他改用新術語「致使」。

我們以為，術語「致使」或「使動」本身的概念意義事實上差別有限，關鍵在於使用「致使、非致使」或「自動、使動」這類概念時，需要注意兩個方面，其一、把握住概念的特徵，其二、明確哪些詞的構詞意義可以歸入「動詞非致使、致使」或「自動、使動」意義範疇，哪些詞不可以。總起而言，致使動詞具有使其後的賓語怎麼樣的一種特徵，從意義方面考察，此類動詞可看作致使動詞。若從句法功能等其他方面考察，亦可能有交叉的語法範疇。但這並不妨礙上古漢語非致使動詞、致使動詞這一對立語法範疇的存在。

《詩經》異讀構詞現象的分析，我們使用致使動詞、非致使動詞這一語法概念，只不過字表中有些與這一概念範疇交叉的語法對立關係，優先選擇了句法功能角度作出的語法功能分類。故此，統計出的《詩經》致使動詞、非致使動詞構詞轉換的字頭數相對保守。《詩經》異讀字頭計有 2 個參與了致使動詞、非致使動詞構詞轉換。構詞的手段有：*s-前綴交替、*-d 後綴交替。

6. 動詞的離散體、持續體變化

動詞的離散體、持續體也即離散動詞、持續動詞。上古漢語有一類動詞的語法意義變化，梅祖麟（1989）認為是「方向化」，沙加爾（1999）提出「指向性意義」概念。金理新（2006）指出「方向化」或「指向性」的提法是一個意義廣泛且模糊的概念，結合上古漢語經典用例分析提出「動詞離散體、持續體」語法概念。這一語法範疇的意義表現為：離散動詞為動作行為可以分解成一個個離散動作的動詞，持續動詞為動作行為不可以再分解，具有持續過程的動詞。《詩經》異讀字頭有 3 個參與離散動詞、持續動詞構詞轉換的，其中 1 字頭構詞方式暫存疑，另外 2 字頭構詞手段是通過前綴*s-交替實現的。

7. 動詞的施與指向變化

根據金理新（2006）大量先秦文獻用例考察，上古漢語存在施與指向這一語法範疇構詞變化。這一語法範疇分類從意義上劃分，動詞施與指向意義突出動作的施與義，且有一定的指向。《詩經》異讀字頭施與指向變化構詞計 2 字頭，構詞手段通過後綴*-s 交替實現。

其實，《詩經》中表現施與指向的語詞形式並不少見。不過因為這些語詞在《詩經》中沒有異讀形式，沒有搜集這部分材料。例如：P319《國風·墉

風‧干旄》:「子子干旄,在浚之郊。素絲紕之,良馬四之。彼姝者子,何以畀之?」毛傳:「畀,予也。」《釋文》:「必寐反,與也,注予同。」P470《小雅‧谷風之什‧信南山》:「畀我尸賓,壽考萬年。」鄭箋:「畀,予也。」《釋文》:「必寐反,與也,注同。」P327《國風‧衛風‧木瓜》:「投我以木瓜,報之以瓊琚。匪報也,永以為好也。」鄭箋:「我非敢以瓊琚為報木瓜之惠。」

　　動詞內部構詞實現的七類形態變化,構詞手段多樣,分別為:輔音聲母清濁交替,*-s 後綴交替或*-s、*-ɦ 後綴交替,*s-前綴交替、*-d 後綴交替。

二、動名之間的形態變化構詞

　　動名之間的形態變化構詞,是指通過一定的語音手段把動詞變為名詞或者把名詞變為動詞。常用的音變構詞手段有輔音聲母清濁交替、前綴交替、後綴交替。動名之間的構詞轉換在輔音聲母清濁交替、後綴*-s 交替兩類構詞方式上各相交錯,前一類構詞方式存在誰主誰支的問題,後一類則與不同來源的*-s後綴有關。故此,上古漢語輔音聲母清濁交替既可實現名變動構詞,又可完成動變名構詞,後綴*-s 的情況與之相同。

1. 動詞向名詞構詞轉化

　　《詩經》異讀語詞實現動詞向名詞構詞轉化字頭計 22 個,其中 1 字頭實現的是動詞向名詞的逆向構詞轉換。此 22 字頭的構詞方式包括如下三類:聲母清濁交替、*-s 後綴交替、*-n 後綴交替、*m-前綴交替。

2. 名詞向動詞構詞轉化

　　《詩經》異讀語詞實現名詞向動詞構詞轉化字頭計 22 個,此 22 字頭的構詞方式有如下五類:聲母清濁交替、*-s 後綴交替、*-g 後綴交替、*ɦ-前綴交替、*s-前綴交替。

　　綜上,《詩經》異讀語詞實現動名之間構詞轉換,音變方式主要有聲母清濁交替、*-s 後綴交替、*-g 後綴交替、*-n 後綴交替、*ɦ-前綴交替、*s-前綴交替、*m-前綴交替。

三、名詞內部的形態變化構詞

　　名詞內部的形態變化在《詩經》異讀語詞中僅見 1 例。此例構詞意義表現為名詞的泛指、特指構詞。據王月婷(2007)《釋文》中泛指、特指構詞例

眾多，作者認為可能是敬指構詞的一種。不過作者泛指、特指構詞既有動詞內部的，又有名詞內部的，未從詞性上再細分。可見，《詩經》1 例名詞泛指、特指構詞通過聲母清濁交替手段實現。

四、名詞借代形態變化構詞

名詞借代構詞是指在動詞、形容詞、或名詞詞根的基礎上附加名詞借代後綴產生新的名詞，該名詞常常具有動詞、形容詞、名詞的某一特徵，或動詞、形容詞產生結果中的某一結果。《詩經》異讀語詞參與名詞借代構詞的字頭計 6 個，主要的構詞實現手段為：*-ɦ 後綴交替、*-s 後綴交替。*-s 後綴名詞借代語法功能，金理新（2006）：「上古漢語*-s 後綴動轉化這一語法意義後來得以擴張，不僅可以附加在動詞之後，也可以附加在名詞之後，起本來由 *-ɦ 來承擔的名詞借代意義〔註3〕。」《詩經》異讀字頭中有 1 字頭名詞借代意義的獲得是通過後綴*-s 交替（附加）完成的。

通過對《詩經》異讀語詞四方面語法意義構詞手段的考察，發現每類語法意義與構詞手段之間並非一對一的對應關係。即不同的語法意義可選用相同的構詞手段，相同的語法意義可選用不同的構詞手段。這從一方面反映了語法構詞表達與詞彙表達、語音表達一樣要求經濟性；另一方面又說明了語法意義表達本身的不確定性，選擇哪種構詞手段根據語詞本身客觀情況而定。

第二節 《詩經》異讀語詞構詞形態反映的語法意義

通過對《詩經》異讀語詞字頭構詞一一解析、對異讀語詞構詞特點分類梳理、對異讀語詞各類構詞語法意義實現手段的考察，《詩經》異讀語詞構詞涉及的形態變化有：輔音聲母清濁交替、前綴交替、後綴交替。

一、輔音聲母清濁交替反映的語法意義

本尼迪克特（Paul K. Benedict，1972）認為輔音清濁交替是原始藏緬語除了附加詞綴外唯一的形態手段。上古漢語是否存在同樣的聲母交替形式呢？周祖謨（1946）就注意到輔音交替的構詞語法意義，指出：「古代書音中亦有不變

〔註3〕 金理新：《上古漢語形態研究》，合肥，黃山書社，2006 年版，第 318 頁。

調而僅變聲紐者，實亦與文法或意義有關〔註4〕。」舉以例證作了說明，只是周先生變聲紐者不限於清濁聲母。周法高（1962）明確把輔音清濁交替看作上古漢語的一種構詞方法。俞敏（1984）亦明確指出輔音清濁交替是上古漢語派生新詞的一種模式。潘悟雲（1987）認為輔音聲母清濁交替是一種形態關係，推測可能反映的是上古漢語的「態」或「時」範疇。後又（1991）證明輔音清濁交替是上古漢語表達自動和使動對立的一種構詞形式。金理新（2006）對上古漢語輔音清濁交替的語法意義功能作了全面、深入挖掘。

綜上，輔音聲母清濁交替作為上古漢語重要的構詞構形手段，已得到學者們的一致認可。據我們對《詩經》異讀語詞構詞研究，發現輔音聲母清濁交替是一種能產的構詞形式，通過其實現構詞轉換的語法意義概括有六類：

第一、語詞詞性變化功能：名詞向動詞轉化、動詞向名詞轉化。聲母清濁與語詞詞性無對應關係，原始詞形式一律為清聲母，派生詞形式一律為濁聲母。

第二、動詞及物性變化功能：及物動詞向不及物動詞轉化、不及物動詞向及物動詞轉化。聲母清濁與動詞及物性有對應關係，即清聲母為及物動詞，濁聲母為不及物動詞。

第三、動詞完成體變化功能：動詞未完成體與動詞完成體（包括形容詞、副詞）之間構詞轉化。聲母清濁與動詞完成體變化有對應關係，清聲母為動詞未完成體，濁聲母為動詞完成體，逆向構詞形態相同，只不過構詞方向正相反。

第四、動詞施受關係變化功能：施事動詞與受事動詞之間構詞轉換，與聲母清濁有對應關係。表現為清聲母為施事動詞，濁聲母為受事動詞。

第五、動詞自主性變化功能：自主動詞與非自主動詞構詞轉換，與聲母清濁有對應關係。表現為清聲母為自主動詞，濁聲母為非自主動詞。

第六、名詞的泛指、特指變化功能：名詞的泛指、特指構詞轉換，與聲母清濁有對應關係。即清聲母為名詞泛指，濁聲母為名詞特指〔註5〕。

二、前綴交替反映的語法意義

《詩經》異讀語詞構詞形態變化涉及的前綴交替有三類前綴：前綴*s-、

〔註4〕 周祖謨：《四聲別義釋例》，周祖謨：《問學集》，北京，中華書局，1966 年版，第116 頁。

〔註5〕 結合王月婷（2007）《釋文》「賓（嬪）」名詞泛指、特指構詞例得出。

前綴*ɦ-、前綴*m-。這兩類前綴在構詞中各有不同的語法意義或功能。

1. 前綴*s-

李方桂在其《上古音研究》中說到：「高本漢等已經擬有*sl-，*sn-等複聲母，我覺得應該有 st-，sk-等複聲母。這個 s 可以算是一個詞頭 prefix，也因此在上古漢語的構詞學裏將要占很重要的位置〔註6〕。」梅祖麟（1988，1989）證明了*s-前綴的語法意義，後來但凡從事上古漢語複輔音聲母研究的學者們普遍接受*s-前綴的構擬形式，並或多或少地討論到上古漢語的*s-前綴，本文就不一一羅列了。

前綴*s-在《詩經》形態構詞中表達三類語法意義，分別為：動詞持續體變化、動詞的致使義變化、名謂化變化，這三類語法意義與前綴*s-有對應關係，即有前綴*s-的語詞形式，表達的語法意義在《詩經》異讀語詞構詞中不出上述三類。也可以說前綴*s-在《詩經》異讀語詞構詞中是一個動詞持續體功能後綴、致使動詞後綴或名謂化後綴。

2. 前綴*ɦ-

藏語有*ɦ-輔音前綴，那麼上古漢語情況如何呢？蒲立本（Pulleyblank，1973）提到讀濁輔音聲母的非致使動詞，其濁輔音聲母是由清輔音聲母加*ɦ-前綴派生出來的，同時暗示這一前綴跟藏文的小 a 對應。白一平（Baxter，1993）遵從蒲說，為中古與清輔音聲母存在形態關係的濁輔音聲母的上古形式構擬了前綴*ɦ-形式。鄭張尚芳（1999）認為上古漢語同藏語一樣也有前綴*ɦ-，只是鄭張先生對此前綴的語法意義未及進一步證明。上古漢語*ɦ-前綴得到一些學者的認可，金理新（2002）亦同意 Pulleyblank 的觀點，認為上古漢語前綴*ɦ-更早時期是元音*a-，後來擦化成*ɦa-，最後成輔音*ɦ-。（2006）對此*ɦ-前綴語法意義展開了充分的討論。

《詩經》異讀語詞中存在前綴*ɦ-構詞形態，表達的語法意義一類，為名謂化構詞變化功能。即前綴*ɦ-在《詩經》異讀語詞構詞中是一個名謂化後綴。

3. 前綴*m-

俞敏（1984）利用明母與來母的同族詞證明了上古漢語*m-是一個動轉化前綴。潘悟雲（1987）依據諧聲關係假設上古漢語有*m-前綴，但對此前綴具

〔註6〕李方桂：《上古音研究》，北京，商務印書館，1980 年版，第 25 頁。

體的語法意義未作討論。金理新（1998）認為上古漢語有且只有*m-前綴，並認為上古漢語中*m-是一個肢體、動植物名詞前綴。藏緬語、苗瑤語語言存在鼻冠音，金理新（1999）通過對諧聲材料分析，結合漢藏比較認為鼻冠音是發展過程中的產物，其上古來自鼻音*m-前綴。吳安其（2002）從漢語諧聲材料證實上古漢語有*m-前綴，主要放在形容詞和動詞前。金理新（2006）對上古漢語*m-前綴語法功能進行了全面深度挖掘。

　　《詩經》異讀語詞存在前綴*m-構詞用例，其實現的語法意義變化為動轉化名詞變化。也就是說，前綴*m-在《詩經》異讀語詞構詞中表現為一個具有動轉化功能的前綴。

三、後綴交替反映的語法意義

　　《詩經》異讀語詞構詞形態變化涉及的後綴交替有五類後綴：後綴*-s、後綴*-ɦ、後綴*-n、後綴*-d、後綴*-g。這五類後綴在《詩經》形態構詞中各有不同的語法意義或功能。

1. 後綴*-s

　　清儒古四聲爭辨既有「古無去聲」之說，又有「古無入聲」之說。一味糾結於《詩經》押韻，不能看到現象後的本質。藏語聲調晚起，胡坦（1980）提到導致聲調產生和分化的三項主要因素：聲母清濁對立的消失、前綴音的脫落、輔音韻尾的簡化。指出藏語聲調演變主要源於聲母清濁變化，聲母清濁變化導致音高的高低分化以後，韻尾的變化和脫落進一步引起聲調的平降曲折分化〔註7〕。戴慶廈（1991）認為影響藏緬語聲調分化的條件是韻母的舒促和聲母的清濁，其次是聲母的送氣不送氣。此外，變調、語言影響、表示語法意義等也是藏緬語產生新調的條件〔註8〕。可見，韻尾在藏緬語族語言聲調分化過程中起著舉足輕重的作用。

　　漢語四聲起源何本？比較中古漢語不同聲調間的音節結構發現漢語聲調產生與輔音韻尾關係密切。奧德里古爾（A. G. Haudricourt，1954）《越南語聲調

〔註7〕 胡坦：《藏語（拉薩話）聲調研究》，《民族語文》，1980 年第 1 期，

〔註8〕 戴慶廈：《藏緬語族語言聲調研究》，《中央民族學院論文集》，北京，中央民族學院出版社，1991 年，戴慶廈：《藏緬語族語言聲調研究》，《藏緬語族語言研究（二）》，雲南，雲南民族出版社，1998 年版，第 17 頁。

的起源》提出去聲源於*-s 韻尾說，這一觀點後來得到國內外學者廣泛贊同，學者們紛紛對後綴*-s 意義功能展開研究。對後綴*-s 功能討論最充分細緻的當數金理新（2006），對上古漢語後綴*-s 的語法功能作了全面的梳理。

通過《詩經》異讀語詞構詞研究，發現上古漢語後綴*-s 是個相當活躍的成分，在上古漢語形態構詞中扮演著多種角色。就《詩經》形態構詞語法意義而言，後綴*-s 表達的語法功能有六方面，分別為：

第一、語詞詞性變化功能：名詞向動詞轉化、動詞向名詞轉化。後綴*-s 與語詞詞性無對應關係，原始詞一律為無後綴*-s 式，派生詞一律為後綴*-s 式。逆向構詞形態相同，不過構詞方向相反。後綴*-s 有之所以不同的詞性轉化方向，主要源於後綴*-s 不同的來源：名詞向動詞轉化的後綴*-s 源於及物動詞後綴，動詞向名詞轉化的後綴*-s 源於動轉化後綴。

第二、動詞及物性變化功能：不及物動詞與及物動詞之間的構詞轉換，後綴*-s 與動詞及物性變化存在對應關係，即不及物動詞為無後綴*-s 或後綴*-ɦ 形式，及物動詞為後綴*-s 形式。

第三、動詞完成體變化功能：動詞未完成體與完成體之間構詞轉換，後綴*-s 與動詞完成體包括其變體有對應關係，即無後綴*-s 或後綴*-ɦ 形式表示動詞未完成體，後綴*-s 形式表示動詞完成體。

第四、動詞的施與指向變化功能：表示動詞施與指向的語法意義與後綴*-s 有對應關係，即附加後綴*-s 形式表示施與指向動詞。

第五、動詞施受關係變化功能：施事動詞、受事動詞之間構詞轉換，與後綴*-s 存在對應關係，即施事動詞以無後綴*-s 或後綴*-ɦ 形式表現，受事動詞以後綴*-s 形式。也就是說，後綴*-s 具有受事動詞語法功能。

第六、動詞非自主性變化功能：自主動詞與非自主動詞構詞轉換，與後綴*-s 有對應關係，表現為：無後綴*-s 或後綴*-ɦ 形式為自主動詞，後綴*-s 形式為非自主動詞。

2. 後綴*-ɦ

中古漢語去聲來源於上古漢語後綴*-s，中古漢語上聲如何產生？奧德里古爾（A. G. Haudricourt，1954）在同篇文章裏認為中古漢語上聲來自於上古漢語的喉塞音*-ʔ韻尾。這一觀點得到許多學者支持，潘悟雲（2000：159～

163）對此有一綜述，不贅。鄭張尚芳（1994）認為上古漢語的*-ʔ輔音韻尾是一個詞綴，具有昵稱作用。吳安其（2001）也認為上古漢語*-ʔ尾實質是一個詞綴，可能是一個動詞後綴，依附在名詞或形容詞詞根後變成動詞，此後綴又可用來表示動作的對象或結果。金理新（2006）從音節組合響度原則、中古四聲上古來源發音強度序列、漢藏語言比較情況，力證中古漢語上聲來源應是濁擦音*-ɦ韻尾；結合文獻用例證明此韻尾是一個構詞後綴，具有多種語法功能。

且不論中古上聲上古究竟是清塞音*-ʔ韻尾還是濁擦音*-ɦ韻尾，可以肯定的是，中古上聲上古來源的韻尾是一個構詞後綴，具有語法功能。為行文論述一致，我們取後綴*-ɦ的說法。《詩經》存在這類構詞後綴，主要的語法菜單現在以下五個方面。

第一、名詞借代構詞變化功能：後綴*-ɦ附加於動詞、形容詞、名詞詞根後，派生出新的名詞，此名詞具有詞根形容詞、名詞的某一特徵或詞根動詞產生結果中的某一結果。後綴形態與語法意義呈對應關係。

第二、動詞不及物性變化功能：及物動詞與不及物動詞構詞轉換與後綴交替有對應關係，即*-s後綴形式為及物動詞，後綴*-ɦ形式或無後綴*-s形式為不及物動詞。可見，*-ɦ後綴具有表達不及物動詞的功能意義。

第三、動詞施受關係變化功能：施事動詞、受事動詞之間的構詞轉換與後綴交替有對應關係，表現為：受事動詞以*-s後綴形式存在，施事動詞以後綴*-ɦ形式或無後綴*-s形式表現。故此，*-ɦ後綴具有施事動詞功能特徵。

第四、動詞未完成體變化功能：動詞未完成體、完成體之間構詞轉換與後綴交替有對應關係，即*-s後綴形式表示動詞完成體，後綴*-ɦ形式或無後綴*-s形式表示動詞未完成體。可見，*-ɦ後綴具有表達動詞未完成功能意義。

第五、動詞自主性變化功能：自主動詞、非自主動詞之間的構詞轉換與後綴交替呈現對應關係，表現為：非自主動詞後綴*-s形式表示，自主動詞以無後綴*-s或後綴*-ɦ形式存在。相對*-s後綴而言，*-ɦ後綴具有自主動詞功能。

綜上，*-ɦ後綴有四項語法意義是與後綴*-s交替作為對立面出現的，而後綴*-ɦ又常與無後綴*-s的零標記形式同時並存。

3. 後綴*-n

藏語後綴-n具有把動詞變為名詞的功能，上古漢語是否存在同樣的名詞構

詞後綴呢？金理新（1998）根據諧聲、押韻以及漢藏語言比較認為上古漢語同樣存在名詞構詞後綴*-n，指出此後綴附加在動詞或形容詞之後構詞名詞。《詩經》存在這一後綴，實現名詞構詞。

4. 後綴*-d

藏語表示致使義的重要或主要形態手段是附加 s-前綴，但仍有一部分語詞通過附加-d 後綴完成。本尼迪克特（Paul K. Benedict，1972）年認為後綴-t（即藏語的-d）最初作用不明，有時用於動詞詞根派生的名詞，還用於使役或命令的意思〔註9〕。金理新（2006）主張前綴*-s 致使義的語法類推逐步取代了後綴*-d，導致藏緬語後綴-d 語法功能捉摸不清，而上古漢語後綴*-d 語法功能也因此被上古漢語語法研究學者們所忽視。

《詩經》異讀語詞構詞有後綴*-d 形態變化，表現的語法意義為動詞的致使義。也就是說，《詩經》異讀語詞構詞中*-d 後綴表達動詞的致使功能。

5. 後綴*-g

《詩經》押韻陰入相押、漢字諧聲陰入相諧，漢藏語音對應中陰聲韻與塞尾韻交叉對應等諸多事實，一直困擾著從事上古漢語語音研究的學者們。反映在上古漢語語音構擬體系中，對陰聲韻塞音尾的有無意見難以統一。金理新（2002）提出上古漢語語音研究離不開上古漢語形態研究，（2006）對上古漢語可能存在的詞綴等形態變化作了盡可能詳細的梳理。孫錦濤（2008）亦指出形態作為語音研究的證據非常有力。

我們一直認為，上古漢語語音研究離不開語法形態；同樣，上古漢語語法形態研究也需結合語音。就上列諸多令人困擾的事實，金理新（2006）提出了上古漢語可能存在*-g 後綴，這一後綴可能的語法功能是名謂化，或者還有其他，暫時未能發現。《詩經》押韻證實上古漢語確實存在*-g 後綴，功能之一即為名謂化構詞。《詩經》異讀語詞構詞同樣存在*-g 後綴構詞用例，此後綴*-g 表達的語法意義功能即為名謂化構詞。

通過對《詩經》異讀語詞構詞形態反映的語法意義分類考察，發現聲母清濁交替、前綴交替、後綴交替三類形態變化手段，表達的語法功能有的繁複有

〔註9〕Paul K. Benedict 著，樂賽月、羅美珍譯，《漢藏語言概論》，北京，中國社會科學院民族研究所語言室，1984 年版，第 102 頁。

的單一，相互間既相互聯繫又相互區別、既相分別對立又相參差交錯。總而言之，聲母清濁交替、後綴*-s 交替、後綴*-ɦ 交替在《詩經》異讀語詞構詞中表現尤為活躍，構詞功能豐富，各自表達多種語法意義，構詞能力方面頗為能產。此外，*-ɦ 後綴的功能意義，以往對其語法功能認識有限，在《詩經》異讀語詞構詞中其不同語法意義有了不同程度的反映。

從《詩經》異讀語詞（同字異讀、異字異讀）角度考察《詩經》形態構詞現象，使我們發現了《詩經》時期大量存在的輔音交替、前綴交替、後綴交替構詞的形態變化事實。當然，這些不同形態表達的語法意義功能並不限於有異讀關係的語詞。也就是說，《詩經》中有些沒有異讀形式的語詞形態跟異讀形態反映出的構詞規律正相一致。不過，就於選題，對這部分語詞的形態考察，就不能兼收並蓄了，只在課題行文相關部分適當舉例補充說明。

綜上兩個角度對《詩經》異讀語詞構詞形態與語法意義關係的研究，對《詩經》異讀語詞構詞形態意義關係有了深刻的認識，對《詩經》異讀語詞反映的構詞規律有了相對清晰的把握。當然，《詩經》異讀語詞中仍有一部分語詞構詞手段不能明確〔註 10〕，一方面基於上古漢語語音研究方面可能存在的一些疏漏，另一方面由於《詩經》中同類的構詞現象例證不多。這將有待於上古漢語語音研究的再完善，以及對《詩經》或者更大範圍內先秦諸多文獻更多可能存在同族關係語詞的再挖掘。

〔註10〕《詩經》不能確定構詞手段的異讀語詞，前章字表相關部分已有說明，不再贅列。